U0071042

洪兵——著

序言

「狄懷英志慮忠純，英勇不屈，像這樣的人竟被逼走蠻荒、浪跡天涯，是朕失察，朕之過也，朕之過也。」

喜歡看《神探狄仁傑》的朋友，或許還記得武則天這句略帶自責與感傷的台詞。當「平反昭雪」的聖旨傳到大漠，蒙冤出走、負屈查案的狄仁傑不禁老淚縱橫。

狄仁傑，既是家喻戶曉的傳奇人物，更像是一罈洞府珍藏的老酒，散發著積年的芬芳。從久視元年（西元七〇〇年）到現在，狄仁傑辭世已經一三〇〇多年。在這漫長的歷史長河中，狄仁傑的名字不時出現在歷代的文學作品中，如唐代的《玉堂閒話》、《集異記》、《廣異記》、《定命錄》，宋代的《太平廣記》，明代的《狄梁公返周望雲忠孝記》和清代的《狄公案》等等。特別是到了二〇世紀五〇年代，荷蘭人高羅佩的《大唐狄公案》系列面世之後，狄仁傑更是以「中國版福爾摩斯」的形象走出國門、享譽海外。

時至今日，隨著一部部影視作品的熱播，狄仁傑的人氣再度飆升。「元芳，你怎麼看」作為調侃蹿紅於網路，梁冠華肥胖的身軀也逐漸深入人心。在大家的心目之中，「梁版狄仁傑」，就如同王剛演繹的和珅一樣，儼然成了狄仁傑的「標準形象」。

「人氣爆棚」是不爭的事實，影視作品中的故事情節，一般人都能略談一二。但是，當我們想把狄仁傑還原成真實歷史人物的時候，除了大名鼎鼎的「神探」之外，似乎又對他一無所知。

或許我們還知道，他是武則天時期的「第一重臣」，堪稱一代女皇的得力股肱，但具體是怎樣的情況，只能語焉不詳。

從這個意義上說，我們對「人氣爆棚」的狄仁傑實在是太陌生了！

武則天因狄仁傑的蒙冤受屈而悔悟，這不過是影視作品中的藝術加工。可以這樣說，武則天在狄仁傑的一生中扮演了極其重要的角色。那麼，武則天是否會給這位武周時期的「第一重臣」、「鎮國之寶」留下隻言片語的評價呢？當然，我們希望聽到的，並非空洞無物的華麗辭藻，而是武則天發自內心的真情實感。

有一個真實發生的場景，或許能滿足我們的願望。

久視元年（七〇〇年）九月，狄仁傑在洛陽的府邸溘然長逝。噩耗傳入宮中，七十七歲的武則天雙眼緊閉、神情恍惚，一句話也沒有說。沉吟半晌之後，兩行熱淚從武則天的眼瞼之間掙脫出來，劃過布滿皺紋的臉頰，滴落在皇袍之上。

武則天強撐著病體，在侍臣的攙扶下，顫顫巍巍地挪步前往大殿。曾經嬌美的身軀，如今已似垂楊敗柳，那縷縷銀絲，還有蹣跚的背影，令人不忍直視。

她艱難地挪動著沉重的雙腿，腦袋不聽使喚地搖晃著，皇冠上的垂簾嘩嘩作響，乾裂的嘴唇輕微地蠕動著。垂簾的響聲並不大，侍臣還能依稀聽見，武則天反復念叨的是四個字：「朝堂空矣！」

短短四個字，勝過千言萬語！

面對此景此景，我們不禁有些疑惑，無論是丈夫李治龍馭歸天，還是一個個兒女命喪黃泉，女中豪傑武則天都沒有如此悲傷。如今不過是一名臣子的離世，她為何一反常態、痛徹心扉？

你可以認為，武則天是聯想到自己來日無多，悲天憫地、多愁善感。但在我看來，這悲傷的背後，隱藏著眾多的謎團——關於狄仁傑一生際遇的謎團。

狄仁傑是武則天眼中的「股肱之臣」，這一點毋庸置疑。但是，作為一位深受儒家文化薰陶的飽學之士，身處宣揚「男尊女卑」的封建時代，又深得唐高宗李治的器重，狄仁傑如何說服自己為一位女主子賣命，甚至成為她「篡唐立周」的左膀右臂？

武則天生性多疑，為打擊現存和潛在的「異己」無所不用其極，為何偏偏對狄仁傑信賴有加？

在「酷吏政治」的牢籠之中，狄仁傑是否能獨善其身，又將如何化險為夷？

狄仁傑身上的謎團，其實還有很多。

在武則天的眼裡，他是忠於武周的「第一重臣」。在李唐宗室以及後世的眼裡，他又是「匡復大唐」的首功之臣。復位之後的唐睿宗李旦，甚至追封他為「梁國公」。狄仁傑到底做過什麼，讓水火不容的「篡唐」、「復唐」雙方都對他如此倚重與青睞？

更神奇的是，狄仁傑還留下了一部流傳於後世的《宦經》，連信奉「祖宗之法不足守」的王安石都頂禮膜拜，感慨「不知《宦經》，無以為官也」。狄仁傑到底經歷了怎樣的宦海沉浮，才能寫下這部享譽官場的「葵花寶典」？

另外，歷史上的狄仁傑，真的「破案如神」嗎？影視劇中的情節與人物，究竟有多少真實的成分，又蘊涵著怎樣的歷史背景？

「神探」的背後，一個理想與現實激烈衝突的人物，期待著我們細細地品味……

洪兵

目次

第一篇　孩提時代

第一回 創盛世李藥師獻俘　憶飄蓬狄知遜得子

贊曰：

前隋氣數盡，大唐龍脈興。貞觀開元創盛世，武氏獨難評。
盛衰皆有運，沉浮作笑談。惟念蒼生志不移，千古一狄公。

大唐國運近三百年，曾創下極盛之世，然而武周橫亙其間，千百年來功罪難言。就在這個剪不斷、理還亂，史家各執一詞、褒貶不一的時代，有這麼一個人，身負武周「鎮國之寶」、復唐「首功之臣」的雙重美譽，恰似一段傳奇與神話，廣為後世所傳頌。

他的名字叫做——狄仁傑！

狄仁傑的故事，宛如一個時代的縮影。如欲追本溯源，大抵可以從貞觀四年那個初春的清晨說起。

那時的京師長安，殘雪零零星星地臥在地上。一縷朝陽散發著柔和的光芒，將殘雪照耀得晶瑩透亮。融化的水珠不斷順著屋簷滴落下來，悅耳的滴答聲此起彼伏，昭示著又一年的萬物復甦。

新年之後的一次早朝，文臣武將三三兩兩地魚貫而入，分列兩旁，互相問候著、交談著。霧氣從每個人的鼻孔裡冒出來，烘托出朝堂的熱鬧氣氛。

「房公，不知塞外戰況如何。」時任尚書右僕射的杜如晦[1]與房喬[2]差不多同時步入殿堂，遂側身問道。

「老夫昨夜值守，倒是收到陰山前線送來的一封塘報，因是八百里加急，未及啟封，便直接呈送給皇上了。」房玄齡答道。

「哎！」杜如晦歎道：「這突厥也真是夠難對付的。」

「誰說不是呢！」站在杜如晦身邊的諫議大夫魏徵[3]也插話進來，「一個靠游牧為生的夷族，趁我中原戰亂不休，不斷東遷南侵，終成大患。」

「魏大夫所言極是」房玄齡接過話頭，「遠的不說，便是北周、北齊並立時，雙方均想借突厥之力一統天下，可這突厥深諳『鷸蚌相爭，漁翁得利』之理，兩面討好又都不得罪，大發了一筆橫財。至前隋一統之時，突厥從祁連山東侵，前隋難禦強敵，只得在甘州、肅州修築長城。」

「若不是突厥內部紛爭、一分為二，不知後來還會出什麼亂子。」魏徵歎道。

「夷狄天性難改，分裂了也還是禍害。」杜如晦狠狠說道：「西突厥回了西海[4]故地，除了欺負幾個西域藩屬，暫時倒是與我大唐無涉，如今也陷入內訌之中。唯獨盤踞漠北的東突厥，歷來反復無常。前隋時俯首稱臣，受封『啟民可汗』。至我大唐龍興之際，適逢啟民可汗之子頡利可汗繼位，覺得有機可乘，遂與中原為敵，真是自不量力！」

「這些年與突厥戰事甚頻，但願藥師將軍[5]此次能一戰定乾坤！」房玄齡說道。

1 杜如晦，字克明，凌煙閣二十四功臣之一，排名第三。
2 房喬，字玄齡，凌煙閣二十四功臣之一，排名第五。
3 魏徵，字玄成，凌煙閣二十四功臣之一，排名第四。
4 西海，即今中亞地區的鹹海。
5 李靖，字藥師，凌煙閣二十四功臣之一，排名第八。

「皇上駕到……」

三人正在你一言我一語地談論著，只見太監略顯慌張地發出了清脆而響亮的喊聲，群臣倒是有些措手不及。靜氣凝神的同時，人家的心中不約而同地暗自揣度著：「今天這是怎麼回事？怎麼比平時早一炷香的工夫？」

突如其來的一片寂靜之後，氣宇軒昂的李世民從後堂穿出來，快步走上台階，端坐在龍椅之上。儘管雙眼略微有些泛紅，李世民的神情卻異常地興奮。

眼尖的大臣略微鬆了一口氣，今日的不同尋常，看來是有好事。

「房愛卿，昨夜是你值守，塞外送來的塘報，你可閱過？」李世民待群臣行禮後，望著房玄齡問道。

「啟稟聖上，微臣見是八百里加急，恐誤軍機，便直接送入宮中，未及看過。」房玄齡如實奏道。

李世民突然想起來，自己昨夜接到的塘報，還是侍奉一旁的小黃門當著自己的面拆封的，遂笑道：「那朕就告訴列位，這是定襄道行軍總管李藥師從陰山前線送來的。我十萬唐軍，數日前大敗東突厥主力，斬首上萬級，俘獲東突厥兵民十餘萬之眾，敵酋頡利可汗亦在被俘之列！」

「陛下文治武功，威震夷狄，實乃社稷之福。」群臣聽聞這一喜訊，在房玄齡、杜如晦的率領下紛紛跪拜，山呼萬歲。

看到群臣喜形於色，李世民不禁想起四年前，自己登基之初，頡利可汗率二十萬東突厥鐵騎從漠北翻過陰山，長驅直入，距離京師長安不過四十里之遙。當時，長安防守空虛，文武百官頓時驚慌失措，李世民泰然處之，帶著侍中高儉[6]、中書令房玄齡等幾名隨從，親赴渭水之濱，與頡利可汗隔河相望，唱了一出「空城計」。

6 高儉，字士廉，凌煙閣二十四功臣之一，排名第六。

頡利可汗見李世民率寥寥數人與自己對陣，心中為之一震。由於不知底細，生怕過河遭遇伏擊，頡利可汗並不敢貿然採取行動。最終，李世民主動提出「贈金帛、結盟約」的倡議，頡利可汗欣然接受，在便橋盟誓之後領兵北還。

從那以後，李世民便將「渭水之盟」視作泱泱大唐的恥辱。經歷三年的厲兵秣馬，時任代州都督的張公謹[7]建議，趁東突厥內訌之機[8]，出兵平狄。

李世民認為東突厥內亂是千載難逢的時機，遂命兵部尚書李靖為定襄道行軍總管，張公謹為副，率並州都督李績[9]、華州刺史柴紹、靈州大都督薛萬徹等將領，統兵十餘萬，分道出擊塞外。

如今，李靖巧施奇計，在陰山將東突厥主力殺得人仰馬翻，頡利可汗也在逃往吐谷渾的途中被唐軍俘獲，實乃大快人心之事。

群臣山呼萬歲，回聲在皇宮內久久回蕩。李世民抑制不住興奮的神情，接著說道：「傳朕旨意，令李藥師將頡利可汗等一干戰俘押解回京。屆時，京師長安將舉行盛大儀式，迎接大軍凱旋！」

***

三日之後，在千里之外的陰山前線，李靖接到快馬送來的聖旨，不敢有片刻耽擱，親自押著數萬衣衫襤褸的突厥戰俘，浩浩蕩蕩地班師回朝。

經過兩個月的艱難跋涉，頡利可汗被十萬大軍簇擁著，「請」到了京師長安。

來到這座令他魂牽夢繞的繁華都市，頡利可汗的心情可謂五味雜陳。人生最大的悲哀，不是想要的

7 張公謹，字弘慎，凌煙閣二十四功臣之一，排名第十八。

8 當時，由於頡利可汗橫徵暴斂、窮兵黷武，薛延陀、回紇、拔野古等部紛紛叛離東突厥，侄子突利小可汗亦與之決裂，叔侄開始兵戎相見。

9 李績，原名徐世績，字懋功，凌煙閣二十四功臣之一，排名第二十三。

得不到，而是以最不希望的方式得到了。頡利可汗曾經無數次地憧憬著，自己率領東突厥大軍衝入長安城，一覽似錦繁華。當年在渭水北岸，他多麼想振臂一呼，率領威風凜凜的鐵騎涉河南下，與中原帝王一決高下。

如今，他來了，卻是坐在囚車裡，被一群士兵押著來的。昔日趾高氣昂、所向披靡的東突厥大軍，個個垂頭喪氣、叫苦連天。頡利可汗或許做夢都未曾想到過，會以這樣的方式實現自己的夢想。此時此刻，他寧願放棄自己的夢想，做一個安分守己的部落首領，但命運已經無從選擇！

李靖率領的北征大軍凱旋，長安城舉行了盛大的歡迎暨受降儀式。

位於皇宮正南方的順天門，巍巍而立，威嚴肅穆。順天門的南面，是分東西整齊排列的皇城。順著中軸線望去，穿過皇城，朱雀門就屹立在不遠處，一縷縷晨曦之外，長安城最南端的明德門也若隱若現。

或許是考慮到陽光、風向等因素，中國歷來講究「坐北朝南」，「北面俯首、南面稱孤」遂成定制。順天門便是大設國宴、赦過宥罪、除舊布新、受萬國朝賀、迎四夷賓客之所，時人稱之為「外朝」。

李靖，這位為草創大唐南征北戰、立下赫赫戰功的悍將，正率領著一隊精兵，押著幾十輛囚車，從明德門入城。長安百姓紛紛從巷閭之中跑出來，簇擁在中軸大街的兩旁，叫嚷著，歡呼著。頡利可汗站在頭一輛囚車裡，受牢籠之限，只得微微低著頭，緊閉著雙眼，不忍直視這滿目的繁華。

進了朱雀門，便是皇城，順天門已近在咫尺。李世民親自登臨順天門樓，當眾重賞諸將，並擲地有聲地歷數頡利可汗的五大罪狀：

「你繼承父兄的家業，不施仁政，沉湎於荒淫虐殺，罪之一也！屢次與大唐結盟，卻又背叛盟約，罪之二也！恃強凌弱，崇尚武力，致使生靈塗炭，罪之三也！犯我邊境，掠我子民，罪之四也！朕以寬仁為懷，赦爾等之罪，存爾等社稷，爾等卻百般推脫，遷延入京，罪之五也！」

李世民言辭鏗鏘，身為階下囚的頡利可汗早已沒有了當初的豪情壯志，一時間神情呆滯，只能唯唯諾諾、俯首聽命。

「朕再問你，先前鐵山一戰，爾在敗北之際遣使謝罪，表示願舉國內附、身自入朝。朕念及蒼生，特命鴻臚卿北上慰撫，迎爾等入朝。爾等為何首鼠兩端、出爾反爾，妄圖亡入漠北，繼續與大唐為敵？」

「在下褻瀆天威，罪該萬死，罪該萬死。」頡利可汗一邊回話，一邊輕拭著額頭上的冷汗。乍暖還寒的初春，頡利可汗卻顯得有些燥熱。

「泱泱天朝，對四夷向來以寬仁為懷。爾既已成囚，朕念及昔日渭水之盟，非但不斬爾頭、不治爾罪，還要賜爾田宅，授右衛大將軍之職，望爾痛改前非、好自為之。」李世民極力表現出自己的大度，隱隱約約地對這位威震漠北的首領感到一絲惋惜。

「皇恩浩蕩，彰顯我天朝盛世。」群臣紛紛跪下，山呼起來。

官軍大勝宿敵東突厥，頡利可汗俯首稱臣，整個長安城都沉浸在狂歡的氣氛之中！

皇宮大內裡，太上皇李淵一掃「玄武門之變」在自己心中留下的陰霾，破天荒地在凌煙閣設宴，款待李世民和眾多重臣皇親。

酒宴之上，李淵緊握著兒子李世民的手，發自肺腑地感慨道：「當年漢高祖劉邦親征韓王信，卻被匈奴圍困於白登山，靠行賄方得脫險，從此不敢再向北方動武。如今我兒力挽狂瀾，一舉掃滅突厥，為父託付得人，無憂矣！」

酣飲之際，意猶未盡的李淵彈奏起平日最擅長的琵琶，李世民則伴著悠揚的曲調，翩翩起舞。正如「日暮漢宮傳蠟燭，輕煙散入五侯家」，深宮裡的歡聲笑語，躍過高高的宮牆，混雜入夜市的喧鬧中，一直傳到京城的每一個角落……

每一個角落，其實都有屬於自己的故事。每一個人，都懷著不同的心情，經歷著這一場盛世的狂歡。

＊＊＊

在長安城一個並不起眼的院落裡，一名身著八品官服的青年男子正在來回地踱步。不時越過院牆傳進來的歡聲笑語，並沒有讓他焦慮的神情有所緩解。

他叫狄知遜，正式的官銜是「東宮內直郎」，也就是在太子李承乾的「東宮」裡辦差。

眾人都說做官難、做京官更難，狄知遜這些年深有體會。在偌大的京城裡，區區正八品上的官，不過是一粒芝麻綠豆，隨時都有可能被別人踩在腳下，肆意欺凌。

每次遭遇不順心的事情，狄知遜總喜歡獨自一人在這個不大的院子裡踱步，重溫父親狄孝緒的諄諄教誨，思考自己的坎坷仕途。

狄知遜的父親狄孝緒，曾在尚書省供職，擔任正四品的尚書左丞，在尚書左僕射房玄齡的直接領導下工作，分管吏部、禮部和戶部所屬各司。論官職，狄孝緒是正四品，但他曾獲封「金紫光祿大夫」，這個虛銜屬於正三品。唐朝初期，一、二品相當於褒獎功勳卓著者的「榮譽稱號」，虛銜三品、實職四品，已然是身處廟堂之高了。

狄孝緒這一生小心謹慎，雖無大錯，亦無大功，平平庸庸地爬到這個高位，也算是心滿意足了。不過，為了小兒子狄知遜，狄孝緒倒是「鋌而走險」了一回。

狄知遜排行第五，自幼深得父親的真傳，頗似一個扎嘴葫蘆，不顯山不露水，也沒有什麼過人之處。通過「明經科」及第之後，按照朝廷不成文的規定，狄知遜理應會被打發到一些清水衙門，充任文書之類的工作，或者外放蠻荒、建設邊疆。

狄孝緒愛子心切，腆著一張老臉到吏部運作了一番，終於將狄知遜安排進了太子府，擔任東宮內直郎。雖然不過是掌管符璽、傘扇、幾案、服飾之類，無關痛癢的閒差，但在太子身邊露臉，倒也不失一種「長線投資」。

誰曾料想，狄孝緒「以權謀私」之舉，讓偶然獲知內情的房玄齡心生厭惡。如今木已成舟，房玄齡念及狄孝緒兢兢業業數十載，不應逼人太甚，只是不時地用言語刺激一番。

狄孝緒自知理虧，屢次申請調職。房玄齡也覺得此人業績平平，難堪尚書左丞之重任，遂將其外放至汴州，擔任刺史一職。

看著父親悻悻離開京城，狄知遜心中無盡地彷徨。他明白，沒有父親這棵大樹的庇護，自己的仕途將更加艱險。

時光如水，歲月如梭，狄孝緒到汴州已一年有餘。四百多個夜晚，狄知遜已經數不清，自己在這院中徘徊和思索過多少次。

今夜的狄知遜，倒不是因為官場上的爾虞我詐而苦惱，他只是在焦急地等待著一個激動人心的時刻而已。

如果一切順利的話，在這個令人難忘的夜晚，即將步入而立之年的狄知遜將有一個新的身分——父親。

臥房裡，夫人盧氏的喊叫聲此起彼伏，接產婆一邊替她摁住雙腳，一邊給她鼓勁兒。

狄知遜急不可耐，索性走到門前，伸出頭探向門縫，不斷變換著姿勢，往裡面窺視著。盧氏躺在裡面臥房的床上，除了堂屋桌子上明晃晃的幾隻蠟燭以外，狄知遜什麼也沒能瞧見。

一番徒勞無功之後，狄知遜退回院中，搓著雙手，繼續來回地踱步，時不時抬起頭，往臥房的方向看上一眼。

時間一分一秒地過去，狄知遜從來沒有感覺到夜晚竟是如此難熬。聖人云：「不孝有三，無後為大」，狄知遜雖非嫡子，沒有傳承狄氏香火的壓力，但自打成了婚，父親狄孝緒便一直盼望著再抱上個孫子。轉眼兩三年過去了，夫人盧氏依然毫無動靜，狄知遜焦急不已，卻又無可奈何。好在蒼天眷顧，盧氏終於迎來平生第一遭十月懷胎。如今一朝分娩，狄知遜自然既興奮又焦慮，作為一家之主，此時卻使不上勁，只能在這個不大的院落中不斷地徘徊。

終於，在一陣撕心裂肺地喊叫掙扎之後，哇哇的哭聲瞬間迸發出來，一個碩重的嬰孩呱呱墜地。

「恭喜大人，夫人生了個公子。」產婆端著一盆血水出來，笑嘻嘻地向狄知遜報喜。

狄知遜興高采烈地衝進屋內，抱起粉嘟嘟的嬰兒，一個勁地樂。儘管抱孩子的姿勢有些生硬，但興奮之情讓狄知遜顯得有些忘乎所以，一會兒親親他的臉頰，一會兒摸一摸他稀疏的黑髮。

「官人小心些，別把孩子扭著」，躺在床上的盧氏有氣無力地說，「趕緊給咱們的兒子起個名吧。」

這是狄知遜的長子，早在盧氏懷孕的時候，他就已經把這個問題考慮好了。

「按家譜的輩分，他是『仁』字輩，就叫『仁傑』吧。」狄知遜一邊逗著兒子，一邊跟盧氏交談著。

「『狄……仁……傑』，嗯，故里並州人傑地靈，此名甚合此意，但願他將來能有一番成就！」盧氏如釋重負地回應著。

「夫人也說並州人傑地靈，倒是我狄知遜有愧故土鄉親，但願此兒不似為父這般……」狄知遜不由得想起自己的際遇，喜悅之情消了大半，不禁哀歎起來。

「官人何必懊惱，你看，兒子在笑你了。」盧氏抬起頭，指著狄知遜懷中的嬰孩，安慰道。

狄知遜埋首一看，兒子粉嘟嘟的臉上，洋溢著一陣笑意，彷彿有什麼話想跟他說。

「瞧我兒這面相神態，定是成大器之人！」狄知遜也被逗樂了，滿心歡喜地附和起來。

言談之際，屋外突然傳來一聲巨響，一發禮花彈騰空而起，剛剛還一片漆黑的夜空，瞬間散發出了絢麗的色彩。

這一夜，長安城燈火璀璨、煙火四射。皇宮內外，所有人都在慶祝東突厥首領頡利可汗的俯首稱臣，只是在狄知遜、盧氏的眼裡，這是在祝賀他們長子的降生。

狄仁傑伴隨著照耀夜空的煙火，來到了這個世界上。

第二回 享天倫爺孫論牧誓 傷別離京官作參軍

狄知遜時常在感慨，自己才能有限，以致一生平庸，實在沒有什麼好怨天尤人的。不過，兒子倒是生在一個幸福的時代。幸福，往往不是來源於當下的富足，而是對未來生活的希望。

常年的戰亂，曾經給這片土地帶來深重的災難。戰爭的破壞力，最直接的表現便是人口的急劇減少。隋朝大業年間，全國的戶數是八百九十萬戶，到貞觀初年，只有區區三百萬戶。戶數銳減三分之二，土地大片荒蕪，朝廷的賦稅也大打折扣。

話說貞觀六年，李世民在一些地方官員的慫恿下，頓生封禪之意。群臣皆隨聲附和，唯獨諫議大夫魏徵認為國力尚處於虛弱之中，還沒到封禪「論功」的時候。

「朕功不高耶？德未厚耶？華夏未安耶？遠夷未慕耶？符瑞未至耶？年穀未登耶？何為不可？」李世民對魏徵的異議顯得十分不滿。

在李世民連珠炮似的追問下，魏徵直言道：「陛下功高，然民未懷惠。德厚，然澤未旁流。華夏安，然未足以供事。遠夷慕，然無以供其求。符瑞至，然法網猶密。積歲豐稔，然倉廩尚虛。……今自關中之洛水，至東海之泰山，荒草巨澤，茫茫千里，人煙斷絕，雞犬不聞，道路蕭條，進退艱阻。」

毫不誇張地說，當時的國家，可謂千瘡百孔、積貧積弱！

狄仁傑一天天長大的這些年，在「曠世英主」李世民的領導下，大唐正發生著翻天覆地的變化，呈現出一片承平景象。到貞觀八年底，朝廷的財政收支終於大幅度地好轉，倉廩充實、府庫豐盈，中書舍人高季輔[1]上疏建議增加官員的俸祿，漲薪養廉，得到了李世民的首肯。

對於狄知遜而言，待遇的提高，真可謂是雪中送炭！

狄知遜雖身披官袍，但這京官與地方官之間，境遇有著天壤之別。區區八品京官，俸祿極低，能有所補益、勉強維持日常用度的，一靠「恩賞」，二便是地方官員的「孝敬」。

狄知遜身在太子宮中，又擔任著可有可無的閒職，自然與「恩賞」無緣，更談不上每年跟「孝敬」打上幾個照面了。

這些年來，隨著次子狄仁貞、三子狄仁節的降生，狄知遜的日子過得頗為艱難。儘管有父親狄孝緒的時常接濟，狄知遜依然十分犯愁。

如今好了，朝廷增發「祿米」，總算解了自己的燃眉之急。眼看著長子狄仁傑聰敏好學、彬彬有禮，狄知遜心裡自然是歡喜異常。

這日傍晚，狄知遜回到家，將狄仁傑的功課檢視了一番，挑出幾處不甚妥當之筆，正準備俯身提筆教授，只聽僕從柱兒從門外進來，扯著嗓子喊道：「老爺，老爺……老爺回來了嗎？」

狄知遜放下本子，抽身踱到院中，只見柱兒拎著一兜家用的雜物，嘴裡喘著粗氣，大汗淋漓。

「柱兒，何事如此慌張，也不怕鄰舍笑話。」狄知遜故意陰著臉數落道。

柱兒知道狄知遜素來平和，主僕之間玩笑慣了，便笑答道：「老爺真是多慮，鄰舍皆有自己的生計，誰有工夫笑話小的，能把肚子笑飽不成？」

1 高馮，字季輔，高宗繼位後拜相，任中書令、吏部尚書。

「看你貧嘴」狄知遜舉起右手，做出一副要打的架勢，「到底何事？」

杜兒見問，將兜子放在樹下的石桌上，伸手從衣服裡掏出一封書信，遞給狄知遜，答道：「晌午時分，太爺差人從汴州送來一封書信，夫人又到廟裡上香去了，是小的收下的。」

「送信的人呢？」

「信交給小的便走了，說是到京城有公幹，順帶著捎的信。待公事辦妥，過幾日再來接小少爺，他說是太爺吩咐的。」

「接小少爺？」狄知遜聽得雲裡霧裡，不知家父有何要事，趕緊打開書信，側身坐在樹下通覽了一遍。

原來，狄孝緒不過是思念孫兒，此次差遣汴州官員到京城交割賦稅和貢品，想讓狄仁傑搭著便船，去汴州玩耍幾日，見見世面。

老人思親之心，狄知遜不敢違拗，等夫人盧氏上香歸來，兩口子趕緊張羅著收拾行裝。狄仁傑得知要到千里之外的汴州看望祖父，高興得跳將起來，圍著狄知遜問這問那。

「阿爹，從長安到汴州，是不是要走黃河？」

「黃河是不是很寬？」

「汴州有長安這般繁華嗎？」

「路上得走上多少時日？」

……

「好了好了，」狄知遜被追問得不知從何說起，「等你走上這麼一遭，自然就都明白了。」

數日之後，狄仁傑跟隨幾名汴州官員，乘船沿渭水順流而下。過了潼關，便匯入黃河，只見大河兩岸，綠油油的麥苗隨風舞動，不時望見幾名農夫，躬身在田間勞作。

這是狄仁傑平生的第一次遠行，故而顯得異常興奮，只見他一會憑欄遠眺，一會獨立船頭，好不歡喜。幾名小吏擔心刺史的孫兒有所閃失，惶恐不堪地護在左右。

遠途不曉時日，狄仁傑還沉浸在滿懷的新奇之中，船隊早已過了河陰，由汴水直抵汴州城下。

鬚髮花白的狄孝緒站在碼頭上，伸手接過狄仁傑，緊緊地抱在懷中，兩汪熱淚在眼眶裡打著轉，倔強地不肯滴落下來。

在汴州的這些日子裡，狄仁傑可算飽了眼福，也過了玩癮，而讓他興致盎然的，是爺爺書房裡堆積如山的書籍。

天氣晴朗的時候，狄孝緒總會捧著一本書，坐在院中品讀，小狄仁傑就繞著爺爺奔跑嬉戲。狄孝緒不時撚起鬍鬚，一副怡然自得的神情。

古稀之年，孫兒繞膝，天倫之樂，莫過於此！

狄仁傑年齒尚幼，卻聰明過人，不僅《千字文》背得爛熟，還能搖頭晃腦地誦上幾句《論語》、《中庸》，這讓狄孝緒更加歡喜。

一日，狄仁傑在書房裡捧起一本書，跑到狄孝緒的跟前，眨巴著一雙小眼睛懇求道：「爺爺，今天給我講講這本書吧。」

狄孝緒把書接了過來，定眼一瞧，原來是「五經」之一的《尚書》。微微點頭默贊「孺子可教」之後，狄孝緒翻開書本，指著一篇誦讀起來：

> 時甲子昧爽，王朝至於商郊牧野，乃誓。王左杖黃鉞，右秉白旄以麾，曰：「逖矣，西土之人！」王曰：「嗟！我友邦冢君、御事，司徒、司馬、司空，亞旅、師氏，千夫長、百夫長，及庸，蜀、羌、髳、微、盧、彭、濮人。稱爾戈，比爾干，立爾矛，予其誓。」王曰：「古人有言

曰：『牝雞無晨。牝雞司晨，惟家之索。』今商王受，惟婦言是用，昏棄厥肆祀，弗答；昏棄厥遺王父母弟不迪。乃惟四方之多罪逋逃，是崇是長，是信是使，是以為大夫卿士，俾暴虐於百姓，以奸宄於商邑。』……

狄仁傑聽得入迷，不知不覺地將兩隻手擱在爺爺的大腿上，托著下巴靜靜地聆聽。狄孝緒誦讀得抑揚頓挫，狄仁傑突然抬起頭問道：「爺爺，這書講的是什麼？」

狄孝緒放下書，摸了摸狄仁傑的頭，娓娓道來：「這部書乃儒家『五經』之一的《尚書》。」

「我知道，『五經』指《詩》、《書》、《禮》、《易》、《春秋》，這《尚書》自然就是『書經』了。」狄仁傑搶著說道。

「孫兒好記性，說得一點不差。」狄孝緒稱讚道。

「爺爺剛才誦讀的什麼『商郊牧野，乃誓』，是何故事？」狄仁傑迫不及待地想知道更多。

「這一篇叫做《牧誓》，是周武王討伐商紂王時的誓師辭。這次誓師之後，武王在牧野大敗商朝軍隊，建立了周朝。」

狄仁傑又問道：「爺爺，我記得《論語》裡面說，『臣事君以忠』。可武王身為臣子，卻興兵討伐紂王，為什麼還要歌頌他？」

「孫兒說的沒錯，爺爺考考你，『臣事君以忠』的上一句是怎麼說的？」

「這……」，狄仁傑撓了撓頭，顯得有些難為情，低聲答道：「孫兒愚鈍，不記得了。」

「君使臣以禮，臣事君以忠。」狄孝緒替他回答，接著說道：「《論語》裡還有一句，『為政以德，譬如北辰，居其所而眾星共之』。如果為君者不能禮待臣屬、施行德政，而是置禮數於不顧，胡作非為、欺虐下民，成為暴君，必然會有一位仁君來取代他。」

似懂非懂的狄仁傑繼續刨根問底：「爺爺，那商紂王做錯了什麼，要被武王取代呢？」

狄孝緒呷了一口茶，撚一撚花白的鬍鬚，緩緩答道：「商紂王這個國君既荒唐、又殘暴，是歷史上有名的暴君。他沉湎於酒色，寵倖一個叫妲己的女子，創炮烙之刑，殺比干、囚箕子，百姓苦不堪言，他最後也失去了民心。」

狄仁傑拿過書本，指著一句又問道：「爺爺，這裡面說『古人有言』，『牝雞無晨，牝雞司晨，惟家之索』，是什麼意思？」

「這是古人用生活中的常識來形容一些道理。比如說，每天清晨，都是公雞在打鳴報曉，如果誰家的母雞打鳴，就說明這家人會面臨一場災難。你看，妲己是一名女子，商紂王卻對她言聽計從，讓妲己高高在上，所以就亡了國。」

狄仁傑似乎明白了許多，搶過爺爺的話頭問道：「爺爺，我記得阿爹給我講過，漢朝有一個呂后，獨斷專權、權傾一時，是不是也可以算成『牝雞司晨，惟家之索』？」

狄孝緒心滿意足地哈哈大笑起來：「沒錯，沒錯！悟性比你阿爹高，咱們狄家也算是後繼有人了！」

***

狄仁傑從汴州回到長安後不久，狄孝緒因年老請旨致仕，獲得聖上恩准，正準備回並州老家頤養天年。

狄知遜得知這一消息，顯得憂心忡忡。掐指算來，自己在東宮內直郎的任上已做了七、八年的光景，雖無差錯，似乎也看不到一丁點升遷的曙光。

父親外放汴州，已經讓狄知遜懊惱了一回，如今老爺子退休，自己的仕途將會怎樣的變動，狄知遜不得而知，也更加憂慮。

狄知遜的擔憂並非沒有道理。論出身，他是「明經科」及第；論族譜，他還有一個不可告人的祕密。

先說說「明經科」。

科舉是從隋朝大業三年開始施行的，到唐朝初期，尚處於完善階段。當時的科舉分為定期舉行的「常舉」和不定期舉行的「制舉」。「常舉」種類繁多，應考人數最多、官方最為重視的是「進士科」和「明經科」。

這兩科，區別甚大。「進士科」包括詩賦、政論，考查綜合運用能力；「明經科」包括帖文、墨義、時務，考查記憶能力。換句話說，考「明經」只憑記性，考「進士」得看悟性。當時流傳著一種說法，叫做「三十老明經，五十少進士」，也就是說，明經科容易，二十來歲考中的如過江之鯽，三十歲才考中，太晚了；考進士艱難，老驥伏櫪者大有人在，五十歲就能考中的，堪稱「神童」。

考試難度差異如此之大，分別從兩科及第的考生，待遇上當然就有本質上的區別。

「進士科」及第的考生，可以披紅掛彩地招搖過市。外出旅行，當地官府有專人陪同，好吃好喝好招待。「明經科」出來的就比較寒磣了，不安排「遊街」，報到用的「官帖」還得自取。只要你有閒錢，想旅遊也沒問題，但一路上沒人搭理你。不小心摔到山溝裡了？活該！

再有，朝廷對「進士科」及第者都有詳細的「備案記錄」，只要官方史料沒有被損毀，想知道某一年誰中了進士，或者某人在哪一年中的進士，都不是難事兒。「明經科」全憑記錄官的心情，運氣好一點，寫個年份、姓名。萬一碰到懶的，名字都給省了，記錄一個總錄取人數拉倒，還不一定準確。

更重要的是，官員委任和升遷歷來注重及第出身，「明經科」大多被安排到清水衙門充任文書，或是打發到要荒之地幹到致仕，難有升遷機會。「進士科」往往在要害部門任職，升遷也相對容易。

狄知遜通過「明經科」及第時，狄孝緒暗中疏通了一些關節，方才有了一個破例的職務安排。如今，狄孝緒告別官場，正所謂「人走茶涼」，誰會對這個「明經科」出身的東宮內直郎正眼相待？

再說族譜。

狄家一直聲稱，先祖是孔子門下「七十二賢人」之一的狄黑。狄黑有一名裔孫叫狄山，西漢時期擔任「博士」，是掌管典籍、史事的官員。狄山因堅持對匈奴採取和親政策，反對窮兵黷武、舞槍弄棒，遭漢武帝貶謫至邊關，上任僅月餘便被匈奴軍隊殺害。

狄知遜聽父親狄孝緒說過，狄家便是狄山的後人，過去居住在狄城，後來遷到了並州。

不過，從狄孝緒欲言又止的神情中，狄知遜還是感覺到了一絲異樣，事情或許沒有這麼簡單。

後來，狄知遜暗中向族人查訪，還是發現了一些蛛絲馬跡。

狄孝緒的父親，也就是狄知遜的爺爺，名叫狄湛。南北朝時期，狄湛擔任過東魏的「平西將軍」，墓誌上說，他「能辟土以承家，裂山川而建國，貴盛一時，聲流千載」，說明此人戎馬一生、戰功卓著。

其實，狄湛身為東魏的將軍，卻曾經是一名羌族的首領。再往上數三輩，也就是狄湛的曾祖狄伯支，在「五胡十六國」時期可是叱吒風雲的人物。狄伯支是後秦（「十六國」之一）的開國功臣，後來被蓄意謀反的姚沖暗殺了。

唐朝初期，官員的門第之風甚重，這起源於魏晉時期的「士族政治」。曾幾何時，那些善於附庸風雅的貴族形成了一個固有的階層，他們發生過許多奇聞軼事，後來被南朝的劉義慶博采而編撰為《世說新語》。經歷戰火紛飛的南北朝，士族門閥儘管發生著「三十年河東，三十年河西」的滄桑巨變，但其根基尚存。隋朝統一，隋文帝楊堅不願繼續受士族掣肘，遂大興科舉，以此破除士族對官員的「壟斷」[2]。

2 科舉之前，官員皆由有影響的士族舉薦或世襲。

俗語說得好，「上山容易下山難」，搬掉「士族門閥」這座大山，絕非一朝一夕之事。唐興之際，李淵、李世民為鞏固執政基礎，重新劃定了貴族階層的範圍和等級。其中，「五姓七家」[3]代表的「隴右貴族」佔有絕對統治地位。

在這樣的背景之下，出身「隴右」之外的庶族都不怎麼受待見，更別說是異族之後了。因此，狄孝緒對此一直諱莫如深。如果不是時代久遠，加上後來戰火紛亂，狄家的老人又守口如瓶，狄孝緒是否能爬到這麼高的位置，確實很難說。

狄知遜擔心，父親退休之後，一些針對狄家的「風言風語」會流傳開來。到那個時候，自己被打上「胡人後裔」的標籤，政治前途就比較堪憂了。

＊＊＊

「老爺，老爺……」

狄知遜正坐在院中冥思，柱兒匆匆闖進門來，未及說出下文，便一個趔趄摔了一跤，滿面塵土，苦不堪言。

「你這個冒失鬼，又怎……」狄知遜話未說完，只見柱兒後面跟著一個人，身著素服，風塵僕僕地跑入院中，跪倒在狄知遜的跟前。

「老爺，太爺他……」剛說了兩句，來人已泣不成聲，嚎啕大哭起來。

「該死的奴才，哭個什麼勁，還不快說，太爺到底怎麼了？」狄知遜認出來人是父親狄孝緒身邊的僕役永春，趕緊追問道。

---

3 「五姓七家」包括隴西李氏、博陵崔氏、趙郡李氏、清河崔氏、范陽盧氏、滎陽鄭氏和太原王氏。

「老爺！」見永春哭得說不出話，柱兒爬將起來替他答道：「小的剛到街上東市採買，恰好碰到永春從春明門入得城門。」

「該死！」狄知遜打斷了柱兒的話，「誰問你來著？」

「老爺，」永春總算緩過勁來，依然帶著哭腔喊道：「太爺……太爺……沒氣兒了。」

永春不想說出一個「死」字，怎奈書讀得少，不知如何婉轉，索性冒了一句大白話。

「啊！」儘管從永春的衣著和神情，狄知遜已經猜出了七八分，但親耳聽到這一噩耗，狄知遜還是承受不住巨大的打擊，只覺一陣眩暈，跌坐在院中。

次日晌午，吏部考功司的掌固徐昊便趕來探望。

徐昊與狄知遜是並州老鄉，素來交好，兩家相距不遠，不時有一些走動。見狄知遜茶飯不思，面色混沌，徐昊欲言又止，不斷安慰狄知遜節哀。

狄知遜徹夜未眠，依然沉浸在哀痛之中，但他敏銳地感覺到，徐昊大晌午地跑來，多半是有事相告，只是見自己神情暗淡，頗顯猶豫而已。

「徐兄與卑職乃積年的至交，有話不妨直言。」狄知遜聲調低沉，言語間不時哽咽。

「狄兄莫怪，卑職確有一事，只是於心不忍……」徐昊也不由得悲傷起來。

「狄某雖平庸無能，也非懦弱之輩，經得起。」狄知遜強撐著站了起來。

「狄兄言重了，徐某豈有不告之理。得知令尊辭世，徐某亦悲傷不已，令尊為官一世，兢兢業業，如今致仕還鄉，還沒享幾天清福，卻……」

「人世無常，生死難料，這也是無可奈何之事。」狄知遜的心緒略微平靜，緩緩坐了下來。

「狄兄有所不知，吏部今兒個草擬了一份給令尊的追封，被聖上駁了回來。」徐昊低聲道。

「噢？」狄知遜十分吃驚，「聖上是何意？」

「徐某官卑職小，也是聽部裡同僚閒聊提起。令尊雖在汴州刺史任上致仕，卻做過尚書左丞，又獲封『金紫光祿大夫』，堂堂正三品哪！」徐昊伸出三個指頭，不禁歎了起來。

「那是虛銜，算不得數。」狄知遜擺手道。

「話雖如此，但死者為大，追封自然是要算虛銜的。按本朝定制，追封向來高過生前品級，吏部定的是正二品，並無破例之說。」

「家父區區刺史，受不得如此重譽。」狄知遜似乎放寬心了一些。

「不出一個時辰，聖上就駁回了，令吏部重擬。聽同僚們說，傳口諭的公公帶出了聖上的一句話。」

「聖上怎麼說？」狄知遜迫切地想知道結果。

「聖上說令尊大人雖身居高位，然幾無建樹，追封不宜過高，免得壞了規矩。同僚紛紛揣測，聖上這是想降級追封啊！」

「這……」狄知遜的腦子裡「嗡」的一下，一時不知從何說起。

「聖意難違，狄兄還是節哀順變吧。吏部正在重擬，估摸著也就這幾日，便會有個結果。」

徐昊雖是道聽塗說，卻所言不差。次日，宮中傳出旨意，追封狄孝緒為「臨潁男」。按照公、侯、伯、子、男的次序，屬於最低的一等，品級不過區區從五品上。

從長安趕往並州，狄知遜神情黯然。他明白，父親被降級追封，並非聖上李世民不近人情。論業績，父親素來平庸，的確毫無建樹，房玄齡對他並不滿意。再者，狄氏乃「庶族」，與出身「五姓七家」的官員不可同日而語。

李世民登基伊始，一直致力於平衡「士族」與「庶族」的關係，但正如前面所言，從魏晉、南北朝沿襲下來的「士族門閥」，雖然風光不再，卻依舊有著頑強的生命力。伴隨著唐朝的草創，「隴右貴族」成為新寵。貞觀十二年，李世民下旨編撰的《氏族志》完成，更是將這種氏族之間的等級制度公開化、合法化。

「庶族」當然不乏身居高位者，譬如房玄齡、魏徵都是「庶族」出身。然而，從整個官場態勢來看，「花瓶」畢竟是少數，「庶族」飽受排擠和打壓，才是活生生的現實。

＊＊＊

狄仁傑跟著父親前往並州奔喪，這還是他平生第一次來到所謂的「故里」。記憶中那位慈祥的祖父，如今與自己陰陽兩隔，年幼的狄仁傑也抑制不住心中的悲痛。

在狄孝緒的靈柩前，狄知遜拉著盧氏，還有狄仁傑等幾個兒子，雙膝跪地，大哭起來。悲傷彌漫了周遭的一切，狄仁傑雙眼通紅、悲不自勝，哪還有心情欣賞眼前的邊塞風景、鄉土人情。

辦完後事，狄知遜回到長安，隱隱地感覺到自己即將遭遇一場變故。

徐昊得知狄知遜回到京城，再次登門拜訪。一陣寒暄與撫慰之後，徐昊試探著問道：「狄兄今後作何打算？」

「不瞞徐兄，狄某這個東宮內直郎，怕是做到頭了。」狄知遜在摯友的面前，絲毫不掩飾自己的失落與擔憂。

「狄兄何出此言。」徐昊依然是一副欲言又止的神態。

見徐昊因狄家的事而無精打采，狄知遜倒有些過意不去，釋懷般地笑道：「徐兄不辭辛勞，光臨寒舍，狄某便已知曉內中隱情了。」

「你呀！」狄知遜顯得坦然，徐昊也笑了起來，回應道：「吏部前日遴選官員，打算讓老兄到外地歷練歷練。」

「歷練？呵呵，說得倒挺動聽。掐指算來，狄某在東宮供職也快十個年頭了，何曾有人道一句『歷練』之語？」

「人走茶涼，向來是官場規則，你我浸潤多年，早已心知肚明，又何必點破。」徐昊安慰道：「依徐某愚見，京城魚龍混雜、形勢不明，狄兄供職東宮，恐生無妄之災，倒不如山高皇帝遠，樂得清閒。」

「說得也是，狄某早就泰然處之了。說說吧，他們打算把我扔到哪兒去？」

「鄭州。」

「鄭州？」狄知遜有些懷疑自己的耳朵。

「不錯，是鄭州！」

「那不是鄭王主政嗎？」

「不瞞你說，鄭王上月上了一道奏疏，向聖上請旨，遴選一批得力官員去鄭州供職。聖上恩准了，吏部這幾日將名單報了上去，其中就有你狄知遜的『鼎鼎大名』。」徐昊見狄知遜輕鬆了許多，也像往常一樣，開起了玩笑。

「呵！吏部糊弄親王的本事倒是爐火純青啊，卑職在東宮與雜役無異，算哪門子的得力官員？」

「狄兄心如明鏡，何必深究。」

「也罷，也罷。」狄知遜端起茶碗，深深呷了一口，接著問道：「不知讓卑職去鄭州做何差事？」

「既然說到這兒，徐某倒要恭賀一番了。狄兄此去鄭州，出任從七品下的司兵參軍，跟你這正八品的東宮內直郎相比，也算是官升一級了。」

「過去陪太子讀書，如今陪親王主政，倒也不失狄某本行。」

言畢，兩人彼此會意，忍不住笑了起來。

第三回　新官上任辦案無暇　身無羈絆偶遇高僧

在鄭州主政的鄭王李元懿，是唐高祖李淵的第十三個兒子，武德四年封為藤王，據說自幼好學，頗有一番才能。

「玄武門之變」時，李元懿不過六、七歲，還是一個懵懂的孩童。皇宮中巨大的變故，對他而言，只是「父皇」變「皇兄」而已。

李世民執政之後，對這個小弟弟還算不錯，封他做了兖州刺史，實封六百戶。貞觀十年，李元懿又被改封為鄭王，並調任鄭州刺史。

話說李元懿從兖州回京覆命，又改任鄭州刺史時，李世民親自設宴為他餞行。席間，李世民不無關愛地問道：「鄭州人口甚多，政務繁雜，非兖州之微城小域可比，小十三此番履新，有何打算？」

「承蒙皇兄信賴，臣弟自當恪盡職守，力求平允清獄。」李元懿似乎成竹在胸，顯得躊躇滿志。

「好！」李世民舉起酒杯，高聲讚譽道：「有志不在年高，朕相信賢弟定能造福一方，為百姓所稱頌！」

李元懿興致盎然地到鄭州上任，方才感受到履行諾言，遠比酒宴上的豪言壯語來得艱難。他首先要解決的問題，是一干下屬的人選。

按照唐朝官制，州的最高長官是刺史，刺史下面，還有三級幕僚，分為「上佐」、「判佐」和「參軍」。

「上佐」包括別駕[1]和司馬，相當於刺史的副手。一般而言，長史偏重於政務，司馬偏重於軍務。不過，這兩個官職的權責並不固定，往往是由刺史臨時安排和委任，一事一任，沒派活就閒著。正因如此，「上佐」往往成為朝廷打發被「邊緣化」官員的冷板凳。特別是司馬一職，軍務自有駐軍管理，刺史府並無兵權，司馬更是擺設。唐朝最有名的「閒司馬」，應該是上班時間邊聽戲、邊流淚的「江州司馬」白居易。

「判佐」也稱「判司」，跟「上佐」不同，這可是忙得腳不沾地的實職官員。刺史主持一方政務，靠的就是刺史府下設的「六曹」。「六曹」與朝廷尚書省的「六部」基本對應，分為司功（主管人事和典儀，對應吏部和禮部）、司倉（主管賦稅，對應戶部）、司戶（主管戶籍，對應戶部）、司兵（主管防務，對應兵部）、司法（主管刑獄，對應刑部）和司士（主管工程，對應工部）。這「六曹」的主官，便被稱為「判佐」。

「參軍」的全稱是「錄事參軍」，「六曹」各設一名，與「判佐」平級或者矮半級。在各曹的日常運行中，「判司」是行政主官，「參軍」則偏重於監察，負責監督、舉劾本曹的官員，包括「判司」在內。

與其他各州相比，鄭州還有一個特別之處。由於鄭王李元懿在此開府，而親王府也對應地有「六曹」的設置。不過，為避免政出多門，鄭州刺史府「六曹」與鄭王府「六曹」是「一個機構，一班人馬，兩塊牌子」。

1 唐高宗時期改稱為「長史」。

李元懿到鄭州短短兩三個月，對各曹官員拖遝的作風甚為不滿，也擔心這些在鄭州苦心經營多年的官員盤根錯節，勢必影響今後的斷獄工作。因此，李元懿上疏一封，向李世民坦陳自己的苦楚，請求朝廷選派得力官員到鄭州任職。

就這樣，吏部按照李世民的旨意，四處遴選所謂的「得力官員」。

在親王手下供職，聽起來是「美差」，其實正好相反。跟朝廷的大佬相比，「瓜田李下」的親王們是不敢明目張膽地培植親信的。對於官員而言，人生最重要的事便是「選邊站隊」，「貼熱臉」也好，「燒冷灶」也罷，總得尋個靠山、有個去處。如果上司為避嫌疑，不敢拉幫結派，絕口不談舉薦，這官做著還能有什麼前途？有功歸親王，有過背黑鍋，萬一碰到個不知天高地厚的主，拉著一群烏合之眾跟朝廷幹上了，自己還得跟著倒楣。

吏部選來選去，凡是有背景的都百般推辭，最後不了了之，終於還是逮住幾個只有背影的平庸之輩。狄知遜便是其中之一，吏部將他從東宮拎了出來，出任鄭州刺史府司兵參軍，兼任鄭王府兵曹參軍。

＊＊＊

接到調令，狄知遜不敢耽擱，帶著一家老小奔鄭州而去。狄仁傑曾去過汴州，對這條路倒是頗為熟悉，一路上，狄仁傑手舞足蹈，向眾人如數家珍地介紹著兩岸的風土民情。他哪裡知道，父親的心中填滿了憂愁，毫無心思欣賞沿途的美景。

來到鄭州，狄知遜安頓好家人，便懷揣公文，趕往刺史府的兵曹報到。

「站住，來者何人？」狄知遜的兩隻腳尚未踏入門檻，便被坐在一旁看守的小吏攔住。

「本官是來報到的，有公文在此。」狄知遜見是一名小吏，並沒打算把公文給他看。

「公文何在？」小吏說著話，屁股卻不曾離開過板凳，翹著二郎腿，言談舉止中不乏輕蔑之情。

狄知遜見狀，正欲拂袖而入，轉念一想，自己初來乍到，萬一吵嚷起來，不成個體統，於是壓住火氣，從懷中掏出公文，遞給了小吏。

小吏接過公文，匆匆掃了兩眼，方才放下腿，站將起來，略微欠身作揖道：「原來是新上任的狄參軍，失敬失敬。」

「可以進去了吧？」狄知遜從小吏手中扯過公文，面無表情地問道。

「哎呀，狄參軍，實在不巧得很，張判司不在衙門中，您還是改日再來。」

「既然判司有公務在身，我自去報到，何須叨擾。」狄知遜言畢，便邁開腿打算進去。

「不瞞狄參軍，衙署空無一人，您進去了也是白費勁。」小吏一邊說，一邊坐回門邊的板凳，哼起了小曲。

「常聽同僚講，『閻王好見，小鬼難纏』，『強龍難壓地頭蛇』，這一方小吏，果然不好對付。」狄知遜暗自思忖著，雖說是同僚們平日裡的閒談笑語，不曾料想自己剛到鄭州赴任，便碰了個硬茬。

「也罷也罷，還是散些浮財，免吃眼前虧吧。」狄知遜一邊想著，一邊掏出幾枚銅錢，放到小吏的屁股邊上，討好一般地笑道：「狄某奉命赴任，還望行個方便。」

小吏伸出一隻手，將銅錢扒拉到手中，掂了幾掂，屁股離開板凳站起來，滿面春風地說道：「狄參軍初來乍到，有所不知，這兵曹上下，皆提審犯人去了。」

「提審犯人？」狄知遜一臉的狐疑，「刑獄自有法曹主理，與兵曹何干？」

「參軍不知內情，自打鄭王主政鄭州，刺史府上下官吏就跟房頂上的三腳貓似的，整日忙得腳不沾地、寢不安席。」

「這是為何？」

「鄭王年少氣高，眼裡容不進沙子，鄭州牢獄人滿為患，鄭王哪肯依，責令法曹限期結案。可靠法曹這麼幾個人手，得查到猴年馬月去？鄭王便讓兵曹也一起辦案，反正各曹皆有政務在身，兵曹閒著也是閒著。」

「原來如此，那這報到……」狄知遜抬起手中的公文問道。

「參軍不必著急，且將公文交給小的。明日一早，小的自會通報，辰時點卯，狄參軍應時趕來便可。」

「如此甚好，有勞了。」狄知遜遂將公文遞給小吏。

「參軍說哪裡話，這是小的分內之事。明日可得趕早，稍遲上這麼一會兒，衙署裡恐怕就只剩下耗子了。」

次日一早，狄知遜前往兵曹，與張判司打了個照面，就算是正式上任了。點過卯，張判司出於禮節，站在院中與狄知遜匆匆聊了幾句，便帶著他趕往法曹，商討一堆棘手的積案。

新官上任，狄知遜既充實，也感到十分吃力。自從「明經科」及第，狄知遜一頭扎進東宮，一幹就是將近十個年頭。雖說是堂堂八品，其實跟個雜役下人無甚區別。如今外放地方，接手這些剪不斷、理還亂的陳年積案，難免有些「趕鴨子上架」的味道。

從很大程度上說，狄知遜承繼了父親狄孝緒的品性，雖顯平庸，但力求平穩，按部就班，無過是功，加上狄知遜龍章鳳姿、形象頗佳，倒還得到了鄭王李元懿的首肯和賞識。

一日，李元懿閒來無事，出府微服巡察，讓狄知遜也跟了去。一干人走過正街，只見人潮湧動，熙熙攘攘，一派政通人和的景象。

「狄參軍，你看這鄭州之繁華，比起京城長安如何？」李元懿突然扭過頭，向狄知遜問道。

「長安乃帝都氣象，卑職豈敢妄斷。」狄知遜言辭謹慎，生怕禍從口出。

「本王知你在東宮供職日久，開個玩笑而已。」李元懿笑道：「鄭州區區一二里之城，不過得汴水之便，上達京師，下通江南，方有此熱鬧之景。」

「鄭王為政有方，清獄辨冤，令行禁止，百姓無不歡騰。」狄知遜不忘美言上幾句。

兩人正在交談著，只見前面不遠處，一位老婦跪拜在幾名皂隸跟前，抹淚哭訴著什麼。由於尚有一段距離，街上人聲嘈雜，李元懿聽不真切，便快步走上前去，拉開皂隸，呵斥道：「好大膽的奴才，大庭廣眾之下竟敢欺辱百姓！」

皂隸認得是鄭王，慌忙跪下稟道：「王爺，小的們也是剛巡邏至此，未曾動得老婦一根毫毛。」

「到底怎麼回事？」

「王爺容稟，小的們正在這條街上巡邏，這老婦撲通一聲跪將下來，說有冤情訴告，小的們正沒個主意，不知如何區處呢。」

「哦？」李元懿聽說有冤情，立馬來了興趣，示意皂隸將老婦扶起，上前一步問道：「老人家莫怕，將你的冤情告與本王，本王自會秉公決斷。」

老婦聽得此言，便聲淚俱下地控訴起來。原來，她早年喪夫，膝下只有一個獨女湯氏，三年前嫁給城東的王屠戶，前日不幸身亡，官府查驗後說是自縊。老婦心有疑慮，女兒上月還回娘家探望，邀約母親這月到山上進香拜佛，並無輕生之意。老婦請求衙門重審，但法曹小吏告知勘驗結果並無疑點，無需重審。老婦如今已是孑然一身，在鄭州並無親眷，不敢與那王屠戶爭執，只得上街尋公人喊冤，討個公道。

「既然如此，你且隨我回衙門一遭。」李元懿聽完，讓皂隸扶著老婦來到刺史府，又安排狄知遜派人去找王屠戶。

之傷，故而當是自縊無疑。

「傳法曹劉判司。」回到府中，李元懿一面安排給老婦落座歇腳，一面差人前去傳話。

劉判司得知消息，趕緊將卷宗翻出，連跑帶走地趕了過來。李元懿細細翻閱了卷宗，只見仵作已有記錄，死者頸部勒痕，與懸吊的繩索紋理符合，身體各處並無損傷，唯獨臉上略有幾道抓痕，絕非致命之傷，故而當是自縊無疑。

「王屠戶何在？」李元懿坐上正堂，敲了一響驚木。

「草民在。」王屠戶被兩名皂隸架入堂中，神態自若地跪在地上。

「你娘子緣何自縊？」

「王爺容稟，草民當夜在家中吃酒，因近日生意不佳，多喝了幾杯。賤內在一旁嘮叨了幾句，便爭吵起來。大約一炷香的工夫，隔壁趙嬸聞聲前來勸解，草民酒勁發作，自回房中歇息。誰曾想次日起來，賤內已經……」未待說完，王屠戶便伸手抹起淚來。

「稟王爺，趙嬸也有供詞，說她當晚正在家中縫補衣物，聽得隔壁王屠戶家有爭吵之聲，便過去勸慰了一番。」法曹的劉判司接著補充道。

「狄參軍，你看此案可有疑點？」李元懿見狄知遜站在一旁若有所思，遂發問道。

「卑職不敢妄言。」狄知遜擔心駁了法曹劉判司的面子，並不敢多言。

「讓你說你就說，跟本王打什麼馬虎眼？」李元懿顯得有些生氣。

「卑職豈敢，」狄知遜自知躲不過，便硬著頭皮答道：「卑職只是對死者臉上的抓痕頗為不解。」

「老爺明察，那是草民夫妻爭吵抓撓所致，草民臉上也有好幾道。」王屠戶趕緊搶著自證清白，一邊說一邊側過臉去，將抓痕露給大家看。

「大膽刁民！大堂之上，豈容你肆意喧嘩！」李元懿將王屠戶怒斥了一通，隨即示意狄知遜接著往下說。

狄知遜走到堂中，抓起王屠戶的手：「王爺請看，這王屠戶手指粗短，指甲深埋肉中，豈能抓出血痕？」

李元懿深深點了點頭。

「再者，」狄知遜繼續說道：「夫妻爭執，抓撓乃婦人之舉，一個殺豬的屠戶，不扇耳光，玩什麼『貓抓撓』？」

狄知遜話音未落，在場之人紛紛竊笑起來。李元懿思忖片刻，走下堂來，指著王屠戶說道：「你帶路，本王親自到現場走一遭。」

來到王屠戶家，李元懿讓王屠戶還原了當時的場景。只見一條繩索穿過房梁，勒頸處打了一個死結，一根凳子踢倒在地。李元懿又命人取來一個繩子，按湯氏的身高截了一段，拴在死結上面。一切布置妥當，李元懿走上前來，俯身扶起板凳。眾人頓時恍然大悟，垂下來的繩子距離板凳還有一尺之遙！

站在一旁的王屠戶冒出一身冷汗，不待李元懿發問，便哆哆嗦嗦地說道：「王爺！賤內興許是……是……踩到桌上……」

「混帳刁民！還敢抵賴！」李元懿厲聲呵斥，「桌子並無拖拉痕跡，距懸樑處有數尺之遙，如何能將自己套上去?若是從桌上自縊，又如何能踢倒板凳?還不給本王從實招來，免受用刑之苦！」

王屠戶頓時雙膝癱軟，跪倒在地，一邊磕頭，一邊哭喊著「饒命」。

在李元懿的追問下，王屠戶如實招供了殺妻的罪行。原來，王屠戶背著湯氏有一個相好，不巧被湯氏撞見，撕打了一番。王屠戶回到家中，又與湯氏爭執起來，隔壁的趙嬸趕來勸解後方才平息。

王屠戶越想越氣，趁著酒勁，一時怒從心中起、惡向膽邊生，趁湯氏熟睡之際，他翻身而起，用迷煙將妻子迷暈，隨後將她懸吊在房梁之上，偽造出自縊身亡的現場。

王屠戶自以為做得天衣無縫，哪曾想到這個紕漏，一樁殘忍的殺妻案就此真相大白。

自打到鄭州赴任，這樣的案子，狄知遜不知經歷過多少回。每天拖著疲憊的身軀回到家中，狄知遜還要被兒子狄仁傑黏著，不厭其煩地給他講這些辦案故事。

每天夜裡，伴著微弱的燭光，小狄仁傑依偎在父親的身旁，聽得津津有味，每到精彩之處，不禁手舞足蹈起來。母親盧氏帶著弟弟們早已熟睡，狄仁傑仍然興趣盎然地聽著、問著。通常都是到了二更時分，在父親的屢次催促下，方才極不情願地鑽進被窩，期盼下一個夜晚的到來。

「阿爹，鄭王是不是一眼就看出王屠戶是兇手？」聽完王屠戶殺妻的故事，狄仁傑眨巴著眼睛追問道。

「王爺本心，阿爹豈敢私自揣測。」狄知遜不置可否。

「阿爹從幾道抓痕生疑斷凶，也是挺厲害的。」狄仁傑沒忘拍拍父親的「馬屁」。

「經驗之談而已。」狄知遜被兒子逗樂了，也謙虛一把。

「莫不是娘親撓過阿爹？」狄仁傑從狄知遜的懷中掙脫，跑著笑問道。

「好小子，擺好套讓你爹鑽，想挨揍了？」狄知遜舉起手，做起一副追打的樣子，哈哈大笑起來。

＊＊＊

這些日子裡，狄仁傑從狄知遜繪聲繪色的講述中學了不少，對斷案萌生了濃厚的興趣。因為狄知遜公務繁忙，無暇對兒子嚴加管束，狄仁傑倒是活泛了不少。溫習功課之餘，狄仁傑時常到街邊玩耍，跟街坊四鄰的小夥伴們混得倒挺熟絡。

一日天氣晴朗、豔陽高照，狄仁傑又跟著一群小夥伴在街邊嬉戲。

「咱們整日在牆角裡玩這爛石子，甚是無趣。」玩了一會，狄仁傑站起來歎道。

聽得此言，一名年歲稍大一些的孩子笑著提議道：「今日天氣晴好，出城走上一遭如何？」

眾孩童聽說要出城，響應異常地熱烈，嘻嘻哈哈地奔城門而去。

鄭州城外，有一座不甚高的山丘，隱藏在鬱鬱蔥蔥的參天古木之中。幾名孩童天性使然，相互追逐著，輕快地沿著山路攀爬，不過幾炷香的工夫，便登上了山頂。

林蔭之下，一座略顯殘破的禪寺映入眼簾。兩扇紅門歪扭著半開半閉，旁邊的牆體也已斑駁，依稀可辨得幾個黑色的字體，一邊是「南無阿彌陀佛」，一邊是「咫尺西天」。矮牆之內，縷縷香火騰空而起，磬聲有節奏地響著。

那些小夥伴們顯然已來過多次，紛紛跑散開去，鑽進樹林摘野果子去了。

狄仁傑初次到此，頗為新奇，輕輕推了推寺門，只聽「嘎吱」一聲，門板應聲張開，裡面卻毫無動靜。狄仁傑踮著腳，跨過門檻，隻身走進寺門。一尊香爐的後面便是殿堂，遠遠望去，彷彿供奉著千手觀音的塑像。狄仁傑繞過香爐，見堂內空無一人，只有旁邊的禪房內傳來一陣誦經之聲，與磬聲交織在一起，頗有一些佛法精深的味道。

狄仁傑趴在殿堂的門檻外望了一會，無甚意趣，便轉身走到禪房門外，側耳聆聽。

天女，時王夫人即汝身是。汝於彼佛暫得一聞大涅槃經，以是因緣，今得天身。值我出世，複聞深義。舍是天形，即以女身當王國土。得轉輪王所統領處四分之一，得大自在受持五戒作優婆夷。教化所屬城邑聚落男子女人大小，受持五戒守護正法，摧伏外道諸邪異見。汝於爾時實是菩薩。為化眾生現受女身。是時王者。即今一切眾生樂見梨車子，是深達正法甚深之義，能開如來微密法藏，護持佛法無所虧損。

狄仁傑不知僧人所誦是何經何文，只覺言語抑揚頓挫，聲調沁人心脾，不由得聽入了神。

不知不覺中，狄仁傑將頭靠到房門上，「嘎吱」一聲，破舊的房門被他推開半幅。狄仁傑方才回過神來，扭頭向門外跑去。

「小施主留步。」剛跑到香爐前，只聽身後發出一句喊聲。

狄仁傑停下腳步，轉身望去，一名風燭殘年的僧人正手持念珠，站在禪房門前。這僧人大約有八、九十高齡，滿臉皺紋，花白的鬍鬚隨風而動，精神倒挺矍鑠。他一隻手掐著念珠，一隻手招呼著狄仁傑走到近前。

狄仁傑怯懦地緩步向前，在老僧跟前站定，深深鞠了一躬，起身說道：「驚擾大師了！」

「阿彌陀佛！小施主來自哪裡？年齒幾何？」老僧目光中飽含愛憐。

「小兒狄仁傑，隨父從京城至此，年方七歲。敢問大師如何稱呼？」

老僧拉過狄仁傑的小手，頓時笑顏逐開：「善哉！老衲法號『海濤』。」

狄仁傑見老僧如此和藹可親，緊張的神情自然了許多，開口又問：「海濤大師，方才聽您誦念，婉轉高深，不知是何經文？」

「看來小施主也是有慧根之人哪。老衲方才所誦，乃《大方等大雲經》是也。」

「敢問大師，此經講的是什麼？」

老僧沒有答言，而是牽著狄仁傑走進禪房。兩人盤腿坐在蒲團之上，老僧細細觀摩了狄仁傑一番，方才開口說道：「小施主頗有佛緣，老衲不妨給你講講。《大方等大雲經》乃西方佛法經典，兩百年前由一位法號「曇無讖」的天竺高僧傳入東土。經文言道，極樂西天有一位『淨光天女』，聆聽了同性燈佛的《大般涅槃經》之後得道，凡胎降世來到人間，成為一國之君，獲得轉輪聖王統領之下四分之一的王道樂土，她教化百姓、弘揚佛法，一方百姓從此得以安居樂業。」

狄仁傑聽得如癡如醉，不由得愣了半響。老僧見他若有所思，忍不住問了一句：「小施主在想什麼？」

狄仁傑回過神，恭恭敬敬地站起來，欠身說道：「小兒方才聽了大師所講，略有些不明，但不知該問不該問。」

「小施主不必多禮，但問無妨。」老僧抬了抬手，示意他坐下。

狄仁傑略定了定神，回道：「小兒曾讀《尚書》，上有『牝雞司晨，惟家之索』一言。昔日祖父指點說，女子是當不得家的。女子當家，則如牝雞打鳴，其家必生災禍。聽大師這番話，小兒頗感困惑，佛經中說一位天女成了國王，教化百姓，豈不是與聖人之言相悖？」

老僧輕歎一口氣，緩緩站將起來，伸手拉起狄仁傑，默默地走出禪房，將他送至寺門。狄仁傑以為老僧生氣了，連忙欠身道：「小兒不知輕重，請大師恕罪。」

老僧盯著眼前的這個孩童，注視良久，眼眶裡不禁有些濕潤。沉吟半響之後，老僧歎道：「小施主，冥冥之中，自有定數，天命不可違也！」

狄仁傑似懂非懂地點了點頭，深深鞠了一躬，準備向老僧告別。

老僧將他扶起，一把攬入自己懷中，激動不已，顫顫說道：「依老衲之見，小施主是大富大貴之人。有朝一日，必能位極人臣，造福天下蒼生。怎奈老衲行將就木，恐怕等不到那一天了！」

言畢，老僧從懷裡取出一只鐫刻著彌勒佛像的玉佩，鄭重地交到狄仁傑的手中，囑咐道：「雍容華貴，只是過眼雲煙，不忘本心，方能長久彌堅。小施主將來若是飛黃騰達，務以天下蒼生為念，切記，切記！」

「大師……」

「小施主切勿多言，去吧，去吧……」老僧轉過身去，踏入寺門，隨手將大門緊閉。

狄仁傑手持玉佩，若有所思地走著，不想被一塊石頭絆倒在地，手中的玉佩也被摔成了兩塊。

「萬幸萬幸，沒讓大師看見。」狄仁傑回頭望瞭望緊閉著的寺門，趕緊爬將起來，暗自慶倖著，揣好玉佩，跑進林蔭深處找夥伴們去了。

第四回 梁州之劫有驚無險 少年老成交惡小吏

光陰似箭，歲月如梭。一轉眼，狄知遜在鄭州兵曹參軍的任上，滿滿當當地幹了三年。在這三年裡，狄知遜「防務」、「監察」的正事沒辦幾件，案子倒是查了不少。期滿考核，法曹判司、參軍官升數級，調任別州，狄知遜這個兵曹參軍因在業務範圍內乏善可陳，只得了個「下上等」。

多虧鄭王李元懿說了句公道話，表明兵曹在協助辦案方面頗有業績，吏部方才破例，讓狄知遜勉強升了兩級，遷任梁州兵曹參軍。

同為州衙兵曹，何來官升兩級一說？原來自開國伊始，唐高祖李淵便將隋朝的「郡」改為「州」，隸屬於「道」。全國三百多個州，根據統轄戶數、地理位置的差異，有「上州」、「下州」之分。從官員配置上看，上州、下州並無區別，但官員品級的差別較大。以刺史為例，上州刺史為從三品，下州刺史為正四品下，相差兩級。而對於各曹的錄事參軍，上州為從七品上，下州則為從八品下，相差達到五級。

地處邊境要衝、兼具「軍事要塞」或區域性核心城市的「上州」，還會設立「都督府」，一般由親王「遙領」或者實授。這類「上州」的配屬官員，級別又要比「上州」略高。以錄事參軍為例，設有都督府的「上州」為正七品上，比一般的「上州」高了兩級。

狄知遜所在的鄭州是「上州」，而轉任的梁州設有都督府，因此也算得上是「高升」了。

此時，在梁州擔任都督一職的，是李元懿的哥哥漢王李元昌，唐高祖李淵的第七子。

俗話說得好，「龍生九子，各不相同」，這漢王李元昌，與鄭王李元懿，走的是完全相反的主政路線。

李元懿勤政愛民，抱負不小，李元昌則秉承「多一事不如少一事」，在這終南山南麓、漢水之濱的城池裡做起了甩手掌櫃、「活神仙」。

李元昌的慵惰，讓梁州的官員們也上行下效，樂得清閒。不過說實話，狄知遜從一個忙得不可開交的衙門，忽然轉到一個閒得打秋風的都督府任職，還真有些不太適應。

最讓狄知遜頭疼的，是每天回到家中，兒子狄仁傑還跟在鄭州時一樣，纏著他講辦案故事。這梁州雖說案件不少、囚犯甚多，但跟兵曹八杆子打不到一起，哪有什麼案子可講？

實在糾纏不過，狄知遜只得直言相告：「阿爹如今在梁州兵曹供職，不曾辦過什麼案子。」

「阿爹莫要糊弄，過去在鄭州，阿爹不也是什麼兵曹的參軍嗎？」狄仁傑不依不饒，硬要狄知遜說出個子丑寅卯。

「小孩子家懂得什麼，梁州可不比鄭州。」

「可……」

「好了好了。」狄知遜把狄仁傑拉進書房，「你只需仔細讀書，將來科考及第，做個法曹判司，自有辦不完的案子。」

＊＊＊

狄知遜在梁州做了幾個月的閒差，雖說輕鬆自如，卻心生隱憂。憑藉多年為官經驗，特別是在東宮供職數年，狄知遜隱隱地感覺到，漢王李元昌可能要出事。

狄知遜的判斷，絕非空穴來風、庸人自擾。不光新來乍到的狄知遜，幾乎所有梁州的上下官員，都知道這個漢王李元昌，與太子李承乾來往甚密，叔侄倆交情不錯。

一般人會認為，李元昌與未來的皇帝走得近，將來必能沾上這個侄子的光，享不盡的榮華富貴。其實，別人不知內情，曾做過東宮內直郎的狄知遜，卻對太子李承乾瞭若指掌。

李承乾是李世民登基之後冊立的太子，當時只有八歲。他能成為太子，並非才學出眾，僅僅因為他是嫡長子而已。

毫不誇張地說，李世民對這個兒子寄予厚望。李承乾曾經大病初愈，李世民特意下旨，召度三千多人出家為僧，還修建了西華觀和普光寺，為太子祈福，愛子之心，可見一斑。

事與願違，隨著年歲的增長，李承乾心理上的缺失，讓李世民陷入了希望越大、失望越大的困擾之中。李世民越來越強烈地感覺到，李承乾這個嫡長子，並不是做皇帝的料。

論才學，李承乾並非一無所長，他曾在父皇的授意下，當場寫下一篇洋洋灑灑的治國方略，讓李世民和在場的重臣刮目相看，讚歎後生可畏、後繼有人。不過，李承乾生性叛逆，對於李世民選定的幾位「太子師」，諸如於志寧[1]、李百藥[2]、張玄素[3]等老臣，李承乾表面畢恭畢敬，暗地裡對他們的嚴加管束、進諫不留情面，恨得咬牙切齒。

狄知遜在東宮供職時，不只一次撞見李承乾在「太子師」離去之後，將滿桌的筆墨紙硯掀翻在地。

李承乾長大之後，腿上生疾，留下了後遺症，行走頗為不便，這一「天降橫禍」讓李承乾心灰意冷，終日沉迷於聲色犬馬之中。

1 于志寧，字仲謐，時任太子左庶子。
2 李百藥，字重規，時任太子右庶子。
3 張玄素，時任太子左庶子。

狄知遜早在東宮之時，對李承乾的前途已不甚看好。李世民是一世英主，絕不可能將自己苦心經營多年的江山社稷，託付給這樣一個「扶不起的阿斗」。

更讓狄知遜擔憂的是，李承乾生性暴躁。當年張玄素屢次勸諫太子專心學業，不可放任無度，李承乾不但充作耳旁風，甚至還派下人暗殺張玄素，所幸下人因生疏而未遂。照這樣的品性，有朝一日失去了太子之位，無人慫恿倒還好，一旦受人唆使，說不定會做出什麼大逆不道的事情出來。漢王李元昌與李承乾交往過密，恐怕絕非幸事。

貞觀十六年，狄知遜最擔心、最不願意看到的事情，終於還是發生了。

這年底，李元昌回京面聖，按照以往的習慣，又抽空到東宮，與李承乾推杯換盞。

酒宴之上，儘管有幾名女侍起舞助興，李承乾依然悶悶不樂，只是在七叔面前強顏歡笑而已。

李元昌看出李承乾心事重重，神采不如往日，遂舉起酒杯，伸到李承乾的面前，笑道：「今日月光婆娑，美酒佳餚，宛如天上人間，太子殿下何故愁眉不展？」

見李元昌主動挑起話題，李承乾歎了口氣，端起酒杯一飲而盡，訴說起自己心中的苦悶：「七叔身在梁州，哪知京城險惡，侄兒這太子之位，怕是坐到頭了。」

「噢？」李元昌聽出李承乾話中有話，遂將酒杯擱在一旁，湊過身來，低聲問道：「太子何出此言？莫非皇上有何聖諭？」

「父皇前日當著群臣的面，說我自幼聰敏，雖有任性之處，然皆係小節，玉中一瑕耳。」

「既然聖上如此說，太子還有什麼好擔憂的？」李元昌頗為不解。

「七叔此次入京，可曾聽說數月前完稿的《括地志》？」李承乾似乎在轉移話題。

「《括地志》？」李元昌想了一想，「似乎在邸報中閃過一眼，怎麼了？」

「你可知由何人編撰而成？」

兒？」

「這……」李元昌一時想不起來了，「哎呀，太子也知道，七叔不擅政務，哪記得這麼多人名

「這是父皇授意魏王編撰的。」

「魏王？你說李泰？」

「沒錯，就是我這個一娘所出的二弟。」

「那又如何？」李元昌還是搞不清楚，李承乾的葫蘆裡到底賣的什麼藥。

「如何？」李承乾又飲盡一杯，「父皇特意下旨，將《括地志》收入藏書閣，又接二連三地賞賜有加。現如今，跟魏王府相比，我這東宮可寒酸多了。」

「不是本王多嘴，既是一奶同胞，父親摯愛如寶，也是人之常情。」李元昌雖說酒過數巡，漸感不支，依然不忘說幾句應景寬慰的話。

「哎！」李承乾長歎一聲，順手指了一指眼前翩翩起舞的幾名女侍，側身問道：「依七叔之見，這幾名舞女如何？」

「甚好，甚好。」李元昌不知李承乾這一問有何用意，只得應付著稱讚幾句。

「七叔若是早來幾個月，還有更好的，只是……」話未說完，李承乾不禁暗自抹起淚來。

李元昌見狀，慌忙問道：「太子這又是為何？」

「七叔有所不知，今年上元之節，太常寺幾名樂童到東宮助興，其中一個叫『稱心』的，舞姿縹緲、容貌甚佳，我便將他留在東宮。誰知不過半年光景，便被父皇聽聞，將他……殺了。」

「啊？」李元昌大為驚駭，「聖上何以得知？」

「哼！定是魏王暗中告的密！」李承乾言之鑿鑿。

「聽太子這麼一說，我倒真替太子捏一把汗哪！」

「七叔，你我交情甚篤，為今之計，該如何是好？」

李元昌並沒有答言，而是雙唇緊閉，陷入了深深的沉思。

「七叔，莫非你還信不過侄兒？」李承乾言語中不乏哀求。

「玄武門之變，怕是又要重演了。」李元昌沒有理會李承乾，而是仰首望月，冷不丁地感慨了一句。

「啊？」李承乾聽得真切，不由得站了起來，拉著李元昌問道：「七叔也覺得，我這個太子不能坐以待斃？」

「我何曾有此意？」雖說叔侄交情甚篤，但事關生死，李元昌依然言辭謹慎。

「不瞞七叔，我已與兵部尚書侯君集[4]、左屯衛中郎將李安儼[5]、洋州刺史趙節[6]、駙馬都尉杜荷[7]等眾臣商議妥當，應對不時之需。」

「七叔的意思是……」

李元昌思忖片刻，突然轉過身，重重地往桌上一拍，說道：「既然如此，何不仿效你父皇之舉？」

李元昌伸出一隻手指，在酒杯裡略蘸一下，在桌上寫下一個「兵」字，接著湊到李承乾的耳旁，一字一頓地低聲道：「兵……諫……，逼……宮……，禪……位……！」

「這……」李承乾有些不敢相信自己的耳朵。

「太子有何顧慮？」李元昌追問道。

「雖有兵部侯尚書相助，逼宮不是問題，但萬一各地起兵勤王……」李承乾不敢再往下想。

「瞻前顧後，能成什麼大事？只要以迅雷不及掩耳之勢，底定乾坤，天下何人敢逆時而動？」

---

4 侯君集，唐初悍將，凌煙閣二十四功臣之一，排名第十七。

5 李安儼，原為李建成屬官，「玄武門之變」時為主拼死搏鬥，李世民感其忠，遂留用掌管宿衛。

6 趙節，唐高祖李淵外孫，長廣公主與趙慈景之子。

7 杜荷，杜如晦之子，娶唐太宗第十六女城陽公主為妻。

見李承乾仍顯猶豫，李元昌又說道：「太子不必多慮，我即日回梁州整軍備糧，揮師長安，為你助陣壯威！」

「既然七叔不擅政務，何故擔著身家性命，助侄兒一臂之力？」儘管是「至親」，李承乾依然心存疑慮。

「太子不必擔心。」李元昌對李承乾的憂慮心知肚明，「七叔只有一個不情之請。」

「七叔請講。」李承乾明白，只要有條件，這事兒就好辦了。

「今日面聖，見聖上身邊有一美人，容貌頗佳，又彈得一手好琵琶，甚合我心。將來事成，懇請太子不吝垂賜，七叔惟欲得此一人，別無他求。」

「好說！好說！」李承乾端起酒杯，與李元昌一飲而盡。

***

李元昌回到梁州，開始暗中準備起事，募兵購馬、籌集糧草，忙得不亦樂乎。狄知遜所在的兵曹，往日髀肉復生、門可羅雀，如今卻是車水馬龍、門庭若市。

儘管李元昌一再強調，這是為防備西面的吐蕃進犯，但狄知遜到梁州上任也有一些時日了，自然感覺到事情恐怕沒有這麼簡單。

自打貞觀十二年的松州之戰[8]後，一敗塗地的吐蕃一蹶不振，被迫接受朝廷的和親動議。兩年之後，文成公主進藏，大唐與吐蕃的關係步入「蜜月期」。雙方歌舞昇平、交往甚密，何來進犯之憂？再說了，梁州並非邊陲，西面的興州、成州、文州一片井然、毫無動靜，躲在後面的梁州瞎激動什麼？

8 當時，侯君集率五萬步騎在松州擊敗吐蕃東侵大軍，松贊干布退兵請和。

「王判司，依狄某之見，如此大張旗鼓，恐怕另有隱情。」狄知遜找到兵曹的王判司，直言自己的憂慮。

「狄參軍所言極是，可你我官卑職小，又能作何區處？」王判司雖是新任不久，但也是久經官場而甚為失意的落魄官員，與狄知遜相處時日不長，卻十分投機，因此兩人對話，彼此的心事並無隱瞞。

「咱們還是彙報給司馬吧。」兵曹按理是司馬的對口衙署，狄知遜的提議並無不妥。

不過，當他們興沖沖地向梁州司馬作了一通彙報之後，這個坐著「冷板凳」百無聊賴、比王狄二人更加落魄的官場「棄子」，顯得十分淡然。

「二位恪盡職守，一心報效朝廷，令本官欽佩不已。只是這募兵籌糧之事，乃漢王奉旨督辦。親王主政梁州，二位還有什麼疑慮？」

狄、王二人被司馬寥寥數語堵了回去，雖然心中惶恐不安，卻也只能奉命辦差，稀裡糊塗地數著指頭過日子。

梁州天高皇帝遠，李元昌大可為所欲為。李承乾就不一樣了，稍有一點異常的動向，京城裡無數的人都睜大眼睛瞧著。終於，李承乾尚未有什麼實質性的行動，便有人探知內情，向李世民告發了。

李世民一直對「玄武門之變」有著說不清道不明的陰影，誰曾想這一幕手足相殘的慘劇，險些在自己的子嗣中重演，頓時龍顏大怒，下旨將李承乾貶為庶人，充軍黔州，侯君集、李安儼、趙節、杜荷等人則被處死。

一年之後，李承乾在黔州鬱鬱而終，悲痛欲絕的李世民為之廢朝三日，並以「國公」之禮將其厚葬。李世民的複雜心境，又有何人能夠體會？

對於慫恿、教唆太子謀逆的李元昌，李世民痛恨不已，下旨將其賜死，並對梁州官員進行整肅。

犯上作亂是十惡不赦的重罪，而在這場風聲鶴唳、草木皆兵的整肅中，梁州各曹皆有官員慘遭厄運，或是送了性命，或是發配要荒。一時之間，梁州城血氣彌漫、哭聲震天，那些被流放的官員，帶著滿面愁容的家眷，淒涼地穿城而過，拖著沉重的步伐，走向遠方。

當時，狄仁傑簇擁在街邊的屋簷下，親眼見證了這淒慘的一幕，心中五味雜陳。他不知道這些人到底犯了什麼罪，也不知道他們的結局會是如何。

幸運的是，多虧狄、王二人一時興起，向梁州司馬彙報過自己的疑慮。朝廷經過查證，認為兵曹官員雖有「助紂為虐」之實，然皆奉命行事、不知內情，決定免予追究，調離梁州。若不是狄知遜在東宮數年積累下來的政治嗅覺，他這一家子，包括狄仁傑在內，恐怕也得加入這群流犯之中，走向蠻荒。

梁州風波之後，狄知遜被調到江南的越州，出任剡縣縣令一職，也算是有驚無險。

＊＊＊

剡縣乃越州治所之地，縣城四面環山，鐘靈毓秀，一條剡溪橫貫其間，既有水鄉之神韻，又不乏山脈之雄偉。對於長期生活在北方的狄知遜一家而言，這江南景色甚是妖嬈，令人頓生心曠神怡之感。

剡縣既是州治，這縣令的權勢便弱了許多。對於狄知遜而言，倒顯得頗為閒適。不過，狄知遜剛到剡縣上任，狄仁傑便惹上了一場不大不小的禍事。

一日，剡縣城內發生了一起命案。案情並不複雜，欠債的把上門討債的給殺了，並連夜潛逃。

縣丞接到鄉人的舉報，覺著事情不大，既未向狄知遜報告，也沒有親臨現場，而是隨便派了一名典吏前去查驗。典吏在里正的指引下來到案發現場，說來也巧，狄仁傑此時正在旁邊的私塾念書。

當時，整條街的人都圍攏上來，七嘴八舌地侃侃而談。典吏辦事倒也認真負責，挨個查問，動筆記錄。

「大學之道，在明明德，在親民，在止於至善。知止而後有定，定而後能靜，靜而後能安，安而後能慮，慮而後能得。物有本末，事有終始，知所先後，則近道矣。」

一陣喧囂過去，私塾裡琅琅的讀書聲傳了出來，這讓在場的人都感到一陣詫異。典吏也有些新奇，側身叫過里正，笑道：「這是哪家私塾？人命關天，他倒獨善其身。」

里正抬眼瞧了瞧，恰好瞅見私塾的教書先生擠在人群之中，便將他招呼過來，也跟著笑道：「趙先生，你這私塾看似破舊，倒是藏龍臥虎之地啊！」

「豈敢豈敢。」趙先生拱手回道。

「大膽！」典吏突然呵斥一聲，指著趙先生罵道：「衙門公差奉命查案，街坊四鄰皆到此應詢，哪裡冒出來的狂徒，竟敢置之不理？」

里正見典吏動怒，趕緊在背後將趙先生的衣襟扯了扯，示意他將還在裡面讀書的學生叫出來。

這教書先生正待轉身，便被典吏叫住：「你後面跟著，本爺親自進去查驗查驗。」

話音未落，典吏帶著里正，一腳踏入私塾，走到了這個正搖頭晃腦、誦讀經典的學生面前。眼前這個十歲上下的孩童，便是新任剡縣縣令狄知遜的長子狄仁傑。不過，狄知遜為人低調，又是新官上任，典吏、里正等一干人並不知曉狄仁傑的來歷。

典吏略站了一會，狄仁傑根本不屑一顧，繼續閉著眼睛誦讀，一副怡然自得的神情。教書先生見狀，擔心惹惱典吏，趕緊上前一步，扯著狄仁傑的衣袖，低聲提醒道：「衙門裡的老爺來了，還不趕緊起身回話！」

誰曾料想，狄仁傑連眼皮都懶得張開，裝作什麼也沒有發生。

典吏見這孩子如此無視自己，頓時怒火中燒，重重地往書桌上一拍，厲聲呵斥道：「你是誰家孩童，竟如此不知禮數？站起來！爺有話問你！」

狄仁傑聽得此言，也不甘示弱地往書桌上一拍，站起來回敬道：「哪裡冒出來的爺？書中聖賢，尚且應接不暇，豈有空閒搭理俗吏？」

「你！」典吏被狄仁傑氣得怒目圓睜，跳了兩下，接著罵道：「你這個臭小子！皮子癢癢了是不是？」

「哼！」狄仁傑冷笑了一聲，「公人莫要裝腔作勢，小兒這身皮肉可保無虞，只怕公人有杖責之憂。」

「哈哈！」典吏見狄仁傑義正詞嚴、一臉肅穆，倒覺得有些可笑，「小小年紀，竟敢口出狂言。爺倒想聽一聽，你大言不慚地說什麼杖責之憂，憂在哪兒？」

狄仁傑離開座位，撥開人群，兩手抄在背後，緩步走到門口，轉身說道：「公人奉命查案，卻在此百般拖延，莫不是暗中助兇犯潛逃？」

「小孩子家莫要血口噴人，若不查訪清白，豈能倉促行事？」典吏爭辯道。

「呵！」狄仁傑冷笑道：「不知公人覺得此案還有何不清白之處？」

典吏見這孩童說話神情自若，暗自一驚，不知是何來頭，便試探性地問道：「依你之見，此案可有真凶？」

「正是！」狄仁傑回答得斬釘截鐵。

「何以見得？」

「小兒入學前走過外街，聽街坊閒談說起，死者並非這家主人，卻橫屍屋內。桌上尚有殘羹剩汁，除了一具死屍，家中空無一人。」

「那又如何？」這些情況，典吏在隨里正前來的路上，便已知曉。

「如何？」狄仁傑反問道：「這家主人明顯是畏罪潛逃，理應當即發出海捕文書，緝拿兇犯！若不是你這俗吏在此遷延，兇手恐怕早已歸案！你們這些無能之輩，枉領俸祿，非受杖責而何！」

「混帳東西！」典吏被狄仁傑點中痛穴，不禁大為光火，上前揪住狄仁傑的衣襟，吵嚷道：「爺看你就是個同謀！先跟爺到衙門裡走一遭，看你這銅牙利齒能硬到什麼時候！」

言畢，典吏拉著狄仁傑就往街上走去，里正和教書先生慌忙上前阻攔，典吏怒氣衝衝地將兩人撥開，生拉硬扯地把狄仁傑拖進了縣衙。

典吏拉扯著狄仁傑，後面跟著里正、教書先生和一群看熱鬧的百姓。剛走進大門，便跟從裡面出來的縣丞撞了個滿懷。縣丞一時怒起，呵斥起來：「沒長眼的奴才！搞什麼名堂！」典吏抬頭望見是自己的頂頭上司，趕緊放開狄仁傑，拍了拍自己的衣服，俯身作揖道：「啟稟老爺，小的奉命前去查案，兇犯已連夜逃亡，只抓到一名同謀，特押來給老爺處置。」

「噢？」縣丞方才想起，一個時辰以前，自己就安排這名典吏前去查案，遂問道：「同謀何在？」典吏見問，趕緊將狄仁傑從身後揪過來，諂笑道：「已經被小的帶來了，請老爺過目。」

縣丞定睛一瞧，覺得狄仁傑有些眼熟，卻一時想不起何處見過，便問典吏道：「同謀者怎會是個孩子？」

「老爺，別看他年紀小，可厲害得很哪！」

「是嗎？」縣丞走近前來，盯著狄仁傑俯首問道：「你是誰家孩子？你家大人呢？」

「小兒姓狄名仁傑，阿爹……」狄仁傑欲言又止。

「狄仁傑！」縣丞大吃一驚，終於想起自己在何處見過這個孩子了。前幾日到狄縣令家中談事，正是與這個狄仁傑打過照面。

縣丞突然抬起右手，「啪」的一聲，典吏只覺得臉上一陣火辣辣的生疼，捂著臉哭喪道：「老爺……」

「瞎了你的狗眼！」縣丞厲聲呵斥道：「你個狗奴才，讓你去查案，你把狄縣令的公子抓來幹什麼？」

典吏被扇得眼冒金星，半響才緩過勁來。聽縣丞說自己抓的小孩竟然是縣令的兒子，慌忙轉身又作揖又鞠躬，向狄仁傑賠不是。狄仁傑拍了拍身上的塵土，頭也不回，便邁步揚長而去。

＊＊＊

這個典吏雖未如狄仁傑所說，有杖責之憂，卻重重地挨了縣丞的一個耳光，在眾人面前好不羞愧。典吏越想越咽不下這口氣，總尋思著找點機會，給狄知遜一點顏色看看。

一個小小的典吏，如何能與七品縣令抗衡？這還得從官、吏的「雙軌制」說起。

科考時代，官與吏之間界限分明，彼此關係也十分微妙。

「官」主要通過科舉產生，「進士科」也好，「明經科」也罷，一旦金榜題名，就能穿上這身官袍，當然也有一些世襲和舉薦的名額。全國各地的官員皆有品級，由朝廷統一任命，而且一般不在家鄉任職，也有一定的任期。任期屆滿會進行考核，優異的升遷，中等的平調，低劣的降級甚至罷黜。這種官員任免的模式，稱為「流官制」。

「吏」則屬於各級衙門的臨時聘用人員，由於未經過科考，品級肯定是沒有的，一般就在家鄉任職，沒有「任期」一說，只要與歷任官員無甚抵牾，幹到死都行，被稱為「土吏」。吏的來源，既有科舉落榜的窮酸秀才，也有混跡鄉裡的平庸之輩，以後者居多。

在一個衙門裡，特別是剡縣這樣的小地方，朝廷任命的「流官」主持一方政務，但若是沒有「土吏」的幫襯，恐怕舉步維艱。因此，官得罩著吏，對他們吃拿卡要、渾水摸魚睜隻眼閉隻眼，吏自然也就幫著官，竭盡所能，面子上不給官員惹麻煩。總而言之，官該管的事兒，稀裡糊塗明著管，吏不該做的事兒，把握分寸暗中做，彼此井水不犯河水，相安無事、其樂融融。

吏吃罪了官，官不見得能把他怎麼樣，畢竟強龍難壓地頭蛇，誰沒有個三親四故、狐朋狗友？可官要是吃罪於吏，吏對付官的辦法可就多了。

就說這挨了打的典吏，自從受了狄仁傑的氣，便將這筆賬算到了縣令狄知遜的頭上。縣裡向州衙門上報材料，這典吏總是買通關係，胡亂改上一筆。州裡一核查，數目對不上，便拿狄知遜問話。

一年下來，狄知遜稀裡糊塗地被刺史府的六曹叫過去問了多次。不是上繳的賦稅不足，便是戶數出了紕漏。狄知遜回到縣裡清查，小吏們早有防備，屢屢讓他無功而返，丈二摸不著頭腦，被搞得焦頭爛額。

六曹官員不斷抱怨剡縣縣令馬馬虎虎，讓越州刺史大為光火，心想這州治之所，豈能容此無能之輩？於是，越州刺史上疏吏部，彈劾狄知遜不思政務，一塌糊塗。虧得已遷任吏部考功主事的徐昊百般周全，吏部方才不予追究，將狄知遜平調至華州治下的鄭縣，繼續出任縣令之職。

在鄭縣的這些年，狄知遜總算過了幾天安生日子。

伴隨著狄仁傑年歲的增長，狄知遜漸漸發現，這個兒子越發不同尋常。論詩書，狄仁傑自幼聰慧，較同齡的孩子高出一截。狄知遜不時考考他，狄仁傑總能引經據典，講得頭頭是道。

更令人稱奇的是，狄仁傑不知從何處弄來幾部醫書，自己鑽研了起來。研習了數月，還覺得不過癮，索性跟著隔壁的一位郎中，專攻針灸之術。

狄知遜的夫人盧氏患有腰疾，郎中時常上門以針灸診治。狄仁傑站在一旁仔細觀摩，不過四五回，便掌握了穴位、深淺和力度之要領，主動請纓為母親治療。

狄知遜擔心出什麼紕漏，盧氏則愛兒心切，甘願讓兒子試手。幾回下來，再配上狄仁傑開出的藥方，倒比郎中診治的效果要好些。

「不好好研習經典，整日倒騰些歪門邪道，成何體統。」狄知遜嘴上不服軟，心裡卻歡喜異常，認定這個兒子不比凡人，將來定能成就一番事業。

「瞧官人說的什麼話。」盧氏當了真，有些不服氣，「我看仁傑將來有好生之德、造福蒼生之才！」

「不敢奢望，」狄知遜擺了擺手，「只願能比他這個阿爹強！」

「你呀！」盧氏往狄知遜背上輕輕一捶，不禁笑了起來。

第二篇　初入仕途

第五回　趕考路上仗義救美　華山腳下醫術驚人

狄仁傑跟著父親狄知遜四處輾轉，中原大地的一望無際，江南水鄉的煙波迷離，秦嶺南麓的山川縱橫，三峽兩岸的峭壁險峻，都讓狄仁傑增長了不少見識。這些年裡，狄知遜的仕途依然不見任何起色，一切顯得平淡無奇，狄仁傑卻愈加雄姿英發。

光陰荏苒，倏忽之間已是唐高宗永徽年間。這些年來，大唐經二十多年的「貞觀之治」，國力大為增強。唐高宗李治於永徽元年繼位後，在長孫無忌[1]、褚遂良[2]、蘇定方[3]、李績、薛仁貴[4]等一班文臣武將的輔佐之下，將貞觀時期的盛世景象較好地延續了下來。至永徽三年，全國的戶數已從貞觀初期的不足三百萬戶，增至三百八十多萬戶，舉國上下一片承平景象。

春去秋來，年復一年，昔日既聰慧又調皮的狄仁傑，如今已是一位英姿颯爽的公子。至少從容貌上而言，狄仁傑很好地繼承了父親的基因。在官場上鬱鬱不得志的狄知遜，終於沒有什麼起色，因年歲漸衰而退「二線」，調到夔州都督府擔任長史的閒職。

1 長孫無忌，字輔機，凌煙閣二十四功臣之首。
2 褚遂良，字登善，書法頗有造詣，曾為「凌煙閣」題匾。
3 蘇烈，字定方，唐初名將。
4 薛禮，字仁貴，唐初名將。

狄仁傑既然出身官門，將來通過科舉入仕，子承父業，自然是順理成章的事情。不過，科舉有「進士科」與「明經科」之分，到底該走哪扇門，父子倆的意見一直存在嚴重分歧。

狄知遜是靠「明經科」入仕的，儘管有父親狄孝緒的暗中運作，開端倒還差強人意。但隨著狄孝緒致仕、離世，狄知遜的日子便一天不如一天。這麼多年來，一直在五品以下打轉轉，勉強遷任夔州長史，雖然官居從四品下，卻是個可有可無、了無意趣的閒職，數著日頭等致仕。

狄知遜覺得，自己一生落魄，才能不濟是一個原因，更關鍵的還是囿於「明經科」的出身。看看那些「進士科」及第的官員，升官比長頭髮還快，幾個有真才實學，又有幾個政聲頗著？不過是仗著「進士及第」的出身，擠進官場投靠個光鮮的門庭，入了上面的「法眼」罷了。

鑒於自己一生的際遇，狄知遜當然不希望兒子「重蹈覆轍」。一直以來，狄知遜都希望狄仁傑向「進士科」發起挑戰。當然，「三十老明經，五十少進士」並非笑談，想通過「進士科」及第，絕非朝夕之事，其難度可想而知。可畢竟「物以稀為貴」，「進士科」的含金量為世人所認可，將來若是投靠門庭，「士族」出身倒不在話下，「庶族」非得有「進士科及第」這塊「金字招牌」不可，否則也會像狄孝緒、狄知遜這樣，平庸一生。

狄仁傑讀了這麼多年的書，卻有自己獨特的見解。在他看來，儒家經典雖是治國之道，然墨守成規，終將難成大事。既然「明經科」相對容易，為何還要捨近求遠？

「明經及第，飽受排擠，你跟著阿爹輾轉各地，難道還沒看出個中玄機？」狄知遜對狄仁傑的執拗甚為光火。

「阿爹，進士及第者，大多咬文嚼字、賣弄才學，卻未必有治世之能。」狄仁傑一語中的。

「放肆！」狄知遜雖性格隨和，每每談及此事，卻難免動怒，「縱有才學，憑你這狂傲之性，也是枉然。」

「兒子並無狂傲之意。」狄仁傑見父親發怒，遂解釋道：「只是不想在這科考之上空耗時日。與其懸樑苦讀，倒不如早日及第，學以致用，以期造福蒼生，報效朝廷。」

「你口氣倒不小，可明經及第，又能有何作為？」狄知遜想起自己的遭遇，不禁難掩悲情。「你弱冠之時，阿爹為你取字『懷英』，是希望你心懷英氣，光耀狄氏門庭……」

「阿爹大可放心，兒子定不負厚望，幹出一番事業來！」狄仁傑不待狄知遜說完，便躊躇滿志地立志道。

***

父子之間，這樣的爭吵不知經歷了多少次。可是，狄知遜終究沒有能讓兒子狄仁傑「回心轉意」。適逢科舉之年，狄仁傑告別家人，從夔州出發，一路向長安進發。

夔州地處巫山西面的崇山峻嶺中，交通甚是不便。狄仁傑先是乘舟順流而下，沿途險灘無數，兩岸峭壁懸崖，如鬼斧神工，讓狄仁傑大飽眼福。到了荊州，狄仁傑棄舟上岸，採買了一匹快馬，由官道北上，日夜兼程，經襄州入了鄧州之境。

這日天色已晚，狄仁傑趕了一天的路，甚是疲乏，望見前方燈火點點，許是一座小鎮，便打算尋一家客棧歇上一晚。

官道上這樣的集市甚多，南來北往的客商，或是略住一宿，或是一騎紅塵飛馳而過。小鎮上的百姓日出而作、日落而息，倒也安逸閒適，每當夜色降臨，除了幾家客棧之外，家家戶戶一片漆黑，早已進入了夢鄉。

狄仁傑牽著馬匹，摸索著石板路，來到一家看似簡樸的客棧投宿。在店小二的指引下，狄仁傑走進一間客房，略用些飯食之後，打了一盆熱水泡腳，同時捧起書本，在幽幽的燭光下溫習起來。

正看得入神，狄仁傑突然聽見門上傳來幾聲輕響，像是有人在外敲門。狄仁傑未聽真切，以為是錯聽了，便不以為意，誰知再次響起「咚」、「咚」幾聲悶響，似重而輕，彷彿想讓房內人聽見，又擔心驚擾鄰舍一般。

狄仁傑頗感納悶，不知夜深人靜、作客他鄉，何人會來造訪。遲疑片刻，敲門聲並未停止，反而更加急促起來。狄仁傑趕緊把腳從盆裡抽出，托起桌上的蠟燭，起身前去查看。剛把房門打開一條縫隙，狄仁傑將蠟燭往前湊了湊，定睛一瞧，險些失手將蠟燭掉落在地。

原來，門外站著一位面容清秀、嬌嬌欲滴的女子，微笑著推門進來。燭光雖然微弱，但仍可清晰地看見，這女子將頭髮挽成一個髻，衣衫倒也規整樸素，左眼下有一小痣，兩汪丹鳳眼犀利有神，微微一笑，如春風拂面一般。

狄仁傑被這不速之客嚇得有些手足無措，只得隨手掩住房門，傻站在一旁，如何問話都忘到九霄雲外去了。

女子見狄仁傑如此惶恐不安，不禁掩住嘴角偷笑了幾聲，隨著衣袖抬起，更覺嫵媚動人。略定神色之後，女子開口道：「客官莫怪，小女子並非歹人，乃是這客棧之主。」

狄仁傑聽言，隨即將蠟燭放回桌上，俯身作揖道：「小生有禮，不知掌櫃的深夜造訪，有何吩咐？」

女子並不答話，而是順勢坐到桌旁，將狄仁傑剛剛翻開的書本拈起來，略翻了一頁。狄仁傑不明就裡，只覺身上直冒冷汗，正不知如何接續下言，女子又轉身問道：「小女若是猜的不差，客官定是進京趕考的。」

「娘子好眼力，在下確是入京趕考，因天色已晚，到此暫住一宿。」狄仁傑不知女子有何用意，只能隨口應道。

「依小女子之見，公子豐神俊朗、英姿煥發，有濟世之才，定能高中榜首，將來成就一番功業。」女子起身，走到狄仁傑跟前，上下打量了一番，贊道。

「狄某豈敢受此褒獎，娘子過譽了。」狄仁傑作揖道。

「公子……」女子彷彿有話要問。

「娘子且慢，」狄仁傑打住話頭，「夜深之際，孤男寡女共處一室，恐多有不便。娘子若有什麼話，明日再說也不遲。」

「公子枉作讀書人，其身正，何懼人言？」女子並無去意，狄仁傑竟不知如何作答，遂愣在原地，兩手不停地搓來搓去。

女子又從衣袖裡扯出一塊殘缺的玉佩，遞到狄仁傑的面前，問道：「這可是公子之物？」

狄仁傑接過玉佩，翻看了一眼，正是當年海濤法師所贈，再往自己身上摸了摸，腰間空空如也，想是剛才黑燈瞎火的掉落在院中，便俯身笑道：「確是在下所失，有勞娘子了。」

「小女多問一句，這玉佩是公子家傳，還是他人相贈？」女子似乎對這玉佩頗有興趣。

狄仁傑領了這麼大的人情，自然不好意思將這女子趕走，遂答道：「不瞞娘子，此玉佩乃寺裡的大師所贈，只怪在下當年頑劣，失手摔成了兩塊。」

「那另一塊呢？」女子迫不及待地問道。

狄仁傑轉身往包袱裡摸索一陣，將另一塊掏了出來。女子將兩塊玉佩接過，湊在一起，不由得驚叫了一聲，問道：「贈公子此物者，可是海濤法師？」

「啊？」狄仁傑比女子還要吃驚，「娘子也認識海濤法師？」

「小女不曾識得。」女子答道：「只是聽家父說起，小女尚在繦褓之時，海濤法師雲遊四方，化緣於小女家中。他感念家父一心向佛，臨行前饋贈了一尊觀音玉佩，並對家父說，他還有一尊彌勒玉佩，將來要饋贈給大德之人。」

言畢，女子從腰間解下一塊玉佩，遞到狄仁傑手中。狄仁傑接過玉佩，只見大小、質地、成色與自己身上的玉佩無異，只是內中鐫刻的是一尊觀世音菩薩。

「方才小二在院中拾得此物。」女子繼續說，「交至小女手中，小女便暗自一驚，天下豈有如此機緣巧合之事。誰知竟與海濤法師所言的大德之人不期而遇，真是冥冥之中，自有定數。」

「奇了！奇了！」狄仁傑驚異不已，只顧思索怎有如此巧合之事，卻沒發現女子神情的微妙變化。正欲抬首說話，只見女子已是淚流雙頰，滿面淒苦。

「娘子這是何故？」狄仁傑問道。

「公子見笑了，」女子輕輕抹去淚水，強顏笑道：「小女見此玉佩，不由得想起了家父。」

「令尊……」

「家父前年離世，留下這半個家業，小女終究是薄命之人……」話音未落，女子又抽泣起來。

狄仁傑見狀，頓生關切之情。女子略定神情，方才將自己的淒苦身世和盤托出：「小女自打生下來便遭遺棄，虧得家父好心收留，視如己出，倒也過了二十多年的安生日子。家父原本有個兒子，但生性浪蕩、不學無術，終日沉迷於賭博嬉戲。家父無奈，遂與他斷了父子關係。家父臨終前，將客棧託付於小女手中，怎奈這小兒子探得消息，隔三岔五地過來吵嚷，意欲霸佔家業。倒不是小女貪財吝嗇，只是家父臨終時百般囑咐，讓小女萬萬不可理會那不孝之子，敗了幾世的家業。」

「禽獸尚有反哺之情，如此冥頑不化，真是愧對至親！」狄仁傑向來最看不慣這等無賴之徒，也顧不得禮節，出口訓斥起來。

聽狄仁傑如此說，女子更加淚如泉湧：「小女爭他不過，真不知何日才算個頭。」

狄仁傑沉思片刻，望著手中的玉佩，頓時計上心頭，笑道：「娘子莫惱，既是機緣巧合，讓狄某與娘子相遇，狄某當然不會袖手旁觀。」

「狄……狄公子有何辦法？」女子心懷期望地問道。

狄仁傑將那只彌勒玉佩的另一半遞到女子手中，如此這般吩咐了一番。女子隨即眉開眼笑，自去歇息，只待明日上演一場好戲。

＊＊＊

次日一早，找茬的無賴又來到客棧吵嚷。女子讓小二將他推入院中，厲聲呵斥道：「好個不知羞恥之徒！你又來作甚？」

這小廝見女子一反常態，既吃驚又好笑，便嬉皮笑臉地回道：「妹妹今兒個是不是吃錯藥了？」

「呸！你這廝好不明事理！」女子言畢，略使眼色，小二已按照先前的吩咐，將她父親的神位端了出來。

小廝略微一震，很快又平定下來，笑道：「妹妹，莫拿一塊木牌嚇唬人！這老爺子生是糊塗人，死是糊塗鬼，親兒子都不顧，倒對你這個野種情有獨鍾，莫不是……啊？哈哈哈哈！」

小廝不懷好意地仰首大笑，只聽身後突然傳來一聲呵斥：「何人在此出言不遜？」小廝回頭一看，一位雄姿英發的年輕公子鐵青著臉，雙手緊握，迎風而立。

因為面生，小廝難免有些心虛，結巴著問道：「你……你是何人，敢管我家的閒事？」

小二將神位安放在一旁，湊到小廝跟前，附耳低聲道：「你可仔細，這是夔州狄長史的公子，你一介草民之身，莫要自討晦氣。」

「哼！」小廝冷笑了一聲，「公子又如何？鄉野之人，不知什麼長史幼史，只懂得清官也難斷家務事。再說了，夔州的官老爺，到鄧州來耍什麼威風？」

狄仁傑走上前來，將小廝撥到一旁，冷笑道：「你莫要吵嚷，在下絕非仗勢欺人，你先看看這個。」言畢，狄仁傑掏出半塊玉佩，遞給小廝。

「這是何意？」小廝糊裡糊塗地接過玉佩，不知道狄仁傑的葫蘆裡賣的什麼藥。

狄仁傑並不答話，而是給女子遞了一個眼色。女子見狀，也解下半塊玉佩，遞了過來。小廝將兩塊殘破的玉佩捏在手中，輕輕一合，除了斷裂的邊緣因年歲久遠，圓潤了許多，竟然絲毫不差。

「這……」小廝更是丈二摸不著頭腦。

狄仁傑見他迷惑不解，遂言道：「家父昔日在京城為官，與兵部的張侍郎私交甚厚。二十多年前，張侍郎的獨生女兒在街中走失，多年來杳無音訊。張侍郎思女成疾，去歲抱憾而逝。臨終之時，他將半塊玉佩托人交給家父，請家父替他尋訪女兒下落，讓他含笑九泉。此番入京，家父又將玉佩託付於在下，囑咐務必多方打探。許是天神眷顧，竟在此鄉野小店，與這女子不期而遇。張侍郎泉下有知，自當欣慰。」

「這麼說……」，小廝不由得哆嗦起來，轉而問那女子，「妹妹是官……官爺的女兒？」

「你說呢？」狄仁傑提高聲調，厲聲呵斥道。

小廝抹了一把冷汗，躬身道：「小民有眼無珠，有眼無珠……」

「你妹妹甘願留在此地，操持家業，報答養育之恩。張侍郎夫婦雖已仙逝，然在官場私交甚多。你若再來滋擾，當心官府拿你是問！」

「不敢！不敢！」話音未落，小廝已拔腿開溜，不想被門檻絆了一跤，惹得眾人哈哈大笑。

小廝走後，女子走到狄仁傑跟前，深深鞠了一躬，謝道：「承蒙公子出手相助，小女子永世不忘。」

「娘子快快請起，狄某舉手之勞，何止掛齒，只是……」狄仁傑欲言又止。

「公子有什麼話不妨直言。」

「娘子隻身一人，在此鄉野之地，雖說是萍水相逢，狄某亦不免心生掛念。」狄仁傑言畢，不由得有些羞澀。

「公子不必擔憂，有緣人自會再相見。公子為人正直、足智多謀，此次入京必能高中榜首，將來飛黃騰達、光宗耀祖，成就一番功業。」

「娘子過譽了。」狄仁傑一時羞愧難當，「狄某還不知如何稱呼娘子。」

「公子就叫小女『玉兒』吧。」女子一邊回答，一邊將玉佩還給狄仁傑，卻自己留下了另外一半。

狄仁傑會意，接過那半塊玉佩，並未多言，轉身策馬而去，只留下一路風塵。

＊＊＊

人在旅途，不計時日，轉眼之間，長安城已近在咫尺。京師東面二百多里之外的鄭縣境內，有一座華山，巍峨聳立，險峻奇秀，自古為文人所讚譽。據《水經注》所載，華山遠望如蓮花之狀，故名花山，因關中口音，訛傳成了「華山」。

狄知遜從剡縣轉任至鄭縣時，狄仁傑也曾到華山遊覽過一番。此番入京，馳騁於華山腳下的官道，狄仁傑倒感到有些「故地重遊」的親切。不過，狄仁傑趕考心切，只顧著趕路，無暇欣賞這秀美神奇的山川景色。

快馬加鞭飛馳了一路，狄仁傑突然間放慢速度，翹首向前方望去。原來，前面一片樹林邊上，黑壓壓圍攏著一群人。嘈雜的人聲中，不時傳出幾聲哭喊。透過人頭之間的縫隙，隱約還能看見一根竹竿挑著一塊招牌，上面寫著八個大字：「能療此兒，酬絹千匹。」

狄仁傑下了馬，牽著馬匹走上前去，將馬兒拴到一旁的樹樁上，湊到人群之中。圍觀的人實在太多，擠得水泄不通，狄仁傑只得不斷地變換著姿勢和角度，吃力地蹭進人群，好不容易擠到了最前面。

只見布招牌的下面，就地躺著一名十四五歲的少年，毫無生氣地呻吟著。旁邊跪著幾個淚流滿面、神色憔悴的人，看上去應該是少年的父母和親屬。

狄仁傑盯了一眼，暗自有些驚詫。這少年身子瘦弱不堪，鼻子尖上竟吊著一坨拳頭大小的肉瘤，耷拉在嘴旁，將細嫩的鼻子扯得變了形，整張人臉也因這塊多餘的贅肉而扭曲得十分厲害，下半部眼瞼直接被拉扯得無法回位，眼白鼓鼓地露在外面，煞是瘆人。

圍觀的百姓一邊嘖嘖稱奇，一邊暗自唏噓。膽子大一點的，伸手碰了碰圓滾滾的肉瘤，這少年便痛得呲牙咧嘴，喊叫起來，如刺骨一般。

眼看少年的呻吟聲漸漸衰微，身邊的親屬除了不斷地哭喊和抹淚以外，實在沒有任何辦法減輕病人的痛苦。

在旁人的追問下，少年的父親哽噎著描述了兒子的病情。原來，少年臉上的這個肉瘤已經長了數月，從黃豆大小開始發端，直至今日如拳頭一般。所幸自己家資還算殷實，在當地也算望族了，一直都在求醫問藥，但終究不見半點好轉的跡象。萬般無奈之下，只能「死馬當作活馬醫」，搬到官道上來碰碰運氣，如遇神醫聖手治得此疾，願以重金酬謝，絕不食言。

「酬絹千匹」，換作誰都會動心，可沒有金剛鑽也攬不了瓷器活。官道終日人來人往，圍觀的人群之中也不乏郎中，但少年這病症實在太過罕見，病人又奄奄一息，治癒的可能性微乎其微，無人敢站出來診治。萬一病沒治好，還把人給折騰死了，麻煩可就大了！

圍觀的百姓嘰嘰喳喳地談論著，有的高談闊論，也有的黯然悲歎。此時，擠進人群的狄仁傑沉吟半晌之後，開口說了四個字：「我來看看。」

話音未落，所有人都屏住呼吸，目光齊刷刷地投向了這個書生氣十足、面目清秀的年輕公子。

少年的親屬從嘈雜的人聲中，分辨出了這一句雷霆萬鈞的話。目光掃視出說話者的同時，少年的父母並無半點遲疑，上前一步跪到狄仁傑的跟前，嘴裡不停地哭訴懇求道：「公子若能救得犬子的命，莫說千匹絹布，就是以整個家業相贈，也在所不惜。」

狄仁傑神情淡定，俯身將他們扶起，接著走近少年，平心靜氣地號起脈搏來。約有半炷香的工夫，狄仁傑吩咐親眷將少年扶起，露出後頸。布置妥當之後，狄仁傑從布包中捏起一根銀針，對準少年腦後的穴位插了進去。

銀針扎入穴位一寸有餘之後，狄仁傑輕聲詢問少年，是否有酥麻、發脹的感覺。少年整個臉都變了形，又是上氣不接下氣，實在說不出話來，只是微微點頭，表示感覺到「針氣」了。

說時遲，那時快，狄仁傑一隻手放在肉瘤下方，一隻手捏住針頭，猛地往回一抽，只見肉瘤瞬間脫落，穩穩地落在手上。少年的臉上沒了累贅，容顏恢復了許多，頓感神清氣爽、宛如再生。

親眼目睹如此離奇的變化，少年的父母也好，圍觀者也罷，頭腦一時間反應不過來，一個個都目瞪口呆。

短暫的驚詫之後，少年的父母齊齊跪倒在地，此起彼伏地給恩人叩頭。狄仁傑見此情形，顯得有些不知所措，趕緊將他們一一扶起。

少年的父親老淚縱橫，千恩萬謝道：「在下幸蒙天恩，得遇恩人，實乃三生萬幸。請恩人移步，到莊上歇息，在下一定好生酬謝，絕不食言。」

狄仁傑擺了擺手，笑著說：「狄某路過此地，只是湊了湊熱鬧，見你兒子危在旦夕，鬥膽試試昔日研習的針灸之術。既非討個酬勞，更不是靠醫術謀生。老人家的好意，狄某心領了，酬謝大可不必，還是趕緊帶著孩子回家調養吧。」

重禮沒送成，少年的父親實在不甘心，又詢問恩人的姓名，今後好在神佛面前禱祝。狄仁傑沒有答話，而是轉身解開拴馬的繩索，一躍跨到馬上，揚鞭離去。

第六回

年少輕狂險遭落榜　母儀天下一語成讖

狄仁傑從延興門進入長安城，距離開考還有四、五天的光景。

這座雄偉宏大的城池，狄仁傑並不陌生。二十多年前的那個夜晚，狄仁傑就出生在這座都城裡，並度過了愉悅的童年時光。

若論歷史，長安已是久負盛名。西周時稱為「鎬京」，東周為秦國所據，秦始皇統一全國，便將都城定於此地，一直延續至西漢。漢光武帝劉秀東遷洛陽，建立東漢，到了東晉時期，長安又重新成為前趙、前秦、後秦等割據政權的都城。南北朝時期，西魏、北周先後定都於此，承續到了隋朝，以及當今的唐朝。千年古韻，讓這座地處關中腹地、渭水之濱的城池，充滿無窮的魅力。

狄仁傑走過一條條街坊，不禁勾起童年時的依稀記憶。當年，狄知遜一家就住在延興門與春明門之間的靖恭坊，西北面便是長安城兩大商業中心之一的「東市」。每逢集日，盧氏總會帶著狄仁傑，到東市走上一遭。因家境維艱，未必能購置什麼像樣的衣物家什，但那份熱鬧勁，已讓年幼的狄仁傑歡喜異常。

如今的東市，比二十多年前更顯繁華，沿街叫賣的商品琳琅滿目，江南的絲絹綢緞，西域的龍涎麝香，不一而足，令人應接不暇。

穿過東市，向西再走兩條街坊，便是安仁坊，從吏部司功主事轉任司封主事的徐昊，正住在此處。按照父親狄知遜的交待，狄仁傑在東市旁邊尋了個客棧安頓下來，又採買了一些薄禮，隻身前往徐昊的府邸探望。

狄仁傑報上家門之後，徐昊驚喜不已。雖然前幾日已接到狄知遜的書信，得知狄仁傑不日將入京赴考，但將近二十年未曾謀面，徐昊哪裡還認得出來。

徐昊一面安排僕役看茶，一面招呼狄仁傑落座，感慨道：「令尊大人與徐某分別近二十載，雖時常有書信往來，卻未曾當面一敘。今日世侄登門，見汝如見令尊，徐某思摯友之情，又深了一分。」

狄仁傑站起來作揖道：「家父甚是掛念徐叔，侄兒臨行前，家父特意囑咐，讓侄兒務必到府上探望探望。」

「世侄不必多禮。」徐昊示意狄仁傑坐下，「令尊書信中說，世侄決意棄『進士』而考『明經』，當真如此？」

「侄兒的確有此意。」

「依徐某之見，令尊的想法不無道理。『進士』、『明經』，自開朝以來涇渭分明，徐某在吏部供職多年，深知其中奧妙，這『明經』出身，可謂苦不堪言哪！」

「侄兒明白。」

「既然明白，為何偏要如此執拗？」

「侄兒以為，論真才實學，『明經』未必遜於『進士』，既然都只是入仕之徑，當視業績決定升遷與否，豈能以一考定終身？」

「哈哈！」徐昊突然笑了起來，「令尊說世侄年少輕狂，徐某開始以為不過是令尊謙遜之辭，如今看來，倒有幾分真切。」

「侄兒無禮，還望徐叔恕罪。」狄仁傑又站起來俯身道。

「說哪裡話，」徐昊擺了擺手，「年輕人嘛，有點傲骨並不奇怪，沒了這般豪情壯志，倒還令人惋惜。只不過……」

「不知徐叔有何指教？」狄仁傑見徐昊欲言又止，遂追問道。

「憑你的才學，上榜並非難事，只是將來入仕，可要如履薄冰、如臨深淵，切記禍從口出之理。如今的朝廷不同往日，凡事多加小心為妙。」

「朝廷？如今的朝廷怎麼了？」

「去歲冬月，皇上下詔，將王皇后、蕭淑妃貶為庶人，冊封昭儀武氏為皇后，這事兒世侄可曾得知？」

「如此大事，侄兒豈能不知。聽家父說，王皇后、蕭淑妃暗中行『厭勝』[1]之術，罪有應得。」

「哎！」，徐昊感歎了一聲，「夔州山高水險，豈知京城險惡！這一道詔令，看似平常，背後不知有多少權詐機謀，又不知有多少人枉送性命。」

「啊？」狄仁傑聽徐昊說得玄乎，不禁大為驚駭，「這廢立皇后，乃聖上家事，莫非也會血雨腥風？」

「哈哈哈哈！」徐昊突然笑了起來，「好個『聖上家事』，世侄倒是與英國公英雄所見略同啊！」

狄仁傑聽得此言，一陣狐疑，不知徐昊所指為何。見狄仁傑不明就裡，徐昊又說道：「徐某也是聽的傳聞，說聖上當日對廢后猶豫不決，長孫無忌、褚遂良等先帝重臣百般阻撓，令聖上無計可施。」

「侄兒也曾聽家父說起，這武昭儀乃先帝宮人，聖上執意留用，已屬違制，據說當時也惹得議論紛

1 厭（yā）勝指通過法術、詛咒或祈禱等方式制服他人，與「巫蠱」類似，唐朝時設為重罪。

紛。如今立武昭儀為后，恐怕這些老臣又算起舊賬來了。」

「世侄是只知其一，不知其二。」

「請徐叔明示。」

「長孫無忌、褚遂良等老臣反對廢后，主要倒不是因為武昭儀曾侍奉過先帝。不然當初聖上將她從感業寺接回宮中，老臣們早就鬧將起來了，何致今日？」

「那是為何？」狄仁傑更加迷惑不解。

「先帝在世時，曾主持編修過一部《氏族志》，世侄可曾記得？」

「如果侄兒沒有記錯，當是貞觀十二年頒布施行的，侄兒當時不過八、九歲。」

「說得不錯，太宗皇帝編修《氏族志》，目的在於鞏固隴右貴族的地位。五姓七家，可稱得上是我大唐第一等的士族，遭廢的王皇后，便出身於太原王氏，還是太宗皇帝在世時親自操辦的婚事，豈能說廢就廢？」

「原來是這樣。」狄仁傑暗自感歎。

「還有，這武昭儀出身於並州武氏，並不在五姓七家之列。這些老臣認為，寒門小族，豈能母儀天下？」

「《晉書》云，『上品無寒門，下品無勢族』，這門閥之風，竟遺禍至今！」想起狄氏一門在官場的種種境遇，狄仁傑顯得有些憤懣。

「世侄，此番言語，可只能在這裡說一說。」徐昊連忙勸道。

「侄兒一時失態，望徐叔莫要怪罪。」狄仁傑自知言語不慎，慌忙表示歉意，接著又問道：「既然老臣皆持異議，聖上又何以決斷廢后？」

「廢后一事，本已擱置不提，結果英國公李懋功一語定乾坤！」

「英國公說的什麼？」

「哈哈！」徐昊不由得笑了起來，「英國公所言，世侄剛才不是已經說了嗎？聖上家事，何需問計於外人？」

「原來如此。」狄仁傑顯得有些羞愧，也跟著笑了起來。呷過一口茶，狄仁傑又問道：「方才徐叔說朝廷今時不同往日，莫不是這廢后風波？」

「也是，也不是，」徐昊回答得模棱兩可，「這廢后之事，的確讓不少人吃了苦頭。先前王皇后的母親柳氏遭人舉報搞『厭勝』，柳氏的親侄子柳奭，在吏部尚書任上被拉下馬。再說趙國公長孫無忌，武昭儀原先沒少籠絡他，又送賞賜又蔭封子嗣，但終究是不改初衷，往後這日子，恐怕不好過。還有褚遂良，前些日子被貶到潭州做都督去了。如今的朝廷，說得上是風聲鶴唳、人心惶惶哪！」

「依侄兒之見，這也忒過了。」想起幾位老臣的遭遇，狄仁傑一時五味雜陳。

「這還不是主要的。」徐昊又說，「自打武昭儀做了皇后，對《氏族志》就一直耿耿於懷，也想推倒重來。」

「這倒不失為明智之舉。」狄仁傑不禁有些興奮。

「世侄又輕狂了。」徐昊故意陰下臉道，「昔日宰輔李義府與禮部尚書許敬宗聯名上奏，提議重修《氏族志》，遭到長孫無忌的彈劾。李義府被貶到壁州作司馬。若不是許敬宗的外甥王德儉給李宰輔出了個主意，讓他倡議立武昭儀為皇后，恐怕此時的李司馬，只能在崇山峻嶺之間望天而歎了。」

「侄兒愚見，武皇后若能撼動《氏族志》這座大山，倒是能讓普天下的讀書人廣受恩澤。」

「哎！」徐昊搖了搖頭，「世侄之見倒不差，只是別忘了，『士族』『門第』之風由來已久，先帝倡修《氏族志》，也絕非一時心血來潮。還有，這宮闈之事，向來風雲詭譎，皇后動了《氏族志》，在一些人看來，便是動了社稷的根基，聖上豈能輕易許之？」

「不過……」徐昊意猶未盡，又接著歎道，「聖上向來寬仁平和，皇后之議，恐怕也會照准無疑，只是搞不清楚，群臣會有何反應。」

徐昊無意中提及當今天子，倒讓狄仁傑若有所思，沉思片刻之後，小心翼翼地問道：「侄兒還有一事不明，當年太子被廢，太宗皇帝為何棄魏王李泰，而冊立當今聖上為太子？」

「世侄聰慧過人，這其中奧妙難道還沒參透？」徐昊反問道。

「侄兒愚鈍，再說皇家之事，豈敢妄加揣測。」

「說來也並非不可理解，太宗皇帝是不想手足相殘哪！」

「此話怎講？」

「魏王李泰素有太宗皇帝遺風，魄力有餘，懷柔不足，他若做了天子，廢太子也好，晉王也罷，豈能有安身立命之所？」

「這倒也是。」狄仁傑點頭思忖道。

「晉王，啊不，當今聖上自幼仁厚，太宗皇帝立他做太子，將來方能兄弟和睦，各安其命。」

「太宗皇帝文治武功，乃千古未有之聖君，只是……」狄仁傑又要「口出狂言」了。

「徐某明白，世侄也是對這《氏族志》耿耿於懷啊！罷罷罷，令尊託付徐某，務必殺殺你的傲氣，這一番言談下來，徐某恐怕只能鎩羽而歸了。」徐昊說罷，苦笑著搖了搖頭，神情中又不乏愛才之意。

「侄兒豈敢。」狄仁傑顯得有些不好意思，兩隻手不由自主地搓來搓去。

兩人你來我往，交談甚歡，徐昊特意囑咐他，考完試務必到府上一敘。不知不覺已是日中，狄仁傑在徐昊的強留下用過午飯，方才告辭而去。走出徐昊的府邸，狄仁傑沉思了一路，時代的風雲際會，讓他心緒難平。他明白，一旦及第入仕，前方的道路會更加艱險。

「狄懷英，你可要以蒼生為念，莫被這此起彼伏的漩渦攪壞了精魂！」狄仁傑一邊走，一邊暗自下著決心。

＊＊＊

自從隋文帝開創科舉以來，「學而優則仕」的儒家理念，總算有了一個現實的途徑。誠然，寒窗苦讀十餘載，何謂「優」何謂「劣」，單憑這一紙答卷，恐怕有失公允，但相比於蔭封子孫、門閥舉薦，這已是對寒門士子最大的公平了。

且說狄仁傑考的「明經科」，與「進士科」區別甚大。「進士科」包括詩賦和政論，考察士子綜合運用經典和駕馭文字、聲律的能力，唐朝的律詩文賦能流傳千古，恐怕其中也有科舉的功勞。「明經科」相對容易得多，不過帖文、墨義和時務三種題型。

「帖文」亦稱「帖經」，取儒家經典中的詞句，遮上幾個字，由考生憑記憶補全。「墨義」稍進一層，題幹為完整的經典詞句，考生需憑記憶補充這一句的「疏」或者「注」。「時務」則是考生結合當下國情，引經據典，寫一篇短文，抒發感想，類似於簡化了許多的「政論」。

狄仁傑與眾多士子一起，從考場走出，神情中不乏志在必得的自信。憑藉自己多年來練就的「過目不忘」的本事，「帖文」、「墨義」自然不在話下，而想起「時務」，狄仁傑更加感覺到自己將傲視群雄。

按照徐昊先前的囑咐，狄仁傑回到客棧稍事休息之後，便起身前往徐府。

此時日已落暮，徐昊剛從吏部衙門回來，聽僕役說狄仁傑早已等候在此，便三步並作兩步，走入堂屋，隔著老遠便寒暄起來：「世侄，科考順利否？快快說與徐某知曉。」

狄仁傑聽聲，趕緊走到門前，深深作了個揖，回道：「承蒙徐叔掛念，侄兒自覺差強人意。」出於禮節，狄仁傑言語謙遜，但話語中已流露出「舍我其誰」的韻味。

徐昊在主位落座，示意狄仁傑坐下，方才贊道：「世侄自幼聰敏，徐某豈能不知。『明經』自然難不倒世侄，只是……」

「徐叔有何顧慮，不妨對侄兒直言。」

徐昊呷了一口茶，問道：「徐某問你，『時務』之論，世侄是如何作答的？」

「不瞞徐叔，」狄仁傑挺起身板道：「若論『明經』一試，『帖文』、『墨義』皆是識而記之，無甚意趣，侄兒只覺『時務』甚是痛快！」

「痛快？」徐昊不知狄仁傑所指何意。

「這還多虧前幾日徐叔的諄諄教導，侄兒就《氏族志》作了一番淺論。」

「啊？」徐昊顯得有些驚駭，「世侄如何說的？」

「孔孟云人性善，荀子云人性惡，孔子成仁，孟子取義，皆就仁、義、禮、智、信而言。孔聖人門徒三千，賢人七十二，皆以詩書禮樂教，揚善也好，止惡也罷，皆由心生，施之以教，豈有門第、氏族之別？『上品無寒門，下品無勢族』之論，非孔孟之道也！」

「狄懷英！」徐昊厲聲將他喝住，斥道：「你可要闖大禍啊！」

「徐叔何出此言？」

「《氏族志》乃先帝下旨編修，豈容爾等士子大放厥詞？叔侄之間發發牢騷也就算了，你怎麼能將這附耳之言，堂而皇之地搬到考場之上？你呀！你呀！」徐昊情不自已，捏起拳頭往椅子的靠肘上捶了幾下，「你讓徐某如何向令尊交代？」

「徐叔，侄兒……」見徐昊的反應如此激烈，狄仁傑倒顯得有些不知所措。

「罷了，罷了！」徐昊深吸一口氣，擺了擺手，「事已至此，多說已無益，待徐某過幾日托人到禮部打探一番，再作計較。」

勉強過了四、五天，徐昊差人將狄仁傑召到府上。見狄仁傑神情自若，徐昊不由得又歎了一口氣，頹喪地說道：「徐某已是盡力而為，如今只有聽天由命了。」

「徐叔這是……」狄仁傑彷彿聽出了一絲不祥之兆。

「世侄有所不知，今年科考不同往年。皇后先前請了旨，為避免徇私舞弊，所有考生的籍貫、姓名皆被糊封起來，無從查閱。」

「嗨！」狄仁傑大鬆一口氣，「徐叔未免過於多慮，依侄兒之見，這『糊名制』甚好，早該如此。」

「你怎麼還跟個沒事兒人一樣？」徐昊頓時陰下來臉，「如今無從查閱，徐某縱有三頭六臂，恐怕也使不上力氣，何況不過是區區主事而已。令尊大人若是問起，你讓徐某如何作答？」

「徐叔不必自責，侄兒一人所為，縱是落榜，也無甚了不得。」狄仁傑倒執拗了起來。

「落榜？說得輕巧！當今聖上遵行孝道，可你在大考之年，妄論先帝，徐某擔心你不僅引火上身，還要連累令尊！」

「侄兒一人所寫，與家父何干？」

「年輕人！終究是年輕人！」徐昊彷彿在自言自語，不由得想起舊交狄知遜來。

＊＊＊

徐昊、狄仁傑並不知道，此時的禮部，因為狄仁傑的這張考卷，正吵得不可開交。

絕大多數閱卷官員認為，此文看似力主依靠「德」、「才」選人用人，暗中卻是對《氏族志》妄加非議，有辱沒先帝之嫌，不但要除考生之名，還要興師問罪，行連坐之法。

也有個別官員認為，既是科舉試題，當容許士子抒情釋懷，此生輕狂不羈，錄斷是不錄的，但問罪未免太過，遑論連坐，這不是陷聖上於不仁嗎？

雙方就這樣吵來吵去，唯一的共識是不錄此生，但是否問罪，雙方分歧甚大，各不相讓。兩邊爭執不下，只好將這張棘手的卷子呈遞給時任禮部尚書的許敬宗。

許敬宗將這張試卷翻來覆去看了好幾遍，不由得心花怒放。正所謂「千金易得，知己難求」，這個許敬宗曾經可是與李義府聯名上疏，請求重修《氏族志》的。也正是因為此事，長孫無忌大為光火，偏偏只記住李義府的名字，打算將他貶去壁州做司馬。許敬宗成了「漏網之魚」，有些過意不去，便暗中讓外甥王德儉給李義府出了一個「倡議廢后」的主意，讓他躲過了這一劫。

可是，李義府因禍得福，武昭儀如願以償地成了皇后，重修《氏族志》的動議卻一直被擱置下來。許敬宗明白，武則天出身「寒門」，對《氏族志》這茬始終耿耿於懷，只是一來新封皇后凡事冗雜，二來缺乏合適的時機，始終邁不開步伐而已。

「這張試卷，倒不失為一次難得的契機。」許敬宗暗自思忖著，偷偷將狄仁傑的卷子，送到了宮中武則天的手中。

武則天並不關心這卷子何人所寫，只是文中之句，字字說到了她的心坎裡。一日，趁著李治興致高昂，武則天又將這張卷子遞給了李治。

「狂妄之徒，竟敢出言不遜，辱沒先帝！」李治看了一半，便將卷子摔了出去。

「陛下打算如何處置？」武則天不置可否，試探性地問道。

「燒掉！再把這個狂妄書生抓來，痛打二十大板！」李治怒氣未消。

「然後呢？」

「……」李治一時也不知如何作答。

「陛下可要三思。」武則天意味深長地勸道。

「依皇后之見呢？」李治被武則天問得沒了頭緒，頓時軟了下來。

「要打！還要拉到承天門外去打，再把這篇文章當眾念上一遍，讓京城的官員百姓都看看，妄論先帝是個什麼下場！」武則天突然也義憤填膺起來。

「這……」李治似乎覺得不太妥當。

「陛下以為如何？」

「此人該打！但這文章，還是不念的好。」

「這是為何？」武則天追問道。

「這……」李治又不知如何答話了。

「既是治罪，當明正典刑，豈能支支吾吾，空惹坊間非議？」

「……」李治依然無言。

「陛下莫不是認為，這文章說得在理？」武則天低聲問道。

「滿紙狂言，哪有什麼道理。」李治勉強應了一句。

「既是無理之言，罪當其罪，念出來又何妨？」

「媚娘。」李治突然笑起來，叫了一聲武則天的乳名，「朕知道，你視氏族門第之規為羈絆，當年長孫無忌、褚遂良就是靠這部《氏族志》力阻廢后的……」

「陛下！」武則天打斷了李治的話，「《氏族志》乃先帝下旨編修，妾身深受皇恩，方有今日，豈能只顧一己之私，而致孝道於不顧？」

「那你……」李治有些迷惑不解。

「妾身只是擔心，陛下痛打這名考生，拍手稱快的，只是寥寥數人，心中寒栗者，普天下有之。」

「皇后的意思是……」

「我大唐草創之際，諸功臣勳將出力甚多，先帝編修《氏族志》，底定『五姓七家』之地位，不過是治吏之器、應時之舉。今時不同往日，陛下掰著指頭數一數，先帝的『凌煙閣二十四功臣』，如今所剩幾何？」

「不多了……」李治思忖片刻，還真數不出幾個人來。

「妾身若沒記錯……」武則天伸出一個巴掌，翻轉了一下，「區區五人耳！頭一個長孫無忌，仗著是先帝重臣，又是陛下的親娘舅，權傾朝野，不可一世，妾身不言，陛下也是心知肚明。還有唐茂約[2]，當初勸降頡利可汗徒勞無功，後怠於政事，被陛下免官。老將尉遲敬德[3]，倒是老而彌堅、明哲保身，終日閉門不出，搗鼓什麼丹藥。除去這三個，能跟陛下君臣和睦、其樂融融的，也只有李懋功、程知節[4]兩位大將軍了，可他們也是遲遲暮年、垂垂老矣。」

「皇后所言不差，歲月不饒人哪！」李治暗自歎了一口氣。

「這些開國功臣，作古的作古，勉強活著的，又能有幾個與陛下同心同德？功臣尚且如此，何況那些飽食終日的隴右貴族？他們的子孫後代，仗著這部《氏族志》，享不盡的榮華富貴，豈不是寒了天下讀書人的心？為了這些人，為個虛無縹緲的『孝』字，陛下覺得值嗎？」

李治被武則天這番言語說得動了心，命人將狄仁傑的試卷撿起來，又細細品讀了一通，歎道：「皇后一番肺腑之言，真正是為大唐社稷殫精竭慮。依朕之見，此生當登首榜。至於《氏族志》，是該審時度勢，適時重修了。」

2 唐儉，字茂約，凌煙閣二十四功臣之一，排名第二十二。

3 尉遲恭，字敬德，唐初悍將，凌煙閣二十四功臣之一，排名第七。

4 程知節，原名程咬金，字義貞，凌煙閣二十四功臣之一，排名第十九。

「妾身以為，陛下又有些矯枉過正了。」武則天一陣媚笑道。

「何來矯枉過正之言？」

「既是錄用，何需登首榜，為眾矢之的，致陛下於不孝之地？」李治拍手贊道。

「對！對！對！還是皇后考慮得周到，此事萬萬不可張揚。」李治拍手贊道。

「依妾身之見，給他個下等，已是皇恩浩蕩。」武則天拿定了主意。

「下等？」李治顯得十分不解，「此文雖說狂妄不羈，但也是才學橫溢，何以下等判之？」

「妾身以為，此等狂生，當殺殺傲氣為要。」

「嗯！」李治重重地點了點頭，「若論御人之術，皇后倒是不在朕之下。」

「妾身豈敢！」武則天欠身道：「若是滅了傲氣，此人說不定將是社稷的棟梁之才！」

「對了，此生姓甚名誰，何方人士？」

「今年考生皆以糊名，妾身哪裡得知？」武則天笑道。

「來人，拆開看看。」

內侍將試卷的糊封除去，呈遞給李治和武則天。李治瞟了一眼，對著武則天笑道：「這個並州狄懷英，想不到還是皇后的老鄉啊！依皇后之見，此人授何官職為妥？」

武則天沉思片刻，回道：「既是狂傲書生，不妨讓他做個倉曹判佐，看他泡在這油水罐子裡，能否潔身自好，陛下以為如何？」

「甚妥！甚妥！」李治贊許道：「傳旨給吏部尚書唐本德，上月呈送的汴州倉曹缺額，就讓這個狄懷英去吧！」

第七回　小鬼難纏身陷囹圄　因禍得福相見恨晚

榜上有名，對狄仁傑而言並不是什麼意外的事情，名落孫山才是出乎意料之外。不過，看到自己的名字如此靠後，狄仁傑顯得有些心有不甘、悶悶不樂。

當他耷拉著腦袋再次來到徐府的時候，徐昊見他這個樣子，心想恐怕事情不妙，不過轉念一想，這倒也是情理之中。招呼他坐下之後，徐昊歎道：「世侄落第，徐某與你一樣悲戚，還望世侄莫要氣餒，來年尚有機會，但願此番鎩羽而歸，能殺一殺世侄的傲氣，倒還是件好事。」

「徐叔……」狄仁傑欲言又止。

「怎麼了？」徐昊見他神情不定，遂追問道。

「侄兒……侄兒中是中了，只是……」

未待狄仁傑說完，徐昊「騰」地站起來求證：「中了？你說你中了？」

「是的。」狄仁傑不覺低下頭來。

「怎麼會？啊不，徐某的意思是，既然高中，世侄為何如此垂頭喪氣？」

「在最後一行裡。」狄仁傑如實相告。

「嗨！」徐昊大鬆一口氣，「只要中了榜，又何必在意名次？不過……」

「徐叔想說什麼？」

「徐某覺得，世侄此番及第，甚是蹊蹺。」

「為何？」

「若論文采，世侄可入首列。若論見解，則非白即黑，豈有模棱兩可、掛末及第之事？懷英啊！」徐昊想不明白，卻一時興起，直呼其字，「從今而後，你也是官場中人了，萬事可要多加小心。」

「侄兒記住了。」狄仁傑看出徐昊的疑慮，卻不知如何排解自己心中的迷惑。多問無益，狄仁傑一時倒也顯得坦然。

出榜之後，吏部便下了公文，讓狄仁傑即日到汴州倉曹赴任。狄仁傑接到公文，先前的陰雲瞬間消散，這汴州，曾是祖父狄孝緒為官之地。童年時代的狄仁傑，也曾到此遊玩過一遭，儘管時隔久遠，個中記憶，倒還歷歷在目。如今故地重遊，狄仁傑自然興致高昂。

別過徐昊，狄仁傑身揣公文，隻身一人從長安出發，沿著當年探望祖父的路途，輕舟快騎，趕往汴州上任。

狄仁傑擔任的汴州倉曹判佐，主管一州賦稅錢糧，儘管品級不過區區從七品下，責任卻十分重大。上任伊始，狄仁傑來不及好生安頓，便匆忙趕往衙門交割帳目，又接二連三地走訪各處倉廩，忙得不亦樂乎。

倉曹裡供職的幾名小吏，以負責帳目的書吏王端陽為首，一直想湊些份子，給這位新上任的頂頭上司接風洗塵，卻找不到合適的機會。

這日，狄仁傑從城外的浚儀倉巡察回來，天色已晚，一行人餓腸轆轆。王端陽心想擇日不如撞日，遂快步趕到狄仁傑的轎旁，小心翼翼地道：「狄司倉打算何處用膳？」

「別老這麼文縐縐的，吃飯就是吃飯，用什麼膳吶！」說心裡話，狄仁傑還是少年時代的脾氣，向來瞧不起這些才學不足卻善於鑽營的小吏，因此自上任以來，始終板著個面孔。

「狄司倉說得是，小的以後不敢了。」王端陽並不氣餒，諂媚著笑道：「小的聽說，城南新開了一家酒樓，從淮揚請來的廚子，不出幾日便香飄滿城。今日巡察倉廩，過了飯點，狄司倉不如賞賞臉，帶著小的們嘗嘗鮮去？」

狄仁傑原本想直接回一句「成何體統」，但轉念一想，平日公務少不得這些小吏前後照應，一時薄了面子，今後不便合作，遂婉拒道：「官服在身，眾目睽睽之下推杯換盞，恐怕不成體統。」

「這有何難。」王端陽笑道：「小的們先送狄司倉到府上更衣，再趕去城南不遲，無非讓小的們多走幾步路罷了，權作放空身子，飽餐一頓。」

聽王端陽說得不堪，狄仁傑心生厭惡，卻一時難以駁他面子，便不再答話，算是默許了。

一行人來到酒樓，王端陽早已安排人去請來倉曹的參軍韓賦。狄仁傑見韓賦也趕來湊熱鬧，不覺有些驚異，韓賦卻主動招呼起來：「王端陽等人早就想為狄司倉接風洗塵，只是耽擱於公務，今日倒好，你們差點把本參軍撂在一旁。也好，擇日不如撞日，咱們一醉方休！」

「韓參軍說哪裡話，狄某也是身不由己，既然諸位盛情難卻，不妨聊作一敘，但這酒，是萬萬不可沾的。」

狄仁傑一句話，讓王端陽渾身不自在，卻不便發話。韓賦見狀，又勸道：「狄司倉自己也說盛情難卻，眾位小吏也是見了新上司，滿心歡喜，略表人情，並無他意，狄司倉就不必客套了。」

「既然如此，狄某以茶代酒。」狄仁傑不便駁同僚的面子，遂自退了一步。

「狄司倉差矣，這俗話說得好，無酒不成席。狄司倉滴酒不沾，自己輕鬆了，倒弄得大傢伙不自在。」

話說到這個份上，狄仁傑也只有勉為其難，與眾人一起，端上酒杯，胡亂說了幾句應景的話，就算是正式開了席面。

狄仁傑逢場作戲，絲毫不影響酒桌上高談闊論的氣氛。王端陽覺得這位新上司要麼生性靦腆，要麼故意拿價，所以酒喝個半飽之後，便向韓參軍示意道：「如此喝酒顯得沉悶，小的給兩位官爺說些樂子如何？」

韓賦在汴州倉曹參軍任上做了已有四、五年光景，對倉曹這些胥吏，特別是王端陽的品性自然是瞭若指掌，遂笑道：「重五，你要不把狄司倉逗笑了，可別怪本參軍罰你的酒！」

王端陽生於端陽節，小名「重五」，韓賦如此稱呼他，顯然是喝開了懷。王端陽樂不自勝，趕緊放下筷子，吧嗒兩下嘴皮，開口說道：「說是前朝有一個紈絝子弟，終日只知尋花問柳，並無甚才學，靠父輩功業得了賞賜，出任七品縣令。這日履新，上司要求徵集民夫築牢堤壩，小吏拿來本縣民夫名單，挨個念了起來。」

說到此處，王端陽故意賣了個關子，端起酒杯略抿上一口，方才扯著嗓子裝模作樣地學道：「張破袋……成老鼠……宋郎君……」

「哈哈哈哈！」韓賦聽聞，開口大笑起來，「這小吏刁鑽，弄這些名字來戲弄老爺。」

「韓參軍說的是，不過這縣令毫不知情，倒還暗自忖道：『這鄉民習俗倒也古怪，名字取得甚無文采。』待小吏念完，這縣令便說，依本老爺之見，這張破袋家，多半是乞丐，成老鼠家兜售鼠藥，至於宋郎君嘛，許是給人家吹拉彈唱娶媳婦兒的！」

「哈哈哈哈，好你個王重五！」韓賦又忍不住笑起來。

「哼！」始終保持沉默的狄仁傑突然冷笑了一聲，惹得韓賦、王端陽等人紛紛將目光轉向他。

「狄司倉覺得如何？」韓賦試探性地問道。

狄仁傑見問，遂回道：「狄某若是沒有記錯，這故事出自前隋儒林郎侯白的《啟顏錄》。這縣令，不是什麼紈絝公子，而是正經的朝廷命官。小吏向來欺官成性，富甲一方，欲試探上司深淺，遂胡謅些姓名投石問路，這縣令為官昏聵，只顧點頭，意無所問，被小吏識破。」

「原來如此，狄司倉果然博學廣聞，小的們甘拜下風。」王端陽順勢奉承道。

「王重五，本參軍警告你，你可別把狄司倉當做那昏聵縣令。」韓賦見狄仁傑有些動怒，遂將王端陽耳提面命了一通，算是打個圓場。

「韓參軍說哪裡話，借小的十個膽子，也不敢做這等卑鄙之事。」王端陽一時惶恐，只顧點頭哈腰。眼看這酒又過數巡，王端陽向韓賦遞了一個眼色，一副欲言又止的樣子。韓賦會意，遂將身子往狄仁傑這邊略靠了靠，小心說道：「狄司倉，下官有幾句忠言，不知當講不當講。」

「你我同僚一場，韓參軍不必客氣，狄某洗耳恭聽。」

「汴州上達京師，下通淮揚，歷來是錢糧轉運之要地，倉曹之責不亞於泰山。正因如此，汴州倉曹事務冗雜，非你我二人之力可及。狄司倉上任伊始，如此事必躬親，韓某擔心這終非長久之計。」

「韓參軍的意思是？」

「光陰荏苒，從韓某到汴州倉曹赴任參軍一職，掐指算來，已四年有餘。這些年來，虧得倉曹的眾多胥吏幫襯，方才沒出什麼差錯。就說王端陽他們這幾個，別看平日裡浪蕩了些，真正辦起衙門裡的事來，倒是不敢有半點馬虎懈怠，狄司倉大可放心。」

「是嗎？」狄仁傑顯然有不同意見，「既然韓參軍說起這話，狄某倒有些疑問想找諸位解惑。」

「狄司倉有何事不明，但說無妨。」韓賦應了一句。

「遠的不說，就說今日巡察的浚儀倉。倉曹的帳目顯示，該倉今歲新入庫糧食十萬石，黴病損耗近一萬石，但狄某今日查察了一番，似乎不大對勁。據倉吏說，黴病自一垛始起，蔓延至數垛，可經狄某現場追問，黴病的幾垛之間，卻有數垛完好，這是何故？莫非黴病會飛不成？」

「這……」韓賦一時無語，其實他心裡比誰都清楚。虛報黴病，從中牟利，一直是胥吏們的生財之道，這在汴州倉曹上下，早已成了公開的祕密，歷任判佐、參軍深諳「強龍難壓地頭蛇」的道理，一直是睜隻眼閉隻眼。

「狄某到任也有些時日了，」狄仁傑並不理會韓賦的尷尬，繼續說道：「不瞞韓參軍，倉曹胥吏中飽私囊的伎倆，狄某已有所耳聞。吾輩承蒙皇恩，為政一方，豈容此等宵小之徒為所欲為，壞我社稷根基？」

「狄司倉打算如何處置？」韓賦冷言問道。

「狄某非查個水落石出不可，否則豈能對得起這一身官袍！」狄仁傑不自覺地扯起衣襟，抖了兩下，方才意識到自己剛才已回家換了一身便服。

「狄司倉！」韓賦往狄仁傑的肩上輕輕拍了兩下，歎道：「古人云，『水至清則無魚，人至察則無徒』，竭澤而漁，豈是為官之道？『君子和而不同』，狄兄縱有松柏之志，也該入鄉隨俗才是。」

「呵！」狄仁傑冷笑了一聲，「既然韓參軍認為狄某這是在竭澤而漁，狄某就鬥膽竭上一回，污泥不除，何來清渠？倒是韓參軍拿著朝廷俸祿，卻打著和而不同、入鄉隨俗的幌子，尸位素餐，真是令狄某大失所望！」

狄仁傑說完，站起身來拂袖而去。韓賦的臉氣得紅一陣白一陣，跌坐在椅子上，許久不言一聲。

「好你個狄懷英，咱們走著瞧。」王端陽見狀，跳起來替韓賦隔空罵了一句。

「韓參軍，這個新來的司倉甚是不知禮數，咱們得好好整治他一番！」另一名小吏也趁機慫恿道。

「爾等不必多言，」韓賦示意眾人閉嘴，「敬酒不吃，討罰酒吃，本參軍自有辦法對付這個刺兒頭！鹿死誰手，咱們較個高低！」

＊＊＊

次日，狄仁傑剛走進倉曹衙門，便如昨日在酒桌上所言，吩咐下人搬來帳目，一一查驗起來。

韓賦姍姍來遲，見狄仁傑埋頭查閱帳目卷宗，心裡覺得有些好笑，輕輕搖了搖頭，準備轉身離去。

「韓參軍留步。」韓賦剛走到門口，便被狄仁傑叫住，只見他手捧一本帳目，神情嚴肅地指著其中幾處問道：「這些帳目模糊不清，定是被人做了手腳。」

「噢？」韓參軍不看帳目，反而抬頭望瞭望天，歎道：「許是天氣轉涼，犯了潮氣。」

「韓參軍說笑了，中原又不是江南，再說……」

未待狄仁傑說完，韓賦頗不耐煩地打斷道：「好了，狄司倉，帳目乃胥吏執筆，判佐查驗，錄事參軍無從干涉。」

「既然如此，狄某就說說韓參軍職權下的事。狄某上任半月有餘，這汴州倉曹帳目，皆有篡改之嫌疑，每筆數額並不多，但積少成多、聚沙成塔，一年下來竟虧空上百兩銀子。韓參軍身負舉劾監察之重任，到底是瀆職失察還是視而不見？刺史府要是知道，恐怕難辭其咎吧？」

韓賦聽聞，遂將狄仁傑拽到屋中，低聲道：「這大清早的，狄司倉何必言辭激奮？聽下官給你解釋解釋。」

「白紙黑字，解釋什麼？」狄仁傑見韓賦嬉皮笑臉的模樣，想起昨夜在酒樓的一番言談，不禁更加動怒。

「狄司倉有所不知。」韓賦並不理會狄仁傑的執拗，繼續說道：「每至年終，倉曹帳目都會重新清查，至於虧空之處，自有彌補之法。」

「哦？韓參軍如何彌補？」狄仁傑登時來了「興致」。

「韓某昨夜也跟狄司倉交過底，汴州乃錢糧轉運要地，倉廩甚多，流轉也頗為頻繁，損耗自然在所難免，又不便查驗……」

「狄某明白了，」狄仁傑恍然大悟，「虛報損耗的確是一道瞞天過海的獨門秘笈啊！難道不怕上面追查？」

「追查？上哪兒查去？錢糧隨時都在流轉，難道還把爛穀子存下來以備勘察不成？」韓賦說到此處，顯得頗為得意。

「還真是個無本萬利的生財之道！難怪坊間皆傳言，『倉曹老鼠大過貓，判佐胥吏一起撈』。」

「此乃刁民戲謔污蔑之辭，狄司倉莫要當真。其實，衙門也有衙門的難處。」

「什麼難處？」

「大唐自草創以來，百廢待興，朝廷財政捉襟見肘，各級官員俸祿極低，通常是入不敷出。雖經先帝的貞觀盛世，官員俸祿有所增益，可家口甚眾，又有人事之需，這些個錢糧，不過是杯水車薪而已。狄司倉出身宦門，隨令尊大人曆官各地，自然是耳濡目染，深諳這官場定規。說句不該說的話，正所謂『靠山吃山，靠水吃水』，各地衙門皆有各自的生財之道，汴州倉曹，已算得上是相形見拙、兩袖清風了！」

「好你個韓賦！」狄仁傑實在聽不下去，索性將帳本往桌上一摔，指著韓賦的鼻子呵斥道：「身為朝廷命官，不思報效皇恩，眾目睽睽之下，與那等奸人俗吏沆瀣一氣，耍弄這等蠅營狗苟的勾當，竟還振振有詞、不知廉恥，真是可恨至極！爾等卑鄙無恥之徒，置朝廷法度於何地？有何面目上見天子、下對黎民？」

見狄仁傑如此「冥頑不化」，韓賦也是怒目圓睜，回敬道：「狄懷英，既然你有這等傲骨，為何不到御史台作個御史大夫，斬盡天下貪官墨吏？跑汴州來抖威風，韓某怕你鬼沒捉到，自己先成了孤魂！」

言畢，韓賦轉身而去，只留下怒火中燒的狄仁傑，孤零零地站在堂中。

狄仁傑一時想不通，明明是貪贓枉法、中飽私囊，為何如此義正詞嚴？自己心繫社稷、秉公辦事，反倒成了不識時務之徒，這到底是怎麼一回事？

百思不得其解，狄仁傑決定先將帳目的問題整理清楚，儘快上報給汴州刺史府。

數日之後，狄仁傑的報告尚未遞交，汴州刺史羅永松便吩咐兩名公人，將狄仁傑傳喚過去。來到刺史府大堂，只需略微一站，狄仁傑頓時感到渾身不自在。只見這羅刺史端坐於大堂之上，神情淡然，一副深不可測的模樣，數名公人撐著「殺威棒」，整齊地站立在兩旁。

「這是接見下屬，還是審問人犯？」狄仁傑暗自思忖起來，不過自己到任以來的所作所為，倒是問心無愧，所以也擺著一副迎風而立、泰然自若的樣子。

「狄司倉，」羅永松率先打破沉默，「你到本州上任，有多少時日了？」

「稟刺史，卑職到任半月有餘。」狄仁傑雖然狐疑，卻不忘禮節，畢恭畢敬地答道。

「半月有餘，」羅永松冷笑了兩聲，「你可知道，倉曹已被弄得雞飛狗跳、怨聲載道？」

「刺史，這……從何說起？」狄仁傑心知來者不善，詫異地問道。

「呵！」羅永松碩壯的身軀不由得往椅背上靠了過去，「你倒追問起本官來了！我問你，倉曹帳目差額甚多，這是怎麼回事？」

「說起帳目，」狄仁傑略頓一頓，深吸一口氣，「卑職正準備向刺史稟報。卑職到任至今，通過清查帳目、巡察倉廩，發現諸多問題，特別是帳目，明顯有人刻意做了手腳……」

羅永松拿起醒木往案上重重一敲，打斷狄仁傑的話，怒斥道：「好你個狄懷英！明明是你暗中指使胥吏擅改帳目、中飽私囊，還想嫁禍他人？真是卑鄙之極！」

「刺史，卑職豈敢生此等賊心，望刺史明察。」狄仁傑心中一驚，不由得有些慌神。

「明察？好！本官就讓你死個明白！來人，傳韓賦。」

聽得公人傳話，早已等候在堂外的韓賦快步走進來，叩拜道：「下官韓賦，拜見刺史。」

「韓參軍，你前日向本官彈劾倉曹判佐狄懷英擅改帳目、中飽私囊，可有真憑實據？」

「回刺史，人證物證俱在。」言畢，韓賦掏出一本帳目，呈送到羅永松的案前。

「刺史請看，這帳目中有不少刪改之處，皆是狄司倉暗中指使胥吏所為。」

「韓賦，你這個卑鄙小人！」狄仁傑在一旁聽到這番污蔑之詞，不禁怒火中燒，指著韓賦痛罵起來。

「放肆！」羅永松又敲了一響醒木，「公堂之上，豈容喧嘩！狄司倉身為朝廷命官，連這點規矩都不懂？」

狄仁傑聽聞，只得抬手略退一步，羅永松繼續說道：「物證在此，可有人證？」

「稟刺史，倉曹書吏王端陽可以作證。」

「傳！」

王端陽在兩名公人的帶領下走入大堂，俯身參拜了一番之後，用餘光瞟了一眼身旁的狄仁傑，嘴角露出一絲不易察覺的陰笑。

「王……」羅永松一時沒記住名字。

「端陽。」韓賦低聲提醒了一句。

「王端陽，這倉曹帳目，可是你執筆寫就？」

「是小的職責所系。」

「篡改之處如何解釋？」羅永松指著手裡的帳目問道。

「小的不敢隱瞞，皆是狄司倉到任之後，指使小的所為。」

「你……」狄仁傑已氣得說不出來話來。

「狄司倉還說……」王端陽欲言又止，裝模作樣地向狄仁傑瞟了一眼。

「從實說來！」羅永松呵斥道。

王端陽被這一聲呵斥嚇了個激靈，小心翼翼地回道：「稟刺史，狄司倉說，年終若有盈餘，虧待不了小的。」

「好你個狄懷英！」羅永松將目光轉向狄仁傑，「新科及第，不思報效朝廷，反倒做下這等貪贓枉法之事！如今人證物證俱在，你還有何話說？」

狄仁傑見此情形，知道受小人誣陷，多說亦無益，便慢慢緊閉雙眼，一字一頓地回道：「下官無話可說。」

「好！既是有罪在先，認罪伏法倒也痛快。來啊，將狄懷英押入大牢，待本官奏明吏部，再作區處！」

＊＊＊

狄仁傑赴任汴州倉曹不足一月，便被刺史莫名其妙地投入大牢。身受栽贓誣陷的狄仁傑既氣憤又悲苦。

回想起兩個月之前，自己懷著滿腔熱情、雄心壯志，離開長安，一心想幹出一番事業，不奢望青史留名，但求得內心無愧，如今卻只能在這陰冷潮濕的大牢裡仰望星空，俯首長歎。

羅永松說「奏明吏部」，其實不過是走走程序而已，堂堂吏部，豈會為了一個區區從七品下的倉曹判佐大動干戈、明察秋毫？狄知遜的至交徐昊雖在吏部供職，但早在狄仁傑剛離開長安時，便已致仕回鄉。話說回來，即便徐昊在任，一個司封主事，又豈能干涉地方政務？

如果不出意外，狄仁傑這朵尚未開放的「官場之花」，恐怕就得凋落在這汙穢不堪的汴州牢獄裡。閻王好見，小鬼難纏，此言不虛！

或許是天神眷顧，羅永松剛剛將狄仁傑的案子奏到吏部，便從河南道台那裡接到消息，朝廷派出的「河南道黜陟使」不日將到河南巡察吏治，首站便是汴州。

朝廷派遣「黜陟使」前往各地巡察，獎懲官吏，始於貞觀八年。當時，唐太宗李世民委任李靖等十三位大臣為「黜陟大使」，分赴各道巡視，行「黜」（貶斥、廢除）、「陟」（晉升）之權。從此以後，由皇帝親自委任，不定期地派出「黜陟使」，便成為朝廷定規。

此次大規模巡察，擔任「河南道黜陟使」的，是時任工部尚書的閻立本。臨行前，吏部特意將各道的有關奏報轉給了數位黜陟使，這既是給足「黜陟使」的面子，同時也讓吏部衙門省了不少事務，可謂一舉兩得。閻立本接到的諸多奏報中，就包括狄仁傑這樁「貪汙案」。

從長安到汴州，閻立本身負聖命，不敢作過多耽擱，一路上也是宵衣旰食，翻看著吏部呈送的有關河南道官員的情況。

看了汴州刺史羅永松關於倉曹判佐貪贓枉法的奏報，閻立本不禁在心中打了一個激靈。他既感覺有什麼地方不對勁，卻又說不出來。一個上任不足一月的新科官員，竟敢如此明目張膽，不由得令人唏噓與惋惜。

思索之餘，閻立本一行已入了汴州境內，汴州刺史羅永松率刺史府一干官員及屬下各縣的縣令，早已迎候在汴州界碑旁的官道上。

閻立本吩咐落轎，走了出來，與羅永松及諸官員一一見過，隨後在羅永松的指引下，前往旁邊的驛站稍作休憩。

落座之後，閻立本說了幾句客氣話：「本使奉旨巡察，行分內之事，有勞諸位奔波迎候，甚是過意不去。」

「本州官民聽聞黜陟使到來，莫不歡欣鼓舞，下官只是略盡地主之誼。黜陟使一路顛簸，鞍馬勞頓，甚是辛苦，卑職心有不安，特率本州官員到此迎候，侍候黜陟使歇歇腳罷了，豈敢妄稱奔波。」羅永松一改往日嚴酷的面孔，眼角上揚，嘴巴就一直沒有合攏過。

「汴州六曹官員可都在這裡？」閻立本沒有心思跟羅永松耍嘴皮、談空話，索性直入主題。

羅永松見問，慌忙站起來俯身作揖道：「稟黜陟使，汴州六曹判佐、參軍皆在此聽候吩咐。」

「是嗎？本使點個卯如何？」閻立本一邊說，一邊用目光掃視了一番，暗中觀察著。

話音未落，只見倉曹參軍韓賦上前一步，回道：「稟黜陟使，倉曹判佐狄懷英沒有來。」

「是何緣故？」閻立本明知故問。

「這……」韓賦知道，這事兒由自己說出來，不太合適，便用目光向羅永松求援。

「啊！卑職一時糊塗，竟忘了這茬。」羅永松拍了拍自己的額頭，「黜陟使有所不知，倉曹判佐狄懷英貪贓枉法，卑職查實之後，已將他投入大牢，待吏部發文處置。」

「好了！」閻立本舉起右手，示意羅永松打住，「本使不瞞諸位，狄懷英的事，吏部已轉交本使處置。本使來的路上也細細看過羅刺史的奏報，是非曲直，待本使查訪之後，再作區處。」

在汴州大牢裡，閻立本見到了這個鋃鐺入獄的新科官員。在此之前，閻立本通過明察暗訪，已大致弄清了整件事情的來龍去脈。畢竟公道自在人心，參軍、胥吏雖是卑鄙無恥之徒，但倉曹之中也不乏忠肝義膽之士，甚至還有一些公人，不待有人來詢問，便主動要求拜見黜陟使，為狄仁傑伸冤。

如今的狄仁傑，身陷這囹圄之中，官服上的汙漬，已經遮蓋了本來的顏色。不過，狄仁傑依然不卑不亢，端坐在一堆枯草之中，深邃的目光中透露出一身大義凜然。

「狄懷英，汴州刺史判你貪贓枉法，你可知罪？」閻立本故意問道。

「哼！」狄仁傑不認識閻立本，誤以為是吏部派來的核查官員，想必跟羅永松、韓賦等人也是一丘之貉，於是冷笑一聲，轉過頭去，硬生生地回道：「清平之世，怎奈魑魅當道，狄某陷於汙淖，甘願受誅，無話可說！」

閻立本見狄仁傑不改初衷，不由得心生愛憐。從這位剛直不阿的年輕人身上，閻立本彷彿看到了自己當年的影子。

話說這個閻立本也是出身宦門，早在唐高祖時期入仕，曾做過太宗朝的吏部主爵郎中，而且繪畫技藝了得，深得李世民的賞識。凌煙閣懸掛的二十四功臣畫像，便是出自他的手筆。不過，這番技藝並沒有給閻立本帶來多少愉悅，反而是聽宮中內侍一口一個「畫師」地傳喚著，讓閻立本顏面盡失。要知道，在那個嚴格遵循著「士、農、工、商」等級的時代，「畫師」的社會地位與憑手藝謀生的匠人相差無幾。

「畫師」閻立本自覺愧對列祖列宗，經常語重心長地教導年幼的兒子說：「為父雖不敢妄稱學富五車，但一手文章也算得上是鶴立雞群，卻以區區的繪畫之技聞名於世，被視作奴僕一般呼來喚去，恥莫大焉！吾兒務必引以為戒，不可重蹈覆轍！」

這些年來，閻立本懷著「知恥而後勇」的心態，在官場摸爬滾打，從秦王府的庫直做起，歷任吏部主爵郎中、刑部侍郎、將作少監，在唐高宗初期出任工部尚書。他看慣了官場裡的阿諛奉承、趨炎附勢，深知正直、剛烈的難能可貴。

可是，那個為了一句「畫師」之稱而耿耿於懷的閻立本，在歷經風霜之後，已坦然了許多。官場裡的爾虞我詐，跟內侍不經意的一句「畫師」一樣，早已被閻立本視若平常。

他彷徨過，這浩瀚的官場，是否真的能泯滅所有的良知？

他失望過，似乎只有曲意逢迎，才能保住自己的一席之地。

直到見到狄仁傑的這一刻，閻立本靈魂深處那一根脆弱的心弦，終於被撥動起來，奏出一曲行雲流水的天籟之音。

「懷英！」閻立本收回思緒，親切地向狄仁傑召喚一聲，「孔子云，『觀過，斯知仁矣』。閣下冰清玉潔、剛正不阿，堪稱海曲之明珠、東南之遺寶也！」

「你是……」狄仁傑聽到這副蒼老的嗓音裡飽含讚譽之辭，不由得轉過身來，走到閻立本的面前，卻不知如何稱呼眼前的這位老人。

「啊！」閻立本這才想起來，自己只顧著回憶往昔，竟忘了做一番自我介紹，「閻某在工部任職，奉聖命巡察河南。」

「工部？閻……？」狄仁傑不斷在腦海裡思索著自己記得的六部官員姓名，登時醒過神來，驚呼道：「莫不是工部的閻尚書？」

「正是老朽！」閻立本點了點頭。

「久聞閻尚書大名，卑職……」狄仁傑俯首看了看自己一身邋遢相，一時發了窘。

「狄司倉受苦了，你的冤情，老朽業已查明，皆是那等貪贓枉法之徒顛倒黑白、栽贓陷害之舉。」

「卑職謝過恩公！」狄仁傑激動不已，稍整了整邋遢的官服，向閻立本鄭重地行了跪拜之禮。

「快快請起，」閻立本俯身將狄仁傑扶起，「冤情雖已查明，閻某卻還有幾句話想問你。」

「恩公請講。」狄仁傑敬重閻立本的為人，「自作主張」地改了稱謂。

「此番牢獄之災，雖是小人陷害，不知懷英可曾有過自省？」

「不瞞恩公，狄某在這大牢裡苦思數日，悔恨不已。」

「悔恨？」閻立本不知狄仁傑所指為何。

「狄某總結了三句話：官者忌孤，智者忌名，忠者忌直。」

「不妨說說看，這三句話作何解釋？」閻立本聽他一說，頓時來了興致。

「為官者，當忌『孤』、『名』二字，正所謂『木秀於林，風必摧之；堆出於岸，流必湍之；行高於人，眾必非之。前鑒不遠，覆車繼軌』。」

「嗯，語出三國李康的《運命論》，用到這裡倒還合適。」閻立本重重地點了點頭，又問道：「這『忌直』又作何講？」

「狄某悔恨正在此處。悔者，魯莽也；恨者，無能也。宵小之徒，自有其道，為官者一味求忠，卻不識降魔之法，恐未待小人伏法，自己便……」狄仁傑往自己身上指了一指，苦笑了一聲。

「高論！高論！」閻立本不由得拍起手來，「自古『清流』為後世敬仰，卻不知社稷、黎民需要的是『循吏』。獨善其身不難，難的是身處濁流而潔身自好，斬妖降魔遊刃有餘，心繫蒼生造福社稷！」

「狄某正是此意！若非魯莽，何至於到如此田地；若非無能，怎讓貪贓之徒逍遙法外。」

「懷英今後有何打算？」

「承蒙恩公眷顧，狄某當於激流中錘鍊，漩渦中翻騰，有朝一日斬妖除魔，維護我大唐社稷！」狄仁傑躊躇滿志，說到激動之處，不禁熱淚盈眶。

「好！」閻立本拍了拍狄仁傑的肩膀，「老朽希望你無論經歷任何坎坷，都能不改初衷！」

＊＊＊

離開大牢，閻立本徑直來到刺史府，開門見山地將狄仁傑這樁冤案扔給了汴州刺史羅永松：「羅刺史，狄懷英一案既已查明，依你之見，當如何處置？」

此時的羅永松哪還有什麼主意，趕緊俯身下跪，篩糠似的回道：「下官失察，罪……罪該萬死。一切謹憑黜陟使裁決，卑……卑職俯首聽命就是。」

「哼！」閻立本不想與他廢話，示意公人將狄仁傑帶入堂中。

狄仁傑走進堂來，行叩拜之禮後，不待閻立本發話，便主動說道：「稟黜陟使，羅刺史只是受小人蒙蔽，在卑職之案中還是秉公辦理，望黜陟使明察。」

「你……」閻立本正想發怒，呵斥狄仁傑的昏庸圓滑，可轉念一想，狄仁傑在獄中那一番至誠之語，必是發自肺腑的。如今，狄仁傑替上司打起了掩護，想來也是情有可原。他這個黜陟使了結差事，便能回京覆命，狄仁傑可是還要繼續在汴州為官的。無論羅永松是否會因此案而遭到問責，狄仁傑今後的日子恐怕都不會好過。

「看來這個狄懷英還真的悟出不少道理。」閻立本暗自思索了一番，說不清是失望還是悲涼，但他對狄仁傑此時的表現感同身受，隨即轉過話頭，接著說道：「你倒是深明大義，不是落井下石之流。」

羅永松聽到此言，大鬆了一口氣，終於恢復神態，順暢地說了一句：「黜陟使放心，倉曹參軍韓賦貪贓枉法、誣陷同僚，卑職一定如實奏明吏部，嚴加懲處。」

「不必了！」閻立本擺了擺手，「本使即刻下令，將韓賦免官除名。那個叫什麼端陽的，痛打二十大板，攆回家去，其他參與誣陷的胥吏，罰俸一年，以示懲戒。」

「是，是。」羅永松一激動，竟忘了黜陟使本就有舉劾官員之權，等閻立本作了裁決，方才反應過來。

閻立本回到長安之後，深知狄仁傑在汴州舉步維艱，便找到吏部侍郎劉祥道，詳細通報了汴州這樁案子的來龍去脈，並鄭重地向他舉薦狄仁傑。

「狄懷英品行端正、年輕有為，閻某擔心，將他繼續留在汴州，誤了前程事小，朝廷將來會少了一個棟梁之才。」閻立本並不掩飾自己的隱憂。

「能入閻兄法眼的人，想必是超凡脫俗了。」劉祥道笑了兩聲，「你莫非擔心他再遭誣陷不成？」

「不，不。」閻立本擺手道：「閻某是擔心他今後力圖自保，磨滅了傲骨銳氣，成為平庸之輩。」

「既然如此，恐怕只有將這個狄懷英放歸鄉野，保一世的名節了。」劉祥道與閻立本有些交情，故意逗起樂來。

「劉侍郎，你這是何意？老朽要的不是什麼『清流』，老朽是想為朝廷保住一位『循吏』！」閻立本神情嚴肅起來，說到動情處還敲起了茶桌。

「哈哈哈哈！」劉祥道見他當了真，不禁啞然失笑，「劉某開個玩笑，看把閻兄急的。依閻兄之見，狄懷英安排到何處任職？」

「問我？我又不是吏部中人。」閻立本想到劉祥道剛才戲耍自己，佯裝怒道。

「既是閻兄舉薦，總得有個子丑寅卯吧？劉某擅自做主，閻兄要是不滿意，還不是要登門興師問罪？」

「你呀！」閻立本被劉祥道弄得哭笑不得，「老朽見他剛直不阿，倒是適合到法曹做個參軍。」

「巧了！」劉祥道拍手道：「並州都督府前日奏報，原任法曹參軍致仕，缺額一名，可是……」

「可是什麼？」

「狄懷英乃並州人氏，異地為官乃本朝慣例，恐怕……」

「那是祖籍，狄氏一門，遠的不說，從狄左丞算起，便是曆官各地。再說了，我也問過，狄氏早已舉族遷至河陽定居，與並州毫無瓜葛。」

「如此甚好！……咦？」劉祥道彷彿剛剛反應過來，「閻兄莫非早已知曉並州法曹缺額之事，今日是有備而來不成？」

「無可奉告！」閻立本故意板著臉，端起茶杯，深深呷上一口，隨即笑顏逐開地贊道：「好茶！好茶！」

第八回　行仗義代友使吐蕃　感恩德宿敵推心腹

並州地處太行以西、汾河之濱，與大唐有著很深的淵源。早在隋代，並州是繼京師長安、東都洛陽之後的第三大城市，時任山西河東撫慰大使的李淵駐守於此。後來，李淵、李世民父子從這裡起兵，代隋立唐，並州也成為唐朝的「龍興之地」，享有「北都」之譽。太宗時期，李靖、李績甚至晉王李治，都曾擔任過並州都督一職，足見作為中原的北面屏障，並州的地位非同小可。

狄仁傑雖說祖籍並州，但他出生於長安，又跟隨父親狄知遜遊歷各地，與這片「故土」並無交集。此番赴任，狄仁傑還是第一次來到這座建在汾河河谷平原上、三面環山的古老城池。

身為並州都督府法曹錄事參軍，狄仁傑除了舉劾監察法曹官員，還要處理一些刑事、民事案件，維護一方治安。並州地處邊陲，與北方夷狄或融合、或相爭，因而民風頗為彪悍，既崇尚戎馬武力，又不乏俠肝義膽，在這種地方做一個法曹官員，事務自然異常繁重。

狄仁傑不由得想起當初跟隨父親在鄭州，狄知遜總會給他講許多辦案的趣聞。時至今日，狄仁傑方才意識到「不當家不知柴米貴」、「事非經過不知難」的道理。那時的自己，巴不得父親一天辦好幾個案子，回到家一五一十地說給他聽，如今自己肩負一方治安之責，才明白每一樁案子的背後，無不充滿著淚水、汗水甚至淋漓的鮮血。

有的為瑣事鬥毆，兩敗俱傷甚至鬧出人命，兩個家庭從此改變了生活的軌跡。有的嗜賭如命，半世辛勞一夜之間化為烏有，妻兒懸樑自盡，只剩下孑然一身。凡此種種，狄仁傑無不感到心酸、心痛。當年父親的一句戲言，讓他「將來科考及第，做個法曹判司，自有辦不完的案子。」如今想來，自己當年真算得上是「無知者無畏」。

每念及此，狄仁傑總是獨自一人冥思苦想，悶悶不樂。同在法曹供職，擔任判司的鄭崇質，這些時日也是難展笑顏。

「鄭兄為何愁眉不展？」狄仁傑自從到任以來，與鄭崇質同「曹」為官，兩人意趣相投，交情甚篤，彼此私下裡早就以兄弟相稱了。

「哎……」鄭崇質抬頭望了狄仁傑一眼，長歎一聲，自顧自地坐下來，一副垂頭喪氣的模樣。

「是不是有什麼疑難案件？」狄仁傑追問道。

見狄仁傑如此關切，鄭崇質也不好意思繼續做個「扎嘴葫蘆」，只好苦笑道：「自從狄老弟到任，這一年多來，再疑難的案件，咱們法曹不都是明察秋毫，秉公處之？」

「那又是為何？」

「一言難盡哪！」

「若是方便，狄某願聞其詳。」狄仁傑對這位摯友的關懷之情溢於言表。

「狄老弟莫怪，鄭某也是有苦難言。」鄭崇質定了定神，湊到狄仁傑跟前，附耳低聲道：「藺長史方才把鄭某叫去，交辦了一件差事。」

「什麼差事？」狄仁傑迫不及待地問道。

「出使吐蕃。」鄭崇質生怕狄仁傑聽不真切，稍微提了提聲調。

「什麼？吐蕃？」狄仁傑抑制不住驚駭的表情。

「是。」鄭崇質點了點頭，「藺長史說，吐蕃大相祿東贊上個月遣使至京師，向聖上提出和親之議。朝廷經商榷，打算派一個使團前往吐蕃，洽商具體事宜。」

「朝廷遣使洽談，與並州何干？」狄仁傑大為不解。

「狄老弟有所不知，此番奉命出使的正使是兵部尚書任雅相。任尚書與咱們並州的藺長史私交甚厚，又考慮到並州長期與夷狄周旋，經驗豐富，遂提出讓並州出一名官員陪同前往。」

「原來如此。」狄仁傑坐到一旁，自己思索起來。

「狄老弟有何高見？」鄭崇質見狄仁傑半晌無言，遂主動問道。

「鄭兄，此處沒有六耳，狄某鬥膽說句犯上的話。這遣使和親，甚為不妥。」狄仁傑見問，放低聲調說道。

「何出此言？」鄭崇質迫不及待地想知道下文。

「吐蕃反復無常，依狄某之見，此次並無和親誠意。」

「狄老弟多慮了。」鄭崇質似乎不太贊同，「先帝在世時，遣文成公主和親吐蕃，雙方從此互通有無，相安無事，至今已有二十年了。」

「今時不同往日，如今的吐蕃贊普[1]芒倫芒贊年幼無知，大相祿東贊大權在握。這個祿東贊，可不是當年的松贊干布啊！」

「松贊干布當年不也是咄咄逼人？只要和親事成，再相安無事二十年，並非想像中的那麼難。」鄭崇質反駁道。

「還是那句話，今時不同往日。」狄仁傑並無半點「妥協」之意，「自打祿東贊掌了權，到處耀武

1 「贊普」指吐蕃君主。

揚威、欺凌弱族，洛沃、藏爾夏被他收入囊中，前些年又征服了青海的白蘭羌，如今膽識愈狀。要不是中間隔著一個吐谷渾，祿東贊恐怕早就揮師關中，覬覦我大唐了！」

「橫掃中原？哼！」鄭崇質冷笑了一聲，「就算祿東贊有那個膽，也沒那副好牙口。」

「亡吐谷渾之心，倒還是有的！」狄仁傑補充道。

「何以見得？」

「鄭兄想一想，這祿東贊掌權也有十年了，早不說和親，晚不說和親，這時候想起來『循文成公主故事』，是何居心？」狄仁傑見鄭崇質無言，遂自問自答道：「還不是想吃掉吐谷渾，又怕天朝干涉，先灌上一碗迷魂湯！」

「狄老弟分析得在理！」鄭崇質不得不甘拜下風，「看來此番出使，無功而返事小，怕是凶多吉少啊！鄭某愚鈍，竟沒考慮到這一層。」

「那你方才為何鬱鬱不樂？」狄仁傑突然想起鄭崇質剛進門時的神情。

「實不相瞞。」鄭崇質歎道：「鄭某深受皇恩，一心報效朝廷，豈是貪生怕死之徒！方才藺長史吩咐這差事，鄭某不及多慮，只是念及老母親臥病在床，恐命不久矣。鄭某擔心，自己此去天長日久，萬一老母親……」說著，鄭崇質不禁流下兩行熱淚，慌忙扯起衣袖擦拭遮掩起來。

聖人云「老吾老以及人之老」，看到鄭崇質心繫娘親之情，狄仁傑也想到了自己的父母，不禁黯然神傷。

「父母在，不遠遊，鄭兄之憂，狄某感同身受。」沉默許久，狄仁傑方才吐出一句話，不知是安慰，還是勾起鄭崇質更深的悲傷。

「自古忠孝不能兩全，鄭某豈能為一己之私而罔顧皇恩聖命。此去吐蕃，半載未必能回，恐怕還得有勞狄老弟費心關照。」

「分內之事，何勞鄭兄多言。」

＊＊＊

從衙門裡回到家中，狄仁傑茶飯不思，粒米難進。想起鄭崇質的兩難境地，狄仁傑輾轉反側，久久不能入眠。

想了一夜，狄仁傑終於拿定了主意，次日天未破曉，便直奔都督府，求見並州長史藺仁基。

藺仁基剛剛起床，尚在更衣，便聽說法曹參軍狄仁傑求見。藺仁基以為法曹那邊出了什麼了不得的大事，趕緊穿好官服，出來接見。

「狄參軍有何要事？」藺仁基見狄仁傑氣喘吁吁，更加映證了自己先前的猜測，不待狄仁傑行禮，便匆忙問道。

「稟長史，卑職有一個不情之請。」狄仁傑俯身作揖道。

「哦？說來聽聽。」藺仁基聽狄仁傑如此說，先暗自鬆了一口氣，一邊落座，一邊示意狄仁傑也坐下說。

狄仁傑並沒有落座，而是站得筆直，回道：「長史昨日委派法曹判司鄭崇質出使吐蕃，卑職願代他前往！」

「為什麼？」藺仁基十分迷惑。

「鄭判司的老母親臥病在床，此時讓他們母子分離，恐成終生憾事。望長史體恤下情，收回成命。」

「放肆！」藺仁基勃然大怒，「鄭崇質不想去，為什麼自己不來求情？」

「長史誤會了，鄭判司並無此意。」說到這裡，狄仁傑將昨日見鄭崇質一番場景複述了一遍。

「狄懷英，」藺仁基站起來說道：「這吐蕃未經王化，反復無常，此番洽談和親，可是兇險異常啊！」

「長史放心，卑職想了一夜，願代同僚走上一遭，縱是刀山火海，也萬死不辭！」狄仁傑說得斬釘截鐵。

「你為什麼要這樣做？」藺仁基似有所思，目光咄咄逼人。

「卑職出身狄氏，世受皇恩，一心報效朝廷，還有……」狄仁傑欲言又止。

「還有什麼？」藺仁基示意他把話說完。

「還有就是不忍見同僚左右為難，特向長史請命，替鄭判司分憂，以盡同僚之誼。」

藺仁基聽狄仁傑說得如此果斷，一時倒不知如何回答，只是緩緩落座，暗自思忖起來。狄仁傑以為藺仁基猶豫不決，又上前一步作揖道：「卑職必定殫精竭慮，不辱使命，望藺長史成全！」

藺仁基抬頭看了看這個神情肅穆的年輕人，心中登時無限感觸，又站起來略踱幾步，轉過身來，語重心長地勸道：「狄參軍，你到並州一年有餘，為人剛直不阿，辦案有『平允』之譽，並州上下有口皆碑，藺某也是欽佩之至。不過，出使吐蕃非同小可，你狄懷英並未與夷狄打過交道，何必自討苦吃？」

「長史。」狄仁傑索性向藺仁基行了一個大禮，無比堅定地回道：「卑職一心報效朝廷，為同僚分憂，責無旁貸，何苦之有，何懼之有！」

「好！好！好！」藺仁基趕緊將狄仁傑扶起，與他默默對視良久，方才歎道：「狄公之賢，北斗以南，一人而已！」

狄仁傑發現，藺仁基深邃的雙眼，早已熱淚盈眶。

＊＊＊

狄仁傑如願以償，跟隨以兵部尚書任雅相為正使的朝廷使團，沿著鄯城、多瑪這條崎嶇蜿蜒的驛道，耗時四個多月之久，終於抵達了吐蕃的政治中心邏娑城。

建造在瑪布日山上的布達拉宮，在這天低雲厚的高原，顯得異常雄偉壯闊。松贊干布在世時，為迎娶文成公主而特意建造了這座寢宮。宮殿依山而建，與山勢融為一體，有內外三重，中間還有銀銅合鑄的索橋相連。

在瑪布日山腳下，大唐使團的成員紛紛駐足仰望，無不慨歎這鬼斧神工之作。狄仁傑沒有想到，在這荒蕪、寒冷的高原上，竟有如此壯觀的宮殿。

「天朝與吐蕃之誼日久情深，光照萬世，正如這宮殿，雄壯絢麗。」任雅相感歎道。

「這每一塊磚石，不知沾了多少民夫的血淚。」狄仁傑心裡想著，卻沒有說出這番煞風景的話，轉而歎道：「願此番出使，再續秦晉之好，也不枉吾輩跋山涉水，踏雪披霜。」

「狄參軍，聽你的口氣，倒是顯得有些悲觀哪。」任雅相一路上與狄仁傑交談甚歡，對這位舊交推薦的年輕人十分滿意，因而彼此說話隨和了許多。

「卑職豈敢，只是望景抒懷而已。」狄仁傑作揖回道。

「盡人事，聽天命吧，」任雅相似乎也有一種不祥的預感，「最近高句麗那頭折騰得挺厲害，咱們還是希望與吐蕃和為貴，避免將來兩線作戰。不過，祿東贊若是不識好歹，我天朝雄師也不是吃素的，關中二十萬大軍日夜枕戈待旦！」

「卑職多問一句，高句麗那邊，如今情勢如何？」狄仁傑一路上都想瞭解這方面的資訊，但礙於身分，不便張口。現在任雅相主動提及，狄仁傑自然要抓住這個機會。

「高句麗可是越來越不像話了……」任雅相見問，也不藏著掖著，但剛說上一句，便被一名隨從打斷。原來，吐蕃派來與使團接洽的官員，已經提前到驛館了。

任雅相只得按下話頭，帶著狄仁傑等人趕回驛館，與吐蕃官員見面洽談。

「吐蕃悉編掣逋[2]斜烏弄恭迎天朝使臣。」這名官員見任雅相等人走來，行揖禮自報家門道。

「大唐兵部尚書任雅相，應貴相之邀，率使團叨擾，承蒙貴方厚待，榮幸之至。來，請移步屋中細談。」任雅相禮節性地回應之後，便將斜烏弄等人請進了驛館。

眾人進屋坐定，雖是如家中待客一般，在驛館的一間會客室裡圍坐，但雙方心照不宣，這已經是比較正式的洽談了。

「貴方歷來與大唐修好，特別是文成公主遠嫁吐蕃，吐蕃官民踴躍研習中原禮儀，我大唐天子甚慰。如今，貴相又有和親之意，則更是錦上添花了。」任雅相率先發話。

「吐蕃地處要荒之地，與中原之繁華不可同日而語。雖相隔千山萬水，但對大唐忠心可鑒，只是……」斜烏弄並沒有接過任雅相的「和親」議題，而是另起爐灶，卻欲言又止。

「閣下有何苦衷，不妨直言。」

「吐蕃與大唐修好之心亙古不化，但礙於吐谷渾從中作梗，幾次朝貢的使團，都被他們半道上劫了去。」

「哦？」任雅相故作驚訝之狀，「當真如此？」

「千真萬確！」斜烏弄顯得義正詞嚴。

「可本官聽說，是吐蕃起兵屢次侵入吐谷渾挑起事端。」

「他們血口噴人！」斜烏弄激動地站了起來，「雪山之神可鑒，吐蕃斷然不會恃強凌弱。」

2 吐蕃武官名稱，相當於唐朝的「都護」。

「真是賊喊捉賊。」任雅相心裡想著，卻不便說得如此直接。早在一年前，吐谷渾決心歸順大唐，便遭到吐蕃的頻繁襲擾，苦不堪言。朝廷不希望因此與吐蕃的關係搞僵，遂讓吐谷渾不斷東遷。可是，吐蕃得寸進尺，越發囂張，大有「氣吞山河」之勢。若不是朝廷趕緊向涼州、鄯州一帶增兵，以備不時之需，吐蕃恐怕更加肆無忌憚了。

「既然如此，待本官回京時稟明聖上，派大臣實地查驗，再作區處。」任雅相不想跟斜烏弄在這個問題糾纏不休，遂勉強做了個了結。

「如此甚好，吐蕃相信大唐天子一定能還我們一個公道。」斜烏弄一邊說，一邊緩緩落座。

任雅相希望儘快商討「和親」事宜，可剛才一番話，讓雙方都有些尷尬，缺乏直入主題的氣氛。思忖片刻之後，見斜烏弄並不打算再說什麼，任雅相只好婉轉問道：

「文成公主近日可好？」

「甚好，甚好，只是自老贊普去世後，公主清心寡欲，不願與生人相見。」斜烏弄十分精明，一句話就將任雅相求見文成公主的路堵死了。

任雅相還想問些什麼，卻又不知如何開口。其實他早就知道，文成公主並沒有給松贊干布留下一兒半女，這「秦晉之好」便打了不少折扣。松贊干布死後，由於兒子早亡，便由年幼的孫子芒倫芒贊繼承了贊普之位，大權則旁落至大相祿東贊的手中。祿東贊攝政以來，對外耀武揚威，對內開始擯棄中原文化的浸染，文成公主的處境可想而知。

「諸位使臣，今日天色不早了，望好生休息，咱們改日再敘。」不等任雅相說話，斜烏弄便站起身來告辭。

望著斜烏弄遠去的身影，任雅相回到屋中，重重地跌坐在椅子上，發出幾聲「嘎吱」的響聲，彷彿要將椅子坐裂開似的。

「明公[3]。」狄仁傑走到任雅相的身旁，輕輕叫了一聲。

「這個斜烏弄，真是來者不善啊！」任雅相歎道。

「明公不必擔憂，和親關係重大，非一兩日之功。」狄仁傑安慰道。

「依老朽之見，這和親斷然是成不了的。」

「明公何出此言？這斜烏弄不過是一個都護，武將的態度向來強硬，不足為奇。」

「非也！」任雅相搖了搖頭，「祿東贊也明白這個道理，所以故意讓這個斜烏弄負責接洽，明擺著就是怎麼能談崩就怎麼談！」

「明公多慮了，祿東贊倒未必有此意。」狄仁傑不知如何安慰頹喪的任雅相，只得編出一句自己都不會相信的勸慰之辭。

「事已至此，等見了祿東贊本人，一切都明瞭了。」任雅相儘管對此番出使的結局早有心理準備，但首次洽談就搞成這個樣子，特別是連拜見文成公主的成例都不再作數，這實在令人難以置信，只得無奈地歎道。

＊＊＊

自從在驛館充滿火藥味的「一敘」之後，「再敘」一直遙遙無期。無論是祿東贊還是斜烏弄，都像從來沒有大唐使團到來一樣，邏娑城也是平靜如水。

在驛館坐了幾天冷板凳，任雅相頓時著了慌，每天都向負責驛館的官員發上幾通火。可是，這官員只負責一日三餐，其他事務一概無權過問，縱是任雅相心中的怒火燒了驛館，恐怕也是瞎子點燈白

3 唐朝官員常用的尊稱，主要用於稱呼品級、地位高於自己的人。

費蠟。

乾等著自然不是辦法，狄仁傑心生一計，故意當著驛館官員的面，向任雅相請示道：「卑職想借明公手中的使節一用，明日到邏娑城的集市上走上一遭，讓吐蕃百姓都知道，我大唐使團依然恪盡職守，等候吐蕃方面的誠意。」狄仁傑一邊說，一邊向任雅相遞眼色。

任雅相會意，也佯裝贊許道：「此議甚妥。只是使節乃聖上欽賜，豈可假與他人？本使明日一早親自去！」

「諸位使臣，」這驛館官員終於按奈不住，「卑職聽說，大相前幾日偶感風寒，不便見客，興許這兩日好了許多，還請諸位靜候……靜候。」

狄仁傑的這一招果然奏效，這日傍晚，祿東贊委託官員來到驛館，請任雅相明日商議「和親」事宜。由於祿東贊明確提出與任雅相單獨會見，狄仁傑等人只好留在驛館，心神不寧地等待消息。不過兩個時辰，任雅相的轎子便出現在驛館門前，只見任雅相滿臉烏雲密布，一聲不吭地走進來，肥胖的身軀再次跌坐在椅子上，若有所思。

「明公此番洽談，結果如何？」使團的其他官員紛紛上前詢問消息。

「哎，一言難盡！」任雅相歎答道：「恐怕吾等只能無功而返了。」

「這個祿東贊怎麼說？」儘管早有思想準備，但狄仁傑也十分關心這次洽談的詳情。

「祿東贊的態度，比斜烏弄還要強硬，一口氣數了吐谷渾六大罪狀，還說如果大唐不管，他就替天朝清掃門庭。至於和親，則絕口不提，說等把吐谷渾的事情弄個明白，再商議不遲。」

「那文成公主那邊呢？」狄仁傑追問道。

「斜烏弄那天說的話，很明顯就是祿東贊授意的！」任雅相依然抑制不住滿腔的怒火，「什麼清心寡欲，依任某觀察，是他們讓文成公主幽居深宮之中，寸步難行，連故鄉人都見不上一面。任某曾聽同僚講，過去大唐使團來邏娑，文成公主必然宴請一番，言語間略有些悲戚之情，如今這個情況，真不知文成公主……」任雅相想起文成公主的孤苦，眼裡竟湧出兩泡老淚，不知如何把話說下去。

「真是豈有此理！此等背信棄義之徒，該讓他嘗嘗我天朝雄師的厲害！」狄仁傑頓時怒道。

「說得輕巧，」任雅相揉了揉雙眼，抬首道：「若吐蕃一個，朝廷倒還勉強應付得來。可如今，東面的高句麗也不消停，西面再鬧起來，憑朝廷手中這點錢糧，對付日常之需尚顯捉襟見肘，哪裡撐得起兩邊同時開戰？」

「卑職這些天在邏娑城走動了一番，感覺祿東贊非致吐谷渾於死地不可，已經在暗中厲兵秣馬了。朝廷若是不早做防備，恐怕要在西線吃大虧。」狄仁傑回想起這幾日的所見所聞，不由得慨歎道。

「聖上為了完成太宗皇帝的遺願，兩隻眼睛一直盯著高句麗，現在哪有精力關照一個吐谷渾？」

「可……」

「好了，狄參軍，」任雅相擺了擺手，示意狄仁傑不要再說下去，「吾等臣子，只能盡力而為。本使已向祿東贊表了態，回京之日必會將吐谷渾的『罪狀』呈上，候聖命裁決，就當是個緩兵之計吧。但願，朝廷能與高句麗有個了斷，吐谷渾也能撐得久一點，屆時再揮師西向，將這個祿東贊綁到京城，就像李藥師將軍當年生擒頡利可汗一樣。」任雅相重重一拳，擊在茶案上，只聽「嘭」的一聲，茶碗應聲而落，留下滿地的碎片。

＊＊＊

吐蕃方面毫無和親誠意，大唐使團在邏娑城空耗了一個來月，又踏上了漫漫歸途。任雅相回朝廷覆命，李治認為大唐與吐蕃之間還隔著一個吐谷渾，和親成與不成，並非什麼了不得的大事，遂不再理會。

狄仁傑從長安出發，經河中府北上趕回並州。一路不計時日，當距離並州南門尚有一二里路的時候，狄仁傑遠遠望見城門下面，黑壓壓一群人早已等候在那裡。狄仁傑策上一鞭，將揚起的塵土遠遠地拋在後面，轉眼便趕了過來。

等看得真切時，只見是並州都督府長史藺仁基、司馬李孝廉率六曹判佐、監軍在此迎候。狄仁傑趕緊落下馬來，上前一步叩拜道：「藺長史、李司馬，卑職狄懷英出使吐蕃奉命還職。」

藺仁基、李孝廉見狀，趕緊一人一邊將他扶了起來。狄仁傑頓覺詫異，起身向藺仁基問道：「敢問長史，莫非今日有朝廷官員到並州巡察？卑職剛從京師回來，並未接到這方面的消息。」

「狄參軍說哪裡話。」李孝廉笑道：「咱們並州官員齊聚一堂，是為了迎接你狄參軍哪！」

「啊？」狄仁傑驚訝地略退了一步，再次叩拜道：「卑職何德何能，受此大禮！」

「狄參軍不必多禮。」藺仁基又將他扶起，「任尚書前日有一封書信給我，對你可是讚譽有加啊！」

「無功而返，狄某愧不敢當。」儘管早已預料到結局，但狄仁傑一想起來，總是有些難過。

「鄭判佐已將你們二人交談的經過告訴老朽，狄參軍頗有先見之明，此番出使，雖未促成和親，然可謂是不辱使命！」藺仁基讚譽道。

「是啊，」李孝廉接過話頭，「藺長史曾對下官說，狄公之賢，北斗之南，一人而已，李某剛開始還不信，如今看來，狄參軍堪當此譽，有過之而無不及啊！」

狄仁傑看看李孝廉，又看看藺仁基，似有一些狐疑，卻又不便發問，只得與眾人一同入了城門，到都督府寒暄一陣，交割完公事之後，便回家中歇息。

掌燈時分，狄仁傑越想越不對勁，遂走出家門，直奔鄭崇質家而去，一來探望鄭老太太，二來找鄭崇質排解白天的狐疑。

入了鄭家，只見鄭崇質正忙著侍奉母親喝藥，一切歸置妥當，鄭崇質方才將狄仁傑帶入堂屋，一邊品茶一邊攀談起來。

「鄭兄，」狄仁傑迫不及待地問道：「藺長史與李司馬這是……」

「出城迎候，那是藺長史定的，說都督府有此賢人，乃並州之幸，當為百官楷模。」

「哎呀，」狄仁傑急得只差要跺腳了，「狄某是說，他們為何如此其樂融融？」

「是嗎？」鄭崇質呷了一口茶，似乎故意賣起關子來。

「自從狄某到並州赴任，就發現兩位上司一直意見相左，如宿敵一般，不是我拆你的台，就是你拆我的台。」

「那倒是。」鄭崇質放下茶杯，接過話頭道：「狄老弟也知道，並州雖有『北都』之謂，還設有大都督府，可這都督一職，一直是親王『遙領』，一方政務軍務，皆由長史、司馬協商處理。俗話說得好，『一山難容二虎』，兩個品級相當的官員坐鎮，事兒還怎麼辦？咱們做下屬的，凡是遇到這種「政出兩門」的狀況，往往也是兩頭添堵、事事為難。」

「哎呀鄭兄。」狄仁傑捶了捶手，「狄某問東，鄭兄答西，這些過往的故事，狄某豈能不知？鄭兄是故意戲耍狄某吧！」

「哈哈！」鄭崇質見狄仁傑著急的樣子，不由得笑了起來，「要說藺長史與李司馬二人不計前嫌，倒是拜狄老弟所賜。」

「我？」狄仁傑驚訝道。

「狄老弟代在下出使吐蕃，藺長史感慨萬分，不僅在都督府上下盛讚『狄公之賢，北斗之南，一人而已』，還親自登門，向李司馬謝罪。」

「謝罪？」狄仁傑更加驚訝。

「此事也是藺長史主動說起，鄭某方才得知。狄老弟走後第二天，藺長史便夜訪李司馬，兩位宿敵推心置腹，交談了整整一夜。」

「說些什麼？」

「藺長史還不是被狄老弟的情義所感動，說區區一個參軍，尚有此俠肝義膽，咱們長史、司馬卻是鼠肚雞腸，為些芝麻蒜皮的事情鬧得不可開交，實在是羞愧難當。」

「這……」狄仁傑竟不知如何接話才好。

「藺長史一番話，也讓李司馬感慨不已，所以兩人當夜商議，待狄老弟回並州之日，一定要率都督府六曹官員，親自出城迎接！」

「藺公才是真正的賢人哪！」狄仁傑明白了個中因由，不禁仰首慨歎道。

第九回 征百濟劉仁軌成名 送軍糧狄仁傑望親

狄仁傑回到並州約莫一個多月的光景，一封由兵部尚書任雅相、戶部尚書竇德玄聯名題奏的奏疏，經尚書省呈送李治批示後，八百里加急遞送到了並州都督府長史藺仁基的手中。

藺仁基略掃了一遍，趕緊吩咐都督府的幾名兵士，快馬加鞭趕往北面的邊塞，將前去巡察的司馬李孝廉速速請回來商議要事。

從傳令的兵士口中，李孝廉只知道十萬火急，卻不明詳情，滿心狐疑地趕了並州城。兵士提前回來覆命，藺仁基又派僕役去法曹衙門將狄仁傑召了過來。

待李孝廉、狄仁傑雙雙入了都督府衙門，藺仁基趕緊將這封奏疏遞給二人傳看。狄仁傑從李孝廉手中接過奏疏，細細流覽了一遍，也跟藺仁基、李孝廉一樣，驚詫得說不出話來。

「明公。」李孝廉率先發話，「朝廷此次對高句麗用兵，勝算幾何？」

「難說啊！」藺仁基緩緩落座，歎答道。

「對了！」藺仁基突然想起了什麼，「狄參軍先前陪同任尚書出使吐蕃，可曾從他口中瞭解到高句麗的情況？」

狄仁傑見問，先將奏疏送還到案上，接著娓娓道來：「稟長史，卑職返回途中，方得機會向任尚書討教。聖上此番征伐高句麗，必得之志甚著。」

「何以見得？」李孝廉搶先問道。

「據任尚書分析，吐蕃此次言而無信，陰懷不臣之心，無禮之至，聖上卻網開一面、置之不理，意在集中精力於東線，再回頭收拾西線。」

「可吐谷渾一旦落入吐蕃之手，關隴便成邊陲，與西域的通路也會暴露在吐蕃面前，萬一被吐蕃攔腰斬斷，安西都護府何以保全？」李孝廉身為司馬，對防務問題素來關注。

「吐蕃之勢尚不明朗，如今先說高句麗。」藺仁基趕緊將話題扯了回來。

「李某魯莽，倒忽略了眼前的要緊事。」李孝廉自覺有些不好意思，接著又分析道：「高句麗素來桀驁不馴，前朝的隋煬帝曾派兵百萬征討，竟然一敗塗地，損兵折將三十萬，這小小的異族，倒是不太好對付啊！」

「且不說前朝。」藺仁基接過話頭，「先帝在世時，一心為報中國子弟之仇、雪高麗君父之恥[1]，率部親征，結果只是拿下遼東十餘座城池，面對安市城又久攻不下，只有趕在入冬前班師回朝。先帝文治武功，卻沒能在有生之年再度東征，終成憾事。」

「聖上就是想要完成先帝的遺願，方有此用兵之意。」狄仁傑說道。

「這一點大家都知道。」藺仁基並不懷疑狄仁傑的分析，「顯慶五年，新羅[2]遭到百濟[3]入侵，聖上接到新羅的求援信，當即派左武衛大將軍蘇定方率十萬大軍東征，將百濟殺得人仰馬翻。」

「這仗打得解氣！」李孝廉笑道：「高句麗擔心朝廷從遼東南下，對它兩面夾擊，因而不敢瞎攪和，百濟很快玩完了，聖上下旨，在那裡建了熊津、馬韓、東明、金漣、德安五個羈縻都督府，真真是

1 當時，高句麗權臣淵蓋蘇文發動兵變，殺死榮留王，以「攝政」的名義獨攬軍政大權，李世民認為作為宗主國的唐朝應主持公道，故有「雪高麗君父之恥」一說。

2 新羅位於朝鮮半島東南部，是唐朝的藩屬，且關係密切。

3 百濟位於朝鮮半島西南部，是高句麗的「盟友」。

大快人心！」

「既然高句麗不敢輕舉妄動，聖上此時為何決定主動出擊？任尚書也真是，奏疏裡光說讓並州籌集糧草，前因後果卻隻字不提。」藺仁基此時也顯得十分迷惑。

「依卑職看，這奏疏是寫給皇上的，恐怕無需贅言。不過卑職回長安的路上，倒是聽任尚書提起過。」狄仁傑答道。

「哦？那還不快說！這並州山高皇帝遠，咱們倒成聾子瞎子了！」李孝廉不免有些「牢騷」。

「任尚書說，自打在百濟故地設了都督府，日子一直不消停，」狄仁傑回答，「百濟殘部剿而不滅，近些年又呈死灰復燃之勢。據前方情報，後面不乏高句麗的暗中攛掇，還有隔海相望的倭國，也想來攪和攪和。」

「倭國？」李孝廉聽聞，竟從椅子上跳了起來，「哼！撮爾小國，死性不改！」

「此話怎講？」藺仁基見李孝廉年紀一大把，還這麼意氣用事，倒有點想笑。

「這倭國自漢朝以來，受中原冊封，已成慣例。至前隋時期，見中原久經戰亂，國力衰弱，竟主僕不分、喧賓奪主，大言不慚地在奏疏中，說什麼『日出處天子，致書日沒處天子無恙』之類的昏話。如今又想染指我大唐王土，豈不是死性不改？」

「正因如此，」狄仁傑正色道：「任尚書出使吐蕃期間一直憂心忡忡。卑職鬥膽揣測，朝廷見安撫吐蕃不成，故而索性放任自流，當務之急是先穩定東面的局勢。」

「依下官之見，未必盡然。」李孝廉補充道：「聖上當是借此次彈壓之機，向倭國施以顏色，若是時機成熟，讓高句麗變成第二個百濟也未為不可。」

「藺某聽出來了。」藺仁基笑道：「二位對此次東征，頗為樂觀哪！」

「兵法云，夫未戰而廟算勝者，得算多也。大戰在即，豈能滅自己志氣，長敵手威風？」李孝廉背了一句《孫子兵法》，接著又歎道：「可惜可惜，咱們也只能看別人的熱鬧，紙上談談兵而已。」

「司馬倒是樂得清閒，只怕狄參軍要辛苦一遭了。」藺仁基接過話頭，對著狄仁傑笑道。聽了這話，李孝廉方才想起，任雅相、竇德玄在奏疏中說，關中、河南一帶糧草緊缺，需從並州調撥，並委派得力官員護送至洛陽。任雅相因出使吐蕃，對狄仁傑印象深刻，特意點了他的將，於是也轉身對狄仁傑笑道：「狄參軍，出使吐蕃、護送軍糧，皆非法曹分內之事，本官和藺長史絕不強加於人。」

「狄某幸蒙任尚書信賴，擔此重任，豈有推辭之禮。」狄仁傑站起來，深深作了一個揖，算是表態了。

「狄參軍拳拳報國之心，蒼天可鑒！」藺仁基稱讚道。

＊＊＊

並州按照朝廷的指示，馬不停蹄地開始籌集糧草，負責押運的狄仁傑也做著最後的準備。正在此時，百濟前線風雲突變，朝廷接到前線報告，倭國水師明目張膽地出現在百濟沿海，一面隔岸觀火，一面等待時機介入。

唐高宗李治當機立斷，決定派水師渡海增援。不過，唐朝的將領雖說燦若群星，但絕大多數將領皆是步騎出身，不習海戰。因此，在決定主將人選的問題上，李治陷入了無人可用的境地。

「陛下為何不起用劉正則[4]？」武則天見李治百般為難，便主動提及一人。

「劉正則？你說的是劉仁軌？」李治打了個激靈，目光裡透露出一絲狐疑。

[4] 劉仁軌，字正則，汴州尉氏人。

「陛下認為不妥？」武則天追問道。

「豈是不妥？大大的不妥！」提起這個人，李治總想把手上拿著的東西扔出八丈之外，只是當時兩手空空，無可扔之物。

「陛下還在為劉仁軌當年的失利耿耿於懷吧？」武則天笑道。

「此輩無能之至！」李治想起往事，依然神情激動，「當初蘇定方東征百濟，朕令這個劉仁軌從海路運送糧草。他明著拍胸脯保證，暗地裡卻大發牢騷，竟然說朕是舉著金扇子拍蒼蠅，真是膽大包天！」

「百濟步騎都是烏合之眾，哪有水師讓他劉仁軌過癮？」武則天想起這茬，不由得笑了起來。

「幸虧百濟沒水師！」李治繼續說道：「劉仁軌就擔個運送糧草的差事，居然還能翻覆於波濤之內，讓蘇定方的東征之師餓了十幾天的肚子。這樣的蠢材，何堪大用？」

「妾身以為，此事不可完全歸罪於劉仁軌。」武則天辯解道。

「舍人源直心也是這麼說的，朕才網開一面，讓劉仁軌留在軍中戴罪立功。可數年過去，劉仁軌未立尺寸之功，皇后又何出此言？」

「劉仁軌只習水戰，入海方能成事，在岸上攻城掠地，倚仗的是步騎，他能有何作為？」武則天辯解道：「還有當年的敗績，妾身事後也差人暗查過，當時劉仁軌深知海情，因預測到天氣突變，打算延遲幾日再啟程。可李義府求功心切，仗著自己是宰輔，硬逼著劉仁軌的船隊離岸起錨，這才跟風浪撞個正著。」

「李義府？」李治近日常犯頭疼，記性也差了很多，一時對不上號了。回憶片刻，李治方才想起來，便繼續回憶道：「對！他前些日子找了個江湖術士，搞什麼『望氣』，被朕流放到巂州去了，皇后當時不是還替他求情嗎？」

「功是功，過是過，」武則天一直感念李義府當初的「廢后」倡議，才腆下臉來為他求情。聽李治無意中點了一句，武則天也覺得不好意思，遂辯解道：「劉仁軌之敗，李義府要占大頭。還有，劉仁軌說陛下舉著金扇子拍蒼蠅，也是李義府擔心自己受到牽連，蓄意栽贓的。」

「此等小人，朕流放他，還真是流放對了！」李治狠狠地說道。

「陛下。」武則天打算將話題扯回來，「古人云，知恥近乎勇。妾身以為，起用劉仁軌，正當其時。」

「聽皇后一言，朕倒想起一個典故。」李治一時興起，「昔日漢武帝受西南夷所擾，司馬相如上疏稱『蓋世必有非常之人，然後有非常之事；有非常之事，然後有非常之功』。」

武則天會意，也笑了起來：「陛下認為劉仁軌就是當今的非常之人？」

「但願朕這次不會所托非人！」

＊＊＊

接到官復原職、率水師出海迎敵的聖旨，劉仁軌激動得熱淚盈眶。

其實兵法說得好，「將在外，君命有所不受」，眼看著倭國蠢蠢欲動，劉仁軌早就在蘇定方的默許下，率水師做著積極準備了。接到這份來得正當其時的聖旨，劉仁軌更加理直氣壯，當即率水師出海巡弋，提防倭國水師趁火打劫。

這年八月，劉仁軌的水師在白江口與企圖介入戰事的倭國水師遭遇。當時，劉仁軌麾下只有大小船隻一百七十多艘，而倭國意圖染指百濟之心蓄謀已久，此次幾乎是傾巢出動，大小戰船共計四百多艘。

面對一場實力懸殊的遭遇戰，劉仁軌有自己的一番考慮和戰術。

就數量而言，劉仁軌處於絕對劣勢。可是，論船隻裝備的精良程度，大唐船壁高聳、盔甲堅硬，再反觀倭國水師，船隻低劣，與舢板無異，盡顯窮酸之象。與船隻一樣低劣的還有戰術，在寬闊的海面上，倭國的四百多艘船全部聚攏在一堆，生怕其中哪一艘離開隊伍迷了路。

見到這副陣勢，劉仁軌笑著問身邊的副將：「趕過羊嗎？」

副將見問，不知劉仁軌葫蘆裡賣的什麼藥，只得老老實實地答道：「末將不曾趕過。」

「沒趕過，總還見過吧？」劉仁軌「不依不饒」地追問道。

「見……見過。」副將小心翼翼地答了一句。

「那你瞧瞧，倭國這幾百條破船，像不像一群埋頭吃草的羔羊？」劉仁軌指著遠方黑壓壓的一片問道。

「這……」副將不知如何答話。

「羊群生性膽怯，喜歡紮堆。」劉仁軌解釋道：「野狼捕羊，往往衝入其間，待羊群因驚慌而散落一片，再尋找易得的目標。」

「末將明白了，」副將露出一副茅塞頓開的模樣，「咱們就衝入敵陣，分而圍殲！」

「嗯！有點悟性！」劉仁軌贊許道：「傳本將之令，水師分成四路，平行出擊，待敵陣被瓦解，再以火箭射之。」

「末將遵命！」

按照劉仁軌的戰術，唐朝水師一百多艘戰船兵分四路，看似毫無章法地衝了過去。倭國水師見狀，頓時亂作一團，儘管箭矢滿天飛，終究難敵大唐的堅船。頃刻之間，倭國四百多艘戰船已被沖得七零八落，只見唐軍船隻萬箭齊發，箭頭上的火苗發出滋滋的響聲，上百艘倭國船隻中箭起火。遠遠望去，半邊天被照得通紅。大火燃燒的劈啪聲、倭國士兵的跳水聲、淒厲的喊叫聲交織在一起，宛如人間地獄。

黑煙滾滾的白江口海面，倭國的四百多艘戰船幾乎全軍覆沒，溺水者、燒死者不計其數。自此以後，倭國再無膽量覬覦百濟，「戴罪立功」的劉仁軌也一戰成名，成為炙手可熱的朝廷重臣。

五年之後，孤立無援的高句麗，終於被李績率領的東征大軍剿滅，朝鮮半島除了早已歸附唐朝的新羅以外，悉數納入大唐的版圖。

＊＊＊

就在李治下旨，將劉仁軌官復原職的時候，被任雅相親自點名的狄仁傑，正押運著糧草從並州出發，日夜兼程地趕往洛陽。

近千里的路途，狄仁傑看到的都是一片繁忙而充實的夏收景象。從「貞觀之治」算起，經過近三十年的勵精圖治，方才有今日的一片太平盛世。

由於公務在身，狄仁傑並沒有多少心思欣賞沿路的美景。眼看運糧隊伍已抵近河陽，隨從知道狄仁傑的父親狄知遜於去歲致仕後，回到河陽頤養天年，遂提醒狄仁傑道：「咱們趕了一路，甚是困乏，不如在河陽稍事休整，狄參軍也能順便探望令尊、令堂。」

「萬萬使不得！」狄仁傑搖頭道：「家父若是知道狄某公務在身，卻擅離職守徇私情，非把狄某攆出家門不可。」

狄仁傑心裡清楚，父親狄知遜這輩子雖然沒有什麼大成就，但對朝廷忠心可鑒，向來公私分明。

不過人算不如天算，狄仁傑一心想渡過黃河，快馬加鞭趕往洛陽，卻抵不過黃河的風高浪急。在這樣的天氣之下橫渡，危險可想而知。為穩妥起見，狄仁傑打算在河陽倉暫留幾日，待天氣好轉之後再南下洛陽。

此時，擔任河陽縣令的是一個叫周興的人。此人出生於長安，頗通刑律，經科舉入仕後，出任河陽縣丞。因為政清廉、賞罰有度，特別是在司法、刑獄方面業績突出，屆滿考核拿了上中等，升遷為河陽縣令。在他的治下，河陽牢獄空空如也，頗有一些「靜獄」的味道。前些日子，長安方面又傳來好消息，說李治在河南道遞送上來的奏疏中，特別留意到了這個「靜獄」的周縣令，正準備委以重任。

值此關鍵的「考察」時機，狄仁傑的運糧隊伍受阻於河陽，讓周興找到了表現自己的絕好機會。

話說抵達河陽的第二天，狄仁傑一大早便趕到黃河岸邊勘察水情。周興聞訊後也跟了過來，與狄仁傑寒暄一陣之後，半開玩笑半認真地笑道：「狄參軍供職法曹，倒是個小心翼翼之人吶！」

狄仁傑聽出了周興話語中的辣味，也不甘示弱地回答：「身為法曹官員，自當明察秋毫、謹慎行事，需知案上略添一筆，便可奪匹夫一命！」

「狄參軍說得在理。」周興接過話頭，不忘自誇一番，「周某自打履職河陽，六、七年的光景，無一日不是如履薄冰，不敢有半絲懈怠，方有此『靜獄』之象。」

狄仁傑看得出來，周興所言絕非誇大之詞。無論是家父的書信，還是自己此番經過親眼所見，河陽的承平氣象，確實有一點「鶴立雞群」的味道，狄仁傑甚至還打心眼裡欽佩這個周興。不過，狄仁傑此時倒有些迷惑不解，這個周興放著公事不辦，大清早的追到黃河邊跟自己扯閒篇，到底是意欲何為？

見狄仁傑半晌不言語，周興又打開話匣子說道：「周某在河陽待了近七年，黃河水情已瞭若指掌。」

「狄某實在是愚鈍得很。」狄仁傑打斷周興的話，拍了拍額頭，笑道：「應該早些向周明府[5]討教才是。」

「豈敢豈敢！」周興擺手道：「討教談不上，無非是老馬識途罷了。」

5 明府，在唐代是縣令的別稱。

「不瞞明府。」狄仁傑接著說道：「狄某公務在身，卻遲遲難以成行，也是心急火燎。依明府之見，這風浪還得持續多少時日？」

「既是狄參軍問起，周某便鬥膽說一句，眼前這點風浪，不足為慮。狄參軍想什麼時候啟程，就什麼時候啟程，無需多慮。」

「這……」狄仁傑扯了扯被大風吹得飄展開來的衣襟，滿面狐疑地看著周興。

「怎麼，不信周某之言？」周興追問道。

「這風，這浪。」狄仁傑往河面上指了一指，「憑這幾隻舢板，如何扛得住？」

「狄參軍。」周興的臉一下子便陰了下來，「依周某看，瞻前顧後、畏首畏尾之人，終難成大事。」

「你……」狄仁傑對周興的瞬間無禮感到有些不可思議。

「狄參軍既是公務在身，自當不計榮辱、不畏艱險，一心報效朝廷，豈可如此優柔寡斷？」

「狄某心繫糧草安危，豈計個人榮辱！」狄仁傑不客氣地反駁道。

「說得好聽！」周興更加來了勁，「狄參軍怕是擔心自己重蹈劉正則當年翻覆於波濤的覆轍吧？」

「前車之鑒，豈能等閒視之？」狄仁傑也想起了劉仁軌當年為高句麗前線運送糧草，被突如其來的風浪吞沒的悲劇。

「哼！」周興冷笑道：「《山海經》載『炎帝之少女，名曰女娃，遊於東海，溺而不返，故為精衛，銜西山之木石以堙東海』，何等的氣概！狄參軍尚未見大海之波濤，倒被這數丈寬的黃河嚇得沒了主意，如何向朝廷覆命？」

「荒謬！」狄仁傑對周興的無理取鬧已很不耐煩，「狄某豈能以糧草之安危，成就所謂的英雄氣概？」

正所謂「說者無心，聽者有意」，狄仁傑一句氣話，戳中了周興的痛處。周興聽聞，不再爭辯，轉身拂袖而去。

狄仁傑以為送走了「瘟神」，卻不知惱羞成怒的周興趕往河陽倉，謊稱奉州府之命，將並州運來的糧草重新裝車，送至碼頭裝船。

為防止走漏消息，周興還扣留了從並州押運糧草而來的兵士，並故意避開狄仁傑，選擇另外一個碼頭橫渡。

狄仁傑被蒙在鼓裡，一直在黃河邊心神不寧地勘察水情。接近晌午時分，狄仁傑回到河陽倉，眼前的一幕讓他大吃一驚。只見存放並州糧草的倉廩已空空如也，那些負責押運糧草的士兵，一個個都不見了蹤影。

正在狄仁傑百思不得其解之際，外面匆匆趕來兩名兵士，見到狄仁傑，慌忙跪下奏道：「稟狄參軍，糧……糧草……出大事兒了！」

「什麼？」狄仁傑只覺汗毛倒豎，額頭上冒出一層冷汗，追問道：「到底怎麼回事？」

「周……周縣令強令糧草裝……裝船渡……渡黃河，正走到河……河中央時，被風……風浪擊翻。」

「什麼？」狄仁傑差不多要跳將起來，「哪裡渡的河？快帶我去！」

隨即，狄仁傑在兵士的率領下，一路瘋跑趕往出事兒的碼頭。只見此時的周興已沒了上午時分的豪情萬丈，癡癡地坐在河岸邊，望著波濤洶湧的黃河發愣。

狄仁傑上前一步，揪起周興的衣襟，將他扯著站了起來。周興一雙腿就跟抽了筋似的，狄仁傑稍一鬆勁，他便又癱軟著跌坐下去。

「你……」狄仁傑望著周興，眼裡差不多要噴出火來，卻不知該說些什麼。

不幸中的萬幸，由於周興一時難以籌集更多的渡船，被風浪打翻的只是第一批裝上去的糧草，大部分糧草此時還堆積在岸邊，因而得以保全。

風浪過後，狄仁傑平安渡過黃河，直奔洛陽而去。周興擔心自己受到責罰，也揣測不安地跟著狄仁傑前往洛陽。

狄仁傑交割完糧草，並解釋了河陽渡河翻覆的基本情況。不過，看到周興那副可憐巴巴的樣子，狄仁傑倒是動了惻隱之心，不希望看到這麼一個頗有政聲的官員就此落幕。因此，狄仁傑在彙報中並沒有提及周興瞞著自己自作主張的情節，而是寫下「河陽縣令心急如焚，建議下官即刻渡河，下官失察於水情，致此損失」云云。

狄仁傑自回並州覆命，周興又風塵僕僕地趕往長安聽消息。李治接到戶部上報的奏疏，不禁聯想起當年，劉仁軌被李義府的一通瞎指揮，搞得糧草盡失。

「無能充有能，禍大莫過於此！」李治實在是怒氣難消，打算將周興緝捕治罪。

「聖上息怒！」吏部侍郎魏玄同進諫道：「微臣以為，周興報效朝廷之忠心可鑒，無非是好心辦了壞事。既是事出有因，望聖上寬仁為懷，不可寒了天下臣子之心。」

「魏愛卿話裡帶刺啊！」李治稍稍平息了一些怒火，又轉而挑起了魏玄同的理，「懲治瀆職官員，何來寒心一說？」

「微臣不敢！」魏玄同跪拜道：「只是微臣以為，無所事事方能無過可咎，情有可原的過錯卻加以懲戒，豈不是讓明哲保身、但求無過之徒大行其道？」

「哈哈！」李治不禁笑了起來，「魏愛卿所言極是。周興這檔子事，朕就不追究了。不過……」李治話鋒一轉，「升官也甭想了！朕也不希望讓臣子說朕是『以過為功』的昏君！」

魏玄同回到吏部衙門，只見周興還眼巴巴地坐在門口的石階上等候消息，有些於心不忍，遂向他招呼道：「周縣令還是回河陽去吧。」

「魏侍郎這是何意？」周興希望得到更加確切的消息。

「回去吧，回去吧。」魏玄同不便明說，只是擺了擺手，隨即走入衙門中去。

望著緩緩關閉的大門，周興五味雜陳，眼中露出一絲不易察覺的憤恨之情，怏怏而去。

＊＊＊

且說狄仁傑從洛陽返回並州，再度路過河陽，身邊的隨從又一次提醒狄仁傑，可以稍事休憩，順便去探望一下父母。

「不，繼續趕路。」狄仁傑搖頭拒絕。

「這是為何？」隨從大為不解。

「實不相瞞。」狄仁傑跟這些僕役說話從不端架子，「狄某也想去，只是擔心家父動怒，把我趕出家門。」

「這可是奇了！」這名隨從笑道：「去洛陽之時，身負公務，令尊不允倒還情有可原。如今公事交割完畢，咱們回去覆命，順路探望一番，有何不妥？」

「話是這麼說，家父可不這麼看。」狄仁傑太瞭解父親的脾氣了，「記得狄某幼時，家父時常教導說，自古忠孝難以兩全，大禹治水之時，三過家門而不入，萬萬不可假公濟私，為旁人恥笑。」

「恕小的直言，令尊大人……是不是太較真了些？」隨從在狄仁傑身邊待得久了，說話也隨意許多。

「理是這個理，為兒的也不敢違拗，還是走吧。」狄仁傑歎道。

當然了，不探望，並不代表狄仁傑不思念自己的至親。一行人沿著官道登上一座山峰，狄仁傑矗立在山巔之上，翹首眺望著河陽的方向。只見豔陽高照之際，一朵略顯孤獨的雲彩，在空中飄忽不定。狄仁傑不禁觸景生情，那一朵白雲宛如自己的化身，遠離至親，在廣闊的天空中遊弋。

在一旁歇腳的隨從見狄仁傑望得有些癡了，正不知如何說話，狄仁傑輕歎一聲，轉身說道：「雲彩之下，便是狄某至親的居所。」

話音未落，狄仁傑已轉過身去，默默地拭去眼角的淚珠，深情地注視著那朵雲彩。直至雲彩飄向天邊，消失在視線之外，狄仁傑依舊紋絲不動，久久不忍離去。

狄仁傑沒有想到，此番「望雲思親」，竟成了與父親的訣別。狄知遜直至咽氣，也沒有再看到最疼愛的長子狄仁傑一眼。

聞知噩耗，狄仁傑悲痛欲絕，馬不停蹄地趕往河陽，並守喪三年。

值守著父親的墳塋，狄仁傑百感交集。如今陰陽兩隔，他甚至對當初自己的「不徇私情」感到有些懊悔，內心的矛盾與掙扎，讓他彷徨不安。

「兒子一定會秉持操守，報效皇恩於萬一，父親在九泉之下，可要原諒傑兒啊！」狄仁傑縱有千言萬語，也無處傾訴，只能在父親的墳塋前默默禱告。

沒有回答，只有呼嘯的北風從耳旁吹過，彷彿是狄知遜無奈的歎息聲，亦或許是釋懷的莞爾一笑。

隨風而動的草木無言，只有孤零零的狄仁傑愴然泣下。

第十回　河陽街巷巧遇故知　長安深宮暗流湧動

河陽地處太行南麓、黃河北岸，歷史源遠流長。這座建在黃河北岸的城池，距離洛陽不過五、六十里的路程。早在春秋時期，這裡便是周天子會盟、狩獵之地。

與繁花似錦的東都洛陽不同，河陽山清水秀、民風淳樸，頗有一番世外桃源的別致與意趣。早在西晉時期，享有「文壇三大家」之美譽的潘安，而立之年被貶為河陽縣令。在這座小小的縣城，官場失意的潘安盡情揮灑著詩人的雅致與豪邁，他與嬌妻吟詩作對、夫唱婦隨，還令全縣種植桃花。數年下來，「河陽一縣花」的美譽為世人傳誦，河陽也成為那些風流才俊的嚮往之地。

時過境遷，河陽依然是那麼娟秀，宛如一位江南女子，與這粗獷的中原顯得有些格格不入，倒是令人稱奇。也難怪，很多官宦人家致仕之後，都願意遠離故土鄉音，選擇在此頤養天年。

狄仁傑如今已是一介布衣，除了守護父親的陵寢，還要侍奉老母親的起居。儘管有幾位弟弟幫襯，狄仁傑卻寧願自己能多做一些，以彌補內心「子欲養而親不待」的缺憾。

這日，母親盧氏偶感風寒，咳喘得厲害。狄仁傑雖然研習針灸之術，但針灸也不是包治百病的靈丹妙藥，特別是這類氣血之疾，往往需與草藥相濟，方能收到奇效。

為了穩妥起見，狄仁傑為母親把了脈之後，還是讓管家狄虎請來一位郎中診療。見郎中開出的藥方與自己心裡想的如出一轍，狄仁傑才將懸著的一顆心放了下來。狄虎接過藥方，正準備到街上抓藥，卻被狄仁傑叫了回來。

狄仁傑送走郎中，從狄虎手中接過藥方，吩咐道：「你在家好生照料，藥讓我去抓。」

「此等小事，何須勞煩公子。」狄虎笑道。

「小事？」狄仁傑顯得不太高興，畢竟父親剛剛去世，母親此時又病倒了，心中難免有些焦躁，「藥有新陳、質地之分，你可辨得清？」

「這……」狄虎不敢爭辯，只是撇下嘴暗自嘀咕道：「哪有這麼玄，蜈蚣終究是蜈蚣，還能挑出蛇來？」

「你說什麼？」狄仁傑正走到門口，聽見狄虎自言自語地，扭頭問道。

「小的說讓公子路上當心些。」

「該當心的是你！」狄仁傑半開玩笑地指著狄虎「訓」了一句，轉身往門外走去。

到藥房抓完藥，狄仁傑惦念著母親的病症，快步往家中走去。剛走過一個街口，只見前面黑壓壓站著一群人，議論紛紛的嘈雜聲中，不時擠出幾聲淒苦的抽泣。

看到這一幕，狄仁傑不由得想起當年從夔州前往長安趕考，在華山腳下醫治的那名少年。雖說狄仁傑此時急趕著回去煎藥，卻似乎有一種無形的力量，讓他撥開人群，吃力地擠了進去。

穿過人群，只見一名蓬頭垢面的女子，跪在當中哭泣不已，對旁人的問話全然不答。偶爾有幾個心善之人，放了幾塊銅板到她面前，女子叩頭致謝，卻始終不言一語，只是一味地抽泣。

狄仁傑見狀，以為是災民乞討，也掏出幾塊銅板放到地上，正準備轉身離去，只聽得這女子猛然抬首，驚叫一聲：「狄公子！」

狄仁傑聽聞，大吃一驚，定神向女子看去，只見她面容憔悴、沾滿污泥，似曾相識卻一時想不起來。

女子見狄仁傑愕然，又驚呼道：「狄公子不認得小女了？」女子一邊說，一邊在懷中搗鼓了一陣，好容易摸出一小塊玉佩來，遞到狄仁傑的眼前。
「你……」狄仁傑看到玉佩，恍然大悟道：「你是玉兒？」
「嗯！」玉兒扯著衣袖，抹了抹眼淚，臉上又劃出一道黑色的汙跡，「正是玉兒！」
「你怎麼會在這裡？」狄仁傑蹲下身子，關切地問道。
「我……」玉兒望著周遭的人群，目光中露出一絲惶恐，一副欲言又止的模樣。
狄仁傑會意，伸手將玉兒扶起，安慰道：「別害怕，跟我回家再說。」
回到家中，玉兒梳洗了一番，露出嬌美的容顏。狄仁傑將她帶至母親病榻前見過，引入堂屋落座。
「玉兒姑娘為何流落至此？」狄仁傑問道。
「不瞞公子，小女是從華州押解至洛陽，夜間看守鬆懈，才得以僥倖逃脫的。因不識道路，迷了方向，一路乞討到了此處。」玉兒一邊說，一邊不禁流下淚來。
「押解？莫非玉兒姑娘惹上什麼官司不成？」狄仁傑大為驚駭。
「公子說哪裡話，玉兒一個婦道人家，只顧打理客棧、操持家業，哪裡會惹什麼官司。」
「那為何到如此地步？」
「這……」玉兒欲言又止。
「哎呀，你倒是說話呀！」狄仁傑見她這副神情，顯得有些著急。
「小女……」玉兒尚未說出一句完整的話來，已經泣不成聲。
「玉兒姑娘不用悲傷，狄某自當鼎力相助。」狄仁傑安慰她道。
「狄公子厚恩再造之德，玉兒永生難忘。」玉兒見狄仁傑如此緊張自己，心裡既溫暖又感動，於是拭去淚水，稍定片刻之後娓娓道來：「這事兒還要從三個月前說起，我那兄弟不知從何處得知朝廷正在清查逆黨，據說是以宰輔上官儀為首，同黨中就有早已離世的吏部張侍郎。」

「張侍郎？」狄仁傑驚得站了起來。

「公子當年為了震懾那個無賴，謊稱玉兒是張侍郎失散多年之女，那無賴便向官府告發，既討了封賞，又霸佔了客棧，小女也……」玉兒很想把話說完，但言至傷心處，眼淚還是不聽話地滴落下來，玉兒不禁埋頭痛哭起來。

「這……」狄仁傑還是不敢相信自己的耳朵，「狄某當初年輕氣盛，自以為得計，沒想到卻害了玉兒。」

「公子切莫作如此想，」玉兒抬起頭哭道：「玉兒感念狄公子的恩德，並無半點怨恨之意。」

狄仁傑一時語塞，起身踱起步來。約莫半炷香的工夫，狄仁傑方才站定，笑顏逐開地對玉兒說：「是非分明，玉兒不必擔憂。俗話說得好，解鈴還須繫鈴人，此事就交給狄某了！」

安頓好玉兒，狄仁傑獨自走進書房，提筆準備寫一封書信。剛寫了數句，狄虎偷偷摸摸地推開房門，躡手躡腳地走到狄仁傑身邊，不無關切地問道：「大少爺這是……」

「寫信。」狄仁傑頭也沒抬地回道。

「寫給誰？什麼事？」狄虎追問道。

「嘶……」狄仁傑倒吸一口氣，從牙縫裡擠出一道似乎不甚耐煩的聲響，「閒著了是不是？管起我來了？」

「大少爺說笑了。」狄虎依然是一副嬉皮笑臉的模樣，「小的若是沒猜錯，大少爺想必是為那女子吧？」

「怎麼？」狄仁傑放下筆問道。

「小的方才在堂屋外面打掃院子，前後不搭地聽得幾句，恕小的直言，大少爺可不能惹火燒身哪。」狄虎收起笑容，正色言道。

「你這是什麼話！」狄仁傑「訓斥」道。

「大少爺，小的說句不該說的話，你當年為了搭救那位女子，謊稱她是什麼官家之女，這可是有違法度啊！」

「這我知道，當年也是救人心切，一時心急，怎能想到會徒增此禍端。」狄仁傑歎道：「話說回來，玉兒蒙受不白之冤，說起來也是因我而起，豈能坐視不理？」

「大少爺作何打算？」狄虎指著留有狄仁傑字跡的信箋問道。

「修書一封給恩公，將前因後果解釋清楚，為玉兒洗脫罪責。」

「恩公？哪個恩公？」

「說來話長，我當初新科入仕便鋃鐺入獄，若非他明察秋毫，恐怕此時依然是戴罪之身。」狄仁傑一邊說，一邊又想起曾經兇險的一幕，更加思念起自己的「恩公」閻立本來。

「大少爺說的是工部尚書閻立本？」狄虎曾經從狄知遜的口中獲知此事。

「正是閻公。」狄仁傑頷首道。

「老爺在世時常說，閻尚書是個厚道人。」狄虎也歎道：「可冒充官宦親屬，也要治罪啊！」

「為今之計，還有更好的辦法嗎？」狄仁傑反問道。

「怎麼沒有？」狄虎上前一步，湊在狄仁傑耳邊說道：「只需將玉兒留在府中，又有誰人能知曉？」

「糊塗！」狄仁傑推開狄虎罵道：「天網恢恢，豈能心存僥倖？」

「你當年不也是心存僥倖？」狄虎心中如此想，卻不敢說出來，見狄仁傑動怒，自知再勸解亦無益，只得向狄仁傑告退，走出書房。

不到半個時辰的工夫，狄仁傑洋洋灑灑數千言，將此事的前因後果和盤托出，並主動承擔起了罪責。

閻立本接到狄仁傑的書信，立即前往刑部交涉。此時擔任刑部尚書的，正是當年將狄仁傑安排到並州出任法曹參軍的吏部侍郎劉祥道。

劉祥道聽完閻立本的講述，一時驚駭不已。其實，他跟閻立本一樣，對上官儀等老臣的「謀逆案」早有「腹誹」，只是不便明說而已。此事因狄仁傑而起，劉祥道既不希望殃及無辜，又不想把這位英才牽連進去，遂拿定主意，只說接到一份訴狀，這玉兒乃是受歹人栽贓，並非張侍郎之女，派人連夜前往華州複驗。

那告黑狀的小廝自打霸佔客棧，不過兩三月的光景，便敗個精光，現在盡幹些偷雞摸狗的勾當勉強維生。見朝廷派員勘查，做賊心虛的他早已嚇得六神無主，沒了主意。鄉民們又紛紛狀告這廝素日為非作歹、禍害鄉里，更令官府起了疑心。劉祥道接到複驗官員的報告，直接將玉兒從「逆黨家眷」中勾了去。

＊＊＊

接到閻立本的書信，狄仁傑心中的石頭總算落了地。玉兒從此在狄家安頓下來，日夜侍奉在狄母身邊，報恩之情自然不在話下。

狄仁傑了結了一樁心事，猛然想起玉兒獲罪的緣由，對宰輔上官儀的處境驚詫不已。可玉兒也是道聽塗說，又是無辜獲罪之身，並無確鑿消息。

約莫兩三個月的光景，狄母病情有所好轉，已能下床走動，對玉兒的悉心照料感激不已，心中不免有些別樣的情懷。

一日，盧氏將狄仁傑獨自召入房中，問道：「傑兒，你覺著玉兒姑娘如何？」

「甚好，甚好。」狄仁傑惦念著朝廷政局的變化，顯得有些心神不寧。

「既是如此。」盧氏沒有留意到狄仁傑心中的焦慮，只是自顧自地說著，「依為娘看，守喪期滿，早些辦事吧。」

「啊！……啊？」狄仁傑順嘴應了一聲，卻又覺著有些不大對勁。

「怎麼？」盧氏倒有些詫異。

「兒子不知母親所指何事。」狄仁傑坦承道。

「你是裝傻還是真傻？」盧氏笑罵道：「為娘看得出來，玉兒姑娘有情有義，是個善於持家的女子。自古道，久病床前無孝子，為娘臥病這些日子，玉兒忙前忙後地照料，倒把你們幾個親兒子給比下去了。」

「傑兒不孝。」狄仁傑聽母親如此說，不禁有些惶恐。

「行了行了，為娘只是說句玩笑話。婚姻大事，雖是父母之命、媒妁之言，還得有個兩情相悅，方能長久。」

「娘，這……哪兒跟哪兒啊！」狄仁傑總算聽明白了母親的言中之意，不由得難堪起來。

「哎，」盧氏歎道：「為娘知道，守喪之期論兒女私情，非孝子所為。不過，你也老大不小的了，這不孝有三、無後為大，你可得上點兒心。玉兒姑娘那邊，為娘也拐彎抹角地打探了一些，她對你……」

「娘……」狄仁傑愈加不好意思，索性打斷了盧氏的話，卻又不知如何接過話頭。

「看你這個樣子，為娘也摸出了個八九分，」盧氏笑道：「為娘的心中有數，你和玉兒就不必操心了。」

「娘……」狄仁傑還想說些什麼，只聽見狄虎在外面叫門，只得告了退，應聲出去。

來到院中，狄虎向狄仁傑稟報，說有一位故交拜訪他，已帶到堂屋看了茶。狄仁傑心中一片狐疑，不知是何「不速之客」，便跟隨狄虎來到堂屋。

「狄老弟！」來人見狄仁傑走過來，慌忙站起來迎了上去。

狄仁傑定眼一看，原是並州法曹判佐鄭崇質，不禁喜出望外，快步走上前去，驚呼道：「鄭兄！怎麼是你？你怎麼到河陽來了？」

「在下到洛陽公幹，受藺長史之托，特來府上探望。」

「勞煩藺長史掛念，狄某感激之至，快快快，坐坐。」狄仁傑抑制不住喜悅之情，趕緊招呼鄭崇質落座。

「狄老弟，你如今可成了桃源中人了啊！」鄭崇質的面色顯得有些凝重，卻舉重若輕道。

「鄭兄說笑了。」狄仁傑知道鄭崇質意有所指，「狄某近日焦躁不已，鄭兄一來，倒是有『久旱逢甘霖』之感。」

「怎麼，狄老弟聽到什麼風聲了？」

狄仁傑見問，便將玉兒無辜受到牽連，自己如何搭救的來龍去脈敘述了一遍。

「天下竟有如此巧遇，奇了。」鄭崇質感慨道：「不過這上官儀一案，恐怕得大動干戈一場。」

「哦？」狄仁傑驚道：「這上官儀身為宰輔，為何一夜之間一落千丈？」

「狄老弟，你也知道，並州天高皇帝遠，朝廷這邊的事兒，咱們既沒機會，也沒工夫操那些閒心。說句實話，藺長史接到朝廷的公文，也是一頭霧水。」

「公文要是說得清楚是非曲直、個中緣由，那還叫公文？」狄仁傑在官場多年，早已深諳這裡面的規則。

「下官此番到洛陽，偶遇一位同樣到此公幹的同鄉。他在中書省供職，倒是得到一些消息。」

「是嗎？那還不快說說。」

「據他透露，這上官儀的案子，牽涉到廢太子李忠和太子李弘。」

「還有皇子？」狄仁傑更加驚恐。

「說來話長，劉將軍『白江口』海戰打敗倭奴，聖上便下了一道詔令，讓太子李弘每五日前往光順門「聽政」，裁決一些日常事務。此後沒多久，上官儀向太子上了一道密奏，說皇后寵倖一個叫郭行真的道士，大興『厭勝』之術。太子拿不定主意，便向聖上稟報了此事。」

「深宮大內，宰輔何以得知？」狄仁傑對這類「案件」向來特別敏銳，見地往往一針見血。

「要想人不知，除非己莫為。深宮大內又不是荒郊野地，內侍豈能不知？據說被一名內侍察覺，遂稟報了宰輔。」

「接下來呢？」

「聖上近年龍體欠安，愈加對王皇后、蕭淑妃心存愧疚，聽了宰輔之言，一時萌生廢后之意，便將宰輔召入宮中商議。」

「廢后？這如何使得？」

「如何使不得？不是已經廢過一次了嗎？」

「狄某不是那個意思，只是憑藉捕風捉影之說，便生廢后之議，未免過於草率。」狄仁傑解釋道。

「誰說不是呢！」鄭崇質歎道：「宰輔奉聖上之命，回去籌備廢后事宜，卻被皇后探知消息。皇后如何面見皇上，又是怎樣一番說辭，下官就不得而知了，只知道最終聖上下了詔令，也正如朝廷公文所言，上官儀與內侍王術勝裡外勾結，意圖擁立廢太子李忠圖謀不軌。」

「說句大逆不道的話，咱們的聖上還是羸弱了些。」狄仁傑低聲道。

「在下也是作此想，」鄭崇質附和道：「自從聖上風暈之疾日甚，皇后威權愈加熾烈。長此以往，恐怕……」

「鄭兄言重了。」

「何以見得？呂后不也曾專權？」鄭崇質顯得有些不服氣。

「呂后借重外戚之勢，隻手遮天，為一己之私而禍天下，不可同日而語。」

「世事難料，咱們也是做一天和尚撞一天鐘罷了。」鄭崇質無可奈何地歎道。

「鄭兄萬萬不可有此念頭，」狄仁傑正色勸慰道：「朝中之事，豈是你我所能左右？無非心繫蒼生，報效社稷而已！」

＊＊＊

其實，關於上官儀的案子，鄭崇質所瞭解的還並非全部。皇后武則天對上官儀恨之入骨，將他以及家眷悉數誅殺，只留下一個尚在繈褓之中的嬰兒，也就是後來的上官婉兒。

除了上官儀一家，廢太子李忠也被勒令自盡，還有所謂的「上官黨羽」也無辜罹禍。比如時任尚書左丞的鄭欽泰，作為上官儀的直接下屬，被免官除名，流放要荒。剛從刑部尚書任上被提拔為「右相」兼吏部尚書的劉祥道，也被免去「右相」之職，打發到宛如「清水衙門」一般的禮部作尚書。更無辜的還有吏部郎中魏玄同，他曾經在李治面前為河陽縣令周興說了幾句公道話，如今卻因為仰慕上官儀的文采，時常效仿「上官體」吟詩作賦而獲罪，被流放嶺南，直至十年之後適逢大赦，在時任工部尚書劉審禮的舉薦下，方才重返政壇。

上官儀之死，讓生性懦弱的李治感受到了無比的震懾。他的心中隱隱地感覺到，昔日的愛意綿綿，已成無可追憶的往事。眼前這位母儀天下的皇后，與自己漸行漸遠，越來越感到陌生。

在暗流湧動的京城，上官儀被斬首示眾，並沒有給這場風波畫上「圓滿」的句號。緊接著，武則天的屠刀，又砍向了本應該被她視為左膀右臂的武氏宗親。

最先遭到「整肅」的是武元慶、武元爽、武惟良和武懷運幾兄弟。武元慶、武元爽是武士彠與第一任妻子相裡氏所生，是武則天同父異母的兄長，武惟良、武懷運則是武士彠的堂侄，也就是武則天的堂兄。

想當年，這幾兄弟仗著「嫡出」的身分，沒少欺負楊氏、武則天等幾個孤兒寡母。此時身為外戚，背靠武則天這棵大樹，皆官袍加身，有的在朝中為官，也有的擔任刺史，主政一方。

武則天「不計前嫌」，幾個兄弟卻不思悔改，依然是自我感覺良好，從來不知「感恩」為何物。在他們看來，自己能有今日的榮華富貴，憑藉的是父親（叔叔）武士彠的功勞，以及自己的才華與能力。

更有甚者，哥幾個還在武則天生母楊氏的面前發牢騷，說自從武家的女兒做了皇后，搞得他們日日如履薄冰、惶恐不安。

「不知好歹的一群白眼狼！」當楊氏向武則天大倒苦水的時候，武則天不禁切齒痛罵。

武則天很生氣，後果是很嚴重的。武元慶、武元爽、武惟良和武懷運紛紛被打發到邊遠地區，武則天既給了他們教訓，又顯示了自己的「謙抑」之心，可謂一舉兩得。

後來，武元慶在龍州鬱鬱而終，武元爽又被武則天隨便找了個藉口，流放振州而死。

武元慶等人遭到無情「整肅」，多少歸因於「嫡庶之爭」的舊怨，以及他們的「自做孽，不可活」。可後來親姪女之死，則是武則天為了保全自己的地位而不擇手段了。

楊氏的長女，也就是武則天的親姐姐，早年嫁給越王府法曹判佐賀蘭越石（鮮卑人），生下兒子賀蘭敏之和一個女兒。武則天成為皇后之後，她的親姐姐受封為韓國夫人。

賀蘭越石死得早，韓國夫人時常帶著女兒出入後宮，名為「串門走親戚」，實則「醉翁之意不在酒」。久而久之，韓國夫人母女得到了李治的「特殊關照」，受寵異常。

韓國夫人死後，李治又冊封她的女兒做魏國夫人，這讓武則天一直如坐針氈。

藉著武惟良、武懷運等各州刺史獻食之機，武則天暗中派人下毒，將親姪女魏國夫人毒死，並成功地嫁禍給了武惟良、武懷運。

李治被蒙在鼓裡，眼看心愛的女人死於非命，悲痛欲絕之餘更是怒火中燒。武則天挺身而出、大義滅親，將武惟良、武懷運處死，並改其姓氏為「蝮」，以示「決裂」和侮辱。

武懷運的哥哥武懷亮早逝，寡嫂善氏過去也對楊氏多有不敬。雖然與「下毒案」無關，但武則天也沒有放過她，另找了一個理由將她緝捕。善氏被打得體無完膚、白骨外露，最後氣絕身亡。

韓國夫人的女兒魏國夫人死於非命，兒子賀蘭敏之也在自尋死路。

武元慶、武元爽死後，武則天將賀蘭敏之改為「武」姓，襲封武家的爵位。但是，賀蘭敏之品行低劣，早就因尋花問柳而臭名遠揚，據說還與自己的外婆楊氏亂倫。

得到武則天的憐憫之後，賀蘭敏之更加有恃無恐。楊氏去世，他脫下孝服，與一群妓女尋歡作樂，後來竟然誘姦了廷臣楊思儉的女兒。他哪裡知道，李治、武則天早就相中了這名女子，打算納聘她為太子妃。

「準太子妃」尚未過門，就被賀蘭敏之強行玷污，皇家尊嚴蕩然無存。武則天大為光火，剝奪了賜予賀蘭敏之的「武」姓，恢復「賀蘭氏」，流放雷州，並暗中指使押解者在半道上將其勒死。朝中凡是與賀蘭敏之來往密切的人，非死即流，不可勝計。

經歷著一場場血雨腥風的「整肅」，從皇帝李治到滿朝文武，都深深地感受到，皇后武則天打擊「異己」的手段，可謂無所不用其極，根本就不留任何「死角」。

誰都想知道，可誰也不知道，武則天的下一個目標將會是誰。

第十一回　征吐蕃薛仁貴敗北　樹威權武則天建言

狄仁傑三年守喪期滿，又回到並州，繼續出任法曹參軍一職。其實，狄仁傑在任上兢兢業業、頗有政聲，特別是隨兵部尚書任雅相出使吐蕃，又作為押運使為東征大軍運送糧草，可謂功莫大焉。可是，如今的朝廷暗流湧動，各方勢力正在頻繁較量，愛才如命的閻立本不希望這個「海曲明珠、東南遺寶」淹沒在異常兇險的政治漩渦中。因此，每當官員任期考核，閻立本總不忘給河東道的黜置使打招呼，務必讓這個並州都督府的法曹參軍原地踏步。

春去秋來，又是四五載的光景，並州長史藺仁基、司馬李孝廉先後致仕，法曹判佐鄭崇質因治獄有方，如今已升遷至隴右道，出任甘州刺史一職。

臨別之際，鄭崇質與狄仁傑推杯換盞，來個一醉方休。鄭崇質心裡明白，黜置使認為並州法曹有「平允」之譽，很大程度上歸功於錄事參軍狄仁傑。結果卻是判佐升遷，參軍原地踏步，鄭崇質曾私下找過黜置使，鄭重其事地將這份功勞「物歸原主」，卻被黜置使幾句話頂了回來。此番升遷，鄭崇質並無半點喜悅之情，反倒是為故交狄仁傑的「不幸」遭遇感到憤憤不平。

狄仁傑見鄭崇質的情緒如此低落，也是心照不宣，不過打心底裡說，狄仁傑對這樣的遭遇毫不在意。

「鄭兄。」狄仁傑反倒勸慰鄭崇質道：「宰輔也好，縣丞也罷，皆是受命於朝廷、造福於百姓，若是一心只惦念著功名，人生還有何意趣？」

「狄公之賢，北斗之南，一人而已，藺公此言不虛！」鄭崇質由衷地讚譽道。

這些年在並州，別說同「曹」為官的鄭崇質，就是都督府的上下官吏，無不欽佩狄仁傑的品行。此人一向淡泊名利，從不計較官階高低，而是一心為民，絕不容許在自己手上造出一樁冤案或者疑案。對於一名官員而言，平生莫大的成就，未必是出將入相、青史留名，很多時候，百姓、同僚心中的感念便勝過一切。

百姓交口稱讚，狄仁傑已經是心滿意足了。更何況，母親盧氏還親自為他和玉兒操辦了婚事。如今，狄仁傑也有了自己的子嗣，看著兒子一天天長大，狄仁傑似乎明白了父親狄知遜當年的心境：誰曾把家庭的安寧與幸福看作一生最大的成就？

＊＊＊

鄭崇質調任甘州刺史之後，與狄仁傑一直保持著書信往來。甘州地近吐蕃，又地處關中通往安西都護府的要衝，近年來隨著吐蕃勢力的日漸膨脹，甘州一線的防禦壓力驟然猛增。這一系列的變故，鄭崇質在書信中皆有提及，當然也不忘向這位曾經代替自己出使過吐蕃的故交問計。

早在出使吐蕃時，狄仁傑便預感到這個攝政掌權的祿東贊，絕不是一盞省油的燈。不過，形勢的發展，遠遠比當年任雅相、狄仁傑等人預料的還要嚴重。

「和親」之議擱置以後，唐高宗李治將注意力集中到了高句麗，不斷調兵遣將，一掃先帝之遺恨。時勢造就英雄，蘇定方、劉仁軌、李績等將領在戰場上建功立業，至總章元年，李績率東征大軍一舉剿滅了獨木難支的高句麗，在高句麗的故都平壤城設立了安東都護府，總算了結了李治的一樁心事。

東線再無戰事，當李治又將注意力轉向西線的時候，發現這裡的局勢已經很難收拾了。利用唐朝無暇西顧的「天賜良機」，祿東贊率吐蕃大軍橫掃吐谷渾，侵吞了青海故地，與甘州、肅州等隴右重鎮不過一山之隔，嚴重威脅著大唐與西域的通路。

在此期間，祿東贊從吐谷渾返回邏娑城的途中，在一個叫「日布」的地方染病身亡。當時，李治正在籌備對高句麗的最後一戰，得知祿東贊病死的消息，不由得樂了好一陣。朝廷上下都以為，隨著祿東贊的死，吐蕃應該會消停一段時間，說不定還會再向大唐示好。可是事與願違，祿東贊的兒子贊悉若多布、欽陵贊卓先後出任「大相」，仗著日益膨脹的實力，對大唐的態度更加強硬，不僅頻繁地翻過祁連山襲擾甘州、肅州，甚至還覬覦西域的安西四鎮[1]和吐火羅[2]地區。

儘管吐蕃國內各方勢力矛盾重重，但在對付大唐方面倒是「齊心協力」而且分工明確。贊悉若多布主要負責北面，聯合西突厥勢力，滲透至吐火羅，並抵近安西四鎮襲擾。欽陵贊卓則負責東面，駐屯於吐谷渾的青海故地，隔三岔五地翻祁連山玩兒，讓隴右道疲於應付。

「皇上，從眼下計，從長遠計，安西、隴右可不容有失啊！」武則天經常替李治處理政務，也時常接到安西、隴右各地報來的軍情，憂心忡忡地向李治建言。

「朕何嘗不知！」李治歎道：「可朝廷財力、軍力有限，只能顧著高句麗一頭，沒曾想倒讓吐蕃在西線坐大！」

「如今高句麗也滅了，是該跟西面的夷狄清清總帳了！」武則天言語中顯露出一番少見於女流的英氣。

李治深知，再對吐蕃放任自流，必然釀成大禍，是該到用兵的時候了！大將軍李績自剿滅高句麗之後身染重病，恐怕命不久矣，披甲出征已不現實。因此，李治將鎮守在安東都護府的薛仁貴調了過來，委任其為邏娑道行軍大總管，統領十萬大軍，準備西征吐蕃。

1 安西四鎮，指大唐在西域設立的安西都護府所轄龜茲、疏勒、於闐和焉耆四個都督府，即今天的南疆地區。

2 吐火羅，位元於今阿富汗地區，唐朝當時在此設立了月氏、條支、波斯等都督府。

薛仁貴接到詔令，風馳電騁一般，不過十幾天的光景，便從平壤趕到了長安。

「薛愛卿心憂社稷，不辭辛勞，朕心甚慰。」李治沒想到薛仁貴這麼快就回來「報到」，特意單獨召見了這員猛將。

「蒙聖上洪恩，微臣定當為國盡忠，肝腦塗地，在所不辭！」

「好！」李治頷首贊道：「昔日蘇定方征討西突厥之賀魯部，卿獻策甚多，此後卿又親率鐵血之師橫掃高句麗，與李懋功會師於平壤城下，直可謂功勳卓著。如今，吐蕃滋擾天朝日久，正是卿為社稷披甲征伐之日！朕委任卿為邏娑道行軍大總管，卿可知朕之用意？」

「微臣鬥膽妄測，陛下是希望微臣揮師直指邏娑，澈底馴服吐蕃之頑逆！」薛仁貴跪拜道。

「愛卿甚得朕心！」李治不禁拍手稱快，「此番命卿率十萬大軍出征，既要護送吐谷渾王復國，更要將吐蕃澈底鏟滅，以彰顯天朝『雖遠必誅』之威！」

薛仁貴被李治的一番話說得熱血沸騰，自回去籌備出征事宜。李治又召見了劉仁軌、李敬玄等大臣商議副將的人選。

劉仁軌因「白江口海戰」一戰成名，如今已是當朝宰輔。出征吐蕃，劉仁軌已經謀劃了許久，薛仁貴便是他力主向李治舉薦的。對於副將的人選，劉仁軌其實也拿定了主意。

「陛下，微臣以為『上陣父子兵』，薛仁貴之子薛訥可擔此任。」劉仁軌率先表明了自己的態度。

「微臣以為，此議尤為不妥。」劉仁軌話音未落，另一名宰輔李敬玄便跳出來反對。

儘管李敬玄官拜宰相的時間晚於劉仁軌兩三年，年紀也小了十多歲，但若論從政履歷，李敬玄明顯壓過劉仁軌很大一截。早在李治還做太子的時候，李敬玄便是太子的侍讀，為人冷峻，卻對儒家學說研習頗深，後來一直都在朝廷任職。對於劉仁軌因戰升遷，李敬玄一直耿耿於懷。因此，凡是劉仁軌的提議，他總會想方設法地加以駁斥。

「在下之議有何不妥，少常伯[3]何出此言？」儘管當著李治的面，劉仁軌的言語中也不乏辛辣味。

「微臣並非懷疑薛將軍的統兵之才，只是父子出征，身邊缺少個提醒、商榷之人，恐致一意孤行。」李敬玄並不理會劉仁軌熾熱的目光，而是對著李治奏道。

「少常伯，你這是什麼意思？」劉仁軌怒責道。

李敬玄見問，依然是不緊不慢地上奏道：「太史公云，智者千慮，必有一失，薛將軍雖久經沙場，但老虎難免也有打盹的時候。微臣愚見，望陛下三思。」

劉仁軌還想說什麼，李治卻抬手打斷道：「好了，二位愛卿不必再爭執了。李愛卿所言極是，當另選副將為宜。」李治也聽出了李敬玄的言中之意，對父子擁兵在外也是心存疑慮。

「微臣以為，郭待封乃副將的不二人選。」李敬玄看來也是早有準備。

「郭待封？」李治想了想，「噢，愛卿說的可是左豹韜衛將軍？」

「正是！此人乃開國勳將郭孝恪次子，有勇有謀，曾作為副將，跟隨李懋功大將軍東征高句麗，立下汗馬功勞，直可謂『將門虎子』也！此番西征，必能再立新功！」

「陛下……」劉仁軌想反駁，卻一時找不到合適的理由。

李治似乎預感到了劉仁軌的窘態，擺手道：「劉愛卿不必多言，就讓郭待封出任副將，即日出征！」

劉、李二人一前一後，離開皇宮。剛走到承天門，準備上轎，劉仁軌突然轉身走到李敬玄跟前，正色說道：「明公今日出此禍國之議，來日恐怕追悔莫及。」

「正則[4]老兄，聖上之意，可不能妄加褒貶呀。」李敬玄陰笑道。

3 唐朝初期無「宰相」一職，李敬玄正式的官職是西台侍郎、同東西台三品，兼任檢校司列少常伯。

4 劉仁軌，字正則。

「哼！」劉仁軌冷笑一聲，「郭待封乃平庸之輩，又與薛仁貴品級相當，一山難容二虎，勢必令出多門，此乃兵家大忌，明公到底是何居心？」

「正則老兄這番話，怎麼不說給聖上聽？」李敬玄依然是一副嬉皮笑臉的模樣。

「你……」劉仁軌瞪了李敬玄一眼，又不便承認剛才自己沒想到這一茬，於是抱著「聽天由命」的態度，拂袖轉身，鑽進了自己的轎子。

此番出征，果然如劉仁軌所料，薛仁貴、郭待封二人自打離開長安，便走一路、吵一路，誰也說服不了誰。

郭待封的想法是揮師直指吐蕃腹地，引誘活動在邊境地區的吐蕃主力回援，憑藉十萬兵力與之決戰，畢其功於一役，然後直搗邏娑，不負聖命。

薛仁貴身經百戰，堅決反對郭待封的提議。畢竟，十萬大軍攜帶著輜重糧草行軍，想在廣袤的高原上引誘吐蕃主力，無異於天方夜譚。不過，薛仁貴一直也沒有什麼好的辦法，決定到了吐谷渾故地再說。

十萬大軍沿鄯城官道進入吐谷渾故地，這裡地處青海湖南岸，俗稱「大非川」地區。薛仁貴攤開地圖，苦思冥想了一夜，終於想到了一條妙計。

「郭副將，我軍在大非川一帶未見敵軍蹤影，我打算偷襲烏海[5]，引誘活動於青海故地的吐蕃大軍。」

「將軍此議甚好。」郭待封以為薛仁貴接受了自己的意見，隨聲附和道。

「不過。」薛仁貴話音一轉，「十萬大軍攜帶輜重長途奔襲，難以形成突然之勢，反遭拖累。我昨夜深思熟慮，打算分兵兩萬給你，利用大非川的地形優勢，構築兩道防線，確保輜重糧草安全。由我統

[5] 今青海托素湖一帶。

領八萬快騎，突襲烏海敵軍，再撤回大非川，與你匯合。」

出於對郭待封的厭惡之心，薛仁貴不過是草草向他交代任務，既無商榷之意，也沒打算將自己的計策和盤托出。

其實，薛仁貴率八萬輕騎兵突襲烏海，只是將吐蕃打得叫起來。他估計，按照欽陵贊卓往日用兵的習慣，並不會冒然增援烏海，而是前往大非川一帶搗毀唐軍的輜重。吐蕃軍隊在如此廣袤的地區搜尋，自然需要一些時間，想突破唐軍布置的兩道防線更需要時間，有這個時間差，薛仁貴必能率八萬快騎從烏海全身而退，往大非川殺一個回馬槍，與留守部隊裡應外合，夾擊吐蕃主力。欽陵贊卓一旦在大非川失利，青海故地則不再會有像樣的抵抗。贊悉若多布又被牽制於吐火羅和安西四鎮，難以抽身，唐軍直搗邏娑，可謂易如反掌。

薛仁貴的「計中計」尚未讓欽陵贊卓成為甕中之鼈，倒先使郭待封心存芥蒂。表面上，他作為副將，只能對薛仁貴言聽計從，可薛仁貴率八萬騎兵一走，他便打起自己的小算盤。

「好你個薛仁貴！想當初東征，我郭待封在懋功將軍的光環之下難有作為，如今西征正是建功立業之時，你卻讓我做起『倉吏』，到時候破敵之功皆被你薛仁貴攬了去，我郭待封豈不是又白跑一趟？」

郭待封越想越不是滋味，索性帶著兩萬留守部隊，以及十萬大軍的輜重、糧草，如笨熊一般，慢慢吞吞地往烏海方向運動，與薛仁貴「搶功」去了。

不巧的是，郭待封的部隊尚未見到烏海的影子，便與前來搜尋唐軍輜重的吐蕃主力撞了個滿懷。欽陵贊卓見唐軍輜重「得來全不費工夫」，遂率領數萬大軍餓虎撲食一般地殺將上來。郭待封寡不敵眾，眼看兩萬大軍不出一日便被殺得屍橫遍野，輜重糧草也被焚毀殆盡，只得率殘部撤至大非川固守。

由於郭待封當初毫不理睬薛仁貴的交代，設置的兩道防線也是漫不經心，自然被尾隨而至的吐蕃軍隊衝得落花流水。

當薛仁貴從烏海抽身返回大非川時，已無力回天。輜重、糧草被毀，唐軍上下澈底喪失了鬥志，加之勞師以遠，高原反應劇烈，十萬大軍幾乎全軍覆沒，只有薛仁貴、郭待封等將領在親兵護衛下左衝右突，勉強得以保全，狼狽逃回長安。

李治得知西征以慘敗告終，不禁大為光火，先是將李敬玄、劉仁軌一陣痛斥，接著又將薛仁貴、郭待封等人免官除名。

大非川戰敗，給唐朝造成了極大的財力損失和心理陰影，加之高句麗故地暴亂頻發，朝廷不得不在西線全面收縮，與吐蕃脫離接觸。

此役之後，吐火羅地區完全落入吐蕃之手，「安西四鎮」也被裁撤，安西都護府東遷至高昌，實際上是將整個安西地區拱手讓給了吐蕃。

在弱肉強食的「叢林法則」之下，妥協退讓未必能換來和平與安寧，只會激起對手更加兇狠的蠶食。吐蕃侵佔安西之後，又繼續向東發展，與吐谷渾故地駐屯的吐蕃軍遙相呼應，頻繁騷擾嘉峪關和河西走廊一線，致使唐朝與西域的聯繫時斷時續，基本上喪失了對西域的控制力。

身在甘州的鄭崇質，對形勢的急轉直下有著切膚之痛。在給狄仁傑的書信中，鄭崇質道不盡內心的苦楚與焦慮。對於狄仁傑而言，一個區區法曹判佐，也無力扭轉如此嚴峻的局面。不過，狄仁傑告訴鄭崇質，當務之急是堅壁清野，待積蓄力量之後，再收復故地。

「身處低谷，方能顯現煌煌天朝的耐力與堅韌！」狄仁傑相信，一雪前恥的那一天，不會太久遠。

＊＊＊

對劉仁軌、李敬玄兩位宰輔而言，因選人不當挨頓批，並不是什麼大不了的事情，真正讓他們感到如鯁在喉的，是那一群品級不高卻地位顯赫的「北門學士」。儘管二人在日常政務上互相抵牾，但在對待「北門學士」的問題上，態度高度一致，認為這群人成事不足、敗事有餘。

「北門學士」作為一個群體存在，已經有六七個年頭了。若是認真追溯起來，還得從麟德元年（六六四年）說起。

這年底，李治的病情反復無常，對政務愈加感到力不從心，遂授意武則天以「垂簾聽政」的方式，參決政事。由於武則天生性強勢，明顯壓過怯弱的李治一頭，一度有大權獨攬之勢，當時的說法是：「天下大權，悉歸中宮，黜陟殺生，決於其口，天子拱手而已」，於是便有了「二聖」的說法。

武則天與李治「平起平坐」之後，感到最為緊迫的，是建立自己的智囊團和執政班底。一來為了拋出自己的治國理念，以彰顯才能，堵天下人之口，二來則是為了分權，防止宰輔從旁掣肘打橫炮。

於是，武則天從左、右史和著作郎中物色了一批才學俱佳之士。這些人雖入了仕途，卻以治學為要，既熟諳儒家經典，平日裡又是青燈為伴、獨善其身，與官場的「山頭」、「派系」無甚瓜葛。

武則天將他們招進翰林院，表面上的業務是編撰儒家經典，實則為武則天執政提供智力支援。這些人原本官階極低，仕途渺茫，得到武則天如此倚重，自然是感恩戴德，恨不得肝腦塗地。

幾年下來，這批文人根據武則天的授意，先後編纂了《列女傳》、《官僚新誡》、《樂書》、《臣軌》、《少陽正範》等一系列署名為武則天的著作。在此基礎上，武則天開始或明或暗地安排、支持他們參與朝政，以分宰輔之權。由於這些文人通常被特許從玄武門（即皇宮北門）出入禁中，故時人謂之「北門學士」。

「北門學士」作為一個新興的政治團體，忠心耿耿地為武則天造輿論、獻計策，伴隨著武則天威權日重，也是權傾一時，劉仁軌、李敬玄身為宰輔，也得讓他們三分。

正當劉仁軌、李敬玄因大非川慘敗被弄得灰頭土臉的時候，「北門學士」深諳「此消彼長」之運，適時拋出了一枚「重磅炸彈」——建言十二事。

縱觀武則天問鼎天下的艱辛歷程，「建言十二事」是她第一次也是最為系統的一次拋出治國理念。當然，具體操刀的都是這些「北門學士」，武則天不過是提綱挈領、然後坐享其名罷了。

「建言十二事」，也就是武則天向李治提出的十二條「改革」倡議：

一、薄徭賦，以勸農桑；二、免京畿百姓徭役；三、止戰息兵，教化天下；四、禁虛浮淫巧之物；五、省功費、勞役；六、廣開言路；七、杜讒言；八、王公以下皆習《老子》；九、父在而母亡者，為母守孝三年；十、已委任的勳官無追覆；十一、京官八品以上者增俸祿；十二、百官任職已久、才高位下者，晉階升遷。

十二條建議歸納起來，其實無外乎富國強民、知人善任、籠絡官員、提升婦女地位。總體而言，這些政策延續了武德、貞觀時期的治國理念，並加以完善和深入。李治看到武則天的建言，喜悅之情溢於言表，當即下詔，頒布全國施行。

武則天自然是利用自己手中的威權，強力推行這些治國措施。不過，當承辦第十二條建言的吏部將百官舉薦名單報上來的時候，武則天並不十分滿意。

「百官任職已久」而「才高位下」，究其根源，要麼受出身所限，如門第、科舉途徑，要麼與官場風氣格格不入，長期受到排擠。可是，吏部報上來的名單，既有門庭顯赫的「五姓七家」，也有炙手可熱的一方諸侯，儼然成了大樹「朋黨」的千載良機。

武則天大為光火，一面讓吏部重擬，一面又與李治商量著中意的人選。提了幾個人之後，李治突然問道：「皇后可曾記得，十八年前的明經科考試，有一士子對先帝主持編著的《氏族志》大放厥詞？」

「呃……」武則天也在腦海裡尋覓著，「妾身隱約記得有這麼個人，只是年代久遠，憶不真切。哎呀，聖上怎麼突然想起這事兒？」

「太子昨日入宮問安，言及近日侍講提到新編撰的《姓氏錄》，朕便聯想到《氏族志》。」李治解釋道。

「接著就聯想到那個不知天高地厚的讀書人？」武則天笑著補充道。

「正是，正是。」李治頷首，「此人叫什麼來著？現在何處？」

「妾身倒想起了些，好像是狄……，對！狄懷英，並州人氏，聖上當時還說是妾身的老鄉。」

「來人，讓吏部查一查，這個狄懷英如今身在何處，官居何職。」李治傳道。

不出一個時辰，吏部便將狄仁傑的履歷、以及屢次河東道巡察的報告存檔呈送了進來。李治、武則天細細看去，不禁大為驚駭。

「此人竟在並州法曹參軍任上做了近十八年！」武則天不敢相信自己的眼睛。

「是啊，怎麼屢次巡察均無褒貶之詞？」李治也驚道。

「聖上看這句。」武則天指著其中一句念起來，「察並州有『平允清獄』之譽，聞名於河東，百姓無不歡躍。」

「百姓歡躍，法曹居功至偉，判佐升遷甘州刺史，為何參軍原封不動？」李治更加迷惑不解。

「陛下，這正是妾身所言，任職已久、才高位下之人啊！」武則天歎道。

「嗯！」李治也點頭表示贊同，「依皇后之見，此人到何處任職為妥？」

「妾身以為，狄懷英在並州兢兢業業十八載春秋，創平允之境，當人盡其才，到大理寺任職，陛下以為如何？」

「朕正有此意！」李治頷首應道。

上元二年初，四十六歲的狄仁傑離開並州，調往京師，擢升為大理寺丞，官階從六品上。

得知狄仁傑升遷，並州百姓紛紛聚集在街道兩旁，為他送行。後來，當地百姓又自發地為狄仁傑建起了一座「生祠」，將他當作神靈一般，供奉著香火。

伴隨著並州百姓不舍的呼聲與哭聲，狄仁傑與他們依依惜別、互道珍重，踏上了新的征途。等待他的，又將是怎樣的命運安排？狄仁傑無從知曉，只是心懷忐忑地直奔京城而去。

第三篇　嶄露頭角

第十二回 太子暴亡謎影重重 懷英敏銳勘破天機

在司法、刑獄系統做了十幾年的基層官員，狄仁傑對大理寺自然是耳熟能詳。秦朝和漢朝初期，「廷尉」是主管刑獄的朝廷官員，漢景帝時期改稱「大理」。「理」源自「掌刑曰士，又曰理」的古意，漢景帝取「天官貴人之牢」，加了一個「大」字。北齊時期正式設立「大理寺」，遂延續至今。

根據唐朝官制，大理寺是直屬於朝廷的審判機關，但所斷之案，須報刑部批准。唐代的刑罰從低到高分為「笞刑」（鞭子抽）、「杖刑」（棍子打）、「徒刑」（有期徒刑加勞改）、「流刑」（流放）和「死刑」（處死）五個等級。大理寺主要負責審理中央官吏「徒刑」及以上的案件，另外還要審理各地呈送的疑難案件，並奉旨意派遣使臣，到地方勘察具體案件和指導工作。

凡遇重大案件時，為提高辦案效率，往往由大理寺、刑部和御史台會審，這三個部門並稱為「三法司」。因「三法司」的主官皆在衙署大堂辦公，坊間又形象地稱之為「三堂會審」。

大理寺的最高長官是大理寺卿，位九卿[1]之列。大理寺卿之下，設有六名大理寺丞，分工負責各地、各方面的案件審理工作。

1 九卿包括太常寺卿、光祿寺卿、衛尉寺卿、宗正寺卿、太僕寺卿、大理寺卿、鴻臚寺卿、司農寺卿和太府寺卿。

狄仁傑剛到大理寺上任，還在熟悉日常工作流程，便遭遇了一樁驚天動地的大事——太子李弘，死了！

說起這個太子李弘，狄仁傑並不陌生。李弘是武則天的長子，差不多就是狄仁傑科舉入仕的時候，他被正式冊封為皇太子。

不過，李弘做上太子之後的狀況，品級不高又身處邊塞的狄仁傑並不清楚。只是當年為父親守孝，鄭崇質前去探望，言及朝廷政局變化時，無意中提了這麼一句，說皇太子奉聖上之命，每五日前往光順門「聽政」，裁決日常政務，接著便惹出了上官儀的案子。

對於皇太子英年早逝，朝廷頒布的文告稱，李弘身染「瘵疾[2]」，在陪同李治、武則天巡幸東都洛陽合璧宮時不幸暴亡，時年二十四歲。

自從李弘暴亡，各種說法在洛陽、長安兩地傳得沸沸揚揚。一時之間，無論是各級衙門還是街頭巷尾，都在私下悄悄地議論此事。狄仁傑初任京官，便一頭扎進陳年積案的處理之中，雖然對李弘之死深感震驚，但他為人穩重，既不參與議論，也未感覺到有何蹊蹺之處。

在這兩三個月裡，各種傳聞不脛而走，很多人都將李弘之死歸因於皇后武則天「毒殺親子」。正在此時，時任甘州刺史的鄭崇質經屆滿考核，轉任揚州都督府長史，回京覆命、領命之際，順便拜訪了老朋友狄仁傑。

鄭崇質的到來，讓狄仁傑不禁喜出望外。光陰似箭，天各一方，兩位故知已多年未曾謀面。各自暢談這些年的經歷之後，鄭崇質不無好奇地打探道：「狄老弟身在京城，何曾聽到什麼風聲？」

「風聲？什麼風聲？」狄仁傑深感不解。

2 即肺結核。

「怎麼？甘州這麼遠的地兒都傳得風生水起了，狄老弟身在皇城根下，竟無所耳聞？」鄭崇質以為狄仁傑打著埋伏，遂存心「挖苦」道。

「不瞞鄭兄，狄某赴任以來，一心處理陳年積案，哪有閒暇打聽傳聞。」狄仁傑知道鄭崇質「誤會」自己了，於是辯解了一番。

「狄公依然如當年一般，克己奉公、兢兢業業，鄭某欽佩之至！」

「鄭兄過譽了。」狄仁傑擺了擺手，「不知鄭兄所說傳聞，是為何事？」

「太子！」鄭崇質壓低聲音，擠出兩個字。

「太子？」狄仁傑不禁大吃一驚，「太子因病暴亡，朝廷已昭告天下，又有何傳聞？」

「眾人皆言，此乃欲蓋彌彰之舉。」

「欲蓋彌彰？這是從何說起？」

「狄公當年在並州法曹，斷過的疑難案件成百上千，難道沒看出這裡面有何蹊蹺之處？」

「鄭兄此言差矣，太子乃病亡，又不是什麼案件，大理寺無頭案堆積如山，哪還有心思理會這些捕風捉影之事！」

「鄭某在法曹供職也有一些年頭，這太子之事，在下倒覺得有些『無風不起浪』的韻味，傳聞雖說荒誕，但也有幾分道理。」

「噢？說說看！」一說起「辦案」，狄仁傑立馬來了興趣。

「狄公還記得當年上官儀之案嗎？」

「嗯，」狄仁傑點了點頭，「當年狄某在河陽為父親守孝，鄭兄受藺長史之托，前來探望，咱們聊過此事。」

「此案因『廢后』之議而起，『廢后』的背後，則是太子在光順門聽政。」

「你是說，皇后想專權，勢必要除掉太子？」

鄭崇質聽得此言，不禁輕鬆地笑了幾聲，身子往後靠了靠，笑道：「看看，我怎麼說來著，狄公天生就有斷案的稟賦！這四處風傳的流言，說的便是皇后『毒害親子』。」

「荒謬！」狄仁傑突然正色道：「虎毒尚不食子，豈有堂堂皇后對子嗣痛下殺手之理？」

「狄公莫惱！」鄭崇質見狄仁傑有些動怒，又婉轉說道：「流言未必可信，但皇后與太子的矛盾，早已天下共知。」

「是啊，」狄仁傑深吸一口氣，「皇后招攬的那群文人，著書不斷，去歲又擬定十二道建言，掌權之勢頗見端倪。」

「還有一件事，狄公恐怕還不曾知曉。」

「什麼事？」狄仁傑迫不及待地問道。

鄭崇質正要答話，只聽見屋外有人叫了一聲「老爺」，緊接著響起急匆匆的腳步聲。鄭崇質剛打住話頭，狄仁傑的管家狄虎便火急火燎地跑進來稟道：「老……老爺，恩公府……府上……出事兒了。」

「出什麼事兒了？」狄仁傑知道狄虎口中的「恩公」，便是當年從汴州大獄裡將自己救出來的閻立本。

「恩……恩公的侄子閻莊……死了！」

「什麼？」狄仁傑猛然一驚，剛想站起來，卻又跌坐在椅子上，久久未發一言。

＊＊＊

閻莊是閻立本哥哥閻立德的兒子，這些年一直跟在太子左右，擔任「家令」之職，類似於李弘的管家。儘管閻立本已於去歲離世，但出於對「恩公」的感念，狄仁傑立即前往閻府探望。

來到閻府，狄仁傑詳細詢問了閻莊的死因，得到的結果是「暴病而亡」。狄仁傑關切地問及閻莊的身體狀況，但閻家人始終閃爍其詞，不願作正面回應。

狄仁傑心存疑惑，悻悻回到家中，又讓狄虎去請鄭崇質前來一敘。鄭崇質已準備次日啟程，得知狄仁傑邀請，立即抽身前來。

「狄公如此著急喚鄭某前來，有何狀況不成？」尚未落座，鄭崇質便關切地問道。

狄仁傑一面安排人給鄭崇質看茶，一面憂心忡忡地解釋道：「前日鄭兄在此，家撲通報閻莊亡故，狄某前去探望了一番，覺著這裡面有蹊蹺。」

「噢？這閻莊是何許人也？」鄭崇質並不認識閻莊，故有此問。

「他是狄某恩公之侄，生前在東宮供職。」

「東宮？」鄭崇質立即警覺起來，「這麼說，閻莊是因太子……」

「狄某不知詳情，不敢妄加揣測，只是見閻家人神情惶恐，不知背後隱藏怎樣的禍事。」

「俗語云，覆巢之下無完卵。」鄭崇質感歎道。

「對了！」狄仁傑思忖片刻，抬首問道：「前日鄭兄正要說什麼事，突被家僕打斷，今日不妨直言。」

「噢！」鄭崇質呷了一口茶，「鄭某不過在甘州略聽得一些傳聞，本也是難辨真偽，如今閻莊一死，這傳聞恐怕得有七八分真切。」

「到底什麼事？」狄仁傑迫不及待地追問道。

「鄭某聽說，太子曾在皇后面前，為義陽公主和宣城公主求情。」

鄭崇質所說的這兩位公主，便是蕭淑妃所生的兩個女兒。自王皇后、蕭淑妃被打入冷宮之後，為了斷李治的念想，武則天將她二人暗害，這已是天下共知。據說，武則天借鑒了西漢呂后折磨戚夫人的辦法，命人砍掉她們的四肢，做成「人彘」扔進酒甕中，令其「骨醉」。兩位弱女子哪裡受得了如此酷刑，不過三兩日便一命嗚呼，武則天還不解恨，又將她們的姓氏改為「蟒」和「梟」。

蕭淑妃獲罪之後，她所生的女兒也慘遭幽禁。有傳言說，李弘在一次酒宴上，趁著母親高興，便為這兩位公主求情，讓武則天還他們自由，釋放出來過正常人的生活。最終，武則天礙於情面，採納了李弘的建議，將兩位公主放了出來，草草嫁人了事。可是，這股氣一直在武則天心中憋著，又轉嫁到了李弘的身上。

鄭崇質提起這個傳聞，讓狄仁傑猛然間想起了另外一樁並非傳聞的事件。就在李弘病亡前的一個多月，李治突然在朝會上提議：「朕近日風眩之疾甚重，難理政務，欲由皇后攝知國政，不知眾卿家意下如何？」

一石激起千層浪，群臣驚詫之餘，心裡不停地忖度：聖上今天冒出這個一個想法，到底是何用意？這些年來，李治為了限制皇后武則天日益膨脹的權勢，也曾想過很多招數，讓太子李弘定期參政算一條，擢升幾名新宰相牽制武則天的心腹許敬宗和「北門學士」又算一條，甚至在上官儀的鼓動下打算「廢后」。

遺憾的是，李治作為一國之君，性格上還是柔弱了一些，主張「廢后」的大臣身首異處，許敬宗大權獨攬直至去世，李弘參決政事不過是走走過場而已。現如今，從李治的口中說出「由皇后攝知國政」，這到底是暫時妥協還是甘拜下風？群臣你看看我，我看看我，皆是一副莫名其妙的神情。

「微臣以為不妥！」就在群臣不知如何應對的時候，中書省侍郎郝處俊上前一步，鏗鏘放言，「天子主外，皇后主內，此乃上天之道！昔日魏文帝曹丕曾下詔，群臣有事不得奏聞於太后，外戚亦不得輔政封爵。若有違背，天下共誅之，從而杜絕禍亂之萌。如今聖上康健、太子風華，實乃社稷之福也，豈能顛倒乾坤，將高祖、太宗的天下委之天后？」

郝處俊一番慷慨激昂，讓一時不知所措的大臣們如夢初醒。緊接著，同為中書省侍郎的李義琰也站了出來，表示「附議」。於是，大臣們紛紛表態，表示「附議」。

退朝之後，大理寺卿張文瓘與幾位大理寺丞言及此事，依然是心有餘悸。

從狄仁傑的口中獲悉此事，鄭崇質更是對武則天「謀害親子」的傳言深信不疑。

「狄公。」鄭崇質的言語中不乏焦慮，「天上龍鳳相爭，受禍的往往是地上的生靈。狄公身在京城，務必事事小心為要。」

「鄭兄放心，惟社稷、蒼生，乃狄某所繫。《老子》云，『以其不爭，故天下莫能與之爭』，此至理也！」狄仁傑笑道。

「狄公高見，」鄭崇質打心眼裡欽佩這位至交，「皇后建言百官習《老子》，卻未參透此理之精妙，甚為憾矣！」

次日一早，鄭崇質離開長安，奔揚州而去。狄仁傑相送至城外，望著故交遠去的背影，不禁暗自惆悵。世事無常，二人此別竟成了永訣，一年之後，鄭崇質病逝於揚州任上。

＊＊＊

且說閻莊下葬之後，狄仁傑從狄虎口中得知，閻家竟在族譜中將閻莊除了名。這一非常的舉動，讓狄仁傑更加深信閻莊之死另有隱情。

一日，狄仁傑趁著閒暇之餘，在狄虎的引導下前往閻莊的墓前拜祭。閻莊下葬時，狄仁傑因公務纏身，只得讓狄虎代己前去幫襯，故狄虎識得道路。來到閻莊墓前，狄虎頓時驚慌失措，吞吞吐吐地指著一塊墓碑，對狄仁傑喊道：「老……老爺，墓……墓碑！」

「有墓便有碑，你慌什麼？」狄仁傑見狄虎這番模樣，一時不明就裡。

「可……可……」狄虎冒出一額頭的冷汗，想說話卻又說出來。

「可什麼可？抽什麼瘋？」狄仁傑責罵道。

狄虎擦了擦汗，做出一副豁出去的表情，咬牙說道：「這碑……那日下葬時……沒有！」

「啊？」狄仁傑未聽得真切。

「老爺，此碑定是這些時日，有人跟著插上去的！」狄虎總算說了一句完整的話。

「快！過去看看！」狄仁傑似乎意識到了什麼，遂提起衣擺，快步走上前去。

來到跟前，狄仁傑細細觀摩著這塊墓碑，只見上面刻有一篇銘文，便挨著細讀下來：

公諱莊，字當時，河南人也。翦桐分壤，胙晉以開基。食采承家，居閻而得姓。蟬聯華緒，赫弈高門。系玉要金，光融於帝闕；垂丹蹈縹，彩照於天衢。茂趾休風，可略言矣。

……

總章元年，駕幸萬年宮，敕君東宮宮城副留守，尋遷太子左司御衛副率。咸亨初，駕幸東都，又敕君東宮宮城正留守。一在宮禁，十有餘年。中騫之誠，還侔倚瑟；廉謹之德，擬乎辭劍。載聞旒扆，徙職宮卿。還拜太子家令，加授輕車都尉，從班例也。方謂福善攸徵，踐棘林而底績；輔仁斯驗，坐槐庭而緝道。豈意彼蒼冥昧，福壽徒欺。積痗俄侵，纏蟻床而遘禍；浮暉溘盡，隨鶴版而俱逝。上元二年，從幸東都。其年九月廿一日遇疾，終於河南縣宣風裡第，春秋五十有二……

「老爺。」狄仁傑剛剛默念至此，狄虎便開問道：「銘文上說，閻公遇疾而亡，為何又有什麼『遘禍』、『俱逝』之言？」

「噢，你說的是這兩句吧，」狄仁傑指著複念道：「積痗俄侵，纏蟻床而遘禍；浮暉遽盡，隨鶴版而俱逝。」

「對！」狄虎點頭道：「小的侍奉太爺多年，也習得些文墨，只是這兩句，甚是難解。」

「這倒不怪你學識不精，作此銘文者，實乃刻意隱晦也。」

「莫非有何典故？」

「嗯，你猜得不錯。」狄仁傑表示贊同，「狄某少年時曾讀《禮記》，其中《檀弓上》有云，『子張之喪，公明儀為志焉，褚幕丹質，蟻結於四隅』。說的是孔門弟子子張離世時，好友公明儀為他製作了一匹覆棺之布，四角所繪紋飾，如螞蟻爬行一般往來交錯。據此看來，『蟻床』當是暗指靈柩無疑。」

「靈柩？」狄虎腦袋裡不禁「嗡」了一下，「銘文說閻公『纏蟻床而遘禍』，莫非說的是他因靈柩而得禍？」

「應是此意。」狄仁傑頷首道。

「何人靈柩，讓閻公與之俱逝？」狄虎一邊問，一邊暗自思忖，其實已經有了自己心中的答案。

「你說呢？」狄仁傑追問道。

「小的覺得，閻公身為太子家令，則靈柩恐怕是……」

「不必揣測。」狄仁傑示意狄虎打住，「下面這句『隨鶴版而俱逝』，其實已經告訴我們答案了。」

「小的正想問，這『鶴版』又作何解？」

「《列仙傳》云……」

狄仁傑正要解釋，卻被狄虎的追問硬生生打斷：「老爺，《列仙傳》是何典故？」

「啊！」狄仁傑昂首微笑道：「此乃道家神仙的傳記，『子不語怪力亂神』，你不知此書，也不足為奇。」

見狄虎聽得明白，狄仁傑繼續解釋道：「這《列仙傳》也是狄某當年偷偷得來翻看的，其中有云，『王子喬者，周靈王太子晉也，游伊洛之間，乘白鶴駐山頂』。據此，後世便將『鶴』寓意太子。」

「原來如此，」狄虎如夢初醒，「照此說來，『鶴版』當指太子棺槨無疑了。」

「正是！」狄仁傑若有所思地歎道：「作銘文之文，當是清楚諸多內情，只是礙於情勢，不得已而隱晦言之。」

「老爺，那這閻公……哦不，太子之亡……」狄虎欲言又止。

狄仁傑明白狄虎想問什麼，但他卻無從作答。無論是鄭崇質轉述的「傳聞」，還是上司張文瓘透露的朝堂紛爭，都讓狄仁傑隱約感知到了「太子暴亡」的真相。如今，銘文隱晦而確鑿地記錄在此，不禁讓狄仁傑浮想聯翩，也生出些許涼意。

「老爺。」狄虎見狄仁傑久久佇立於此卻沉默不語，遂勸慰道：「吉凶自有天命，閻公遭此橫禍，也是命中的劫數。」

「天命？」狄仁傑自言自語了一句，不禁想起少年時在汴州，與一位「海濤法師」偶遇，那句「冥冥之中，自有定數，天命不可違也」，言猶在耳。

「看來，『天后鴆太子』的傳聞，恐怕不是空穴來風。」狄虎身在京城，其實對這些傳聞早有耳聞，只是狄仁傑對此管束頗為嚴格，一直不敢在狄仁傑面前露出半字。如今，見狄仁傑似乎也作此想，遂鬥膽冒了一句。

「你胡說些什麼！」狄仁傑斥責道。

「老爺，閻公之死，銘文所記，難道還不能說明問題？小的只是覺得，虎毒尚不食子，天后為何能下此毒手！」狄虎歎道。

「哎……」狄仁傑長歎一聲，又不知如何答話。

李弘是武則天的親生兒子，這不假，但俗話說「龍生九子，各有不同」，這李弘自幼仁孝，與武則天的性格十分格格不入。

早在少年時期，李弘曾在侍講郭瑜的教導下研習《春秋左傳》。第一卷講到「鄭伯克段於鄢」，李弘便皺起了眉頭。再往下讀，臣弒君的故事層出不窮，李弘索性將書扔到一旁，憤恨地對郭瑜說：「此等大逆不道之事，豈能堂而皇之地列於經籍之中？」

「聖人欲止惡揚善，善惡皆有所表，以警示後人。」郭瑜的回答並無不妥。

「孔子云，『非禮勿視』，老師還是換一本讓學生讀吧。」李弘的態度也很堅決。郭瑜沒辦法，只得給他換了一本《禮記》。

後來，李弘漸漸長大，依然崇尚寬仁，以慎殺為念。東征高句麗時，軍隊有一條嚴厲的軍規，凡是逃亡或者逾期未歸的士兵，不單士兵本人要被斬首示眾，家人也要遭連坐之法，充作宮奴。李弘特意上疏，認為此規不近人情，有濫刑之嫌。譬如，士兵因疾病或遭遇意外而遷延時日，就不該當作逃亡來處理。還有，即便士兵有罪，處罰本人即可，家人不宜連坐。在這封奏疏中，李弘還想起當年被他扔掉的《春秋左傳》裡有一句話：「與其殺不辜，寧失不經。」

當時，李治看到李弘如此寬仁，甚為欣喜，將太子的奏疏連同「准奏」的批復，發給各地官員閱覽。狄仁傑當時在並州法曹供職，看到這篇有理有據、洋洋灑灑的奏疏，也是欽佩不已。

還有一次，李治、武則天巡幸東都洛陽，李弘留守長安，以太子之身行監國之事。當年，關中大旱，餓殍遍野，李弘不僅將自己的口糧分給食不果腹的士兵，還上疏建議，將專供皇家狩獵的「沙苑」無償租借給貧苦農戶，讓他們平安度過饑荒。

往事如煙，斯人已逝，狄仁傑仰天長歎，竟不知傾訴內心中的糾結與苦楚。

「老爺在天子腳下供職，可要處處留意啊！」見狄仁傑又是良久無言，狄虎不無擔憂地提醒道。

「狄某惟以蒼生社稷為念，何懼之有？」

話雖如此，太子李弘的離奇死亡，還是在狄仁傑的內心中留下了巨大的陰影。多年以後，狄仁傑積大半生之經歷，寫就了一部《宦經》，其中一句是「私不示人，意不宣人也」。或許，這便是狄仁傑內心深處無奈的一聲長歎！

第十三回

清積案狄仁傑發飆　論平恕劉仁軌折服

勘破太子李弘謎案的玄機，狄仁傑並沒有在心理上得到些許安慰，反而感到更加抑鬱。他想不明白，武則天為何如此狠心，非致自己的子嗣於死地不可。可是，關於李弘的死，朝廷已經發布了文告「以正視聽」，更沒有作為一樁案件交給大理寺勘察。閻莊的死也是撲朔迷離，閻家族人不僅三緘其口，甚至將閻莊的名字從族譜中劃去，個中壓力可想而知。作為一名大理寺的普通官員，狄仁傑儘管心如明鏡，卻也只能保持緘默。

眼下，讓狄仁傑更加揪心的，是大理寺堆積如山的案件。這些案件，或是地方報送，或是大理寺直接查辦，但無一例外，皆是年代久遠、無跡可尋的「陳案」、「懸案」。

初任大理寺丞之職時，狄仁傑看到大理寺衙門中專門有一間屋子，被一把碩大的銅鎖鎖得嚴嚴實實，閒雜人等不得入內。小吏告訴他，這便是專門存放積案卷宗的地方。經得大理寺卿張文瓘的許可，狄仁傑得以一窺真容。只見這間不算小的屋子裡，靠四壁擺放著一排排立櫃，上面擱滿了卷宗。隨意拿起一件，厚厚的灰塵便抖落開來，迷了眼睛。

「這些卷宗存放於此多少時日了？」狄仁傑揉了揉眼，問隨行的小吏。

「有長有短。」小吏答道：「小的自打八年前到大理寺專管卷宗房，這裡便已堆滿卷宗。數年來進的多、出的少，這一兩年，更是無人問津了。」

「噢。」狄仁傑聽得小吏如此說，不禁想起小吏剛才拿鑰匙開門時，銅鎖鏽跡斑斑，費了很大的勁才打開。

「這些卷宗積塵甚厚，為何無人打理？」狄仁傑又問道。

「能查的都查了，實在查不了的才暫擱此地。」小吏畢竟只負責卷宗房，衙門裡的事務並不十分清楚，只能草草作答。

狄仁傑離了此地，又往大理寺轄下的監獄視察。剛走進大門，狄仁傑就被深深地震驚了。只見每一間囚室，皆被滿屋子的囚徒塞得水泄不通。看到一名身著六品官服的官員來到跟前，一隻隻展開著五指的手，穿過牢門縫隙伸出來，上下擺動著，喊冤聲此起彼伏，驚恐、無助的眼神，如一道道灼熱的光芒，直刺得狄仁傑汗毛豎立、躁動不安。

「為何有這麼多人？」從陰森的牢房走出來，狄仁傑忍不住問負責監獄的官員。

「下官剛聽小的們說，明公是從卷宗房到此？」這官員並沒有直接回答狄仁傑的問題，而是反問了一句。

「正是。」狄仁傑答道。

「明公恕下官直言，卷宗房不清，此獄恐難靜。」提及人滿為患，這官員也是滿腹牢騷。

「莫非這些囚徒……」狄仁傑感覺到這名官員話外有音，遂追問道。

「大理寺既要審理朝廷各部官員『徒刑』及以上案件，還要複勘地方呈送的疑難案件，待審的囚徒便羈押於此。下官主獄三年有餘，就沒遇到過人少的時候。」

「呵，」狄仁傑冷笑了一聲，「這也難怪，狄某聽說，卷宗房這些年進的多、出的少，倒是與牢房的境況相符。」

初步瞭解情況之後，狄仁傑將所屬幾名官員召集在一起，詳細詢問這些積案的情況。

「狄公有所不知，這些陳年堆積於此，多年無人問津，倒不是大理寺官員倦怠，而是這些積案擱置日久，卷宗紕漏百出，口供、物證也是殘缺不全，甚至相互抵牾，令人莫衷一是。」其中一位官員訴苦道。

「沒錯，一樁積案往往經多人之手，不少人或調離或致仕，甚至有些已不在人世，很多案子陷入查無可查的境地。」另一位官員緊接著附和道。

「狄某上任之際，大理寺卿特意囑咐狄某，多多留意積案，爭取早日厘清。看到這副狀況，狄某深感震驚，也想早日著手清查。」

「狄公且慢。」剛才說話的官員聽狄仁傑所言，當即阻止道：「每有大理寺丞履新，張正卿總會如此囑咐一番，心願自然是好的，可誰能有這麼大的能耐？場面上的話，說說罷了，狄公何必自討苦吃？」

「不瞞諸位。」狄仁傑聞言正色道：「狄某深受皇恩，在並州法曹任職十八載春秋，辦案無數，自認未辦過一樁虧心之案，亦無懸而未決之理。如今履新大理寺，自當竭盡全力，報效朝廷於萬一。」

「狄公之賢，爾等皆有耳聞，久仰之至。只是俗話說得好，『冰凍三尺，非一日之寒』哪！」

「狄某自知此理，可吾等若是畏而遠之、任其擱置，則冰凍日甚，終致百姓受禍！」狄仁傑躊躇滿志。

見眾人不說話，狄仁傑似乎又想起什麼，問道：「諸位可聽說過《褚氏遺書》？」

「下官孤陋寡聞，不曾聽說。」眾人答道。

「不怪不怪，此乃閒雜之書，豈能入得大流。」狄仁傑擺手笑道：「此乃南齊時期褚澄所著，此人行醫一世，頗有心得，遂撰此書以遺後世。狄某自幼喜好醫術，曾從一位郎中手中偶得此書，略翻過幾篇，其中兩句話，令狄某記憶猶新。」

「下官願聞其詳。」

「褚澄有言，『世無難治之疾，有不善治之醫；藥無難代之品，有不善代之人』。狄某以為，辦案亦是如此，豈有難破之案？不過靠的天時、地利與人和而已。」

見狄仁傑成竹在胸，眾人也不便阻攔，遂起身作揖道：「狄公有如此擔當，爾等定當效犬馬之勞！」

次日，狄仁傑便從家中搬來鋪蓋，在衙門裡安頓下來，率領屬下官吏，夜以繼日地查閱卷宗、提審囚犯。

幾個月的宵衣旰食，狄仁傑憑藉在並州積累了十多年的辦案經驗，從浩瀚的卷宗當中尋找蛛絲馬跡，對諸多口供、物證辨明真偽，積壓了數年的陳案紛紛得以重見天日。伴隨著狄仁傑等人廢寢忘食的不懈努力，卷宗房裡的卷宗日漸減少，大理寺監獄人滿為患的狀況也得到了有效的緩解。

其實，張文瓘在狄仁傑履新之時，囑咐他早日厘清積案，絕不是像下屬官員所言，走走過場而已。翻過狄仁傑的履歷，張文瓘便對這位在並州法曹供職十數年的官員寄予了厚望。不過，當狄仁傑將這一年來清查「積案」的情況呈送上來時，張文瓘還是不敢相信自己的眼睛。

「這些積案都是你辦的？」張文瓘問道。

「下官不敢貪功。」狄仁傑畢恭畢敬地回答，「皆是部屬同僚廢寢忘食、嘔心瀝血而成。為慎重起見，狄某皆加以覆核。」

「查了多少時日？」張文瓘又問道。

「稟正卿，自狄某赴任大理寺丞始，至今一年零一個月又三日。」狄仁傑記得清清楚楚。

「大約四百天吧，」張文瓘略微算了算，「平均下來，一日結了四十餘件，老夫可曾算錯？」

「的確是四十餘件。」

「可有冤訴？」張文瓘顯然更關心結案的品質。

「沒有。」狄仁傑如實奏報。

「真沒有？」張文瓘不知是懷疑自己的耳朵，還是懷疑狄仁傑的回答。

「下官供職法曹多年，深知『案上墨，民夫血』之理，若有一絲疑慮，斷不敢草結。這一年所辦積案，無一冤訴，請正卿明察。如有謬誤，狄某願擔失職枉法之罪！」

見狄仁傑言之鑿鑿，加之各部並無冤情上報，張文瓘才算是信了此言。沉思片刻，張文瓘感歎道：「太宗皇帝有云，『古稱至公者，蓋謂平恕無私。』狄公此功，堪稱『平恕』之譽！」

「承蒙正卿過譽，下官不甚惶恐。」狄仁傑俯身作揖道。

***

就在狄仁傑向張文瓘交出一份驚人的答卷之後，大理寺便迎來了一場官員的例行考核。

按唐朝官制，朝廷各部官員一年一小考、三年一大考。每到這個時候，各處衙門表面上平靜如水，暗地裡卻躁動不安。那些業績平平、自忖無以為「績」的官員，便開始使盡渾身解數，通關係、走後門，只求考核的結果好看一些。「背靠大樹好乘涼」的官員們當然也不可能閒著，誰都盼望著將考核變成升官發財的狂歡。

不過，今年的大理寺不同往年。大理寺卿張文瓘為人剛直，最是見不得那等蠅營狗苟、營私舞弊之徒。所有大理寺官員，不論出身、資歷、品級，皆按業績排序。當然，張文瓘一個人說了也不算數，大理寺內部的評定結果，還得由朝廷指派一名官員負責「指導」，並覆核裁定。

正是因為這個程序，讓張文瓘頗感棘手。論業績，大理寺丞狄仁傑當仁不讓，連他這個大理寺卿都自愧不如。可論以往慣例，地方官員入京履新，首次考核斷無「頭籌」一說。自打大唐開國以來，就從沒有出現過這樣的先例。

將狄仁傑排在首位，張文瓘可以肯定地說，大理寺上上下下，無人不心服口服。可是，覆核的官員要照顧全域，「破例」雖易，「魄力」難求，搞不好還會弄巧成拙，讓上面將狄仁傑呼啦一下甩到後面。

經過一番深思熟慮，張文瓘只得向「慣例」妥協，給狄仁傑評了一個「中上等」。根據官員考核制度，考核分為九個等級，前三等是「上上」、「上中」、「上下」，「中上」便是第四等。只是大唐開國以來，以往的官員考核從未有「上上」、「上中」，故而「中上」算得上第二等。張文瓘覺得，這樣的考核結果，應該不會引起上司的注意。

大理寺「初評」結果交上去之後，張文瓘焦急不安地等待覆核結果。可是，很多呈報晚於大理寺的部門，均收到了最終的結果，唯獨大理寺像是被遺忘了一般，近半個月如石沉大海、杳無音訊。

張文瓘內心忐忑而焦慮，其實覆核的那名官員此時也忙得不可開交。這一年考核，負責覆核大理寺考核結果的，便是當年憑藉「白江口海戰」一舉成名、如今官至尚書左僕射的劉仁軌。

劉仁軌是個辦事認真的人，儘管他知道張文瓘向來不徇私情，但出於多年養成的習慣，依然逐個翻閱了大理寺諸位官員的履歷，因此耽擱了不少時日。

又等了三四日，張文瓘終於接到了最終的複審結果：「考核等級照准，惟大理寺丞狄懷英，何德何能，躋身『中上』之列？當以『中下』為妥。大理寺重擬再報。」

「這……」張文瓘一時無語，想不到自己所擔心的事情，儘管費盡心思，終究還是撞上了。

張文瓘決定求見劉仁軌，而劉仁軌此時也想趁機奚落張文瓘一番。

「張文瓘啊張文瓘，你說你遲暮之年，致仕之日屈指可數，怎麼會被這個狄懷英灌了迷魂湯，竟然晚節不保，可惜啊，可惜啊。」還沒見到張文瓘本人，劉仁軌便在心裡尋思起來。

「劉僕射，下官有事奏報。」張文瓘尚未進門，便扯著嗓子高聲喊了起來。

「稚圭[1]可是無事不登三寶殿啊！」劉仁軌「不懷好意」地笑迎道。

「僕射駁回大理寺官員的初核，甚無道理！」張文瓘與劉仁軌是老相識，品級又相當，遂自顧自地坐了下來，硬生生地說道。

「恕老夫政務繁雜，又老邁遲鈍，不曾記得駁過何人。」在舊友面前，劉仁軌還是揣著明白裝糊塗。

「哼！」張文瓘冷笑道：「沒駁過？駁的正是要害之人！」

「噢，噢。」劉仁軌故意拍了拍額頭，做出一副如夢初醒的神情，「老夫想起來了，那個叫什麼狄懷英的，可是大理寺丞？」

「正則記性不賴啊！」張文瓘也不忘「奚落」一句。

「提起這個人，老夫倒想向張正卿請教一二，這狄懷英可是去歲入京？」

「正是！」

「稚圭啊，」劉仁軌變得語重心長起來，「你也是老臣了，難道不知京官考核成例？」

「成例？成例只管得了庸人！」張文瓘回敬道。

「呵！」劉仁軌倒是吃了一驚，「好大的口氣啊！依稚圭之言，這狄懷英乃神仙下凡不成？」

「那倒不敢妄言，但至少也是人中之俊傑！」

劉仁軌仰首笑了兩聲，話中有話地說道：「士別三日，即更刮目相待，稚圭向來剛直，如今也受人之托，盡心盡力起來了啊！」

[1] 張文瓘，字稚圭。

「劉正則。」張文瓘聽出了話中的寓意，立馬站起身來，動怒道：「老夫此行，只為公道而來，何來『請托』一說？老夫清白一世，豈容你血口噴人？」

「哎呀！」劉仁軌見張文瓘認了真，遂笑著開解道：「你我相識多年，彼此瞭若指掌，老夫不過一句玩笑話，何必當真？」

「劉僕射還是別開這樣的玩笑為好。」張文瓘餘怒未消。

「好！」劉仁軌拍拍腿，也站了起來，「那你說說，這狄懷英過去擔任何職？」

「並州法曹錄事參軍。」

「何人舉薦入京？」

「無人舉薦，乃吏部奉詔令遴選擢升。」

「既然如此……」劉仁軌本想說「稚圭何必如此竭力而為」，又擔心張文瓘動怒，遂轉而說道：「為一個履新官員破例，總得有個說頭。」

「這正是下官此番來意。」張文瓘抓到了機會，「此人非同凡響！」

「噢？」看到張文瓘如此認真，劉仁軌也被勾起了興趣，「說說看，怎麼個非同凡響？」

「狄懷英到任一年，審結積案一萬七千餘件，無一冤訴，大理寺為之『靜獄』！」

「什麼？多少？」劉仁軌不由得瞪大了眼睛。

「一萬七千八百件，有卷宗為證！」張文瓘又重複了一遍。

劉仁軌這回聽真了，如同被施了「定身術」一般，一時不知所措，半晌說不出話來。

「劉僕射。」張文瓘見劉仁軌半晌無言，遂叫了他一聲。

「噢。」劉仁軌這才反應過來，又滿懷疑慮地問道：「狄懷英是如何把這些積案清掉的？」

張文瓘正要答話，劉仁軌又接著說道：「稚圭，你我浸潤官場多年。所謂『平允』、『靜獄』，這裡面的道道可是多了去了。要想沒有冤訴，自古就有兩法。」說著，劉仁軌便伸出兩根指頭比劃起來。

「下官愚鈍，倒不曾聽說。」

「一殺二赦是也！」劉仁軌揭開了謎底。

「一殺二赦？」

「殺者，一律處死。人都死了，哪兒還有什麼冤訴？赦者，一律釋放，無罪者不用說，有罪者則竊喜，誰會沒事找事？」

「劉僕射此言，下官不敢苟同。」張文瓘畢竟主管刑獄多年，對劉仁軌所言表示懷疑，「自古冤訴，既有涉案者，亦有親眷，還有受害者。輕罪重罰，自有親眷鳴冤；重罪輕處，則受害者不服。殺也好，赦也罷，豈能閉眾人之口？」

「嗯！」劉仁軌略點了點頭，承認自己的想法有失偏頗。

「狄懷英在並州法曹供職十數載，辦案無數，堪稱『平允』。據說入京履新，並州百姓還自發籌資，為其建了生祠，豈是投機取巧之徒？如今在大理寺有如此業績，恕下官鬥膽直言，滿朝文武有此才者，能有幾人？」

聽張文瓘說完，劉仁軌突然哈哈大笑兩聲，對他說道：「稚圭，聽你這麼一說，大理寺的初核結果，老夫恐怕還真的非駁不可！」

「這……」張文瓘有些摸不著頭腦。

「此等棟梁之材，豈能屈居『中上等』之列？依老夫之見，既然破了例，咱們就一破到底，給個『上下等』如何？」

「正則……」面對突如其來的轉機，張文瓘激動萬分，竟不知從何說起，正準備俯身行禮。

「稚圭。」劉仁軌抬了抬手，示意張文瓘不必多禮，「後生可畏，人才難得啊！」

最終，在這一年例行的官員考查中，狄仁傑憑藉自己近乎於神話的業績，破天荒地獲得了「上下等」的成績，成為京城官場津津樂道的「勵志傳奇」！

第十四回　誤斫陵柏聖上震怒　犯顏直諫將軍獲免

當狄仁傑的「勵志傳奇」在京師長安廣為傳頌時，在一百多里開外的昭陵，負責駐守此地的大將軍權善才和中郎將范懷義卻惶惶不可終日。

權善才本是一名默默無聞的武將，因靈州一戰而成名，深得唐高宗李治的賞識。話說麟德年間，黨項三萬餘眾入寇靈州，刺史崔知溫臨危不懼，下令將城門洞開，唱了一出「空城計」。權善才奉命率兵增援，與崔知溫裡應外合，大敗黨項賊兵。不過，權善才自少年從軍，生性魯莽，準備將投降的黨項人全部活埋，多虧崔知溫勸止住，避免了一場「殺俘」的慘劇。

此役之後，權善才奉旨率禁軍守衛唐太宗的陵寢——昭陵。守衛先帝陵寢，原本是悠閒自得的差事，誰吃了熊心豹子膽，敢打皇陵的主意？可是，遠離沙場未必保得無虞，權善才偏偏因為一時的疏忽，闖下了一樁「彌天大禍」。

事情還得從一個月前說起。

一日，權善才、范懷義閒著無事，遂帶著幾名軍士出去狩獵，收穫頗豐，興致甚高。不知不覺到了正午時分，權善才等人忙活了一上午，腹中早已咕咕直叫。權善才向四周望瞭望，憑藉以往巡察的經驗，估摸著已經跑出了昭陵的範圍，遂下令就地挖灶埋鍋，將獵物洗剝乾淨，準備做飯。柴火也是現成的，周圍這麼多樹木，隨便砍些樹枝即可。皇陵的樹木是不能砍伐的，權善才身為守衛，自然明白此理，所以預先做了判斷，認為早已「出圈」。

一切準備就緒，權善才餓了一上午，也顧不得許多，便狼吞虎嚥起來。范懷義東瞧瞧、西望望，卻覺著情況似乎不大對勁。

權善才見范懷義心不在焉，一邊大口啃著鹿腿，一邊支吾著問道：「懷義，你怎麼了，怎麼不吃啊？再不吃可沒了啊！」

「將軍。」范懷義見問，趕緊起身挪了一步，貼著權善才耳朵低聲說道：「借一步說話，末將有要事稟告。」

權善才見范懷義一副故弄玄虛的樣子，又不便多問，只好極不情願地站起來，跟著范懷義走到數丈之外，手裡還不忘提拉著那隻尚未啃完的鹿腿。

「什麼事兒，搞得神祕兮兮的，快說快說！」權善才催促道。

「將軍，末將方才想起來，前些日子，咱們曾巡察過此地。」一邊說，范懷義一邊伸手指向不遠處的一座山丘，「翻過那座山頭，才算出了昭陵的地界。」

「啊？」權善才聽言，一下子張大嘴巴，一塊鹿肉還含在嘴裡，手上捏著的鹿腿已經跌落在地上。

正圍著篝火胡吃海喝的幾名軍士見權善才神色呆滯，自忖有何變故，趕緊圍將過來，七嘴八舌地詢問究竟。范懷義不停地給權善才使眼色，讓他莫要聲張。可是，六神無主的權善才壓根就沒注意到范懷義的提醒，自顧自地念叨起來：「如何是好？如何是好？擅砍昭陵柏木，知法犯法，監守自盜，這可如何是好？」

聽權善才一直念叨這麼幾句，軍士們頓時如夢初醒，也跟著慌亂起來。還是范懷義臨危不亂，略定了定神，厲聲對在場的人喝道：「此事關係眾人性命，若有聲張洩露者，軍法從事！」

「將軍放心，小的們一定守口如瓶。」畢竟此事關係到自家性命，幾名軍士立即齊聲保證道。

權善才垂頭喪氣地回到營地，心中一直忐忑不安。眼看一個月過去了，此事就像沒有發生一樣，毫無動靜，權善才懸在心口的石頭總算落了地。

又過了幾日，范懷義按例查夜，將一個喝得醉醺醺回來的軍士抓了個正著。權善才聞訊之後，二話不說，令人按軍規將此人重打了二十大板。

犯規者受罰，在軍中司空見慣，此次卻有所不同。軍士挨打後的第四天，宮裡突然派了兩個小黃門來到昭陵，要將這名軍士帶回京城問話。

權善才稀裡糊塗，丈二摸不著頭腦，范懷義卻立即警覺起來，立即找到權善才，惶恐不安地說道：「將軍，恐怕大事不妙啊！」

「噢？」權善才知道范懷義說的是宮裡傳喚軍士的事情，「方才我也在想這事兒，區區一個軍士，犯了軍規受到責罰，豈會驚動了宮裡？」

「不好！」范懷義似乎想起了什麼，拍了拍大腿，焦急不安地回道：「將軍可曾記得，一個月前狩獵，誤砍了陵柏？」

「怎麼，走漏風聲了？」雖說先前已經放下心，但聽范懷義突然提起這茬，權善才一時也警覺起來，額頭上冒出一層冷汗。

「末將似乎想起來，這挨打的軍士，那日也跟著將軍去狩獵了。」

「這……」權善才頓時手足無措，「你呀，你呀，總是這麼後知後覺！咱們可闖大禍了！」

范懷義長歎一聲，無奈地回道：「將軍，事已至此，也是吾等命中該有此劫，恐怕已無可挽回，聽天由命吧！」

「無恥小人！」權善才舉起右手，緊握著拳頭，重重地捶在茶桌上，茶杯被震落在地，碎成了好幾塊。

權善才、范懷義分析得沒錯，這名軍士之所以被宮中傳喚，正是因為他挨了打之後，心生報復，遂將權善才擅砍陵柏的隱情告了密。

換作一般的軍士，有心報復也未必能找到門路，可事情就是如此巧合，這軍士有一堂兄，自幼淨身入了宮，如今也是黃門了。軍士通過書信向堂兄傳話，為穩妥起見，他並沒有將砍樹的事情和盤托出，而只是說昭陵出了要情，事關重大。

李治從一個小黃門口中得到此信，若是其他地方，完全可能置之不理。「普天之下，莫非王土」，這夜以繼日的，處理的「要情」還少嗎？可是，這樁「要情」來自昭陵，向來仁孝的李治不敢掉以輕心，遂派人前往昭陵，將這名軍士召回京城問話。

得知昭陵柏木被守衛在此的禁軍給砍了，李治當場氣得舊病復發，突然昏厥了過去。宮人一時慌亂，忙裡忙外好一陣，又是掐人中，又是傳太醫，李治總算微微睜開了眼睛，卻淚流如注。

歇息了片刻，儘管氣息微弱，李治依然咬牙切齒地狠狠說道：「權善才、范懷義膽大妄為，簡直無法無天，傳朕旨意，斬……斬了！」

「等等，」宮人尚未答言，李治感覺有些不妥，又改口道：「朕不能做擅殺之君，給群臣口實。傳朕旨意，將權善才、范懷義交大理寺問罪！告訴張文瓘，務必從快、從嚴！」

「遵旨！」太監聽得真切，轉身安排擬旨、傳旨去了。

「等等！」太監剛走到門口，又被李治叫了回來。

此時，李治神志已恢復過來，雖然言情悲傷，但終無大礙，又補充令道：「上個月左僕射劉正則跟朕說，今歲京官考核，大理寺破了一個例，是那個狄懷英吧？」

在場的太監、黃門，還有太醫，皆不知此事，一時無人答話。

「對！大理寺丞狄懷英，入京履新一年，便獨奪頭籌，拿了『上下等』。」李治又自問自答道：

「權善才、范懷義一案，就交給狄懷英去辦！限五日內結案上奏！」

＊＊＊

接到聖旨，大理寺卿張文瓘明白，棘手的案子又來了。身為大理寺主官，張文瓘一不怕案子多，二不怕案子複雜，最擔心的就是案子是聖上交辦的。聖上心裡自然是有了定論的，但不會白紙黑字地寫在明處。「君心難測」，輕了不行，重了也不妥，極大地考驗著辦案人的政治智慧。縱觀大理寺上下，能擔此責者，恐怕不用聖上「欽點」，張文瓘首先想到的人便是狄仁傑。

等待狄仁傑應召而來的片刻，張文瓘展開聖旨，細細品讀起來。憑藉多年的為官經驗，張文瓘心裡很清楚，用詞上的微小差異，往往蘊含深意。

就這樁案子而言，聖上龍顏震怒，從聖旨上的言辭便可看得出來。所謂「從快、從嚴」，卻大有可推敲之處。「從快」好說，聖上也發話了，五日內結案。人證（軍士）、物證（現場痕跡）俱在，權善才、范懷義也沒有畏罪潛逃，五日結案並非難事。可問題在於，「從嚴」作何理解？

張文瓘還在思慮之中，狄仁傑便行色匆匆地前來拜見。見狄仁傑滿臉狐疑，張文瓘便將整個案件的來龍去脈做了一番介紹，隨後將聖旨遞給狄懷英，歎道：「龍顏震怒，責令大理寺從速嚴辦此案，恐怕只有你狄懷英能擔此責了。」

「怎麼會出了這樣的事？」狄仁傑感到有些不可思議。

「木已成舟，你還是想想如何查辦吧。」張文瓘直奔主題。

「權善才、范懷義身為守備將軍，豈能不知擅砍皇陵柏木，乃是重罪？故而下官以為，此案當是誤斫。」

「誤斫？」張文瓘有些疑惑。

「下官的意思是，權、范二人絕非有意為之。」狄仁傑補充道。

「這還用你說？」張文瓘打斷他的話，說道：「有意也好，無意也罷，總之砍了就是砍了，這人證、物證俱在，想必權、范二人無從抵賴。」

「不然！」狄仁傑與張文瓘的想法不盡相同，「有意為之，則是欺君之罪，當以嚴處。無意為之，則應有所寬宥。」

「懷英！」張文瓘完全明白了狄仁傑的意思，遂歎道：「老夫為官多年，覺著此事不簡單哪！這份聖旨，你還得再琢磨琢磨。」

張文瓘一邊說，一邊指著聖旨上的「從嚴」二字，輕輕敲了兩下。

「下官明白，定不負聖上之意。」狄仁傑見張文瓘如此神情，頓時若有所悟，領命而去。

五日期限之內，狄仁傑將查辦的結果呈送了上去。這幾天時間裡，狄仁傑先是向告發的軍士瞭解情況，接著又前往昭陵，查看當日砍樹、埋鍋的痕跡。正如狄仁傑所預料的，此事雖說確鑿無疑，卻是發於偶然，權善才、范懷義對此也供認不諱。

狄仁傑心裡有了底，遂按照大唐律法結了案。不巧的是，張文瓘等「九卿」當日被李治召入宮中問話，不在大理寺衙門。大理寺的少卿知道此案是聖上親自下旨督辦的，而且已到期限，不敢有絲毫耽擱，遂派人送入了中書省。

次日早朝，李治面無表情，不待朝臣奏事，便舉起一份奏疏，向張文瓘問道：「張愛卿，權善才、范懷義一案的處理結果，你可曾看過？」

「啟稟陛下，微臣……看過。」張文瓘見李治的神情不同往常，不敢承認奏疏未經自己審核便直接呈送上去。

「這麼說，你同意狄懷英的處理意見了？」李治追問道。

張文瓘的思緒在腦海裡飛速地旋轉，他預感到，狄仁傑的處置意見，極有可能違背了上意。否則，聖上直接批示照准即可，何必在大庭廣眾之下提及此事？

「說話啊！」李治見張文瓘無語良久，一時怒起。

「微臣……微臣全憑聖上決斷。」張文瓘終於憋出了一句模棱兩可的話。

「好你個大理寺！」李治終於忍無可忍，當著眾朝臣的面，將狄仁傑的奏疏直接扔到張文瓘的面前，切齒痛罵道：「包庇縱容，與案犯何異？把狄懷英叫來見朕！」

「微臣遵旨。」張文瓘跪拜領旨，順便從地上撿起奏疏，略瞟了一眼，便明白了聖上龍顏震怒的個中緣由。原來，狄仁傑果然給權善才、范懷義定了一個「誤斫陵柏」的罪名，按律法免官除名、流放嶺南。

「還不快去！」李治又對著張文瓘一陣怒吼。張文瓘趕緊起身，踉踉蹌蹌地奔宮外而去。

＊＊＊

「狄懷英啊狄懷英，你怎麼這麼糊塗！」回到大理寺，張文瓘叫來狄仁傑，甩手之間，將奏疏砸到了狄仁傑的胸口上，痛心疾首地責備起來。

「正卿，這是……」狄仁傑撿起掉落的奏疏，滿面狐疑。

「老夫問你，前幾日給你交待權善才、范懷義的案子，你是怎麼應承的？」

「下官必將依法辦案，不負聖上之意。」狄仁傑回稟道。

「不負聖上之意？」張文瓘怒道：「聖上看了你的奏疏，龍顏大怒！」

見狄仁傑無言，張文瓘頓生「恨鐵不成鋼」的愛才之心，苦口婆心地歎道：「老夫當日特意提醒過你，『從嚴』二字需仔細琢磨！」

「明公，下官的確是奉旨嚴辦，並無徇私枉法之處。」

「你還狡辯！你是真不明白，還是揣著明白裝糊塗？嗯？」

「下官愚鈍，還望明公直言。」

「你……」看到狄仁傑一副「仗義執言」的樣子，張文瓘頓時也沒了脾氣，歎道：「算了，皇上命你入宮面聖。記住了！見到皇上，先認錯，想辦法打個圓轉，至於權善才、范懷義該怎麼判，看聖上的意思，咱們回來再議。」

「明公放心，下官心裡有數。」狄仁傑見張文瓘無可奈何的神情，只得退讓了一步。

約摸半個時辰，早朝已經結束，張文瓘帶著狄仁傑入了禁宮。李治聽得小黃門通稟，吩咐讓他們趕緊進來。

「狄懷英，權善才、范懷義目無國法、監守自盜，在先帝之陵寢恣意妄為，實屬十惡不赦！」張文瓘、狄仁傑跪拜尚未起身，李治便怒氣衝衝地說道。

張文瓘一時不知如何回話，狄仁傑卻上前兩步，又拜了一次，奏道：「微臣以為，二人罪不至死。」

李治死死地盯了狄仁傑一眼，問道：「你就是狄懷英吧？」

「正是微臣。」狄仁傑神情自若地回道。

「大理寺一萬七千多件陳年積案，是你用一年時間清完的？」李治突然問起了往事。

「下官不敢貪功，乃同僚共同努力。」

「無一冤訴？」李治追問道。

「啟稟陛下，一萬七千多件積案，無一樁冤訴。」張文瓘替狄仁傑回答道。

「沒問你！」李治喝斥了一聲，「如今朕讓你辦權善才、范懷義一案，這『無一冤訴』的名聲，朕覺著你狄懷英恐怕保不住了。」

「皇上，權善才、范懷義皆對罪行供認不諱。」張文瓘擔心狄仁傑言多必失，儘管挨了一通訓，仍然頂著頭皮替狄仁傑回了一句。

「誰說權善才、范懷義冤訴了？」李治反問道：「冤訴的是朕！」

張文瓘、狄仁傑聽言，趕緊跪拜行禮，異口同聲地叩頭道：「微臣不敢！」

「擅砍皇陵柏木，朕若是不殺此二人，則為不孝！」李治補充道，語氣中毫無商量的餘地。

「依微臣愚見，陛下施不當之刑，以成孝名，實乃緣木求魚、膠柱鼓瑟！」狄仁傑執意進諫道。

「放肆！」李治「騰」地一下站起來，厲聲喝斥道：「來人，跟朕拖出去！」

「聖上息怒！」張文瓘見狀，一面示意聞訊趕來的侍衛退下，一面從側面扯了扯狄仁傑的衣襟，暗示他趕緊認錯。

可是，狄仁傑根本無動於衷，反而側身向張文瓘說道：「張正卿，犯顏直諫，自古以為難，下官則認為，未必如此。」

張文瓘哪裡還聽他囉嗦，拿起手上的官笏往狄仁傑的背上拍了幾下，低聲道：「狄懷英，你可別犯渾！」

「呵！」李治似乎聽出了狄仁傑的言中之意，冷笑了一聲道：「張愛卿，別在下面擠眉弄眼的，讓他說，怎麼個未必如此？」

張文瓘只得作罷，狄仁傑隨即側過身來，俯身奏道：「啟稟陛下，以微臣愚見，這犯顏直諫，遇桀、紂之世則難，昔日比干剖心者是也。遇桀、紂之世則易，先帝與魏玄成是也。」

「哈哈哈哈！」李治忍不住大笑了幾聲，其實狄仁傑一直固執己見，李治自忖對他過於嚴苛，似乎不妥，已經怒氣半消了。

緊張的氣氛一時緩和了許多，張文瓘也大鬆一口氣。李治走到狄仁傑面前，細細打量了一番，略帶商量的口吻說道：「權善才、范懷義一案，卿既認定『誤斫』，則罪不當死。不過，二人滋擾先帝陵寢，依情太惡，是可忍孰不可忍！依朕之見，當法外施刑！」

「陛下，國有律法，天下共守之。只有『法外開恩』之仁，斷無『法外施刑』之暴也！」在這個問題上，狄仁傑橫下一條心，寸步不讓。

狄仁傑義正辭嚴，李治倒顯得有些理屈詞窮，又提議道：「既然如此，朕就下旨，修改律法！」

「縱改易律令，斷無追溯之理。」狄仁傑依然不為所動。

看到狄仁傑的態度如此堅決，李治頓時陷入了沉默，不知接下來還能說些什麼。狄仁傑趁熱打鐵，俯身奏道：「皇上，權善才、范懷義二人誤斫陵柏，然罪不至死。若執意殺之，必致朝廷法度失信於人。漢臣張釋之曾因高廟被盜一案，向漢文帝冒死進諫，表示『盜廟都要法外施刑、株連九族，若將來有人盜墓，何以處之？』先帝曾言，『國家大事，惟賞與罰。賞當其勞，無功者自退；罰當其罪，為惡者咸懼。』微臣鬥膽為權善才、范懷義二人犯顏直諫，絕非抱沽名徇私之念。微臣只是擔心，以區區一株柏木而殺二將軍，恐陷陛下於不仁不道之境，微臣亦無顏見釋之於九泉也！望陛下三思！」

狄仁傑說得懇切，李治的怒氣也漸漸平息，終於還是採納了狄仁傑最初的處理意見，將權善才、范懷義二人按律免官除名、流放嶺南。

張文瓘、狄仁傑走後，武則天從側屋迤邐而入，笑道：「聖上今日碰了個硬茬吧。」

「這個狄懷英，真是太放肆了！」李治自覺無理，卻強撐著面子假裝怒道。

「依妾身之見，狄懷英夠給陛下面子了。」武則天又笑道。

「是嗎？他拿著先帝的話壓朕，讓朕幾乎下不來台。」李治依然有些不服氣。

「妾身記得，先帝還有一句話，比剛才狄懷英所言更恰當。」

「噢？」李治一時想不起來。

「先帝曾言，『自古帝王多任情喜怒，喜則濫賞無功，怒則濫殺無罪，是以天下喪亂，莫不由此。』」

「你……」李治又想動怒，可畢竟是在皇后面前，又將怒氣忍了回去。

「妾身先前所想果然不差！」武則天露出一副嫵媚的笑容，「此話出自妾身之口，陛下都欲動怒，若是狄懷英說出來，陛下是不是得把他拖出去斬了？」

「胡說！」李治假意怒道：「朕若是真那麼做，不正是中了狄懷英的圈套？」

「所以說，陛下不愧是一代明君！」武則天「奚落」夠了，不忘拍拍李治的馬屁。

「狄懷英守法不阿，乃朕之真法官也！」李治滿懷欣慰地歎道：「傳旨史官，將狄懷英此番犯顏直諫記下來，以警後世。」

「皇上聖明！」武則天在一旁贊道。

「還有，即日調狄懷英赴任御史台，出任侍御史一職。狄懷英在權善才、范懷義一案中為朕正名，亦能為朕正天下！」

「狄懷英出任大理寺丞，都讓陛下碰了硬釘子，如今做了侍御史，陛下可得做好準備！」武則天適時「提醒」道。

「朕從善如流，過而能改，何懼之有？」言畢，李治仰首大笑起來。

第十五回 彈劾紅人懷英立威　投鼠忌器仁軌借力

御史台始建於南北朝時期，源於西漢時期御史大夫的官署——御史府，隋唐沿其設置，「掌糾舉百僚，推鞫獄訟」，負責糾察、彈劾官員、肅正綱紀。

在那個時代，御史是確保政治清明的重要手段。大到犯上、貪汙、瀆職、失察，小到衣冠不整、隨地吐痰、邊走邊吃，一旦被御史查實，都有可能遭到彈劾。

為了解除御史們的後顧之憂，讓他們工作起來沒有顧慮，朝廷律法專門對御史的「豁免權」作了相應規定。也就是說，如果彈劾的內容經查不屬實，御史一般是不需要承擔任何責任的。

當然，這並不意味著御史可以逮誰咬誰、不計後果。搞錯一次不要緊，如果總是捕風捉影最後查無實據，說明此人要麼工作能力低下，要麼動機不純，甚至心裡陰暗，有報復社會、唯恐天下不亂之嫌。一旦被打上這樣的標籤，考核、升遷都會受到極大的影響，面臨著調離甚至罷黜的危險。

狄仁傑在權善才案中表現出來的不畏強權、剛直不阿，讓李治深深地感覺到，這樣的官員，正是侍御史的不二人選。讓他監察百官，勢必會有好戲看！

狄仁傑果然沒有辜負李治的厚望，昔日處理陳年積案很積極，如今監察百官更積極。在所有的侍御史中，狄仁傑的彈劾奏章遞得最勤，而且言之有據、劾之有度，既不包庇縱容，也不落井下石。

武則天一句玩笑話，卻不幸言中，李治剛開始還能應付，但畢竟身體孱弱、體力不支，漸漸感覺到心力交瘁。於是，狄仁傑遞上來的很多奏章，都是由武則天代為處理。通過一道道義正詞嚴、不卑不亢的奏疏，武則天對這個「同鄉」有了更加深刻的認識。

在侍御史的任上，狄仁傑兢兢業業，李治、武則天深感欣慰，但有時也顯得頗為無奈，因為狄仁傑這個人，太固執！他認定的事情，根本不容任何商量。

侍御史彈劾官員，李治有選擇性地「護短」，這是無法避免的事情。每到這個時候，狄仁傑哪怕爭執得面紅耳赤，也絕不退讓一步。李治往往是厲聲痛斥之後自覺理虧，三五個回合便敗下陣來，不得不承認「狄愛卿說得對」。

有時，李治被狄仁傑頂得下不了台，只能以自嘲開解，邊笑邊說：「你狄懷英就是撿了權善才案的便宜！」

可俗話說得好，冰凍三尺非一日之寒。狄仁傑總是頂撞李治，李治雖然每次都服了軟，但在內心深處難免有些不快。日積月累，李治的怒火已如同一座蠢蠢欲動的火山。只要狄仁傑還在這個位置上，大規模的噴發，不過只是時間問題。

儀鳳四年初，伴隨著狄仁傑的一封彈劾奏疏，李治心中的火山瞬間噴發，而且一發而不可收拾。

這日，李治火冒三丈，將狄仁傑彈劾的奏疏扔出幾步遠，被前來探視的武則天撞了個正著。

「陛下何故發怒？」武則天問道。

「這個狄懷英，越來越不像話了！」李治怒氣難消。

「怎麼了？」武則天追問了一句。

李治無言，陪侍的黃門早已將扔出去的奏疏撿拾起來，遞到武則天手中。武則天略掃了一眼，笑道：「原來這次彈劾的是他啊！」

武則天口中的「他」，是時任尚書省左司郎中的王本立。此人恃寵弄權、貪贓枉法、無惡不作，已不是一日兩日了，不僅民憤極大，官憤也極大。這一切，武則天早有耳聞。不過，王本立善於察言觀色，很能揣摩李治的心理，因而深受恩寵。

其實，御史台官員早就對王本立切齒痛恨了，只是礙於聖上的顏面，一直投鼠忌器。狄仁傑入職這些日子，一彈劾一個准，李治經常被頂得沒了脾氣，幾乎是「招招見血」，實在是羨煞同僚。羨慕之餘，御史台的官員們暗中商議，王本立這個混帳東西，咱們惹不起，可如果交給狄仁傑去收拾，或許能有意想不到的驚喜。

這些言官說幹就幹，大量關於王本立的線索、證據，紛紛彙集到了狄仁傑的手中。狄仁傑不看不知道，一看嚇一跳，如此目無王法之徒，竟然逍遙法外多年，朝廷法度何存？

狄仁傑沒有辜負同僚們的信任與期待，一封奏疏就把王本立給告了。

「陛下打算如何處理？」武則天看完狄仁傑羅列出的若干罪狀，抬首問道。

「處理……」李治差點蹦出「個屁」兩個字來，想到是天后，又趕緊縮了進去，改言道：「處理的事情，容朕想想再說。」

武則天心裡明白，李治是想「護短」，打算將狄仁傑的奏章「冷處理」。不過，李治嘴上沒說「不處理」，武則天也不便多言。

數日過去，這封彈劾的奏章既無批示也未駁回，猶如石沉大海。狄仁傑不甘心，又遞了一封，依然是杳無音訊。狄仁傑一封一封的遞，李治卻始終不發一言。

轉眼一個月過去，狄仁傑實在忍無可忍。這日早朝，狄仁傑懷揣兩份彈劾奏疏，當廷遞了上去。

「狄愛卿今日所劾何人？」李治明知故問。

「回稟陛下，微臣先劾王本立貪贓枉法，再劾中書省擅自扣押奏疏，塞言路、閉聖聽。」狄仁傑不卑不亢地奏道。

李治拿起奏疏隨意翻了翻，臉上露出一絲不易察覺的冷笑，心裡卻樂開了花。「狄懷英啊狄懷英，朕總算抓了你一回把柄。」

思忖片刻，李治正色道：「狄愛卿，你出任侍御史兩年有餘，可謂公正嚴明、無懈可擊，今日怎麼也做起捕風捉影、無端構陷之事來了？」

「微臣豈敢，所奏句句是實，望陛下明察！」狄仁傑聽言，趕緊俯身跪拜道。

「你說中書省扣了你的奏疏，可有憑據？」李治感覺自己捏著這個把柄，已離勝利不遠了。

「陛下，若非中書省扣留，微臣此前數封彈劾奏疏，豈能石沉大海、杳無音訊？」狄仁傑明知李治是故意找茬，又將「皮球」踢了回去。

「這……」狄仁傑發問，李治一時還真不知道該說什麼好。

「陛下，王本立恃寵弄權、貪贓枉法，視朝廷法度如無物，實在是可惡之極，望陛下明斷！」狄仁傑不待李治發話，搶先將話題拋了出來。

李治顯然有些措手不及，沒想到狄仁傑會豁出去，只好敷衍道：「此事朕已知曉，容朕查證後再做裁決，退朝！」

剛從朝堂上出來，狄仁傑又被太監叫了回去，說李治想跟他單獨談談。

來到偏殿，李治摒退左右，語重心長地勸慰道：「狄愛卿，王本立才華橫溢、業績卓越，堪稱國之棟梁。聖人云，『瑕不掩瑜』，狄愛卿何必如此較真？」

「陛下，王本立貪贓枉法，證據確鑿，實屬十惡不赦！微臣以為，恐非『瑕不掩瑜』這麼簡單。」狄仁傑依然堅持自己的立場。

「朕也是愛才心切啊。」李治只得退讓了一步。

「泱泱天下，人才濟濟，陛下又何必讓一個無恥之徒敗壞自己的名聲！」狄仁傑針尖對麥芒，將了李治一軍。

「狄愛卿，古人云，水至清則無魚，人至察則無徒，你能保證自己十全十美嗎？」李治的套路顯得有些「慌亂」了。

「微臣絕非完人，」狄仁傑不為所動，「但心懷敬畏，有所為而有所不為。王本立無視法度，膽大妄為，若陛下網開一面，何以治天下？」

「放肆！」李治突然龍顏大怒，「還輪不到你來教訓朕！朕以德服人，非寬宥王本立不可，你能如何？」

氣氛愈發緊張，狄仁傑依然不動聲色，沉默片刻後回奏道：「陛下一意孤行，微臣自然俯首聽命、無可奈何。萬望陛下置微臣於無人之境，保忠貞不屈之名，為後世之戒！」

「你威脅朕？」李治氣得說不出話來，坐在龍椅上顫抖著。

「微臣深受皇恩，一心只為社稷，豈敢犯上！」此時的狄仁傑，毫無半點妥協之意。

李治無言，場面死一般地寂靜，狄仁傑跪在地上，昂首等待著李治的發落。半晌之後，李治的怒容才漸漸平緩下來，抬了抬手，歎道：「朕若是治了你狄懷英，倒成就了你的英名，朕是不是就成了受後世唾罵的昏君？」

「聖上以寬仁為懷，有先帝之風，乃曠世明君也！」狄仁傑見李治神色有些頹喪，不知為何，心中突然感到有些酸楚。

「當初辦權善才一案，你以先帝之言進諫，還記得那兩句話嗎？」李治回憶起了往事。

「陛下說的是『賞當其勞，無功者自退；罰當其罪，為惡者咸懼』？」狄仁傑也想起來了。

「正是！」李治頷首道：「朕這些日子也在想著這件事，既然狄愛卿認定此人罪有應得，你就看著辦吧。」

「皇上聖明！」狄仁傑再次叩首。

終於，王本立被交付有司處置，朝廷上下頓時一片肅然。

＊＊＊

崔知悌與狄仁傑有一個共同的愛好，政事之暇，喜歡研習醫術，故而二人平日裡切磋甚多，頗為熟絡。

狄仁傑一舉拿下王本立，在御史台乃至整個朝廷聲名鵲起。這日清晨，狄仁傑剛到衙署，尚書左丞崔知悌早已守候在此，獨自在院中欣賞起了昨夜的殘雪掛枝。

「崔左丞，什麼風把您給吹來了。」隔著大老遠，狄仁傑一面快步上前，一面打起招呼來。

「懷英威震朝野，老夫高山仰止，特來一睹尊容啊！」崔知悌開起玩笑了。

「明公說笑了，」狄仁傑俯身作揖道：「下官職責所系，不辱聖命而已，豈敢圖什麼威名。」

「懷英向來謙遜，沒聽同僚議論嗎？御史台的狄懷英，可是『不鳴則已，一鳴驚人』吶！法辦王本立，大家都是拍手稱快啊！」

「下官惶恐之至。」狄仁傑一面作揖，一面請崔知悌入座。

「崔左丞不辭辛勞，不知有何吩咐？」狄仁傑問道。在他的記憶中，二人政事上無甚瓜葛，只是閒暇之餘交流醫術，崔知悌從未到御史台找過自己，更何況是一大早。

「啊！」崔知悌見問，端起小吏送來的熱茶呷了一口，緩緩說道：「也無甚要緊事。受劉僕射之托，特來探望探望。」

狄仁傑明白，崔知悌所說的「劉僕射」，便是身居宰輔的尚書左僕射劉仁軌，趕緊站起來，畢恭畢敬地追問道：「劉僕射有何吩咐，只需召喚下官前去領命便是，何勞明公頂著嚴寒前來，下官實不敢當。」

「這也是僕射特意交待的。」崔知悌並未直道來意，而是說得模棱兩可。

狄仁傑正想追問，不想崔知悌站起身來，走入院中，指著掛滿殘雪的一根枯枝，回頭笑問道：「懷英，你看著枯枝上的殘雪，為何不曾消融？」

狄仁傑不解其意，只得隨聲應道：「晴空萬里，霞光萬丈，殘雪自然不掃而融。」

「說得好！」崔知悌拍手道：「僕射知你乃社稷棟梁之才，將來樹名立威，不在話下！」

「下官聽得糊塗，還望左丞明示。」

「哈哈！」崔知悌突然仰首笑了起來，「都說你狄懷英機敏，如今怎麼倒愚鈍起來？」

「下官不敢逞能妄測。」狄仁傑倒是說了句實話。

「好了，老夫不跟你打啞謎了。」崔知悌正色道：「王本立恃寵弄權，懷英剛直不阿，犯言直諫，如掃庭院之雪，即時而融，百官稱快。可如今，庭院雖淨，枯枝上殘雪尚存。懷英方才也說了，霞光萬丈，則不掃自融，劉僕射等的就是你狄懷英這縷霞光啊！」

狄仁傑這回總算聽懂了，嚴肅地回道：「明公不妨明言，如確有人貪贓枉法、查而有據，仁傑身繫彈劾之責，心懷蒼生之念，定然不會袖手旁觀！」

「僕射特意吩咐，要與你當面商量。」崔知悌回道：「懷英，你我平日交情深厚，老夫也不瞞你。此人關係重大，你可要小心行事。」

言畢，崔知悌帶著狄仁傑，前往尚書省拜見劉仁軌。

儘管狄仁傑從崔知悌的口中得知，劉仁軌此番召見他，為的是彈劾某位朝廷重臣，但匆促而來，崔知悌又不便預先透露，具體何人何事，狄仁傑毫無任何思想準備。

劉仁軌卻是一副舉重若輕的神情，先談東都洛陽的風土人情[1]，再扯一扯冬日的寒氣逼人。狄仁傑滿懷心事地應承著，劉仁軌覺著到了火候，突然話頭一轉，問道：「懷英雖是明經出身，然飽讀詩書，進士及第未必能及也。從古至今，天子之樓台池榭，皆藏於禁宮深處，不為百姓所見，懷英可知是何用意？」

狄仁傑冷不丁被問了一句，依然是稀裡糊塗，只得應付著回道：「聖人云，『惟名與器，不可假於人』。下官愚見，既是天子寢宮，亦不可輕示於人也。」

「此解倒也說得過去，不過老夫另有所思。」

「下官愚鈍，願聞其詳。」

「皇家宮室自然是氣派非常，百姓所居，皆茅舍草屋。此天壤之別，若為百姓視之，難免傷心嫉恨，積怨於天子。」

「僕射滿腹經綸、高瞻遠矚，非下官之智所能及也。」狄仁傑還是搞不清楚劉仁軌到底想說什麼，只得有一句算一句地奉承著。

「懷英，你到洛陽有些時日了。依你之見，洛陽新造宮室，是否妥當？」劉仁軌總算拋出了一個正兒八經的話題。

「這……」狄仁傑不知如何作答。

「不好說，不代表沒話說。」劉仁軌見他為難，遂直言道：「依老夫之見，洛陽宮室赫然列於洛水之濱，張揚不知所避，豈是愛君之舉？」

1 武氏冊後以來，考慮到各方面的因素，逐漸加強了洛陽的政治地位，權力中心日漸東移。此時，朝廷各部跟隨李治、武則天在洛陽辦公，東都已成為實際上的政治中樞。

此言一出，狄仁傑霎時如醍醐灌頂，終於明白了劉仁軌此番召見的真實用意。既然是讓狄仁傑前來商議彈劾重臣，此時又對洛陽新造的宮室頗有微詞，所彈劾之人自然呼之欲出。

「僕射是想彈劾督造宮室的司農卿韋弘機？」狄仁傑索性捅破了這層窗戶紙。

「懷英果然機敏！」劉仁軌贊道：「你覺得此人該不該劾？」

「此等奸佞，仁傑早有耳聞，只是一時沒有拿到真憑實據！若是新造宮室有什麼紕漏，下官再次犯顏直諫，也在所不惜！」狄仁傑義正詞嚴地回稟道。

「好！」劉仁軌拍了拍腿，索性站起來，贊道：「懷英心憂社稷，堪稱當代釋之也！」

狄仁傑知道劉仁軌是借用「權善才」一案，自己進諫時提到的漢臣張釋之，便不好意思地笑了笑。

「不過，」劉仁軌話音一轉，「此人不同於王本立，懷英切莫莽撞行事。」

「噢？」狄仁傑表示不解。

「聖上恩寵王本立，這不假，但天后那邊，卻對此人缺乏興趣。因此，你當初彈劾王本立，與其說得益於直諫，倒不如說是天后暗中使力。如今想彈劾韋弘機，可就沒那麼容易了，聖上、天后對此人都是恩寵有加的。實不相瞞，老夫本想上奏一本，但畢竟身為宰輔，於理不合，還得借力於御史台，但即便言官劾奏，也未必管用。」

劉仁軌說得懇切，要換作過去，狄仁傑恐怕早就脫口而出一番「文死諫，武死戰」的豪言壯語。可如今，官場的歷練讓狄仁傑沉穩了許多，他心裡很清楚，要戰勝韋弘機這樣的人，需要的是更高的智慧。既然劉仁軌主動召見他，當然會有一番巧妙的安排。

「明公所慮極是。」狄仁傑等著劉仁軌的「錦囊妙計」。

「韋弘機擅修宮室，確有不妥之處，但他為大唐社稷忠心可鑒，頗受兩代天子的器重。這洛陽宮室乃奉旨督造，若因此彈劾，不僅徒勞無功，弄不好還會惹火上身。」

「明公打算作何區處？」狄仁傑追問道。

「依老夫之見，你找韋弘機本人談談，先探個底，更為妥當。」

＊＊＊

從尚書省出來，狄仁傑一路上陷入了沉思。他明白，劉仁軌說韋弘機「忠於大唐，頗受兩代天子器重」，絕非溢美之詞。

早在貞觀時期，韋弘機曾奉命出使西突厥。當時正值地處的西域石國發生內亂，「親唐」的王室落敗，新的君主公然與唐朝為敵，並切斷了「絲綢之路」，致使韋弘機率領的使團無法按期東歸。韋弘機被迫滯留西域，前後長達三年。在這漫長的一千多個日夜，韋弘機並沒有灰心喪氣。他用自己的雙腳，丈量著西域的廣大。韋弘機還將自己的衣衫拆成碎布，在上面詳細記錄下了各國的地理、物產、風俗等情況，隨身藏匿。

後來，西域局勢有所緩和，韋弘機得以返回長安。他將衣衫上的記錄整理出來，撰成《西征記》一書。當時，唐太宗李世民正謀求擴大唐朝對周邊特別是西域的影響力，韋弘機的這本書可謂恰逢其時，其膽識才略得到李世民的褒獎，遂擢升為朝散大夫。

唐高宗繼位後，對韋弘機也是恩寵有加。他先是出任檀州刺史一職，直接面對東突厥的軍事威脅，封疆一方。在檀州，韋弘機一抓生產，二抓教育，還親自擔任過鄉學的教師。

東征高句麗期間，正值灤河發大水，走陸路的軍隊被洪水攔了下來。由於事發突然，後勤補給一時跟不上，十幾萬大軍很快就面臨「斷炊」的難題。韋弘機聞訊之後，未及請示朝廷，便自作主張，將檀州囤積的糧草送往軍營。李治接到前方的報告，不禁欣喜若狂，屢次讚譽韋弘機心繫社稷、忠貞不二。

後來，韋弘機調往東都洛陽，出任司農少卿，主管洛陽附近的「營田」[2]。當時，有一名宦官在「營田」犯事，韋弘機當機立斷，將其羈押並依律處以杖刑。宦官回宮之後，在李治面前流眼抹淚，對韋弘機大施報復。李治瞭解到真實情況後，反而嚴加責罰了這名宦官，並當眾表態：「韋愛卿今後再遇這等不知廉恥、仗勢欺人之徒，就給朕往死裡打，不必上奏！」

韋弘機的這些經歷，在朝野早就傳為佳話，但在督造洛陽宮室的問題上，卻一直遭到眾臣的非議。洛陽建造宮室，本是武則天之意。她希望朝廷擺脫「隴右貴族」的控制，同時考慮到西線不穩，加之宮中盛傳王皇后、蕭淑妃「陰魂不散」，故而長期前往東都洛陽主理政事。與長安相比，洛陽雖說地處中原、商業繁榮，但宮室就顯得寒磣了許多。

李治也有同感，但苦於手中無錢。戶部倒是有銀子，可李治實在抹不下面子開不了口，萬一錢沒弄來，倒惹得言官們嘰嘰喳喳鬧成一片，豈不是「羊肉沒吃成，惹得一身騷」？

思來想去，李治想到了韋弘機，便拐彎抹角地將自己的苦衷說了出來。韋弘機自然不肯放棄這個千載難逢的時機，遂獻計道：「司農寺以往採伐樹木，皆是出錢雇傭百姓勞役。如今改由『營田』的『戶奴[3]』負責，累計省下了三十萬緡經費。依微臣之見，動用這筆經費，既可修葺宮殿，又能彰顯陛下節儉之心。」

李治一心想修宮室，哪會慮及韋弘機玩的不過是糊弄人的把戲，遂委任韋弘機負責督造。於是，韋弘機開始在洛水之濱大興土木。熱火朝天地幹了三四年光景，上陽宮、宿羽宮、高山宮等一群宮殿正式落成，其奢華程度遠遠超出了李治、武則天的預期。

以上陽宮為例，四周瀕臨洛水、谷水，到處金碧輝煌、華麗多彩。光是沿著洛水修建的走廊就長達

2 「營田」是直屬於朝廷管轄的耕地，其產生的稅賦不經過地方，直接上交戶部。

3 「營田」往往由「戶奴」耕種，這些農戶以戰俘為主，沒有人身自由，相當於朝廷的奴隸。

一華里，並通過一座虹橋與宮殿連通。宿羽、高山兩宮也毫不遜色，依託山勢而建，渾然天成，堪稱建築史上的傑作。

幾座富麗堂皇的宮殿落成之後，韋弘機得到李治、武則天的褒獎，擢升為司農正卿。朝堂之上一片譁然，雖說大唐的國力空前強大，但花錢的地方還很多，特別是西面的吐蕃咄咄逼人，導致戰事頻發。如此大興土木，實在是有些窮奢極欲的味道。

在滿朝文武之中，對這股「奢靡之風」最為不滿的，當屬身居宰相的劉仁軌。他心裡清楚，這樣奢華的宮室，耗費豈止三十萬緡！

劉仁軌投鼠忌器，便想到了狄仁傑。狄仁傑接過這個「燙手山芋」之後，也感覺到舉步維艱。

按照劉仁軌的吩咐，狄仁傑找到韋弘機，推心置腹的談了一次。可是，剛剛位列九卿的韋弘機風頭正勁，哪裡會把一個區區從六品的侍御史放在眼裡。韋弘機一口咬定，督造洛陽宮室是「奉旨行事」，耗費也未超出三十萬緡之限。

「至於宮室鋪張、奢華與否，狄御史還是自己問聖上去吧！」韋弘機最後還甩出一句狠話，將狄仁傑轟出大門。

「談判」不歡而散，劉仁軌憂心忡忡，原本狼狽不堪的狄仁傑此時反倒胸有成竹起來。他認為，洛陽宮室耗費絕對不止三十萬緡，這是人所共知的事實，那麼剩下的錢從哪兒來的呢？

「再者，韋弘機主管著東都『營田』的賦稅。古語云，『近朱者赤，近墨者黑；聲和則響清，形正則影直』。韋弘機督造宮室的銀兩都不清不楚，豈能潔身自好？就算他自己兩袖清風，難保手下或者親眷沒有貪贓之事！咱們雙管齊下，韋弘機未必脫得了干係。」憑藉多年辦案經驗，狄仁傑判斷韋弘機肯定是有問題的，遂斬釘截鐵地說道。

「好一番高論！」劉仁軌聽了狄仁傑的話，頓時笑顏逐開，讚譽道：「懷英不愧斷案之神手！老夫還真是小瞧你了！」

說幹就幹，狄仁傑在劉仁軌的暗中支援下，從週邊調查韋弘機的違法線索。俗話說得好，「要想人不知，除非己莫為」，不過個把月的光景，一樁隱藏頗深的案子就被嗅覺靈敏、手段高超的狄仁傑刨了出來。

原來，韋弘機有一個親眷，長期打著韋弘機的旗號，私造憑據、盜取官府財稅，涉案金額特別巨大，證據確鑿。

以此案為突破口，狄仁傑果斷地將彈劾奏疏遞送上去，要求追究韋弘機的「失察之罪」、「瀆職之過」。另外，韋弘機在洛陽大興土木，工程開支嚴重超出預算，這事兒也得說清楚！

＊＊＊

李治接到奏疏，頓時犯了難。畢竟，韋弘機剛替自己辦了一件大好事，雖說此案失察、瀆職確有其事，但這麼快就「卸磨殺驢」、「過河拆橋」，實在有些於心不忍。思來想去，李治還是跟過去一樣，想出面保一保。

狄仁傑當然要據理力爭，李治也早就習以為常了。出乎李治意料的是，皇后武則天竟然也摻和進來，而且站到了狄仁傑的一邊！

李治心裡相當不快：「韋弘機監造如此恢宏的宮室，皇后不也是直接受益者嗎？」當然了，心裡這麼想，但嘴上未必敢這麼說。

李治猜不透武則天此時的心思，武則天卻看穿了韋弘機的為人。她此次一反常態，並非「深明大義」，而是對韋弘機不久之前做的一件事情耿耿於懷。

兩個月前，武則天祕密安排一名叫朱欽遂的道士在洛陽一帶「活動」，說白了就是想繼續在「營田」上打主意，弄點小錢花。朱欽遂自恃奉天后之命，雖然不敢大張旗鼓，但在韋弘機的面前卻是頤指氣使、恣意妄為。

韋弘機正是春風得意之時，見朱欽遂如此放肆，不禁想起當年依律處置了一名宦官，得到聖上的褒獎。於是，韋弘機「故技重施」，將朱欽遂打入大牢，還上了一道密旨，說有人打著天后的旗號，在「營田」坑蒙拐騙。

韋弘機這一告不要緊，倒讓武則天吃了一個啞巴虧，她總不能站出來承認說，這個朱欽遂真是受自己差遣吧？李治不知內情，便信以為真，將朱欽遂發配充軍。

武則天既恨朱欽遂「成事不足、敗事有餘」，更是對韋弘機失望之至。如今，韋弘機被御史台抓住了小辮子，武則天當然得出面踏上一腳。

李治這次可是真為難了，前面有狄仁傑據理力爭，後面還有武則天百般慫恿。最終，韋弘機被免了官，回家反省。過了兩三年，李治以為「風頭」已過，打算起用韋弘機，可武則天雖然年歲漸長，記憶力卻驚人，一句話就把李治給頂了回去。韋弘機徹底失去了重返政壇的機會，不久之後便鬱鬱而終。

扳倒韋弘機竟然如此順利，大大出乎劉仁軌、狄仁傑的意料。他們當然不知道，這其間是皇后武則天發揮著關鍵性的作用。

朝臣當然也是蒙在鼓裡，只看到狄仁傑又劾倒一名重臣，景仰之情溢於言表，由衷欽佩狄仁傑的浩然正氣！

正當狄仁傑得到大臣們一致贊許之時，李治、武則天卻一直憂心忡忡。大唐西面的局勢，愈發不可收拾了。

第十六回 穩西線循吏出奇招　收錢袋郎中話妒女

西面的緊張局勢，可以上溯到總章年間的「大非川之戰」。薛仁貴率部西征敗北，導致吐蕃勢力在吐谷渾、安西四鎮急劇膨脹，唐朝的西部邊境不斷遭到吐蕃騎兵的襲擾，破壞嚴重。

至儀鳳初年，吐蕃內部因芒倫芒贊的去世而發生叛亂，芒倫芒贊之妻赤馬類力挽狂瀾，下令召回贊悉若多布返回邏些城平叛，扶持尚在繈褓的赤都松贊[1]為贊普。贊悉若多布長年率部襲擾西域，他此番撤回，唐朝的軍事壓力驟減了許多。

趁著「敵消我長」的機會，李治任命劉仁軌為洮河道行軍鎮守大使，駐鎮鄯州，一方面積極防守，同時伺機反攻、收復失地。

為了穩妥起見，此次出征不同於薛仁貴前番西征，劉仁軌只是「鎮守大使」，而非「行軍大總管」，因而職權小了許多，至少出兵反擊，得經過朝廷同意。

到任之後，劉仁軌發現，吐蕃在吐谷渾故地的兵力明顯銳減，而且襲擾的頻率也大幅度降低，說明內亂依然在吐蕃延續。劉仁軌認為，此時正是出兵收復吐谷渾故地的最佳時機。

可是，劉仁軌遞送給朝廷的奏疏，要麼石沉大海、杳無音訊，要麼直接駁回，毫無婉轉餘地。

1 赤都松贊是芒倫芒贊的遺腹子。

劉仁軌心裡很清楚，這一定是中書令李敬玄搞的鬼。自從劉仁軌憑藉「白江口海戰」發跡，與李敬玄平起平坐做起了宰輔，二人便是「針尖對麥芒」，成了死對頭。

想當初薛仁貴西征，劉仁軌、李敬玄因副將人選爭得面紅耳赤。李敬玄略勝一籌，舉薦了郭待封，直接導致了「大非川之戰」的慘敗。在劉仁軌的眼裡，李敬玄就是一個「禍國殃民」的奸佞小人。

「李敬玄，咱們走著瞧！你自己拉的屎，你自己得給我吃回去！」怒氣衝天的劉仁軌在鄯州隔空叫罵，愈發顯得氣急敗壞，以至不時冒出一些汙言穢語來。

劉仁軌可不是發洩發洩而已，過了幾日，李治便接到了劉仁軌以宰輔名義送來的密奏。按照朝廷制度，宰輔的密奏，中書省既無權啟封，更不敢私自扣押。李敬玄儘管「做賊心虛」，顯得惶恐不安，但也不敢在這封密奏上打什麼鬼主意，這可是欺君大罪！若是劉仁軌回來質問，自己根本沒法解釋，故而只得乖乖地送到了李治的案前。

李治看完劉仁軌的密奏，迅速召見了李敬玄。

李敬玄估摸著，劉仁軌一定是在密奏中將自己大肆批判一番。因此，不等李治發問，李敬玄便主動辯解道：「微臣與正則在政事上素有抵牾，但微臣一心報效朝廷，以社稷為念，不敢摻雜半點私心，望聖上明察！」

「怎麼，李愛卿覺著劉正則這封密奏，是在彈劾你不成？」李治反問道。

「這……」經此一問，李敬玄倒顯得無話可說，畢竟他沒有看過密奏，不知劉仁軌所言何事，先前僅僅是自己暗中揣測而已。

「李愛卿。」李治見他答不了話，便笑著說道：「依朕看來，你倒是有些『以小人之心，度君子之腹』了。」

李敬玄聽言，趕緊俯身跪拜道：「微臣罪該萬死！」

「你與劉愛卿皆是朕之股肱，聖人云『和為貴』，你們飽讀詩書，怎會不知和之利、爭之弊，反倒犯起糊塗來？」李治不忘敲打李敬玄一番，隨即又將劉仁軌的密奏遞到李敬玄的手裡，示意他看一看。

李敬玄誠惶誠恐地流覽了一遍，嚇得冷汗直流。原來，劉仁軌在密奏中非但沒有說李敬玄的半句壞話，反而舉薦李敬玄前來領軍。為了打消李治的疑慮，劉仁軌列舉了諸多理由，什麼李敬玄見多識廣吶、才能卓越吶。更關鍵的是，劉仁軌說吐蕃人暗中都在商量，說如果換作李敬玄領軍，咱們要麼逃命、要麼投降。

劉仁軌說得懇切，李治「感動」之餘，也是信以為真，便召見了李敬玄，打算讓他代替劉仁軌掛印出征。李敬玄可知道自己幾斤幾兩，當場兩腿發軟，哆嗦著回奏道：「陛下，劉僕射讚譽微臣，微……微臣實不敢當。微臣無……無德無能，難……難堪此重任。」

「呵！」李治見他這副模樣，不禁冷笑了一聲，「李愛卿為何一反常態，謙虛起來了！」

「陛下恕……恕罪，微臣實難從命！」李敬玄依然不鬆口。

「哼！」李治不由得動了怒，「平日裡滿口忠義，朝廷用人之際又畏縮不前，成何體統？劉愛卿就是讓朕親征，朕也難以推脫，更何況讓你去？」

「陛下……」李敬玄還想說什麼，卻被李治的厲聲呵斥打斷了。

「朕就要一句話！你去，還是不去？」

「去……去。」李敬玄被逼得毫無迴旋之地，只得硬著頭皮接了這個「燙手山芋」。

次年九月，李敬玄率十八萬大軍西征吐谷渾故地，卻遭到論欽陵率領的吐蕃主力頑強阻擊。

當時，前軍主將是工部尚書劉審禮，副將是行伍出身的將軍王孝傑。吐蕃來勢洶洶，劉審禮、王孝傑眼看抵擋不住，迅速派軍士彙報中軍，請求李敬玄率部增援。可是，李敬玄文臣一個，哪裡見過這等陣勢，早已嚇得魂飛魄散，帶著中軍後撤了好幾十里。

經數日苦戰，孤立無援的前軍幾乎全軍覆沒，劉審禮、王孝傑被吐蕃生擒，押回邏些城。劉審禮傷重不治，客死雪域高原，王孝傑則因長相酷似芒倫芒贊，得到吐蕃人的優待，數年後被釋放回國。

消滅了前軍，吐蕃又向後撤的中軍撲去，將李敬玄重重包圍。李敬玄已是手足無措，多虧黑齒常之[2]率領五百名士兵組成的敢死隊夜襲吐蕃軍營，論欽陵不明敵情，未敢輕舉妄動，李敬玄這才僥倖逃脫，返回鄯州駐地。

西征再次以慘敗告終，李治不禁大為光火，將李敬玄貶為衡州刺史。後來，李敬玄遷任揚州大都督府長史，病死於任上。

＊＊＊

十年光陰，大唐兩番慘敗，既令國人唏噓不已，更令李治焦頭爛額！

吐蕃在青海大獲全勝之後，更加咄咄逼人，不僅河西走廊一帶頻繁遭到侵擾，關中地區也面臨直接的軍事威脅。當然，目前的吐蕃還沒有實力揮師東進，戰局在大唐全線收縮之後，暫時形成了對峙與僵持。

強敵在西線虎視眈眈，作為前沿的後盾，又是大唐的京畿重地，關中當然不容有失。可是，歷經數年征戰，關中地區雖然沒有直接遭受戰火的摧殘，但為了保障西征軍和前沿邊防部隊的供給，早已是竭澤而漁、油盡燈枯，亟待恢復生產、組織防禦，醫治戰爭創傷。

在這種情況下，李治決定派出一名「巡察使」，就地督促關中的軍政整頓和農業生產。但在具體人選的問題上，李治顯得有些舉棋不定。

[2] 黑齒常之，原是百濟國將領，白江口海戰後歸順唐朝。

「微臣以為，巡察關中事關重大，人選不可不慎重。」劉仁軌身為宰輔，自然要發表一下意見。儘管他心中已有人選，但上次舉薦了李敬玄，導致青海戰敗，此時不敢冒然提名。

「嗯。」李治對劉仁軌還有些耿耿於懷，聽他說得模棱兩可，也懶得追究，轉而對眾臣問道：「諸愛卿可有合適人選？」

群臣摸不準李治的心思，宰輔劉仁軌都不舉薦，其他人豈敢輕言，頓時一片鴉雀無聲。

「罷了！」李治看這個陣勢，也問不出個所以然，「待朕詳加斟酌，退朝！」

李治說「斟酌」，說白了就是徵求天后武則天的意見。

「妾身以為，侍御史狄懷英能擔此任。」關鍵時刻，還是皇后武則天拿了一個主意。

「狄懷英？」李治表示有所懷疑，「此人雖然為官多年、業績卓著，但長期處理刑獄，巡察之事，能勝任否？」

李治滿臉狐疑，武則天卻充滿信心，回道：「莊子云，『井蛙不可以語於海者，拘於虛也』，狄懷英是不可多得的棟梁之才，歷練歷練未為不可。」

天后武則天主意已定，李治當然沒有反駁的道理。於是，狄仁傑正式走馬上任，巡察關中，重點是情況最為嚴重的岐州地區。

關中的形勢不容樂觀，儘管狄仁傑有充分的心理準備，但還是對岐州的慘像感到無比震驚。放眼望去，昔日的關中重鎮岐州，已是遍地荒蕪、雜草叢生，一片衰敗景象。

狄仁傑走進普通農戶的家中，看到的是偌大的一鍋水，煮著幾片零星的樹葉和野菜。百姓們連喝帶咽勉強湊合一頓，個個面黃肌瘦、毫無血色。

岐州城內也好不到哪裡去，商家紛紛關門閉戶，街道上異常冷清。只有幾名衣衫襤褸的乞丐，一隻手拄著棍子，一隻手牽著餓得踉踉蹌蹌的孩童，挨家挨戶地討食。

在岐州刺史府，狄仁傑從當地官員的彙報中，瞭解到了更多的情況。

「岐州乃關中西面屏障，歷來是賦稅大戶。自從與吐蕃開戰以來，岐州的後勤補給任務異常繁重。短短數年時間，岐州便已入不敷出，靠朝廷的賑濟艱難度日，以致百姓流離失所，良田荒蕪、民不聊生。」刺史張善德的話語中，蘊含著頗多的無奈。

「既有朝廷賑濟，為何又落得這般田地？」狄仁傑問道。

「狄公有所不知。」張善德歎了歎氣，「朝廷常年征戰，調糧補給前線尚有缺口，何暇顧及遠離戰火的岐州？下官屢次上奏，討來的賑濟不過是杯水車薪啊！」

「朝廷撥了賑濟，多寡先不論，至少不會再向岐州徵糧。糧食只進不出，為何反倒餓殍遍野？」狄仁傑還是有不少的疑惑。

「當著巡察使，下官豈敢妄言。岐州靠近前沿，除徵運糧草以外，還有為數眾多的『府兵』。恕下官直言，前方將領無能，幾場敗仗打下來，『府兵』戰死者不計其數。岐州青壯年上了前線，能活著回鄉者寥寥無幾。」話未說完，張善德已是熱淚盈眶。

「原來如此……」狄仁傑沉思著，他一時也想不到有何對策。

或許是出於職業的習慣，狄仁傑查訪了一番民情之後，提出到岐州的牢獄去走一遭。

走進陰冷潮濕的牢房，一絲絲寒意浸透肌膚，令人汗毛豎立，不停地打冷戰。更讓狄仁傑驚詫不已的是，岐州地方不大，牢獄卻跟當初大理寺的牢房不分伯仲，同樣是人滿為患，喊冤聲此起彼伏，不絕於耳。

「張刺史。」狄仁傑轉身低聲問道：「岐州為何關押如此眾多的囚犯？」

「稟巡察使，岐州近年來盜賊猖獗，這些人都是官府數次清剿時抓獲的。」

「抓了這麼多，盜賊是否已經銷聲匿跡？」

「下官無能。」張善德不敢謊報，「這些刁民聚嘯山林，晝伏夜出，實難澈底剿清。」

「呵！」狄仁傑冷笑一聲，「本使倒想問問，你不是說岐州的青壯年都打仗去了嗎？這些漢子哪兒來的？他們為何放著土地不種，偏偏與官府為敵，滋擾鄉親？」

「這……」牢房雖然陰冷，張善德的額頭上還是冒出一層汗珠，「這些刁民，其實都是貪生怕死之徒。有的是為躲避兵役而落草為寇，有的則是從前線潛逃回來。官府數次清剿，這些人自知死罪難逃，個個拼死頑抗。」

「行了。」狄仁傑擺了擺手，「岐州的艱難處境，本使已有對策。只需『靜獄』，即可迎刃而解。」

「『靜獄』？」刺史顯得有些迷惑。

「對！『靜獄』！本使不管這些人是為了躲避兵役，還是從前線潛逃，全部開罪釋放，令其回鄉操持本業。」

「這……恐怕不妥吧？」張善德慌忙上前一步勸道。

「有何不妥？」狄仁傑的言語中流露著不容商量的味道：「聖人云，『民可，使由之；不可，使知之』。這些人放著普通百姓的日子不過，紛紛聚嘯山林，實則情非得已，亦是情有可原。如今戰火消弭，朝廷亟待關中恢復生產，正是這些人操持本業、為朝廷分憂之時，豈能因循守舊、因小失大？」

「可……」張善德依然忐忑不安，「此事是否要請示朝廷？」

狄仁傑明白，張善德是擔心朝廷追問下來，他吃罪不起。為了打消他的疑慮，狄仁傑北向拱手道：「承蒙聖上錯愛，本使出任巡察之職。此等細務，不需勞煩朝廷，本使一人做事一人當，與爾等無涉！」

＊＊＊

在狄仁傑的堅持下，岐州牢獄中的囚犯被無罪釋放，並發放口糧，遣送回鄉。同時，狄仁傑命官府貼出告示：在規定的時限之內，凡是走出山林、到官府自首的盜賊，一律既往不咎。

從牢獄出來的「囚犯」回鄉過上了平靜的生活，這比任何的「告示」都管用。昔日為禍鄉鄰的盜賊，紛紛到官府自首，興高采烈地跟家人團聚去了。

半個月的時間倏忽而過，岐州發生了翻天覆地的變化。百姓們忙著播種莊稼、開墾荒地，乞食者幾乎絕跡，商戶也接二連三地開張營業，集市又恢復了往日的喧鬧與繁華。

狄仁傑將岐州的情況，原原本本地報告給了李治。對於「私放」囚犯一事，狄仁傑也做了詳細的解釋。

接到狄仁傑的奏疏，特別是論及眾多「囚犯」的成因，李治深有感觸。不久前，太學生魏元忠也上過一道奏疏，痛斥「府兵制」的各種弊端。

「府兵制」起源於南北朝的西魏時期，權臣宇文泰於大統十六年初創，後經北周、隋朝不斷繼承和發展，至唐朝初期日臻完備。當時，全國除了皇家直接統領的少數禁軍以外，基本上都採用「府兵制」。

所謂「府兵」，通俗一點說就是「民兵」，平時務農，利用農閒的間隙搞訓練，戰時則奉命出征。和平時期，「府兵」與普通農戶無異，但不得隨意遷徙。一旦發生戰事，朝廷便會責成「府兵」的主管衙門——折衝府（過去稱「外府」）、中郎將府（過去稱「內府」）調集「府兵」參戰。戰爭結束之後，這些「府兵」又回到過去的駐屯地，遣散為民。

「府兵制」能持續一百多年的時間，當然有其自身的優勢。

在沒有戰事的情況下，「府兵」就是普通的農民，不僅沒有餉銀，還要向官府繳納賦稅。因此，採取「府兵」的模式，在很大程度上減輕了朝廷的財政負擔。還有很重要的一點，「府兵」是非常態化的軍隊，使將領喪失了擁兵自重的天然土壤。

不過，「府兵制」在發展過程之中，也暴露出了諸多的弊端。

「府兵」的參戰武器和馬匹需要自備，客觀上增加了百姓的負擔。平日的軍事訓練要讓位於農業生產，戰鬥力提不上去。同時，由於「府兵」的將領皆係朝廷臨時指派，「兵不識將，將不知兵」的現象愈加嚴重，進一步削弱了戰鬥力。

「府兵」的存在，還嚴重地破壞了「均田制」的發展與普及，圍繞土地的矛盾層出不窮。

唐太宗、唐高宗執政時期，一直奉行「威服四夷」的外交政策，導致兵役繁重。加之「府兵」的地位低下，鬥志日漸低落，進而形成了「屢征屢戰，屢戰屢敗，屢敗屢戰，屢戰屢征」的惡性循環，標誌著「府兵制」已經走向沒落。

魏元忠當時提了很多有水準的建議，比如打破選將中的「門第」觀念、賞罰分明、解除馬匹養殖及交易的禁令等等。

狄仁傑從岐州傳回的消息，讓李治更加深刻地思索「府兵制」的存廢問題。在岐州「牢獄成災」的觸動下，李治欣然採納了魏元忠的諸多建議，並謀劃著澈底變革「府兵制」。

遺憾的是，李治終究沒有魄力打破成規。後來武則天執政，政治上的矛盾接踵而至，戰事也更加頻繁，客觀上難以撼動「府兵制」的根基。直至唐玄宗時期，「府兵制」才完全壽終正寢，被「募兵制」所取代，這是後話。

儘管李治沒有對「府兵制」採取根本性的變革，但對狄仁傑的處理方式讚譽有加。在批復的詔令中，李治稱讚狄仁傑「識國家大體」，實際上就是認可了狄仁傑的「岐州經驗」。得到李治的首肯，「岐州經驗」順利推廣到關中乃至全國的其他地區。「青海之戰」後的緊張局勢，得到了有效的緩解。

「劉愛卿，狄懷英此番巡察關中，為朕解了後顧之憂，當如何賞賜？」李治對「岐州經驗」讚賞有加，對劉仁軌的怨氣也消了不少，遂在一次早朝後單獨召見了劉仁軌。

當初醞釀巡察使的人選，劉仁軌其實已經打算舉薦狄仁傑，但擔心受李敬玄一事的拖累，搞不好會砸鍋，遂鉗口不言。如今，李治神清氣爽，劉仁軌心中的石頭落了地，遂回奏道：「狄懷英心繫蒼生，有濟世之才，堪受重用。至於賞賜，微臣以為倒在其次。」

「哈哈！」李治笑道：「劉愛卿，當初朕考慮派人巡察關中，你是不是打算舉薦狄懷英？」

劉仁軌沒想到李治會這麼問，趕緊跪拜道：「陛下明察秋毫，微臣惶恐之至。」

「起來說話，」李治示意劉仁軌免禮，繼續說道：「參倒韋弘機，雖是狄懷英據理力爭，你劉正則也沒少使力吧？」

「微臣罪該萬死！」劉仁軌更沒想到李治會洞悉一切，一時不知如何回話，只得低頭「認罪」。

「好了好了。」李治終歸是寬仁為懷的，「劉愛卿也是心繫社稷，朕並無怪罪之意。狄懷英即將回京覆命，依你之見，他是繼續做侍御史呢，還是挪個地方？」

「微臣全憑聖上裁斷。」劉仁軌此前真沒有想過這個問題，他還指望狄仁傑繼續糾察百官呢。

「方才你也說了，狄懷英有濟世之才，朕想讓他到戶部任職，管好錢袋子，劉愛卿意下如何？」李治索性道出了自己的想法。

「陛下聖明！」劉仁軌實在找不出反駁的理由。

＊＊＊

狄仁傑回京之後，便被委任為戶部度支司郎中，官階從五品上。

度支司是戶部下屬的四司[3]之一，負責朝廷的相關預算與開支。上任伊始，狄仁傑便將多年「查案」養成的縝密與謹慎，全用到了「查帳」上面。

想在預算、開支中打馬虎眼，巧立名目花錢的官員，沒有誰能過得了狄仁傑這一關。度支司收緊了錢袋子，這些討錢花的主子便直接找到戶部。

此時，擔任戶部尚書的，正是與狄仁傑交情甚厚的崔知悌。崔知悌與狄仁傑結識多年，十分清楚狄仁傑的為人。因此，凡是被度支司駁回的支款帳目，崔知悌二話不說，依然頂了回去。明裡暗裡，崔知悌不知替狄仁傑做了多少次擋箭牌。

狄仁傑自然感念崔知悌的恩德，也讓他想起了自己的恩師閻立本。「如果滿朝文武皆仿閻公、崔公而效之，社稷何憂啊！」狄仁傑心中作如此想，也不時在同僚面前感慨一番。

李治對狄仁傑在度支司的工作讚賞有加，便利用一次北上巡幸汾陽宮[4]的機會，點名讓狄仁傑臨時出任「知頓使」，安排一路上的衣食住行，以示恩賞。

狄仁傑不敢耽擱，奉旨從洛陽北上，在途徑各地官員的配合下仔細布置。一路雖說不上順風順水，倒也無甚紕漏，轉眼就到了並州。

並州是狄仁傑的祖籍所在，狄仁傑又在此為官十數載，熟悉這裡的一山一水、一草一木。闊別多年回到故地，狄仁傑抑制不住內心的激動，很快便制定出了詳細的巡幸路線。美中不足的是，並州長史李

3 戶部下屬戶部司、度支司、金部司和倉部司。
4 汾陽宮在並州境內。

沖玄冷不丁地提出一個方案，讓狄仁傑如鯁在喉。

李沖玄認為，狄仁傑制定的這條路線，大體上沒什麼問題，就是要經過一座「妒女祠」，不太妥當。

「李刺史，並州祠廟眾多，途經幾座在所難免，有何不妥？」狄仁傑對並州的風土人情再熟悉不過，故而問道。

「狄公在並州為官多年，難道未曾耳聞？其他的祠堂尚可，唯獨這『妒女祠』，萬萬過不得！」李沖玄故作神祕地說道。

「噢？」狄仁傑乾笑了兩聲，「狄某擔任並州法曹參軍十七八年，四處走訪查案，『妒女祠』也走過一些。恕狄某孤陋寡聞，確實不知有何過不得。」

「狄公容稟，這『妒女祠』乃並州一帶所獨有，係當地百姓為紀念春秋名士介子推胞妹介山氏而設。」儘管李沖玄的官階更高，但對京官，特別是聖上指派的「巡頓使」，總要禮讓三分。

「狄某在並州多年，略有耳聞。昔日介子推隱於綿山，堅拒晉文公之請。晉文公大怒，命人放火逼其出山，哪知介子推竟抱樹而亡。晉文公感念介子推之骨氣，特設『寒食節』，禁火寒食。可這介山氏認為其兄是為追逐名利而要脅晉文公，深感不齒，遂日日積薪，至『寒食節』之日，燃薪自焚，故稱『妒女』，鄉人奉之為『妒神』。」說起這段傳奇，狄仁傑自然是耳熟能詳。

「狄公博學廣識，所言絲毫不差！」李沖玄奉承道。

「李長史，這說來說去，與過與不過何干？」狄仁傑依然心存疑惑。

「恕李某直言，狄公知其一而不知其二。」李沖玄笑道：「百姓相傳，『妒女』妒忌之心甚重。凡是乘盛服車馬，或是採山丹、百合而過者，『妒女』必然動怒，招風雨雷電以震之！」

「這……」狄仁傑思忖片刻，「狄某倒是未曾聽說。」

「狄公，民間傳言雖荒誕不羈，然聖上巡幸非同小可，還是寧可信其有為妥。」李沖玄趁熱打鐵道。

「既然如此，李長史打算如何處理？」狄仁傑想讓李沖玄把話講完。

「拆祠有違民意，如今只有重修一條路。」言畢，李沖玄攤開地圖，將計畫的道路方案指給狄仁傑看。

「耗費幾何？」狄仁傑追問道。

「三十萬緡足矣。」

「三十萬緡？」聽到這個數字，狄仁傑不由得想起了那個聲稱三十萬緡便可修葺洛陽宮室的韋弘機。思忖片刻之後，狄仁傑話音一轉，似乎已經拿定了主意：「狄某倒有一點想法，恐怕要讓李長史見笑了。」

「狄公何出此言。」李沖玄也客氣起來，「李某願聞其詳。」

「朝廷的銀兩畢竟不是天上掉下來的，豈能為了一樁荒誕傳聞而不計耗費？」狄仁傑不禁有些動怒，言語難免唐突。

「知頓使！」李沖玄並不服氣，提高了聲調，「皇恩浩蕩，聖上蒞臨並州，乃我州官民三生有幸！李某出此易道之策，豈有半點私心？」

狄仁傑自知言重，躬身作揖道：「狄某多有得罪，望李長史見諒。狄某只是覺得，因民間傳言而大興土木，耗費之巨，著實不妥。」

李沖玄笑了兩聲，說道：「狄公的『錢袋子』掐得緊，李某早有耳聞，但不知狄公有何破解之法？」

「依狄某之見，一切照舊即可。」狄仁傑終於擺出了自己的方案。

「照舊？可傳說……」

「李長史，」狄仁傑打斷了李沖玄的話，「當今聖上乃真龍天子、九五之尊，千乘萬騎而來，雖有神靈亦拱手迎送，何懼區區妒女之害？」

狄仁傑一番話，讓李沖玄不知如何辯駁，莫非天子出行，還得為一個民間神女讓道？於是，聖上巡幸汾陽宮的路線，還是按照原方案定了下來。

李治聽聞此事，由衷地感歎道：「朕沒看錯，狄懷英果真是大丈夫也！」

第十七回

捕風捉影李賢被囚　意氣用事新皇遭廢

「飯桶！飯桶！」

李治從汾陽宮回來，滔滔不絕地在武則天面前讚揚狄仁傑，可心不在焉的武則天突然摔掉手上的奏章，罵聲不絕。

「天后如此動怒，所為何事？」李治小心翼翼地問道。

「明崇儼死得不明不白，大理寺、刑部竟然遲遲查不出元兇，簡直就是一群飯桶！」武則天怒氣未消，拿起摔掉的奏章，遞給李治，「皇上自己看看，這些人都是怎麼糊弄的！可惡！可惡！」

武則天提到的明崇儼，正式的身分是一名道士，憑藉「幻術」得到李治、武則天的青睞，官至正諫大夫。調露二年五月的一天夜晚，明崇儼在夜色中被一夥「盜賊」劫殺，史稱「明崇儼案」。

朝廷命官遇害，兇手蹤跡全無，案件久拖不決，難怪武則天會怒火中燒。她似乎有一些直覺，大理寺、刑部的官員並非辦案無方，而是故意消極怠工，因為明崇儼的名聲太臭！

明崇儼名義上是道士，其實就是一個江湖騙子。自從得到武則天的垂青，更加胡作非為、大肆斂財。更令大臣們切齒痛恨的是，明崇儼還公然捏造事實，惡意中傷詆毀太子李賢，搞得朝野上下人心惶惶。

在眾臣看來，這樣的人死於非命，實在是蒼天有眼，彈冠相慶都來不及，哪還有心思查案？

武則天追得緊的時候，負責辦案的官員就瞎糊弄，現成的理由一大堆，總之就是了無頭緒。上面緊追不放，下面敷衍了事，總這麼下去也不是個辦法。大罵「飯桶」不起作用，換人也未必有明顯的改觀，武則天索性給辦案的官員指了一條明路。

「本宮略有耳聞，明崇儼與太子矛盾不少……」武則天做出一副欲言又止的樣子，話音一轉：「你們這些個酒囊飯袋，拿著朝廷的俸祿，連一樁命案都破不了，要你們有何用？聽好了，限你們三日內破案，否則別怪本宮翻臉不認人！」

話都說到這個份上了，大理寺、刑部的官員知道，該來的總會來，躲是躲不過去的。

在武則天限定的三天期限內，太子李賢的府邸被查抄，搜出了三百多副皂甲。據東宮裡一個名叫趙道生的奴才交待，明崇儼是太子讓他殺的。

私藏兵器、派兇殺人，人證、物證俱在，太子李賢以「謀逆」的罪名被緝捕。

李治愛子心切，屢次找武則天求情，但武則天不為所動，堅定地認為李賢大逆不道、天理不容。

隨後，李賢被貶為庶人，幽禁於京師長安，次年遷往巴州看押。

如今，狄仁傑早已不是大理寺的官員，「明崇儼」案也與他無涉。但是，他與其他大臣一樣，敏銳地覺察到了太子李賢的獲罪，恐怕未必如武則天所說，是「懲治逆子、大義滅親」之舉。

眾人的懷疑並非空穴來風，事情還得從李賢的身世說起。

早在明崇儼出事之前，皇宮內外一直縈繞著一個撲朔迷離的傳聞。據說，李賢名為皇后武則天的親兒子，其實是武則天的姐姐韓國夫人所生。

傳聞本身經不住推敲。李弘死後，李治、武則天的子嗣還有好幾個，如果李賢真是韓國夫人所生，武則天根本沒必要讓他來「鳩占鵲巢」，給外人留下口實。

不過，李賢對這個傳聞始終不敢掉以輕心，因為他與母親武則天的關係，越來越不融洽了。

李弘離奇死亡之後，皇太子的位置空了出來。對於後繼的人選，武則天似乎並不用心，李賢成了太子，不過是因為他在諸多皇子中年紀最長而已。

隨著時光的流逝，武則天對這個繼任的太子愈加不滿。在李賢的身上，她彷彿看到了李弘的影子，而且有過之而無不及。

李弘的性格特點是「寬仁」，李賢在這方面也毫不遜色。

李賢早在少年時期就勤奮好學，熟讀儒家經典。他的啟蒙老師，便是享有盛譽的「初唐四傑」之一——王勃。

王勃教導李賢，可謂是兢兢業業、孜孜不倦，李賢這個學生也確實沒有讓他失望。不過，玩耍是孩童的天性，李賢也不例外。

閒暇之餘，李賢喜歡跟李哲（後改名李顯）鬥雞。秉承「玩物喪志」的理念，王勃對此頗感不快，可李賢畢竟是自己的學生加「主子」，不方便明說。思前想後，王勃寫了一篇「檄英王雞文」，將李賢的玩伴——英王李哲批評了一番，拐彎抹角地勸諫李賢將心思放在學業上。李賢是個聽話的孩子，但這篇文章卻讓王勃丟了飯碗。

李治在無意中看到了這篇文章，他對此有不同的理解。在李治看來，王勃這是借「鬥雞」諷刺「手足相殘」，說起「手足相殘」，不由得令人聯想到最驚心動魄的「玄武門之變」。

這還了得！

幸運的是，李治性情還算平和，不過是將王勃攆走而已。

大才子王勃走了，李賢卻沒有讓他的恩師失望。後來，李賢專門召集了一群飽學之士，給晦澀艱深、佶屈聱牙的《後漢書》作箋注。在這項浩大的工程中，李賢除了承擔「召集人」、「總編撰」的角色，還親自寫下不少見解深刻、頗顯功力的箋注，被後世稱之為「章懷注[1]」。除了「章懷注」以外，李賢還親自提筆撰寫了《列藩正論》、《春宮要錄》、《修身要覽》等書，著述頗豐，才略為朝野所稱頌。

＊＊＊

太子李賢在學業方面造詣精深，群臣對此彈冠相慶、交口稱讚，認為大唐國運昌盛、後繼有人。這樣一來，武則天就相當不樂意了。至於原因，武則天自己心裡最清楚，群臣剛開始糊裡糊塗，後來也漸漸看明白了。

「太子非皇后親生」的傳聞散播開來之後，武則天、李賢母子二人的關係更加尷尬。李賢躲在東宮裡惶惶不可終日，偶爾見面也渾身不自在。武則天明察秋毫，屢次寫信責備李賢不懂禮數，又派人給他送去《少陽政範》、《孝子傳》等宣揚「孝親敬老」的書籍，旁敲側擊地「點撥」李賢。

李賢心中有疑慮，但不敢開口詢問，在對待武則天的態度上愈加不自在。武則天將兒子內心的糾結理解成「離心離德」，而群臣對李賢寄予厚望，更是讓武則天心存芥蒂、如坐針氈。

值此異常敏感的時期，明崇儼這個關鍵人物出現了。

明崇儼是江湖騙子出身，靠「幻術」受寵，最擅長揣摩別人的心理。久而久之，明崇儼摸準了武則天的脈搏。為了鞏固自己的既得地位和利益，明崇儼將矛頭指向了太子李賢，與武則天內心的擔憂「不謀而合」。

[1] 因李賢諡號「章懷」而得名。

為了將李賢「逼急眼」，明崇儼可謂無所不用其極，特別是「太子非皇后親生」的傳聞，經過明崇儼的「不懈努力」，終於搞到了滿城風雨、草木皆兵的地步。

明崇儼之死，到底是李賢「拼死一搏」，還是武則天「棄卒收網」的既定部署？客觀地說，都有可能！

如此看來，東宮搜出的三百副皂甲，未必就是武則天暗中安排的栽贓陷害。明崇儼咄咄逼人，背後還隱隱約約地不時閃過武則天的身影，太子一方不得不防。

這場母子之間的明爭暗鬥，以李賢成為「階下囚」而告一段落。李治經歷這樁「人倫悲劇」，身體更加每況愈下，時日無多。

儘管狄仁傑打心裡不願相信，但不得不直面一個呼之欲出的局面：武則天「大權獨攬」的野心已是昭然若揭。

「牝雞司晨，惟家之索。」狄仁傑突然想起了祖父狄孝緒，想起他娓娓道來的這句出自《尚書》的話。

「冥冥之中，自有定數，天命不可違也。」狄仁傑又想到了鄭州城外的那位「海濤法師」，他到底參透了怎樣的玄機？

「怎麼辦？」狄仁傑陷入了深深的沉思，甚至未曾察覺到天色已漸漸亮了起來，一輪紅日在朝霞的烘托之下，光芒四射。

狄仁傑的隱憂並非杞人憂天，這些年來，李治的病情一直反復無常。「天后」武則天的權勢愈加膨脹，大有掌控天下之勢，與過去的「廢后之爭」已不可同日而語。

狄仁傑剛剛進京的時候，太子李弘便在一團迷霧中離奇身亡。嗅覺敏銳的大臣們發現，李治從此開始，精神上受到了很大的打擊，更多「新生代」的官員紛紛聚攏到了武則天的周圍。

對於他們而言，甚至從某種程度上說，也包括狄仁傑這個「庶族」出身的官員，武則天是「伯樂」。如果不是她打破了「士族門閥」的鎖鏈，「庶族」官員很難有今天這樣的政治地位。

身處最高層，儘管異口同聲地向李治山呼「萬歲」，但政治「站隊」愈加明顯。特別是「北門學士」的「應時而生」，又拋出「建言十二事」，武則天的勢力急劇攀升。

如今，肩負「繼承大統」重任的李賢成了「廢太子」。儘管英王李哲（即李顯）迅速被冊立為新的太子，但最高層的態勢已發生了顛覆性的變化。

作為一名從五品上的官員，狄仁傑根本沒有資格介入這場權力紛爭。他唯一能做的，是在度支郎中的任上克己奉公、做好自己的本職工作。

＊＊＊

李賢被廢之後，最高層經過激烈的整合，局勢逐漸趨於緩和。但是，這種短暫的平靜，在三年之後的弘道元年被徹底打破。這年十二月，五十六歲的唐高宗李治不堪病痛折磨，終於撒手人寰。

李治臨終之際，下達了一道遺詔：「太子李顯繼位，軍國大事有不可決者，兼取天后進止。」

狄仁傑聽到這份遺詔的時候，一種不詳的預感油然而生。他明白，李治的這種妥協，實際上埋下了嚴重的隱患。

李治的想法是很好的，皇帝李顯尊重「天后」武則天的知情權、顧問權，武則天也尊重李顯的自主權、決定權，母子之間有事好商量，其樂融融。但是，李治忽略了一個實現這種「權力平衡」的最重要因素——力量對比！

李顯有什麼班底和力量，能與武則天旗鼓相當呢？沒有！在力量明顯不對等的情況下，談什麼「平衡」、「牽制」，無異於水中撈月。

果然，武則天對李治的遺詔有不同的詮釋。李顯做皇帝，這沒問題，但無論大事小事，都得她說了算，李顯成了廟裡的泥菩薩——擺設！

李顯對自己的處境憂心忡忡，要想改變這樣的局面，實現先帝謀劃的「權力平衡」，就必須增強己方的力量。可是，先帝重臣、滿朝文武大多是見風使舵之徒，知人知面不知心，未必牢靠。李顯唯一可以倚重的，是以岳父韋玄貞為代表的「外戚」勢力。

韋玄貞不過是豫州的一名錄事參軍，品級太低，沒什麼發言權。因此，李顯先是直接提拔成豫州刺史，緊接著又想委任他做門下省的侍中，官階正三品上，並進入宰相班子。除了韋玄貞以外，李顯還列出了一長串加官進爵的名單，連奶媽的兒子都要封五品的官職。

李顯的動議，武則天尚未正式表態，宰相裴炎[2]就坐不住了。「韋玄貞進了宰相班子，這不是明目張膽地跟我搶飯碗嗎？」裴炎暗自忖度著，不能坐以待斃。

李顯雖說是皇帝，但涉及人事任免的事項，宰輔壓著不辦，這事兒就執行不下去。李顯急了眼，單獨召見裴炎，詢問任命的進展。

「陛下，宰輔任命事關重大，需從長計議。」裴炎繼續打著馬虎眼。

「從長計議？裴愛卿打算議到什麼時候？」

「恕老臣直言，韋玄貞等人的任命，難免有任人唯親之賢，只怕天后那裡……」見李顯咄咄逼人，裴炎索性搬出了「後台」。

「放肆！先帝有遺旨，未決之事方兼取天后進止！」

「這正是未決之事。」裴炎借力打力。

2 裴炎，字子隆，李顯即位後任中書令，並將宰輔辦公的政事堂由門下省遷至中書省。

「你……」李顯氣得顫抖起來，想說什麼，卻又咽了回去。

「望陛下三思！」裴炎完全佔據了主動，俯身勸道。

「哼！」李顯往龍椅上重重一擊，站起身來，大聲喊道：「朕乃一國之君，就算將天下委給韋玄貞，又有何不可？一個侍中何足掛齒！」

此話一出，裴炎愣了一下，驚出一身冷汗，久久不曾作答。李顯似乎覺察出自己在盛怒之下有所失言，緩緩坐了下來，卻不知如何往下說，只是擺了擺手，示意裴炎出去。

裴炎從李顯那裡出來，絲毫不敢耽擱，立即覲見武則天，將李顯剛才所說的話原模原樣地給武則天說了一遍。

「逆子！逆子！」不待裴炎說完，怒火中燒的武則天已經吼了起來。

「天后，此事當如何處置？」裴炎小心翼翼地問道。

「裴愛卿，」武則天壓下怒火，歎了一口氣，感慨道：「天子品性，關乎大唐社稷啊！」

裴炎聽出了武則天話語裡的弦外之音，應答道：「依老臣愚見，恐怕非行廢立之事不可！」

武則天點了點頭，嘴角露出一絲不易察覺的笑意，昂首說：「社稷不容有失，既然事已至此，恐怕也沒有更好的辦法了，不過……」

見武則天欲言又止，裴炎有些摸不著頭腦，正想發問，武則天便試探性地問道：「不知群臣有何反應？」

裴炎明白了，武則天是擔心皇帝剛剛登基，便行廢立之事，恐怕難以服眾。對於這個問題，裴炎心裡有數，李顯拉出這麼長一串的任命名單，受「排擠」的絕不僅僅是他裴炎一個人。個中的厲害關係，滿朝文武的心裡不言自明。

「天后不必擔憂，」裴炎開解道：「皇帝棄先帝舊臣於不顧，恣意妄為，文武百官無不寒心。」

「裴愛卿，此事還得仰仗你啊！」武則天笑了笑，起身來到裴炎的面前。言語雖然輕柔，卻似千斤重擔，託付給了裴炎。

「老臣受天皇、天后恩遇，定會赴湯蹈火、萬死不辭！」

「裴愛卿言重了，小小皇兒，何足掛齒！哈哈哈哈！」武則天仰首笑著，轉身離去。

＊＊＊

次日早朝，裴炎聯合中書侍郎劉禕之等人，給坐在龍椅上的李顯搞了一個突然襲擊，歷數他有失皇家尊嚴、辜負先帝重托的諸多「罪狀」。

群臣對李治有感情，但對李顯上台伊始便「另起爐灶」、提拔新人的想法頗為反感。儘管有的大臣心存不忍，眼看著局面呈現「一邊倒」的態勢，也只能隨聲附和。

李顯孤零零地坐在台上，強撐著傾聽群臣對他的口誅筆伐，額頭上不禁冒出一層冷汗，漸漸地心神不寧、神情倦怠，整個人幾乎要癱了下去。

正在氣氛異常緊張的時候，羽林將軍程務挺、張虔勖率一隊禁軍衝進乾元殿。程務挺站定之後，掏出懿旨，當場念了起來：

「皇兒李顯，有違聖意，私相授受，紊亂朝綱。……本宮雖心有不忍，然關乎社稷存亡，思慮再三，決意順應官民之心，廢其帝位，封廬陵王。」

言畢，兩名禁軍士兵衝上台階，將李顯架了下來。

「朕有何過錯，天后為何如此絕情？」李顯掙扎著吼道。

「你還有臉問？」殿外傳來一聲痛斥，群臣尚未回過神來，武則天已緩緩走入乾元殿，來到李顯的面前。

「李家之天下，大唐之天下，豈容你這逆子胡作非為！給本宮拖下去！」武則天不由得雷霆震怒。

李顯被架走了，等待他的將是漫長的幽禁歲月。

此時的乾元殿，寂靜得只能隱約聽見群臣刻意壓制的呼吸聲。武則天走上台階，突然發問道：「裴愛卿，有廢必有立，依你之見，何人能堪此重任？」

裴炎上前一步，奏道：「非常時期，全仰仗天后力挽狂瀾，新君人選，臣等不敢妄言。」

「國不可一日無君，今兒個難得到這麼齊，咱們就議議吧。」武則天一邊說，一邊坐下來，等下面的大臣提議。

其實，李弘死得糊裡糊塗，李賢被流放巴州，李顯又被轟了下去。屈指數來，武則天與李治的四個兒子，也就剩下豫王李旦了。

可是，這個唯一的選擇，群臣卻始終開不了這個口。李旦雖說已是二十出頭，但生性懦弱、與世無爭，實在不是做皇帝的料。因此，乾元殿依然是死一般的寂靜，誰也不想在這個節骨眼上做「出頭鳥」，被同僚指著脊樑骨罵一輩子。

「裴愛卿。」武則天眼看冷了場，便點起名來。

「天后。」裴炎深知自己「在劫難逃」，早就想好了託辭，「老臣豈敢對皇子妄加褒貶，請天后定奪便是。」

「好個不敢妄加褒貶！」武則天拈起裴炎斥責李顯的奏疏，隨手扔了下去，「上面寫的什麼？你念念！」

裴炎沒想到武則天如此步步緊逼，只好戰慄著將奏疏拾起來，卻沒有打開，而是俯身奏道：「依老臣愚見，豫王李旦敦厚忠孝，是新君的不二人選。」

「愛卿們以為何如？」武則天用目光掃視著滿朝文武，接著裴炎的話問道。

「臣等附議。」朝堂上異口同聲地回應道。

「天后。」劉禕之上前一步，奏道：「豫王李旦年少，又無處理政事的經驗，還得仰仗天后之力啊！」

「劉愛卿所言極是。」武則天笑了笑，「本宮受先帝之托，豈能置社稷安危於不顧。」

裴炎聽出了一絲「雙簧」的味道，漸漸反應過來，劉禕之不就是「北門學士」的骨幹成員嗎？話都說到這個份上了，裴炎再有異議，也只能硬生生地咽回去。

數日之後，豫王李旦正式登基，卻只能居住在偏殿。武則天宣布「臨朝稱制」，對於日常政務的處理，只有武則天高興的時候，會派人通知李旦「列席觀摩」而已。

一句話，如今的時代，已是武則天的時代了。

第十八回　議七廟重臣觸天威　歎身世文豪寫檄文

這一天或許來得太遲，但對於雄心勃勃的武則天而言，一切才剛剛開始。至高無上的權力，讓她的內心空前地滿足。不過，武則天來不及細細地品味這份愉悅，她實在太忙了。

堆積如山的奏章，紛亂繁雜的政務，混淆了白天與黑夜的區別。即便如此，武則天還是要耗費更多的精力算計著，怎樣才能把這個來之不易的位置坐得更穩當。

就在李旦登基後不久，丘神績奉武則天的「密令」，趁著夜色離開洛陽，馬不停蹄地趕往巴州。沒過幾日，巴州便傳來噩耗，說廢太子李賢不堪受辱，悲憤自盡。

武則天在朝堂上大為光火，痛斥丘神績「膽大包天、胡作非為」，並當庭下旨，將他貶到疊州做刺史，接著又追認李賢為「雍王」，按親王之禮下葬。

一時間，朝堂的空氣如同凝固了一般，所有人都屏住聲息，冷眼靜觀著眼前發生的一切。不過，朝堂本身就是一個人心各異的大熔爐，並非所有人都能忍氣吞聲。

武則天定了調子，貶了丘神績（不久後又官復原職），還恢復了李賢的「名譽」，頗有一些痛心疾首、仁至義盡的味道。不過，過去對李氏宗親「忠心耿耿」的大臣們，明裡暗裡都在表達著內心的質疑、不滿，甚至還有一絲擔憂與恐慌。

伴隨著武則天改年號、改東都洛陽為神都、改旗色、改朝服，甚至改機構、改官名，這種擔憂與恐慌愈加強烈。

「改這個改那個，不就是想改朝換代，壞我大唐社稷嗎？」尚書左丞馮元常在鳳閣侍郎[1]胡元范、劉景先的面前，絲毫不隱瞞自己內心的真實想法。

「馮左丞所言極是！照這樣下去，我等有何面目見先帝於地下？」聽馮元常提起這茬，胡元範不禁捶胸頓足。

「先帝在世之時，我便進過言，中宮威權太重，將來必生禍端。先帝深以為然，怎奈重病纏身，已無回天之力。」馮元常回想起過去，也是痛心疾首。

「馮左丞，胡侍郎。」劉景先顯得有些激動，「莫非我們就這樣眼睜睜地看著大唐江山……」話音未畢，劉景先哽噎起來。

「如今後宮專權，武氏宗親甚囂塵上，靠吾等綿薄之力，談何容易啊！」馮元常長歎一聲，幾個人的神色黯淡了下來。

馮元常深知大勢難以逆轉，但生性耿直，對那些以「獻瑞」為名溜鬚拍馬、轉換門庭的人，不僅嗤之以鼻，還當眾斥責其欺君罔上、蒙蔽天下眾生。

武則天雖然未必全信什麼「祥瑞」，但她需要這樣的輿論支援，當然聽不得馮元常的「反調」，便將他打發到隴州去做刺史。

馮元常因言獲貶，朝堂上的聲音頓時「和諧」了許多。可好景不長，武承嗣[2]的一番動議，澈底打破了表面的平靜。

1 武則天改中書省為鳳閣，鳳閣侍郎即原中書侍郎。
2 武承嗣，武士彠之孫，其父親是武則天的異母兄武元爽。

「微臣啟奏天后，懇請封武氏先祖為王，立七廟供奉。」武承嗣在朝會上扯著嗓子奏道。此議一出，朝臣一片譁然，宰輔裴炎的心裡不禁為之一震，深感大事不妙。

據《禮記‧王制》所載，「天子七廟，三昭三穆，與太祖之廟而七」。為武氏立「七廟」，這不等於昭告天下，武則天就是真龍天子嗎？

「天后。」裴炎思忖略定，俯身奏道：「微臣以為，此議萬萬不可准！天后母儀天下，當懷至公之心，不可私於所親，呂后之敗可為殷鑒也！」

裴炎知道，李旦剛剛登基時，武則天曾給賦閒在家的老臣劉仁軌寫過一封信，請他出山。劉仁軌辭以年歲已高，並直陳呂后禍敗之鑒，武則天不僅沒有追究他的不敬，反而好言相慰。

可裴炎忘了，劉仁軌行將就木，不過是一塊可有可無的活招牌而已，犯不著跟他較真兒。他裴炎不一樣，當朝首輔，又在廢黜李顯的事情上與武則天同心協力。在武則天的眼裡，他是股肱之臣，理應為她效犬馬之勞。

武則天沒有想到，最先站出來反對的，竟然是被自己寄予厚望的老臣裴炎。但他們畢竟是「政治同盟」，政務還需裴炎的支持，武則天不想讓他太難堪。

「裴愛卿過慮了，」武則天勉強擠出一絲笑意，「呂氏委權於外人，因而招禍。本宮如今不過是追念亡者，何患之有？」

「凡事當防微杜漸，警惕其滋長蔓延。」裴炎絲毫沒有讓步的意思。

「好了！」武則天收回笑臉，擺了擺手，「再議吧！」

再議，其實根本就沒議，武則天打算一意孤行。裴炎當然也不是吃素的，暗中在下面搞「串聯」，攛掇群臣上表抗議。武則天深感眾怒難犯，被迫做出妥協，僅按諸侯的禮制，立了一個「五廟」。

＊＊＊

武承嗣終究是個閒不住的人，「七廟」被裴炎攪和一通打了折扣，他又聯合武三思[3]給武則天進言，矛頭直指韓王李元嘉[4]、魯王李靈夔[5]，說他們在李氏宗親中名望甚高，將來必生禍患。

突然提起這茬，並非武承嗣、武三思心血來潮，他們早就看出來了，武則天對李元嘉、李靈夔表面尊崇，暗地裡卻是如鯁在喉。

武則天很欣慰，一筆難寫兩個「武」字，還是武姓人跟自己貼心。不過，李元嘉、李靈夔不比李賢、李顯，母親管兒子天經地義，這倆親王可是高祖的兒子，破廟裡的泥菩薩，未必有什麼分量，卻是不言自明的「圖騰」。對他們下手，武則天必須講究「程序合法」，首先當然得找幾位執政大臣商議，想辦法讓他們點頭。

裴炎、劉禕之、韋思謙被武則天召進宮中，三人不知道天后的葫蘆裡又賣出什麼藥，你看看我，我看看你，都是雲裡霧裡的，只有靜靜地等待著武則天的出現。

「三位愛卿。」好在武則天沒讓他們等太久，剛跨進門，待他們行過禮，便和顏悅色地招呼起來，「今天把諸位找來，是議一議韓王和魯王的事兒。」

武則天如此開門見山、直奔主題，裴炎心裡一陣激靈。未待三人答話，武則天又先聲奪人：「韓王李元嘉、魯王李靈夔二人，自恃皇親，為老不尊，有失皇家尊嚴！」

三人突然愣在原地，不知如何回話為好。「看這陣勢，是要逼我們就範哪！」劉禕之、韋思謙不約

3 武三思，武士彠之孫，其父親是武則天的異母兄武元慶。

4 李元嘉，唐高祖李淵第十一子，宇文昭儀所生，精於繪畫。

5 李靈夔，唐高祖李淵第十九子，宇文昭儀所生，善音律書法。

而同地在心裡嘀咕著，臉上卻不動聲色。裴炎瞟了一眼韋思謙，又給劉禕之遞了一個眼色，可兩個人跟中了魔似的，一點反應也沒有。

「裴愛卿，你是何意見？」武則天看到裴炎的小動作，索性點起名來。

「天后。」裴炎勉為其難地上前一步，艱難地擠出了幾個字，「老臣以為……不……不妥。」

「什麼妥與不妥？」武則天顯得有些惱怒，「是兩位親王不妥，還是今天議這事兒不妥？」

裴炎被逼得脊背發涼、額頭冒汗，垂頭又瞟了身後的劉禕之、韋思謙一眼，可二人依然不動聲色。

裴炎咬了咬牙，暗自下了決心，抬首答道：「天后，韓王、魯王乃高祖子嗣，在李氏宗親中享有盛譽，說他們有失體統，實在是無恥小人的造謠污蔑、惡意中傷！」

「噢？」武則天不經意地鬆了口氣，「依裴愛卿之言，是本宮誣陷好人？」

「微臣豈敢，微臣只是擔心天后為小人利用，滋生禍端。」裴炎全然不顧劉禕之在後面拉他的衣角，憤然說道。

「放肆！」武則天站起來，走到裴炎面前呵斥起來，「你平日裡口口聲聲，說什麼『王子犯法與庶民同罪』，如今卻為親王說情開脫，真是可笑至極！」

「天后，微臣豈敢徇私枉法，兩位親王若真是有罪，不用天后開金口，微臣自然秉公處理……」

「這還差不多。」武則天不待裴炎說完，便迫不及待地緩了口氣。

「微臣的意思是……」裴炎顯然不希望武則天繼續誤解自己的本意，「此番誣陷韓王、魯王者，怕是要將李氏宗親趕盡殺絕，毀我大唐社稷，用心何其歹毒！」

「你……」武則天感到一陣眩暈，重重地坐回椅子上，目光火辣辣地盯著裴炎，卻說不出話來。

談話不歡而散，當武承嗣、武三思又舊調重彈的時候，武則天只是擺了擺手，搖頭歎道：「眾怒難犯哪！」

兩位親王安然無恙，裴炎並沒有一絲勝利的欣喜。他隱隱地感覺到，自己的命運，恐怕很快就會發生逆轉了。

＊＊＊

京城抑鬱、沉悶的政治空氣，即便是觸感不靈的人，也能感受到一種無形的壓力。千里之外的江南揚州，此時也正醞釀著一場驚天動地的事變。

自從隋煬帝楊廣將大運河修到揚州，這裡就成了商賈聚集的繁華都市。運河彷彿成了整個國家的一條動脈，滿載著糧食、絲綢、工藝品的船隻，源源不斷地向北駛去，滋養著廣袤的中原。

運河邊上的一座酒館裡，幾名衣著講究的人正在吆五喝六、推杯換盞。

「小二，再打兩壺酒來。」其中一人回首喊道。

「不是小的多嘴，這酒後勁可大，諸位客官……」店小二見多了未出店門便不省人事的醉鬼，擔心惹出麻煩，便小心翼翼地回道。

「讓你上你就上，廢他媽什麼話！」說話那人從袖管裡掏出一錠銀子，隨手扔到地上，喝道：「怕我們爛醉如泥，賴你酒錢不成？」

「小的不敢，小的不敢。」，小二陪著笑臉，彎腰撿起銀子，唯唯諾諾地退了出去。

掏銀子的人臉色緋紅，拍了拍身邊坐著的酒友，歎了一口氣道：「觀光老弟，為兄此去柳州，怕是難有重逢之日了。」

「世事無常，徐兄何必如此頹喪。」眾人紛紛勸慰道。

「得了吧，看看你們這一個個的，別捏著鼻子哄眼睛了。如今這世道，你們莫非還有什麼出路？」

此言一出，眾人紛紛沉寂下來，望著窗外揚帆而過的船隻，神色頗為黯淡。

說去柳州這位，大名叫徐敬業，別看顯得有些落魄，來頭可不小，他是開國元勳李績的嫡孫！

李績早年跟隨唐高祖李淵南征北戰，為草創大唐立下了汗馬功勞。後來，高宗李治想冊封武則天為皇后，長孫無忌、褚遂良等人堅決抵制，李績一句「家事不需問外人」便定了乾坤。李績去世後，由於兒子早逝，英國公的爵位便由徐敬業承襲。

徐敬業是個傳奇人物，當然也不是一盞省油的燈。早年擔任眉州刺史，境內盜賊橫行。徐敬業到任之後，單騎赴會招安，對眾人曉之以情、動之以理，真就「不戰而屈人之兵」了。

消息傳到長安城李績的耳朵裡，李績沒有半點欣喜，反而說了一句煞風景的話：「將來敗我家業者，非這小兔崽子不可！」

李績言之鑿鑿，但尚未來得及「調教」這個「逆孫」，便撒手人寰。武則天感念李績的恩德，一紙調令，將眉州刺史徐敬業貶為柳州司馬。

「恩將仇報！恩將仇報！」徐敬業被貶了官，心中難免憤憤不平，所有「前人栽樹，後人乘涼」的美好憧憬，一瞬間成為泡影。

其實，李績屍骨未寒，徐敬業便被打發到蠻荒之地，並非武則天以怨報德。徐敬業在眉州這些年，貪贓枉法、中飽私囊、無惡不作，彈劾他的奏章如雪片般飛到京城。武則天曾派人暗中調查過，一樁樁一件件，都是鐵證如山，更是觸目驚心。要換作別人，武則天早就大筆一揮「斬立決」了，但回想起元老李績的英容笑貌，武則天實在有些於心不忍，打發他做個閒職，也算是給入土的李績一點回報吧！

徐敬業並不領情，帶著早先被免官的弟弟徐敬猷，從洛陽乘船，一路飄到揚州，準備逆長江、湘江而上，磨磨蹭蹭地趕去上任。

來到揚州，徐敬業與另幾位「同道中人」不期而遇，一個是涉嫌誣陷而被免官的御史魏思溫，一個是在給事中[6]任上，因曾是廢太子李賢僚屬而被貶為括蒼縣令的唐之奇，一個是在詹事司直[7]任上犯事，被貶為黟縣令的杜求仁，還有一個是早已名聲在外的大文豪，也就是徐敬業口中的「觀光老弟」——在長安主薄任上被貶為臨海丞的駱賓王。

「諸位仁兄。」魏思溫率先打破沉默，「自從武氏臨朝稱制，李唐社稷已岌岌可危，我等世受皇恩，豈能袖手旁觀？」

「憑我們幾個落魄小官，自身尚且難保，又能做得什麼？」杜求仁言語中不乏一絲奚落。

徐敬業隱隱感覺到魏思溫神態中的異樣，頓時提起精神，問道：「莫非魏兄有何良策？」

「是不是良策不好說。」魏思溫瞪了杜求仁一眼，故弄玄虛地說道：「我有位摯友，在朝中擔任監察御史。」

「唏！」杜求仁嘴角一翹，「回敬」了魏思溫的白眼，「我當是什麼大人物，還不是跟咱們一樣，說不上哪天也得捲鋪蓋走人。」

「杜老弟喝高了是怎的，先莫要吵嚷，聽魏老弟把話說完。」徐敬業沒等魏思溫反戈一擊，搶先打了個圓場，示意魏思溫繼續。

「此人名叫薛仲璋，對後宮專權也是頗有微詞，只是不便聲張。待我修書一封，讓他自請到揚州監察，咱們暗中安排人去告狀，說揚州長史陳敬之圖謀不軌。等薛御史將陳敬之搜捕入獄，揚州不就成咱們的了？」

「這揚州都督府雖是『遙領』，可抓了長史，不還有司馬嗎？豈能容我們幾個翻雲覆雨？」唐之奇

6 給事中是門下省屬官，官階五、六品不等。

7 詹事司直是詹事府屬官，主理中宮、東宮事務。

是個沉穩的人，倒是說了句實在話。

「這有何難？」魏思溫仰脖自飲了一杯，拍著徐敬業說道：「你們可真是榆木腦袋，徐兄乃英國公之後，屆時對外宣稱奉朝廷密旨，要發兵討伐高州酋長馮子猷，何人敢質疑？」

「妙！妙！」徐敬業不禁拍起手來，「天將大任於斯人，幹了！」

「還有。」魏思溫站起來，走到駱賓王的身旁說道：「咱們這位大文豪，領兵打仗不在行，要是寫一篇檄文出來，那可是一呼百應啊！」

「對！對！對！觀光老弟可莫要推辭。」徐敬業附和道。

「諸位仁兄放心，賓王義不容辭！」駱賓王舉起酒杯，鏗鏘應道。

＊＊＊

一切都在按計劃進行，揚州登時亂作一團，京城各衙門的官員也成了熱鍋上的螞蟻。

朝堂的空氣異常凝重，武則天面無神色地坐在龍椅之上，中書省的一名官員奉命捧著一張告示，顫顫巍巍地念著。

「偽臨朝武氏者，性非和順，地實寒微。昔充太宗下陳，曾以更衣入侍。洎乎晚節，穢亂春宮。潛隱先帝之私，陰圖後房之嬖。入門見嫉，蛾眉不肯讓人；掩袖工讒，狐媚偏能惑主。踐元後於翬翟，陷吾君於聚麀。加以虺蜴為心，豺狼成性。近狎邪僻，殘害忠良。殺姊屠兄，弒君鴆母。神人之所共嫉，天地之所不容。猶複包藏禍心，窺竊神器。君之愛子，幽之於別宮；賊之宗盟，委之以重任。嗚呼！霍子孟之不作，朱虛侯之已亡。燕啄皇孫，知漢祚之將盡。龍漦帝后，識夏庭之遽衰……」

這名官員一邊念，一邊偷偷地瞟著武則天，看她有何異樣的反應。豈止是他，殿內的大臣一個個低著頭，任憑冷汗淋漓，大氣也不敢出一聲。

「這個駱賓王，罵得也太狠太絕了，與掘人祖墳何異？」裴炎的雙腿不由得有些發顫，心裡不停地思忖著。

「……公等或居漢地，或葉周親，或膺重寄於話言，或受顧命於宣室。言猶在耳，忠豈忘心？一抔之土未乾，六尺之孤何托？倘能轉禍為福，送往事居，共立勤王之勳，無廢大君之命，凡諸爵賞，同指山河。若其眷戀窮城，徘徊歧路，坐昧先幾之兆，必貽後至之誅。請看今日之域中，竟是誰家之天下！」

總算將這篇大逆不道的檄文念完了，這名官員像經歷了一個世紀的煎熬一般，重重地呼出一口氣。

「裴愛卿，」武則天打破了沉默，「這篇文章是何人所寫？」

「回天后，此人名叫駱賓王，字觀光。」

「現任何職？」

「原任長安主薄，前不久為御史彈劾，被貶至臨海出任縣丞。」

「哈哈！」武則天突然大笑一聲，「長安主薄，區區長安主薄……」

「天后，此人狂妄不羈、滿紙汙言穢語，實在是可惡之極！可恨之極！可……」武承嗣上前一步，切齒痛罵起來，卻不知如何繼續下去。

「胡扯！」武則天一點也不給侄子情面，武承嗣鬧了個大紅臉，退了回去。

「裴愛卿。」武則天繼續說道：「你身為首輔，可有如此文采？」

「微……微臣豈敢。」裴炎摸不準武則天的悶葫蘆裡在賣什麼藥。

「不是沒這個膽子，而是沒這個能耐！文采如此，人才如此，卻是區區長安主薄，還被貶了官。你們說說，這樣的人不反，誰反？」

武則天對駱賓王的文采讚譽有加，並不意味著她會對這次謀反網開一面。徐敬業等人在揚州打起了「匡復廬陵」的旗號，在李氏宗親飽受欺壓的情況下，號召力不可謂不強，對武則天是一個致命的威脅。

更讓武則天如坐針氈的是，裴炎身為宰相，卻在「剿叛戡亂」如此大是大非的問題上打太極。今天賴糧草不齊，明天又推銀子短缺，平逆大軍遲遲難以出征。

「裴子隆，徐賊已經將江南攪得天翻地覆了，你到底好想假裝天下太平多久？」武則天終於忍無可忍，當著眾臣的面，厲聲痛斥起這位首輔大臣來。

「天后息怒！」裴炎似乎有備而來，顯得不溫不火，「微臣有一良策，可不戰而屈人之兵。」

「噢？」武則天倒顯得十分意外，「你說說看！」

「天后容稟，徐敬業、駱賓王等人踞江南一隅生亂，若興兵進剿，必然是四處硝煙、遍地焦土。近年來，關中地區戰禍頻發，非江南之財賦難以為繼，若把江南打爛了，恐怕於朝廷無益。」

「內中利害，本宮豈能不知。如今徐賊橫行江南，又能有什麼財賦輸入中原？」武則天顯得很不耐煩。

「天后，徐敬業等人打著『匡復廬陵』的旗號，矛頭直指天后臨朝稱制。賴李唐列祖列宗之恩德，如今的陛下業已年長，又以寬仁為懷，有人君之望，若天后能顧全大局，隱退歸政，徐敬業等人必不攻自破也。」裴炎鼓起勇氣，終於將積蓄已久的心思傾瀉而出。

「天后！」監察御史藍田、崔督見武則天的臉色愈發難看，裴炎話音剛落，便果斷站了出來，奏道：「裴子隆身為宰輔，卻與逆賊裡應外合，今日又在朝堂之上大放厥詞，實在是令人切齒！」

「二位御史莫要血口噴人！老夫何曾與徐敬業有什麼勾結？」裴炎見此情形，趕緊為自己辯解。

「哼！」藍田瞟了武則天一眼，側身望著裴炎，冷笑道：「裴宰輔忘性不小啊，你給徐賊的書信，早已被人截獲，還裝什麼蒜？」

「書信？什麼書信？」裴炎頗為詫異。

「呵！」武則天突然發出一聲冷笑，給身邊的侍從遞了一個眼色。隨即，侍從將一張紙條遞到了裴炎的手裡。

裴炎展開紙條，上面只有「青鵝」兩個字，不禁更加驚詫：「天后，微臣從未見過這張紙條，必定是那等無恥小人栽贓陷害……」

「說得輕巧！」武則天打斷了裴炎的話，「若是栽贓，怎麼偏偏選中你啊？劉禕之、韋思謙都是執政大臣，怎麼不說是他們寫的？」

「這……」裴炎無法回答武則天的問題，憑藉混跡官場數十年的經驗，他已經能夠感受到，自己恐怕是跳進黃河也難脫干係。

思慮片刻，裴炎決定豁出去了：「天后非要認定出自微臣之手，微臣不敢辯駁，可區區『青鵝』二字，何以定罪？」

「裴子隆啊裴子隆，你可真是不見棺材不落淚啊！」武則天神情突變，不由得得意起來，「『青鵝』二字拆開，不就是『十二月，我自與』嗎？本宮問你，徐賊謀反是不是在十二月？你身在朝廷，卻百般阻撓出兵平叛，非『自與』而何？」

「天后，這……」如此精心的栽贓，裴炎顯然已經無語了。

「來人，將這個人面獸心的逆賊拖下去！」

裴炎就這樣被緝捕入獄，讓早已噤若寒蟬的群臣人人自危。當然，不少有良知的官員紛紛上疏，冒著被牽連的危險替他說情。

狄仁傑並沒有參與其中，他雖然官階不高，但在這件事情上，他的判斷是非常準確的。裴炎反與不反，其實無關緊要，重要的是，武則天想借題發揮，將這個礙手礙腳的老臣拿下。既然如此，說情又有什麼用？

賦閒在家的劉仁軌比狄仁傑看得還要透，裴炎剛被抓，他便上疏一封，說郎將姜嗣宗早就知道裴炎有反意，卻「知情不報」。不久之後，裴炎、姜嗣宗等人被斬首示眾。

裴炎遭難的同時，大將軍李孝逸率領的三十萬平亂大軍終於開拔。

徐敬業這邊，「匡復廬陵」的旗號果然具有令人咋舌的感召力，數萬人浩浩蕩蕩地開始「武裝大遊行」。可是，下一步該怎麼辦，徐敬業等人卻產生了根本分歧。

駱賓王等人主張興兵北上，奔赴洛陽「勤王」，逼武則天歸政。徐敬業卻打起了自己的小算盤，打算向南攻取常州、潤州，與朝廷分庭抗禮。

吵來吵去，徐敬業的想法占了上風，「勤王」大軍在江南晃悠來晃悠去，大有「劃江而治」的味道。如此一來，一門心思想「匡復」李唐社稷的人漸漸地看清了徐敬業「占地為王」的本來面目，人心在一夜之間成了一盤散沙。

剛剛攻取潤州的徐敬業，並未意識到滅頂之災已悄然逼近，依然做著「君臨天下」的春秋大夢。美夢往往比噩夢更容易驚醒，徐敬業剛剛登上潤州城，李孝逸的大軍已兵臨揚州城下。徐敬業被迫北上迎敵，可人心早已渙散，哪裡是官軍的對手，一仗下來便一敗塗地。

僥倖逃脫的徐敬業想從海路逃往高句麗，卻被官軍死咬著不放。陷入絕境的部下為了活命，索性將徐敬業兄弟斬殺，向官軍投降。此時距離起事，不過短短三個月的時間。

第十九回　塞翁失馬禍福難定　韜光養晦履新寧州

李治撒手人寰之後的幾個月，朝廷乃至整個大唐天下，可謂風雲突變。

李顯的屁股還沒在龍椅上坐熱，便被武則天、裴炎轟了下去，換成生性懦弱的李旦。或許是懾於母親的威權，李旦這個「真龍天子」，更像是一個剛剛嫁入豪門的小媳婦，處處小心、時時在意，生怕有一點閃失，讓自己墜入無盡的深淵。

武則天倒是穩坐釣魚台，而且威權日重，劉仁軌徹底沒了當年的英氣，裴炎索性成了冤魂。

腦海裡閃過這一幕又一幕，狄仁傑經常在燈下痛苦地冥思。

「妲己是一名女子，商紂王卻對她言聽計從，讓妲己高高在上，所以就亡了國。」狄仁傑不禁想起自己的祖父狄孝緒，那是一個多麼愜意祥和的年代。「牝雞司晨，惟家之索」，不過是《尚書》裡晦澀難懂的一句言辭。可如今，言辭成了現實，自己又該何去何從？

狄仁傑何曾不想像裴宰相那樣，轟轟烈烈一場，落得個好名聲。可是，小小的度支郎中，區區從五品上的官員，連參加朝會的資格都沒有。朝堂上的紛爭，他都是通過上司崔知悌口裡的隻言片語略知一二。

狄仁傑甚至想，像駱賓王那樣，洋洋灑灑寫一篇文章，將「牝雞司晨」的武則天批得體無完膚。可是，奏疏得先送中書省，恐怕尚未擺上武則天的案桌，他狄仁傑就已人頭落地了。

「足下冰清玉潔、剛正不阿，堪稱海曲之明珠、東南之遺寶也！」狄仁傑又想起了自己的恩師閻立本，如果不是他明察秋毫，自己恐怕早就成為一介囚徒，失魂落魄，了此殘生。

透過微弱的燈光，狄仁傑彷彿又看到了父親狄知遜，那個一生漂泊卻碌碌無為的普通官員。先人早已作古，狄氏一門的興衰，如今全繫於狄仁傑一身。

「唉……」狄仁傑長歎一聲，痛苦地閉上雙眼，兩行熱淚滑過臉頰，滴落在案上。

「知大而順之，無凶焉。」這是狄仁傑後來在《宦經》裡寫的一句話，或許只有他自己知道，寥寥數言的背後，是多麼激烈而殘酷的思想鬥爭，是多麼痛苦而無奈的抉擇。

狄仁傑選擇了沉默，武則天卻沒有忘記這個不聲不響的「明星官員」。

武則天第一次看到「狄仁傑」這個名字，還是那一年科考，一個不知天高地厚的士子竟然對《氏族志》大放厥詞，讓武則天對他產生了濃厚的興趣。後來，狄仁傑在並州一幹就是十多年，武則天似乎已經忘了這個人。直到《建言十二事》推行，吏部舉薦了很多「任職已久、才高位下」的地方官員，狄仁傑在李治的親自過問下脫穎而出。

初次入京為官的狄仁傑，並沒有辜負李治的殷切期望，一舉刷新大理寺的辦案記錄，連當朝宰輔劉仁軌都佩服得五體投地，破天荒地給了一個「上下等」。

緊接著，狄仁傑乾淨俐落地辦理了「權善才案」、「王本立案」和「韋弘機案」，以剛直不阿的人格魅力，澈底征服了唐高宗李治。

論家庭出身，狄仁傑生於京師長安，籍貫卻在山西的並州，跟武則天是老鄉，又出身於「庶族」，難免讓武則天感到有些親切。

論職業素養，狄仁傑不畏權貴、嫉惡如仇，破案是一把好手，侍御史相當稱職，既能獨當一面、安撫一方百姓，又在度支郎中的任上管好朝廷的「錢袋子」，真可謂「人才難得」。

但話說回來，武則天又對狄仁傑深感失望。眼看武則天行情見長，會來事兒的官員紛紛改頭換面、依附新主，也有不少「一根筋」的官員，抱著「老黃曆」不放，一門心思掛念著「李唐社稷」。

「好一場涇渭分明的大戲！」武則天在這場驚心動魄的波瀾中怡然自得，該整誰、該用誰，似乎不用費太多的心思。可是，偏偏這個「多面手」狄仁傑不顯山不露水，讓武則天琢磨不透。

裴炎等人在立「七廟」、整皇親、剿逆賊等問題上，旗幟鮮明地跟武則天對著幹。武則天很清楚，裴炎的背後有不少的支持者、同情者。從中央到地方，她放出不少眼線，監視大小官員的一言一行，收穫頗豐，可度支郎中狄仁傑卻像一灘死水，完完全全地置身事外。

自從武則天臨朝稱制，武承嗣、武三思，還有「北門學士」若干人，整日上躥下跳、拉幫結夥，為武則天搖旗吶喊。不少官員通過各種管道表忠心、獻殷勤，好一派熱鬧景象。武承嗣等人不斷向武則天彙報「效忠」官員的名單，武則天未必記得所有的名字，但裡面缺了誰，她心裡跟明鏡兒似的。

她失望，因為冗長的名單裡，一直沒有出現狄仁傑這個名字。

狄仁傑到底是真的與世無爭，還是韜光養晦、另有所圖，自認為慧眼識人的武則天此時也難以妄加推斷了。

最穩妥的辦法，莫過於將他歸入裴炎一類，發配到蠻荒讓他自生自滅。可是，狄仁傑確實沒有什麼出格的言行，武則天多少有些於心不忍。一來狄仁傑才能卓著，二來對輿論也不利，這不是「濫殺無辜」嗎？

將狄仁傑留在朝中，繼續做朝廷的「帳房先生」，似乎也不太合適。如此重要的崗位，豈能用一個難以琢磨與掌控的人？

思來想去，武則天打算將狄仁傑外放到寧州，遠離朝廷這灘渾水。世事難料，人心更難料，或許連武則天自己都說不清楚，如此打發狄仁傑，是否有一些「保護」的味道。

在別人看來，狄仁傑外放到寧洲做刺史，官階雖然升至從四品下，實則是「明升暗降」。一個飽受戰亂的邊境小城，豈能與朝廷的核心部門——戶部同日而語。

沒有人知道，此時的狄仁傑是多麼慶倖，他終於在最危急的時刻，遠離了詭譎兇險的權力漩渦。

「塞翁失馬，焉知非福」，狄仁傑壯志滿懷，悄無聲息地離開洛陽，一路向西。

＊＊＊

令狄仁傑意想不到的是，履新寧州，自己首先還得解決住宿問題。

按理說，唐朝實行的是「官邸制」，寧州再窮，也不至於連刺史的下榻之處也無法保證。可問題在於，刺史的「官邸」就擺在那裡，卻一直沒人敢進去住。前面幾任官員，都是刺史府另行安排的，但狄仁傑不願享受這份「特殊照顧」，心中更是詫異不已。他實在難以理解，放著好端端的「官邸」不住，為何要多此一舉呢？

狄仁傑不肯踏入早已安排妥當的住所，長史、司馬等人顯得有些手足無措，你看看我，我看看你，一副欲言又止的樣子。

「狄刺史。」還是一名年老的小吏站了出來，附在狄仁傑的耳邊，悄悄地道明玄機，「原先給刺史住的老宅子是『凶宅』，住不得啊！」

「噢？」狄仁傑故意提高聲量，「說來聽聽，怎麼個凶法？」

寧洲長史吳應文給小吏遞了一個眼色，示意他退下，隨即應聲道：「狄刺史，下官在寧州為官十餘載，早先的幾位刺史，住在那座老宅子裡，到任不足一年，紛紛離奇暴亡。再後來，新任刺史就不再往那裡去了，如今荒廢多年，已是雜草叢生、魅影重重，更無人敢涉足半步。」

見吳應文一副驚慌的模樣，狄仁傑的心中難免有些不快，「身為地方官員，卻懼鬼怕神，如何教化一方百姓？」不過，考慮到自己下車伊始，又當著眾人，不便讓下屬難堪，只是在心裡想想而已。

「狄刺史。」吳應文見狄仁傑不說話，以為算是默許，便又說道：「自從王本立、韋弘機因貪贓枉法而被彈劾，狄御史的威名便流傳開來。下官對狄公高山仰止，豈敢造次。實不相瞞，前幾任刺史皆在此下榻，下官不敢有半點鋪張之費。」

「吳長史誤會了，狄某並無此意。」狄仁傑擺了擺手，「只是放著『正門』不入，卻進了『偏房』，心裡頗為彆扭。」

「狄公……」見狄仁傑並未回心轉意，寧洲司馬李傑此時也站出來勸慰，可話剛出口，便被吳應文從後面拉了一下。狄仁傑一語雙關，吳應文聽得真切，既然這個新刺史「不知好歹」，何必自討沒趣？

所有人都沉默了。

狄仁傑倒顯得有些歉意，示意吳應文帶路，前往「凶宅」。

來到院門前，狄仁傑略瞟了一眼，所見確實不虛，裡面一片荒蕪景象。狄仁傑轉身對眾人笑道：「狄某不妨去會一會那裡的鬼神，若有不測，諸位同僚記得將我抬出來便是，哈哈哈哈……」

看到新刺史如此灑脫，眾人也不好再勸，一個個皮笑肉不笑地附和著。

一番捯飭之後，狄仁傑成了這座「凶宅」多年來迎接的第一位客人。

狄仁傑白天四處奔走忙碌，夜晚回到住所，還要秉燈夜讀。換作以往，狄仁傑深夜入眠，醒來時已是黎明時分。可自從入住到這裡，狄仁傑總是在夜半驚醒，一會兒陰風陣陣，一會兒怪音悠悠，彷彿有一個若隱若現的影子，老在自己跟前飄來蕩去。

這日夜晚，狄仁傑感到陰風越刮越玄乎，魅影越晃越飄忽。狄仁傑走下床來，對著空蕩蕩的房間喊道：「狄某乃寧洲刺史，依朝廷定制入住於此。你是何方妖孽，竟敢到此興風作浪，妄圖以邪壓正？若是神靈，不妨有話明說；若是野魂，狄某倒要奉勸一句，莫要徒勞無功、自慚形穢。」

話音剛落，只見那鬼影飄到身前，畢恭畢敬地向狄仁傑作了個揖，自報起『家門』來：「在下生前也是寧洲刺史，因病亡於任上，葬於西院的大樹之下。只因樹根滋蔓，纏了屍身，痛苦不堪。先前也有幾位刺史入住於此，在下有心坦陳相告，誰曾想那些人誤認為是冤魂索命，未及問明，便死於非命，後來竟無人踏入此門。今日有幸，得以如實相告，望刺史體恤孤魂，改葬屍身，在下感念不盡！」

「這可真是『平生做了虧心事，就怕半夜鬼叫門』啊！」狄仁傑不由得感慨起來。

說話之間，這鬼影隨風而逝，狄仁傑猛然一驚，原來方才發生的一切，皆是夢境。狄仁傑重新躺下，卻久久不能入睡。

次日一早，狄仁傑命人到西院的樹下挖掘，果然在繁雜的樹根中發現了一具骸骨。狄仁傑又命人將骸骨收攏，葬於城外空曠之處。自此以後，「凶宅」的異象憑空消失。

新刺史破「凶宅」的故事，在寧州城口口相傳，愈加神乎其神，可狄仁傑並未太在意這樁越傳越神的奇聞。

此時的寧州，可遠比一座「凶宅」難對付得多！

＊＊＊

寧洲的民風還算淳樸，但並算不上什麼好地方。這裡地處長安的北面，相距三四百里，是關中地區重要的軍事屏障。從唐朝的版圖上看，寧州距離邊境還有很長一段距離，但實際上，這裡多年來飽經戰火的洗禮。先是李世民與隴西軍閥薛舉、薛仁杲在此頻繁較量，緊接著又成為抗擊東突厥襲擾的要塞，是抵禦北方遊騎的重要堡壘。

儘管與富饒的關中平原近在咫尺，但戰爭之劍一直在寧州的頭頂上高懸，駐軍基本上就地徵糧徵兵，寧州的後勤保障任務異常繁重，加之各種戰備需要，嚴重阻礙了經濟的發展。

狄仁傑到任時，優先保證戰備需要的寧洲，百姓生活十分艱難，家庭破產、拆屋賣田的貧戶隨處可見，基本上是民不聊生。

經過一番走訪，狄仁傑很快就發現了導致這種狀況的諸多直接因素。

首先當然是駐軍的後勤保障。不過，狄仁傑是從戶部「空降」到寧州的，他心裡很清楚其中的奧妙。按照朝廷規定，各地的徵收數額，都是根據當地經濟生產狀況合理測算的，並通過賦稅減免等方式進行補償，實際上是朝廷出錢在當地買糧徵兵，不足的部分再從外地劃撥。這樣一來，既省了不少運輸費用和損耗，又不會增加當地百姓的負擔，不失為兩全齊美的辦法。

狄仁傑發現，在地方具體執行的過程中，官員為政不仁，打著朝廷的旗號，巧立名目，大肆盤剝百姓。「雁過拔毛」對百姓造成的傷害，遠遠超過徵糧、徵兵本身。結果是官員們中飽私囊，朝廷卻背了一個大黑鍋。

其次，寧洲的水利建設嚴重滯後，農業基本上處於刀耕火種、靠天吃飯的原始階段。一方面導致農民對天災毫無抵禦能力，歉收、絕收時有發生。另一方面也使各種迷信現象在民間蔓延，百姓對所謂的「神靈」深信不疑，寧願自己餓著肚子，也不忘「祭祀」，以求風調雨順。

再者，寧州是多民族雜居地區，並帶有一定的部落群居性質。少數民族與漢族、各少數民族之間，甚至單個民族內部的不同部落，矛盾日積月累，互相勢同水火，「械鬥」屢禁不止，既破壞正常的生產生活秩序，更是助長了「以暴制暴」的歪風邪氣。

摸清了寧州的「癥結」所在，狄仁傑開始採取堅決措施，在寧州上下掀起了一場「猛藥去屙」的大整頓。

最先感受到這場「風暴」的，是寧州上下的各級官員。狄仁傑在並州做過十多年的法曹參軍，又有在大理寺、御史台辦案的經歷，到寧州之前還是戶部的度支郎中，官員們在帳目上玩的把戲，根本躲不過狄仁傑的法眼。短短數月，一個個貪贓枉法的官吏被揪了出來，百姓的負擔自然減輕了許多。

為了改善農業生產條件，從根本上破除迷信，狄仁傑組織百姓興修水利、治理河道。功夫不負有心人，年年氾濫的河道終於被「馴服」，那些享用不少祭祀卻無所作為的「神靈」，漸漸被百姓冷落。

群眾是極富創造性的，狄仁傑治水的故事經過口口相傳，進一步幻化為「除母龍」、「斬孽種」的神話故事。如今，寧州境內還保留了很多來自這一系列神話故事的地名，如「龍池」、「八縱坡」、「爛泥溝」、「青牛胡同」等等。

除了懲治貪腐、發展生產，狄仁傑還耗費了大量的心思，解決民族矛盾問題。其實，民族之間、部落之間的爭端，往往是跟落後的農業生產條件聯繫在一起的。在乾旱時節，一桶水就能引發一場聲勢浩大的械鬥。

狄仁傑組織百姓改善條件、發展生產，並在處理一些糾紛時不偏不倚、秉公辦理，民族、部落之間的矛盾逐漸得到緩和。昔日破敗不堪的寧州，呈現出一片欣欣向榮的景象。

＊＊＊

光陰有時顯得十分荏苒，狄仁傑在寧洲刺史的任上，一轉眼便是三年。或許，只有狄仁傑自己明白，一分一秒地度過，三年的時光是多麼艱辛而充實。

狄仁傑如何評價自己在寧州這三年的工作，似乎並不重要，主要得看朝廷對地方官員的定期黜置考核。黜置大員的隻言片語，決定著地方官員的宦途，甚至生死。

這一年，擔任隴右黜置使的是時任右台[1]監察御史的郭翰。

1 武則天臨朝稱制後，將御史台改為左肅政台，簡稱「左台」，負責監察京官和武將，另設右肅政台，簡稱「右台」，負責監察地方。

官員們都知道，能混跡御史台的大多是「炮筒子」，他們出任巡視大員，並不是什麼好事兒，頗有一些「冤家路窄」的味道。

郭翰果然不負朝廷重托，一路走、一路告，絲毫不耽誤，幾個州縣的官員紛紛遭到彈劾。貪贓枉法，治下民不聊生的，參一本！碌碌無為，地方經濟毫無起色的，又參一本！投機鑽營，「面子工程」搞砸了的，再參一本！

雁過留聲、抓鐵留痕，郭翰一路走過，地方官員倒下一大片，尚未巡視的州縣，一個個噤若寒蟬。巡視畢竟如走馬觀花，郭翰能在短時間內發現大量線索，不斷彈劾官員，最大的秘笈就是「微服私訪」。

郭翰清楚，巡視是智慧的較量，鳴鑼開道、前呼後擁，最終只能是其樂融融、無功而返。要掌握真實的情況，就得將自己藏到暗處。

對付「老謀深算」的地方官員，郭翰這一招果然奏效。每州每縣，只知道他要來巡視，但什麼時候到、什麼時候走、怎麼來、去哪裡，沒人清楚。郭翰心情好的時候，逛到衙門跟大家打個照面。遇到看不順眼的，壓根就不露面，彈劾的奏疏照送不誤。

來到寧洲的地界，郭翰「故伎重演」，毫無章法地四處轉悠，足跡遍及城鎮、集市和村落。一番查訪之後，郭翰覺得自己真是開了眼界，地處西北邊境的寧洲異常繁榮，令人有置身於中原之感。街邊的小販也好，田間的農民也罷，上至耄耋，下至孩提，提起刺史狄仁傑，無不歡心雀躍，對這位「父母官」讚譽有加、感恩戴德。

「咱們趕緊走吧。」郭翰似乎在交待隨從，又彷彿在自言自語。

兩名隨從你看看我、我看看你，反倒有些詫異，心想郭御史這是怎麼了？其中一人忍不住問了一句：「黜置使不參寧州？」

郭翰笑了笑，反問道：「參什麼？」

隨從還是不甘心，又問：「既然無事可參，黜置使為何不去州衙門打個招呼？畢竟……」

「畢竟什麼？」郭翰的表情突然嚴肅起來，「該聽的、該看的、該問的，我們都聽了、看了，也問了，狄刺史日理萬機，何必去叨擾。」

黜置使郭翰來無影、去無蹤，狄仁傑難免有些犯嘀咕。任期考核都是公開進行的，僅僅是時間和形式一般不會事先通知地方而已。眼看其他州縣紛紛傳出巡視的消息，唯獨自己治下的寧州沒有半點風聲，狄仁傑雖然心中無鬼，但還是感到匪夷所思。為官這麼多年，無論是過去在并州做一名法曹參軍，還是後來在京城任職，狄仁傑從未遇到過這樣的情形。

「身正不怕影子斜，隨他去吧。」狄仁傑只能默默地在心裡如此安慰自己。

不久之後，朝廷下達的一道詔令，徹徹底底地打消了狄仁傑心頭的所有疑慮。

「詔曰：寧洲刺史狄懷英，撫和戎夏，內外相安，人得安心，朕心甚慰，特擢升為冬官[2]侍郎，即日赴任，不得延誤。」

伴隨著宣詔使者抑揚頓挫的聲調，狄仁傑的內心此起彼伏。外放不過短短三年，又應召回到風雲詭譎的京城，雖然官階一路飆升至正四品下，但是福是禍，狄仁傑的心裡的確沒底。如果讓狄仁傑自己選擇，他寧願繼續留在邊塞之地，做一些力所能及的事情。無奈聖命難違，狄仁傑接過詔書，忐忑不安地開始收拾行裝。

狄仁傑即將離任的消息，在寧州城內外不脛而走。離開的這一天，通過各種管道獲知消息的百姓們，紛紛扶老攜幼，自發地聚攏在官道兩旁，為這位給百姓帶來安寧的父母官送行。

[2] 武則天臨朝稱制後，分別改吏、戶、禮、兵、刑、工六部為天、地、春、夏、秋、冬六官。

盛大的場面感人至深，狄仁傑索性走出官轎，步履躊躇，時而俯首，一邊與百姓揮手揖別，一邊悄然拭去臉頰上的熱淚。

直到狄仁傑的身影消失在遠方，送行的百姓仍然久久不忍離去。後來，寧洲百姓又自發地組織起來，在城西立了一塊「狄公德政碑」，鐫刻著狄仁傑為寧洲百姓殫精竭慮的傾心付出。狄仁傑去世後，寧洲百姓又在碑旁建了一座「狄梁公廟」，供世人瞻仰、祭祀。

伴隨著歲月的流逝，寧洲逐漸形成了一道約定俗成的規矩。歷朝歷代，凡是新到任的官員，都要先到「狄梁公廟」祭祀。北宋年間，著名文人范仲淹在赴任慶州知府途中，為依然屹立在寧州城西的「狄公德政碑」撰寫了一篇碑文：

> 天地閉，孰將辟焉？日月蝕，孰將廓焉？大廈僕，孰將起焉？神器墜，孰將舉焉？岩岩乎克當其任者，唯梁公之偉歟！
>
> ……
>
> 公為人子極於孝，為臣極於忠。忠孝之外，揭如日月者，敢歌於廟中！
>
> ……
>
> 嗟乎！古謂民之父母，如公則過焉。斯人也，死而生之，豈父母之能乎？
>
> ……
>
> 逆長風而孤騫，遡大川以獨航。金可革，公不可革，孰為乎剛？地可動，公不可動，孰為乎方？一朝感通，群陰披攘。天子既臣而皇，天下既周而唐。七世發靈，萬年垂光。噫！非天下之至誠，其孰能當？

在范仲淹眼裡，狄仁傑就是一位「辟天地、廓日月、起大廈、舉神器」的偉人。顯然，這樣的評價並非特指狄仁傑在寧州的功勞，而是縱觀其一生的功績，不禁有感而發。

這位以「樂天下」為己任的政治家，似乎想以這樣的方式，與相隔三百多年的狄仁傑來一次穿越時空的心靈碰撞。可此時的狄仁傑，絲毫沒有心思顧及自己的身後之名，他不知道，還有多少艱險在前方等待著他。

第四篇　宦海沉浮

第二十回 傳言四起撲朔迷離 巡察江南暗藏天機

狄仁傑接到詔令，馬不停蹄地趕往神都洛陽。此時的他並不知道，擢升他為冬官侍郎，並非完全得益於監察御史郭翰的舉薦，而是武則天與麟台[1]正字陳子昂大吵一架之後的偶然結果。

陳子昂犯顏直諫的，是關於巡察江南的事情。這事兒還得從徐敬業、駱賓王起兵謀反說起。

當初，徐敬業、駱賓王等人高舉「匡復廬陵」的大旗在揚州生事。以裴炎為代表的重臣感念其「忠唐」之心，在鎮壓問題上一直比較消極，甚至想藉此逼迫武則天歸政。武則天大為光火，果斷處置了裴炎等人，並派李孝逸率大軍南下平叛。官軍一路摧枯拉朽，徐敬業臨時號集起來的「烏合之眾」被殺得片甲不留。

李孝逸送回的塘報說得很清楚，徐敬業走投無路，被部下斬殺，交給了官軍。駱賓王則心灰意冷，投江自盡。可是，一絲疑雲始終縈繞在武則天的腦海之中，因為坊間關於徐敬業等人僥倖逃脫的說法，已經傳得沸沸揚揚，武則天身居宮中，但眼線眾多，早已有所耳聞。

很多人說，徐敬業根本就沒有死，至於官軍手上的那顆人頭，不過是徐敬業平日豢養的替身而已。也有人說，這個替身實則是官軍擔心遭到問責，暗中找的「替死鬼」，自導自演了一幕鬧劇，以此蒙混

1 麟台即原秘書省。

過關。

徐敬業、駱賓王到底去了哪裡？

儘管說法不一，但比較普遍的說法是徐敬業趁亂潛逃，帶著數十名親信削髮為僧，藏匿了起來。

至於駱賓王，更是活不見人、死不見屍，很多人懷疑他並沒有自盡，而是像徐敬業一樣，藏匿在某個地方。

自從徐賊破滅，武則天一直被這些傳聞所困擾，抱著「寧可信其有」的態度，武則天迫切地希望將事情搞個水落石出。

當然，除了「首犯」可能成為漏網之魚，武則天還有更深層次的隱憂。

徐敬業、駱賓王幾個手無縛雞之力的書生，以區區數百州兵，憑藉著一篇盪氣迴腸的檄文，在短短一個月之內，便能「撒豆成兵」，號集了十萬大軍。這說明什麼問題？與其說是因為徐敬業乃開國元勳之後，駱賓王文采過人，倒不如說是「復唐」、「倒武」在這江南一隅，還有著廣泛而頑強的群眾基礎。如果不將這個隱患徹底消除，就算徐敬業死於非命，以後還會有李敬業、王敬業振臂一呼，足以令武則天疲於應付。

實事求是地說，武則天的這種擔憂並非多餘。

先說民風。從東漢末年算起，迄今為止四百多年的歷史長河，歷經三國、兩晉、南北朝，江南與中原說得上是「聚少離多」。隋朝重新統一，到武則天執政初期，不過區區一百年而已。江南的民風民俗、政治理念與中原融合，還有很長的路要走。

再說「餘孽」。徐敬業武裝暴動的巔峰時期，據說有十萬之眾。由於其內部紛爭，加之李孝逸三十萬大軍的清剿，相當一部分人丟盔棄甲、各回各家。這些只缺一根「引信」的「炸藥」，破壞力不容小覷。

最後還有官場。在這個特殊時期，「匡復廬陵」的政治口號極具煽動性，很多官員儘管沒有明著支持徐敬業造反，但肯定有不少人在暗中表示同情。試想一下，連當朝宰輔裴炎都想「借力打力」，逼迫武則天歸政，更別說下面的地方官了。這些人當中，既有眷念李唐皇室、反對後宮專權的「忠臣」，也有像徐敬業那樣交了黴運，對武則天深惡而痛絕之的「罪臣」。

武則天認為，為了消除這些隱患，必須採取一些非常規的手段。具體該怎麼做，她早已成竹在胸。一方面，武則天重用酷吏，大興「告密之風」，另一方面又積極準備著派員巡察江南。

武則天沒有想到，自己以「監察百官」的名義在神都設立「銅匭」，還有打算巡察江南，均遭到了麟台正字陳子昂的堅決反對。

說起陳子昂，武則天並不陌生，這是一個與狄仁傑相似的傳奇人物。此人自幼聰穎過人，有俠義之風，因擊劍傷人，這才棄武從文，數年的工夫便涉獵百家，精於經史。調露初年，陳子昂從家鄉射洪北上長安，入國子監學習，次年應試不幸落第，後還鄉繼續研習。

永淳元年，二十四歲的陳子昂學有所成，第二次入京應試。當時，陳子昂在街上閒逛，見一人高價出售胡琴，圍觀者甚眾，問津者絕無。陳子昂擠了進去，掏出一千緡購下此琴，並在宣陽裡大宴豪貴，撫琴感慨道：「蜀人陳子昂，有文百軸，不為人知，此樂賤工之樂，豈宜留心。」言畢，陳子昂用力摔斷此琴，將自己的詩文遍發給眾人。

陳子昂的「光輝事蹟」，很快便通過京兆府司功王適的「發掘」，傳到了武則天的耳朵裡。果不其然，陳子昂進士及第，開始了自己的仕途。

由於生性放蕩不羈，吃罪了不少權貴，陳子昂的命運始終比較坎坷。唐高宗李治病逝於洛陽時，武則天準備將靈柩遷葬乾陵，陳子昂上疏勸諫。武則天雖然未採納其言，但嘆服其才，遂授以麟台正字之職。

對於武則天下詔設立的「銅匭」，陳子昂認為這是「任威刑而失民望」，並列舉隋煬帝暴民、漢武帝巫蠱等故事，意在表明「前事之不忘，後事之師」。

武則天知道陳子昂的品性，既不納其言，但也不加以斥責。可是，當陳子昂又對巡察江南之事「大放厥詞」時，武則天終於忍不住了，刻意單獨召見陳子昂。

「微臣以為，巡察江南一事，太后要三思而後行。」陳子昂明白武則天召見自己所為何事，因而不待問話，便占了主動。

「依你所言，朝廷派員巡察地方，純屬多餘之舉？」武則天怒氣未消。

「微臣不敢有此遑論，只是就事論事，專言江南巡察。」陳子昂一副神態自若的模樣。

「你說說看。」武則天儘管看過了陳子昂的奏疏，但還是想聽他親口說一說。

「微臣所言，已呈於奏疏。微臣以為，巡察四方，若使非其人，則黜陟不明，刑罰不中，朋黨者進，貞直者退。徒使百姓修飾道路，送往迎來，無所益也。故而微臣愚見，不可不慎。」

「這麼說，你是對誰出任巡察使有疑慮？」武則天彷彿抓住了一個「把柄」，繼續追問道：「可本宮並未下詔任命，陳愛卿未免太著急了吧？」

「太后容稟，除了使當其人，微臣還覺著，此時並非巡察江南的最佳時機。」陳子昂成竹在胸，並不慌亂。

「這是為何？」

「微臣竊觀當今天下，百姓思安久矣，故揚州構逆，殆有五旬，而海內晏然，纖塵不動。太后命鑄銅為匭，已是任威刑而失民望。此時再巡察江南，微臣擔心天下喁喁，莫知寧所。」

「陳愛卿的意思是？」

「等！」

「等？」武則天顯得有些疑惑。

「是的，等！」陳子昂堅定地回奏道。「江南已被徐黨攪成了渾水，微臣以為不宜大動干戈，只需一點耐心，則清濁自現。」

「嗯。」武則天點了點頭，對陳子昂的想法表示贊同。

沒曾想，武則天這一等，便是兩三年的光景。直至接到郭翰舉薦狄仁傑的奏疏，武則天又將陳子昂叫了來。

「陳愛卿，你當年直諫巡察江南之事，可曾記得？」武則天笑著問道。

「微臣不敢忘。」陳子昂不知武則天的葫蘆裡賣的什麼藥。

「你覺得如今可是巡察之機？」

「這……」陳子昂沒有慮到這層，顯得有些局促。

「莫非還想讓本宮等？」武則天索性一句話堵死了陳子昂的退路。

「微臣以為，是，也不是。」陳子昂說得模稜兩可。

「伯玉[2]，你在麟台這些年，怎麼越來越滑頭了？」武則天可不希望有人在她面前打馬虎眼。

「微臣豈敢！」陳子昂跪拜道：「微臣的意思是，使當其人則是，使非其人則不是。」

「嗯。」武則天滿意地點點頭，「那你覺得，何人能當此任？」

「慈愛足以恤孤惸[3]，賢德足以振幽滯，剛直足以不避強禦，明智足以照察奸邪。至於具體人選，微臣身在麟台，不敢妄測。」

2 陳子昂，字伯玉。

3 惸（qióng），指無兄弟之人。

「慈愛足以恤孤惸，賢德足以振幽滯，剛直足以不避強禦，明智足以照察奸邪。」武則天一句一句地重複道：「嗯！陳愛卿所言極是！本宮打算讓狄懷英擔當此任，陳愛卿覺得此人合乎你這四條否？」

「狄公之名，微臣早有所聞。太后讓他巡察江南，實乃英明之舉！」

「哈哈哈哈！」武則天忍不住大笑起來，「陳伯玉啊陳伯玉，想不到你也有誇人的時候！」

＊＊＊

狄仁傑從寧州回到洛陽，名義上是擢升為冬官侍郎，可尚未到冬官衙署報到，便被武則天召入宮中問話。

在此之前，狄仁傑已得到風聲，武則天打算派他前往江南巡察。狄仁傑心裡明白，武則天名要「巡察」，實則整肅，一為查訪徐敬業、駱賓王等人下落，二為剪除逆黨餘孽、整飭民風，三為甄別官員，剷除潛在的「復唐」分子。

可是，考慮到局面的穩定，這三點無論如何是不可能放在明處的。如果大張旗鼓地尋首犯、抓餘孽、整官員，相當於是向天下昭告：徐敬業等人還活著，跟過他的、暗中支持他的，都要秋後算帳！這樣一來，勢必會在江南引發不可預知的嚴重後果。萬一有人「借屍還魂」，打起徐敬業的旗號蠱惑人心，局面可就更加複雜了。

面對狄仁傑，武則天「明人不說暗話」，十分惱火地問道：「此等兩難之事，不知狄愛卿有何高見？」

「太后。」狄仁傑定了定神，思忖片刻道：「微臣以為，徐駱逆黨蚍蜉撼樹，逆時而動，實在是自取滅亡，不足為慮。只是這江南民風……」

「民風如何？」武則天見狄仁傑欲言又止，迫不及待地問道。

「稟太后，江南民風，微臣曾有所耳聞。南朝梁武帝尚佛，建寺無數，後經百年滄桑巨變，加之我朝太宗皇帝教化有方，佛寺歸於常形。然江南百姓約定俗成，淫祠氾濫，神靈之眾，終至無可複加之境地。」

狄仁傑知道，武則天崇尚佛教，與唐高祖李淵、唐太宗李世民揚道抑佛的理念格格不入，因此在言語上有所顧忌。不過，江南淫祠之害，已成熾烈之勢，各種奇聞異事在官場坊間傳得沸沸揚揚，可謂天下共知。

「江南淫祠，本宮略有耳聞，只是身居深宮，不知詳情，狄愛卿但說一二。」武則天對此興趣頗濃。

「微臣在寧洲時聽同僚說起，一名到江南赴任的刺史視察驛站，經歷了一番奇聞。」狄仁傑見武則天也想以此為突破口，便娓娓道來。

「怎樣的奇聞？」

「這刺史在驛丞指引下入了一間屋子，只見正堂內貼著一副人物像，前面供奉有香案。刺史大為疑惑，這驛丞介紹說，此屋專為存放酒缸，供奉的便是『酒神』杜康。」

「呵！有趣！」武則天冷笑了一聲。

「刺史無言，又進了另一間屋子，依然如故，只是人物畫像有所區別。」

「這又是供奉的何方神聖？」武則天已經猜到了答案。

「驛丞說，這是存放茶葉的庫房，供奉的自然是相傳以茶解毒的神農氏。」

「奇！」武則天不由得感歎了一句。

「還有更奇的。」狄仁傑繼續說道：「刺史又進了一間屋子，尚未入內，便聞得一股子酸味，想是存放醃菜之所。」

「醃菜又能供奉何神？」武則天笑問道。

「這刺史抬首一瞧，供奉的是蔡伯喈。」狄仁傑答道。

「蔡伯喈？」武則天感到有些意外，「狄愛卿說的是東漢才女蔡文姬之父？」

「正是此人。」

「此人與醃菜有何典故不成？」武則天更加驚異。

「沒有。」

「那是為何？」

「只因此人乃『蔡』姓也。」

「哈哈哈哈！」武則天想著滑稽，大笑起來，「這江南淫祠之風，也真是可笑之極！」

「太后容稟，」狄仁傑正色道：「江南淫祠之禍，既是可笑，更是可恨！日月星辰、山川河流、風雨雷電、土地城門，甚至樹木瓜果、柴米油鹽，都有對應的神靈。此外，諸多歷史人物也被供奉上了神壇，周赧王、吳王夫差、越王勾踐、霸王項羽、春申君、趙佗、伍子胥、馬援等等，真可謂五花八門，應有盡有。」

「佛寺自南朝興盛，沒想到竟如此氾濫。」武則天感慨道。

「江南久經戰亂，與中原隔離日久，故而各種宗教、風俗交織，與王化背道而馳。再者，淫祠之風，也為別有用心者披著神靈的外衣妖言惑眾，提供了契機。」

「無怪乎徐賊能一呼百應！」武則天依然對徐敬業之亂耿耿於懷。

「其實，淫祠之禍，百姓也是苦不堪言，受奉者香火旺盛，供奉者饑寒交迫，此等景象，在江南並不鮮見。」

「本宮明白了，狄愛卿就以整飭淫祠入手，好好地在江南查察一番！」武則天終於下定了決心。

＊＊＊

狄仁傑奉旨巡察江南，發生的傳奇故事流傳甚廣。

據說，狄仁傑在端州準備焚毀「蠻神」之祠。可奇怪的是，舉著火把準備燒廟的人，剛跨進門便跌倒在地，氣絕身亡。在場之人無不毛骨悚然，不敢上前一步。狄仁傑不為所動，重金招募了兩名死士，帶著自己的官牒硬闖了進去。只見此二人一個舉著官牒在前，一個舉著火把在後，大喊一聲「敕令在手，神怪休得放肆」，成功將祠廟焚毀。

傳聞終究是傳聞，但狄仁傑一路焚毀，也惹得百姓私下裡竊竊私語，認為如此不留情面、開罪於神靈，是會遭到報應的。

幾個月下來，狄仁傑累計焚毀淫祠一千七百多座，依舊安然無恙，各地百姓這才心悅誠服，明白所謂神靈鬼怪，不過爾爾。

當然，狄仁傑奉旨整飭淫祠，也絕非胡亂焚毀一氣。考慮到江南的實際情況和百姓的情感因素，狄仁傑有選擇性地保留了四個人的祠廟，他們是大禹、吳太伯、季箚和伍子胥。

大禹是受全天下景仰的歷史人物，他治理水患、拯救蒼生，在整個華夏民族中享有崇高聲譽。在江南水鄉這個特殊的地理環境中，大禹顯然帶有更加強烈的象徵意義。

吳太伯是春秋時期吳國的創始人，季箚是吳太伯的後代，也是吳國的賢臣，他們被江南百姓視為「先祖」。對吳太伯、季箚的供奉，帶有明顯的「祭祖」性質，這是中華傳統文化不可或缺的重要組成部分。

還有伍子胥，他是吳國的忠臣，至死效忠於自己的國家，在百姓中的聲譽極高。

狄仁傑選擇保護這四個人，很大程度上緩解了百姓對焚毀淫祠的牴觸情緒，也為「神靈崇拜」劃定了合理的範圍。陳子昂說巡察的人選必須「明智足以照察奸邪」，狄仁傑確實具有這樣的能力。後來，船山先生[4]評論說：「其尤赫然與日月爭光者，莫若安撫江南而焚淫祠一千七百餘所。」

狄仁傑整飭民風的同時，也在暗中尋找著徐敬業、駱賓王的蛛絲馬跡。不過在這方面，狄仁傑並沒有發現什麼有價值的線索。

多年以後，又出現了關於徐敬業的傳說。按時間計算，徐敬業如果在世，也已是九十多歲的年紀。據說，徐敬業當年潛逃進了大孤山，又名「鞋山」，其實是鄱陽湖中的一個小島，四面環水、人跡罕至。他帶著數十名親信到此削髮為僧，躲過了官軍的追捕，得以安生。

一直到唐玄宗時期，當年跟隨徐敬業潛逃的親信先後作古。儘管大孤山不時有新的僧人掛單，但再也無人知曉這個法號「住括」的「得道高僧」，背負著怎樣的驚天祕密。

後來，徐敬業帶著一群弟子前往南嶽衡山雲遊，前後住了一個多月。一日，「住括」將眾弟子召集在一起，坦陳自己便是當年叱吒風雲的「亂臣賊子」徐敬業，並對曾經荼毒生靈的罪責表達了深刻的懺悔之情。在眾人驚異的目光和表情中，徐敬業在衡山圓寂。

相對於徐敬業，有關駱賓王的傳說出現得更早一些，也更具有詩情畫意。

那是唐中宗李顯復位之後，時任司禮主薄的初唐詩人宋之問由於曾受武則天的器重，遭到貶謫。赴任途中，宋之問途經錢塘，借宿於江南名剎靈隱寺。

在那個寧靜的夜晚，明月當空、星光璀璨，滿心憂憤的宋之問輾轉反側，難以入眠，索性起身，踱步於長廊之上。

4 清代史學家王夫之。

月色下的古刹自有一番風景，宋之問不禁詩興大發，腦海裡靈光一閃，昂首吟道：「鷲嶺鬱岧嶢，龍宮隱寂寥。」

兩句詩脫口而出，可任憑宋之問絞盡腦汁，卻始終想不出絕妙的接轉之詞。就在宋之問冥思苦想之時，一位手持長命燈的老僧人步履蹣跚地走了過來。

「夜已三更，施主為何不去歇息，獨自一人在此沉思？」老僧人問道。

「實不相瞞，在下見月色喜人，出來走走，剛作起兩句詩，卻不知如何接續，故而煩擾。」宋之問難續下文，不免有些「病急亂投醫」的味道。

「噢？」老僧人似乎對此挺感興趣，「如若施主不介意，不妨重吟一遍，老衲鬥膽接一接，如何？」

「在下方才想到的是『鷲嶺鬱岧嶢，龍宮隱寂寥』，讓高僧見笑了。」

「依老衲之見，續以『樓觀滄海日，門對浙江潮』，可好？」老僧人不假思索地回道。

「妙！妙！妙！」宋之問聽得此言，不禁拍起手來。

宋之問還在驚駭之中細細地回味著這神來之筆，老僧人卻已悄然走開，伴隨著身影消失在夜色中，一陣蒼老的聲音傳了過來：

桂子月中落，天香雲外飄。
捫蘿登塔遠，刳木取泉遙。
霜薄花更發，冰輕葉未凋。
待入天台路，看余度石橋。

次日天明，宋之問還想去拜訪這位神奇的高人，卻被告知老僧人早已離開，不知去向。有人悄悄告訴宋之問，他就是大名鼎鼎的駱賓王。

＊＊＊

儘管狄仁傑江南一行，沒有察覺徐敬業、駱賓王的行蹤，但武則天卻有一個意外的驚喜。

武則天的驚喜，來源於狄仁傑在焚毀西楚霸王項羽的祠堂時，寫就的一篇《討項檄文》。

在很多人的心目中，項羽稱得上是一位頂天立地的悲情英雄。司馬遷認為「分裂天下，而封王侯，政由羽出」，破格將項羽的傳記寫成「本紀」。項羽兵敗之後，因無顏見江東父老，自刎於烏江。多少年來，江南百姓都視項羽為英雄豪傑，狄仁傑卻執意焚毀他的祠堂，並特意寫了篇檄文，其中說道：

鴻名不可以謬假，神器不可以力爭，應天者膺樂推之名，背時者非見機之主。自祖龍禦宇，橫噬諸侯，任趙高以當軸，棄蒙恬而齒劍。沙丘擯禍於前，望夷覆滅於後，七廟墮圮，萬姓屠原，烏思靜於飛塵，魚豈安於沸水。赫矣皇漢，受命玄穹，膺赤帝之鎮符，當素靈之缺運。俯張地紐，彰鳳舉之符，仰緝天綱，鬱龍興之兆。而君潛遊澤國，嘯聚水鄉，矜扛鼎之雄，逞拔山之力，莫測天符之所會，不知歷數之有歸。遂奮關中之翼，竟垂垓下之翅，蓋盡由於人事，焉有屬於天亡！雖驅百萬之兵，終棄八千之子。以為殷鑒，豈不惜哉！固當匿魄東峰，收魂北極，豈合虛承廟食，廣費牲牢。仁傑受命方隅，循革攸寄，今遣焚燎祠宇，削平台室，使蕙幃銷燼，羽帳隨煙，君宜速遷，勿為人患。檄到如律令。

其實，將狄仁傑的這篇「批項」檄文與駱賓王當年的「討武」檄文對照起來看，是一件十分有趣的事情。

駱賓王曾說，武則天以一個女兒之身，而且「性非和順，地實寒微」，卻「潛隱先帝之私，陰圖後房之嬖」。為了達到僭越的目的，她「虺蜴為心，豺狼成性；近狎邪僻，殘害忠良；殺姊屠兄，弒君鴆母」，最終必然是「神人之所共嫉，天地之所不容」。

狄仁傑卻說，項羽「潛遊澤國，嘯聚水鄉，矜扛鼎之雄，逞拔山之力」，自以為能與劉邦一陣高下，殊不知劉邦乃「受命玄穹，膺赤帝之鎮符，當素靈之缺運」，結果「雖驅百萬之兵，終棄八千之子」，貽笑於後世。

看得出來，除了批判的對象截然不同以外，狄仁傑與駱賓王的邏輯思路是完全相同的。用狄仁傑的話說，項羽最大的罪責就是「莫測天符之所會，不知歷數之有歸」。狄仁傑表面上有感而發，實則是對徐敬業等人「逆勢而動」的鄙夷與斥責。照此推論，徐敬業對應著項羽，武則天自然應該是「受命玄穹」的劉邦無疑了。那麼李唐皇室呢？狄仁傑當然不願意將李唐與「七廟隳圮，萬姓屠原」的秦朝相提並論，但「鳥思靜於飛塵，魚豈安於沸水」，卻是發自內心的真情實感。

「應天者膺樂推之名，背時者非見機之主」，武則天要的就是他這句話！

武則天不知道，狄仁傑寫下這篇檄文，經歷了怎樣的掙扎與糾結。作為深受儒家文化薰陶，又得到先帝眷顧的官宦子弟，狄仁傑對李唐皇室的感情不可謂不深厚，對武則天後宮干政、「臨朝稱制」的行為不可謂不反感。

與很多人不同的是，狄仁傑並不是固步自封的「衛道士」。從某種意義上說，他是一個現實主義者。

從顯慶五年病重到弘道元年離世，李治執政生涯的最後二十多年，飽受病痛的折磨。國不可一日無君，武則天為維持龐大機構的運轉竭盡所能。儘管大臣們一直抵制給武則天上一個「攝知國政」的名頭，但這已經成為客觀的事實。

那些忠於李唐皇室的官員，「反武」的積極性不可謂不高，但能有幾個人的動機是純粹的？像徐敬業這樣的人，披著「功勳之後」的外衣，打著「匡復廬陵」的幌子，稍有起色便露出了「自立為王」的狐狸尾巴。朝中整日吵嚷著讓武則天「歸政」的大臣們，誰能斷定他們不是為了謀求權力的再分配？遵從所謂「正統」理念的官員，在「反武」的激流中不遺餘力，可誰曾想過，武則天一旦歸了政，接下來的路又該怎麼走？

「牝雞司晨，惟家之索」，女人做了主，災禍將如影隨形，可事實真的如此嗎？

武則天「代政」、「攝政」這些年，大唐秉承「貞觀之治」的步伐，農業生產、商業貿易得到極大的恢復。全國的戶數，從貞觀初期的三百萬戶發展到三百八十多萬戶，普通百姓的生活水準顯著提高。在軍事上，高句麗——這個讓李世民遺恨終生的對手，最終降服於大唐的鐵蹄。

更重要的是，武則天為了使自己的地位「合法化」，對以「隴右貴族」為代表的門閥殘餘勢力進行了全方位的打壓。庶族地主的政治地位得到顯著提高，皇權統治的階級基礎也相應地擴大。

當然，武則天走上的這條道路，是用無數人的鮮血與屍骨鋪就而成的。這裡面，有武則天猜忌、嗜殺的主觀性格特點，但客觀地說，巨大的阻力也是她不得不通過血腥的方式達到目的的重要原因。這樣的阻力，正是來自於「男尊女卑」的封建傳統思維！要想衝破這樣的牢籠，談何容易！

一邊是「男尊女卑」，一邊是「受命玄穹」，狄仁傑經過漫長的思想鬥爭，以及對諸多事件的冷眼觀察，最終做出了自己的選擇。對於狄仁傑而言，這樣的抉擇是痛苦的，恐怕終其一生都難以釋懷。

徐敬業、駱賓王音訊全無，一直讓武則天捉摸不透的狄仁傑卻通過一篇檄文表明了自己的立場，武則天頓時有了「失之東隅，收之桑榆」之感。

對於處在關鍵時期的武則天而言，得到一名忠心耿耿的老臣，其意義遠遠超過戰勝自己的敵人。更何況，這位老臣是歷經風雨的「全能型選手」。論辦案，他不懼權勢，剛直不阿，連聖上的面子也不給；論封疆，他洞悉癥結，立竿見影，深受百姓的擁護；論廢祠，他不辱使命，蕩滌邪風，讓武則天心中的疑慮煙消雲散。

如此「人才難得」，無論是否「擁武」，只要沒有什麼「反武」的言行，求賢若渴的武則天，便沒有不用的道理。

回到洛陽之後，狄仁傑被擢升為文昌左丞[5]，官居正四品上，第一次進入了朝廷決策的核心層。

此時，武則天正在加緊「篡唐自立」的步伐，而身處漩渦之中、「高處不勝寒」的狄仁傑，又將經歷怎樣的波瀾起伏？

[5] 武則天改尚書省為文昌台，文昌左丞即原尚書左僕射。

第二十一回　慮安危越王突起兵　除餘孽懷英使豫州

狄仁傑剛剛入職文昌台不久，六百多里開外的豫州便發生了一件大事——越王李貞起兵反武！

接到消息之後，狄仁傑與眾多朝臣一樣，內心五味雜陳。按理說，李貞犯上作亂、十惡不赦。可是，李貞此番起兵，未必就是衝著皇位來的。他是唐太宗李世民的第八子，雖然比李治年長，但因是庶出，故而終究與皇位無緣。他冒險一搏，從很大程度上說，是被武則天逼出來的！

自從李治病重、武則天權傾朝野，李唐宗室的日子便愈發難過。想當初，武承嗣為武氏立「七廟」的動議被攪黃之後，又尋思著把韓王李元嘉、魯王李靈夔揪出來「祭旗」。不過，武則天當時根基不穩，裴炎等老臣以死相爭，此事只能作罷。如今，裴炎已成刀下之鬼，武氏如日中天，是到了向這群「心腹大患」算總帳的時候了！

可話說回來，收拾李唐宗室容易，一道詔令便可人頭落地，但武則天畢竟身處最高層，做大事要講章法，不能不計後果。

世事未必盡如人願，武則天一直想找一個適當的藉口，偏偏李唐宗室這些人壓根不給她機會。「臨朝稱制」也好，「匡復廬陵」也罷，居廟堂之高的裴炎，處江湖之遠的徐敬業，鬧騰得不亦樂乎，唯獨「直接利益相關方」李唐宗室，屁大的動靜都沒有。

武則天一直密切關注的那幾個皇室宗親——絳州刺史韓王李元嘉、青州刺史蜀王李元軌、邢州刺史魯王李靈夔、豫州刺史越王李貞、貝州刺史紀王李慎[1]、通州刺史黃公李譔[2]、博州刺史李沖[3]、申州刺史李融[4]、范陽王李藹[5]，全都跟商量好了似的，一個個做起了「桃源中人」，「不知有漢，無論魏晉」，任憑風吹雨打，我自閒庭信步，好一個快活了得！

「奇了怪了，這不是皇帝不急太監急嗎？」如此戲劇性的場面，武則天也不大看得明白。

「晏子云，『識時務者為俊傑，通機變者為英豪』，他們選擇不做無謂的抗爭，自然也是好的。」武則天轉念一想，自我安慰了一番。

到底是趕盡殺絕以除後患，還是得饒人處且饒人，武則天一直拿捏不定。就在武則天兩難之際，虢州發生了一件並不太起眼的事情，讓她做出了最終的決定。

那是垂拱三年九月，虢州有一個名叫楊初成的人，自稱「郎將」，公然打出「匡復盧陵」的旗號，拉上一群烏合之眾，竟然奔著囚禁盧陵王李顯的房州去了。

螳臂當車，純粹是活得不耐煩。楊初成的旗幟還沒搖上幾天，就被官軍抓來剁了。官軍殺楊初成，可謂小菜一碟，但武則天越想越不對勁。

當年徐敬業、駱賓王一夥落魄官員，僅憑一州之力就妄圖「匡復盧陵」，雖也是蚍蜉撼樹，但多少還是有些章法，先是「矯詔」騙取揚州的統兵之權，接著寫檄文爭取人心。失敗歸失敗，駱賓王這篇檄文真的是暢快淋漓，連挨了一頓臭罵的武則天都佩服得五體投地。

1 李世民第十子。
2 韓王李元嘉之子。
3 越王李貞之子。
4 李淵之孫，虢莊王李鳳之子。
5 魯王李靈夔之子。

楊初成又算什麼呢？一介草民，要錢無錢，要兵無兵，竟然比徐敬業「實誠」，一說「匡復」，就奔房州去了。他到底是吃了熊心豹子膽，還是吃錯藥成了瘋癲？

不合常理的事情，往往隱藏著不可告人的祕密。「楊初成不過是一枚棋子，他背後有人！」武則天是這樣想的，而且這種想法越來越堅定。

誰會拿一介草民做文章呢？在武則天看來，當然非李唐宗室莫屬！

冬天過去了，春天也接近尾聲，楊初成身首異處、死無對證，「幕後推手」始終不見蹤影，眼看就成了一樁無頭懸案。

「逆賊！我非除了你們這群逆賊不可！」這日，武則天將刑部「查無實證」的奏疏重重地摔在案上，起身踱開步來。

「太后！」，武承嗣冒失鬼似地衝了進來，陰陽怪氣地接了一句：「與其守株待兔，不如投石問路！」

「放肆！」武則天怒氣未消，「你怎麼越來越沒規矩了？」

「侄兒萬死！」武承嗣近前一步道：「侄兒匆忙趕來，為的是向太后稟告一樁祥瑞。」

「何來祥瑞？」

「稟太后，洛水近日浮起神石，為鄉人唐同泰所獲。石上有『聖母臨人，永昌帝業』八字，渾如天成，實乃古今未有之奇！」

「噢？」武則天頃刻間轉怒為喜，興致盎然起來，「神石現在何處？」

「侄兒豈敢耽擱，已命人送入宮門，請天后移步院外，眼見為實。」

「好！好！好！」撫摸著這塊天賜神石，武則天難掩心中的喜悅，不停地嘖嘖稱奇。

「對了，承嗣。」，武則天突然轉過身來，「你剛才說什麼投石問路，是何意？」

武承嗣聽聞，連忙使了個眼色，欲言又止。武則天會意，摒退左右，武承嗣方才放言道：「太后容稟。李元嘉、李靈夔等人深懷異心，過去得裴炎這些奸臣庇護，如今大局已定，若再放任自流，侄兒恐怕後患無窮。」

「嗯！」武則天點了點頭，「雖說欲加之罪何患無辭，可大唐立國七十載，皇親國戚盤根錯節，這可是牽一髮而動全身哪！」

「侄兒深知太后為難，所以有此『投石問路』之計。」武承嗣似乎成竹在胸。

「說說看。」

「『洛水神石』乃天賜祥瑞，各州都督、刺史，還有皇親貴戚，自當齊聚京城，共賀『聖母』得天神眷顧！」武承嗣似乎有些顧左右而言他的味道。他明白，以武則天的精明，只需點到為止。

果然，武則天緊縮的眉頭終於徹底舒展，大笑起來。「承嗣，好侄兒！神石有功，侄兒當為首功是也！」

次日朝會，武則天當廷賜「神石」為「寶圖」，並依上天之意，為自己加上「聖母神皇」的封號，決定祭拜洛水，告謝昊天。

隨即，一份詔令傳至各州，要求所有的都督、刺史、皇親、外戚，務必在拜洛前十日齊聚洛陽。

接到詔令之後，通州刺史李譔坐不住了。雖然武則天玩「天賦神權」的把戲不是一次兩次了，但將所有的都督、刺史、皇親國戚召回京城，這還是頭一次，她的葫蘆裡到底賣的什麼藥？

思前想後，李譔愈發感覺到，這將是一場血流成河的鴻門宴！可是，憑一己之力，如何能與武后相抗衡？

李譔在腦海裡迅速地將宗親過了一遍，最終停留在越王李貞的頭上。李貞自幼好學，既通文史，又善騎射，歷任揚州都督（遙領）、安州都督（遙領）、相州刺史（實授）、豫州刺史（實授），可謂長期活躍於政壇，而且頗有業績，在宗室中威望甚高，是出名的「材王」。李唐宗室要「絕地反擊」，非此人領頭不可。

主意已定，李譔給李貞寫了一封書信。為穩妥起見，李譔隻字不提「起兵反武」的動議，而是用了一句暗語：「內人病重，當速診療，若延至今冬，恐無回天之力。」

李譔知道李貞一定會對這句暗語心知肚明，但李貞平素為人謹慎，才能有餘、魄力不足，是否能夠扛起大旗，李譔並沒有十足的把握。

於是，李譔又以「傀儡皇帝」李旦的名義，給李貞的兒子李沖送去一封「璽書」，說自己慘遭幽禁，讓各地親王起兵勤王！

事情果然不出李譔所料，接到書信的李貞父子表現各異。李貞瞻前顧後、猶豫不決，打算看一看再說，李沖畢竟年輕氣盛，積蓄多年的怒火頓時熊熊燃燒起來，一發而不可收拾。

為了加強輿論攻勢，李沖在李譔杜撰的「璽書」基礎上作了進一步發揮，又打著李旦的旗號憑空捏造了一份新的「璽書」，說武則天正在打算將李唐社稷改成武氏江山，野心昭然若揭，局勢千鈞一髮！

在博州長史蕭德琮的協助下，李沖募得五千多士兵，高舉「勤王」大旗，渡過黃河奔濟州而去。李沖年輕不假，但也不完全屬於「愣頭青」，他知道五千多人成不了大事，於是寫信串聯絳州李元嘉、青州李元軌、邢州李靈夔，還有貝州的李慎，當然也少不了自己的父親李貞，讓他們趕緊發兵，會師洛陽！

李沖這隻「出頭鳥」搞得熱火朝天，各地親王的反應卻不盡如人意。最先攛掇要「起事」的李譔，此刻既不發兵、也不發言。范陽王李藹稍微好一點，寫信給李貞、李沖父子，表示道義上的支持，說「四方諸王並起，事無不濟」，可依然不出一兵一卒。

唯一用行動回應的，是身處豫州的李貞。一來李貞早有圖謀，多年來減免賦稅收買人心，又以打獵為名訓練兵勇，二來上陣父子兵，沒有兒子打前陣、老子看熱鬧的道理。

不過，李貞還是不敢貿然行動，又寫信給壽州刺史趙瓌，讓他起兵相助。趙瓌是駙馬，娶了李淵的女兒常樂公主，也算宗親的一員，當即表示願意出手相助。

常樂公主從字裡行間看出了李貞的疑慮，讓信使給李貞和諸王帶幾句話回去。她對李貞等人說：「當年隋文帝謀篡北周，大將軍尉遲迥身為周文帝的外甥，奮然起兵，雖兵敗自殺，然忠烈之心可鑒。汝等諸王，乃先帝子嗣，豈能不心繫社稷？如今李氏江山危如朝露，汝等不捨生取義，依然猶豫不決，是何道理？大禍將臨，大丈夫寧作忠義之鬼，不受徒勞之殃！」

趙瓌終究沒有出動一兵一卒，常樂公主的話卻讓李貞熱血沸騰。時機雖然不夠成熟，但性急的李沖已公開起事，覆水難收，李貞也只有硬著頭皮頂上去了。

李沖、李貞先後興兵「反武」，武則天顯得異常鎮定，她調丘神績去對付不知天高地厚的李沖，麴崇裕、岑長倩、張光輔則率十萬官軍星夜開拔，圍剿李貞。一切盡在掌握之中，她只需穩坐洛陽，耐心等待著前方傳來捷報。

武則天估計得沒錯，李沖的五千烏合之眾，壓根不值一提，攻打第一座城池——武水，便慘遭敗績。當時，武水縣令郭務悌見李沖來勢洶洶，趕緊向上級魏州求援。臨近的莘縣縣令馬玄素率一千七百人馳援武水，關閉城門，固守待援。

李沖在城外叫罵、約戰都不起作用，遂發起火攻。誰曾料想，大火剛燒起來，風向就改了，奔著李沖的隊伍燒了過來。屋漏偏逢連夜雨，李沖的隊伍中有一個叫董玄寂的人，也不知怎麼想的，突然改主意了，四處散播李沖「與國家交戰，是犯上作亂」。李沖雖然斬了董玄寂，但軍心早已大亂，五千多人紛紛作鳥獸散。一眨眼的工夫，只剩下幾十名家僕跟在李沖身後，不離不棄。

李沖狼狽不堪，逃回博州。留守官員見李沖如此無能，早就斷了念想，便砍下李沖的頭顱，給自己留一條後路。此時距離起事，不過短短七天時間。

李貞這邊的形勢稍微好一點，一舉拿下了上蔡。可尚未來得及慶祝，便接到兒子兵敗身死的噩耗。李貞深感獨木難支，痛不欲生，打算舉手投降、爭取主動。

與此同時，新蔡縣令傅延慶率領剛招募到的兩千多人趕來入夥，讓李貞又看到了一線曙光。

李貞打算「化悲痛為力量」，謊稱「琅琊王李沖已拿下魏州、相州，有兵二十萬，不日將與我們會合」。接著，又給五百多人許諾了不同的官職。

可是人心各異，願意將腦袋別在腰間賭一把的人畢竟是少數。李貞手下這些官員，絕大多數都是被脅迫的，唯獨汝南縣丞裴守德死心塌地。

正所謂「人心齊，泰山移；人心散，搬米難」。裴守德再忠心耿耿，也不過是杯水車薪。當麴崇欲等人率領的官軍直逼豫州時，出城迎戰的李規[6]、裴守德大敗而歸。麴崇裕兵臨城下，李沖自知大勢已去，與李規、裴守德及其妻妾選擇了自殺。

作為武則天稱帝前的最後一次武裝抗爭，轟轟烈烈的「越王之亂」就此落下帷幕。不過，武則天精心為李唐宗室安排的一場大戲，才剛剛開始。

對於「越王之亂」，武則天的態度是非常堅決的。圍剿不是目的，關鍵是要借此機會斬草除根。她派丘神績前去鎮壓李沖，已經很說明問題了。

丘神績是什麼人？四年前李旦登基，他奉武則天的「密令」前往巴州。沒過幾天，巴州便傳來噩

6 越王李貞之子。

耗，幽禁在此的廢太子李賢自盡了。

丘神績自然脫不了干係，被貶為疊州刺史，其實不過是武則天欲蓋彌彰的「障眼法」。李賢被追認為「雍王」，以親王之禮安葬，丘神績在不久之後也悄然官復原職。

這一次，丘神績被派往博州平亂，不用武則天開口，他自然知道該怎麼做。

計畫終究趕不上變化，當丘神績馬不停蹄趕到博州的時候，李沖已經稀裡糊塗地送了命。眼看「首功」成為泡影，丘神績一不做二不休，將素服出迎的官員全部就地正法，李沖以及博州各級官員的家眷、奴僕也未能倖免，上千戶家庭慘遭血洗，博州城一片昏天黑地。

丘神績殺人不眨眼，圍剿豫州的麴崇裕、岑長倩、張光輔也不是吃素的。李貞、李規、裴守德已自盡身亡，但人頭還在，被割下來送往洛陽，與李沖的首級在神都城門上「團圓」。

死人尚遭此凌辱，更何況活著的「餘孽」。官軍在豫州大肆搜捕，除了當場斬殺的以外，還抓了五千多個活口，等待武則天的詔令，再行處置。

身在洛陽的武則天當然也沒閒著，丘神績、麴崇裕等人在博州、豫州撒網捕魚，她的目光卻盯上了李唐宗室。

「越王之亂」後，武則天命監察御史蘇珦調查諸王與越王是否有同謀嫌疑，蘇珦查無實據，不願作誣陷栽贓的劊子手，於是據實上奏。武則天當然不滿意，又讓早已臭名昭著的酷吏周興來辦。

這個周興，便是當年自作主張，致使狄仁傑從並州押運來的軍糧損失甚重的河陽縣令。自從那件事之後，周興便被朝廷冷落。直到武則天在洛陽設立「銅匭」，周興才依靠告密發跡，成為武則天豢養的「酷吏」之一。

與其他出身卑賤的酷吏不同，周興是在任官員，且精通律法、刑獄，屬於「技術型」官員，故而深得武則天的賞識，如今已擢升為司刑少卿了。

酷吏周興出馬，果然不同凡響。韓王李元嘉、魯王李靈夔、黃公李譔，還有趙瓌、常樂公主夫婦等人，被責令遷居至洛陽。這些人剛踏進洛陽，尚未安置妥當，便被緝捕入獄，數日之後紛紛「畏罪自殺」，處理得乾淨俐落。

接下來，李融、李元軌也被別人告發，一個斬首示眾，一個流放黔州。李元軌年事已高，經不住一路顛簸，才走到陳倉便一命嗚呼了。金州刺史李緒[7]也因「越王之亂」時率領本州兵馬蠢蠢欲動，被押上了斷頭台。

還有貝州刺史李慎，李沖起兵時曾寫信串聯過他。李慎自幼好學，才能卓著，任襄州刺史時頗有政績，百姓還為其立碑頌德，與越王李貞並稱為「紀越」，在親王中聲望甚高。

李慎當時並沒有搭理「少不更事」李沖，但事後還是被人誣陷，說他「無謀反之實，有謀反之意」，最終在流放巴州途中死去。他有七個兒子，除了最小的李證以外，全部都被殘忍殺害。家眷流放嶺南，後大多被殺。

在這場「肅清謀逆」的大清洗中，有冤枉的，還有更冤枉的，甚至武則天自己的女婿薛紹也未能倖免。

薛紹是薛瓘的兒子，薛瓘又是李世民、長孫皇后的女婿，娶了他們的女兒城陽公主。從這層關係上說，薛紹應當比較同情李唐宗室的境遇。不過，前人罩不住當下，薛紹現在是太平公主的丈夫，太平公主又是武則天最為寵愛的女兒。按理說，薛紹不大可能跟著李貞、李沖父子瞎起鬨，與心狠手辣的丈母娘作對。

其實，並非薛紹圖謀不軌，而是他的親哥哥薛顗脫不了干係。李沖當初高舉「勤王」義旗，往濟州

[7] 蜀王李元軌之子。

方向開拔，就是奔著與自己「同心同德」的濟州刺史薛顗去的。

結果，李沖尚未看到濟州的城門便鎩羽而歸。驚慌失措的薛顗趕緊將知情人全部滅口，企圖蒙混過關。

俗話說得好，要想人不知，除非己莫為。特別是在大興告密之風的武則天時代，根本沒有什麼祕密可言，薛顗很快就被揭發了出來，說他攛掇自己的兄弟薛緒、薛紹，參與謀反。

薛顗當然是一查一個准，至於薛緒、薛紹便無足輕重了。最終，薛顗、薛緒被斬首示眾，武則天念及女兒太平公主的顏面，將薛紹從輕發落，杖責一百後投入大獄，活活餓死於獄中。

在慘遭屠戮的李唐宗室中，只有范陽王李藹暫時撿回一條命。他當初叫囂著「四方諸王並起，事無不濟」，一看形勢不對，立即改旗易幟，主動向武則天揭發李貞、李沖父子，做起了「汙點證人」。武則天不僅既往不咎，還給他加官進爵。不過，等到一切塵埃落定的時候，李藹還是死於酷吏之手。

經過這一場慘絕人寰的大屠殺，凡是被武則天認為「心懷異志」的李唐宗室，基本上都被殺戮殆盡。武則天還不解恨，又下達一道詔令，將這些皇親全部開除屬籍，並賜姓為「虺」，以示其蛇蠍之心。

昔日的皇親國戚悉數落馬，而豫州大獄裡的五千多「逆黨」，還在等著武則天的發落。事關重大，人數眾多，為明正典刑，朝廷有必要派一名監刑官。另外，豫州刺史李貞伏法，還得找一個能主事的人前去坐鎮才行。

武則天想到了圓滿完成「祕密使命」的狄仁傑，而且合二為一，豫州刺史、監刑官，讓狄仁傑一個人扛了下來！

可對於狄仁傑而言，到豫州去監斬「逆黨」，絕對一件昧良心的事情。

武則天這時候想起狄仁傑，頗有一點讓他手上沾點血「入夥」的味道。但是，事情遠遠沒有這麼簡單。

李唐宗室因「越王之亂」而遭到毀滅性的打擊，實際上已經沒有力量再跟武則天一爭高下。剩下的這幾千「餘孽」如何處理，武則天有她自己的政治考慮。

平心而論，武則天想不想殺掉這些人呢？想殺！非常想殺！但派誰去殺，這事兒得琢磨琢磨。最省事、最快捷的做法，可以派一名酷吏去監刑，保證人頭只會多、不會少。別說這五千「餘孽」，就是在豫州挖地三尺，把祖墳裡的屍骸刨出來剁上一遍，酷吏們也幹得出來。

可是，「越王之亂」已經平息，所謂的「餘孽」，坐實的也好，蒙冤的也罷，畢竟有數千之眾，一股腦地剁掉，政治上的影響太惡劣。

武則天雖說心狠手辣，未達目的不擇手段，但她的終極目標是君臨天下。如此大規模地集中屠殺，她沒做過，也不知道做了之後會產生什麼樣的後果。

在這種情況下，派酷吏去豫州搞「大屠殺」，風險係數太高。「餘孽」一死了之，可武則天往後還得過日子，這無疑是給自己埋下一顆威力驚人的「政治炸彈」。

斬草要除根，可濫殺又附帶著極高的風險，有沒有兩全齊美的辦法呢？

論謀略、論權術，武則天的確是爐火純青。看似無法破解的難題，她想到了狄仁傑這把「金鑰匙」。

就政治立場而言，狄仁傑長期游離於「擁李」、「擁武」之外，只知埋頭幹活，從來不在公開場合發表帶有明顯傾向性的言論。就工作能力而言，狄仁傑不懼權勢、剛直不阿，閻立本讚譽其為「海曲之明珠、東南之遺寶」，特別是他入職大理寺，一年辦理涉及一萬七千多人的陳年積案，在司法界有「平恕」之名。

派狄仁傑去豫州，監斬「餘孽」並施政一方，武則天至少可以達到三個目的。第一，繼狄仁傑以「討項檄文」暗示政治立場之後，武則天希望進一步摸清他的脈搏。第二，以「投名狀」的形式，澈底斬斷狄仁傑將來「擁李」的念頭。第三，將狄仁傑推向前台，轉移已經公開化的矛盾，瓦解李唐宗室的統治基礎。

接到詔令，狄仁傑陷入了兩難境地。儘管一萬個不樂意，但他心裡很明白，自己這一次，無論如何也繞不過去了。

從洛陽到豫州，六百多里路程，並不算太長，但狄仁傑走得異常艱難。他的雙腳如同灌鉛一般，每邁出一步，都要使盡全身的力氣。

一路之上，狄仁傑都在沉思。很多人、很多事，在自己的腦海裡重複地出現著。浮現得最多的，是難以言表的眼神。狄仁傑認得出來，這裡面有唐高宗李治的，有父親狄知遜的，有廢太子李賢的，還有無數不知名姓的普通人。

對於狄仁傑而言，這是一次艱難的抉擇，一次關係到數千人生死、甚至包括自己身家性命的抉擇。來到豫州，狄仁傑站在人滿為患的牢房門前，一直沒有勇氣踏進去。他佇立在秋風中，緊閉著雙眼，任由恐懼、無辜的眼神在自己的腦海裡若隱若現，兩行熱淚順著臉頰滴落下來。

他早就拿定了主意，一定要救下這五千多條鮮活的生命。可自己有使命在身，怎麼救？

捨生取義容易，無非是一死了之。可就算狄仁傑成了「烈士」，也不過是多一個「餘孽」而已，五千多人會在另一位監斬官的眼皮子底下人頭落地、血流成河。如何才能說服武則天刀下留人，而不是自己飛蛾撲火呢？

大理寺一再發文催促行刑，狄仁傑卻整日將自己鎖在書房裡，茶飯不思、徹夜無眠。他的眼裡布滿血絲，鬢角的銀髮使得整個人愈加蒼老。他思索著，如何寫就這封關係數千無辜生命的奏疏。

為官三十餘載，狄仁傑以並州為起點，一路艱辛、一路坎坷，如今已是身居廟堂之高。他不是沒有經歷過官場的險惡，但這樁案子，讓他愁苦萬狀之餘，也深感肩負著千斤重擔。

伴隨著敲更者悠長的聲調，狄仁傑正在艱難地落筆。紙上剛寫出幾個字，便被他揉作一團，扔將出去。硯台裡的墨汁乾了磨、磨了乾，廢紙簍早已裝得滿滿當當，紙團滾落到地上，一片狼藉。

狄仁傑索性將手中的毛筆擱下，起身來到院裡，仰首望著皓月當空、繁星點點，時而駐足深思，時而捋鬚徐行。經過一番激烈的思想鬥爭，狄仁傑頓悟了：要想救人，任何言辭都有可能被武則天認為是欲蓋彌彰、包庇「餘孽」。在這種情況下，能夠打動武則天，從而扭轉局面的，恐怕只有一片赤誠之心了。

經過反復推敲修改，狄仁傑的這封密疏終於完成了。

「微臣幸蒙天恩，奉旨赴豫州查察謀逆一案。昔五千餘口入獄聽候發落，經微臣仔細查驗，或受逆黨威逼，或毫無干係，皆罪不及死。微臣知此事關乎社稷，意欲顯奏，恐有為逆人辯護之嫌。若微臣知而不言，又恐辜負聖母神皇存恤之本意。微臣進退維谷，不知從何下筆。表成復毀，意不能定。微臣以為，此輩雖有謀逆之實，然並非出於本心，惟望神皇懷蒼生之念，法外開恩，予其生路。」

接到狄仁傑的奏疏，武則天猶豫了。狄仁傑說的沒錯，當初李貞造反，很多人其實也是受脅迫的。趨利避害，人之常情，怎麼能指望所有人都大義凜然呢？若真是讓這些人身首異處，會有多少人對武則天懷恨在心？

思來想去，武則天終於接受了狄仁傑的建議，對這五千餘人網開一面，改死刑為流刑，發配豐州。

儘管這些無辜的人死罪可免、活罪難逃，但狄仁傑知道，在當時的情況下，這已經是最理想的結果了。

當這數千囚徒身披枷鎖、離開故土，相互攙扶著走出豫州的時候，狄仁傑獨自站在城門之上，默默地為他們送行。直到這支長長的隊伍消失在遠方，狄仁傑依然昂首眺望，他的心中無數次地呼喊著：「仁傑無能，讓你們受苦了！」

數千「餘孽」跋山涉水，途經寧州。寧州的父老鄉親們聞訊，紛紛趕到郊外來探望，並告訴他們：「是我們寧洲的狄刺史救了你們的命啊！」

在押解軍士的默許下，寧洲百姓領著這群衣衫襤褸的囚徒，來到城西的「狄公德政碑」前。他們一起擺案焚香，百姓自發地拿出種類繁多的祭品，在碑下堆積如山。數千人齊刷刷地跪倒在地，失聲痛哭。

與這驚天動地的哭聲相比，任何感恩戴德的言辭，都顯得那麼蒼白無力！

第二十二回　心繫蒼生痛斥奸佞　作惡多端報應不爽

成功說服武則天，保全五千多人的性命，狄仁傑不禁鬆了一口氣。可是，豫州的形勢並不容樂觀，首先是社會秩序、生產生活亟待恢復。對於這一點，狄仁傑有充分的思想準備，畢竟豫州的條件再怎麼差，也好過地處邊塞的寧州。

狄仁傑真正的麻煩，是暫時駐紮在此穩定局勢的「諸軍節度」張光輔。當初爆發「越王之亂」，奉命率軍前往豫州的是三個人。「中軍大總管」麴崇裕和「後軍大總管」岑長倩負責調兵遣將、平定暴亂，時任文昌右丞的張光輔被委任為「諸軍節度」，主要負責總攬大局和平叛之後的「善後」工作。暴亂平息之後，麴崇裕、岑長倩奉命打道回府，張光輔暫時留了下來，維護豫州穩定。此人貪得無厭，狄仁傑早有耳聞，如今自恃平亂有功，更是縱容部下四處剽掠、橫行霸道。

狄仁傑到任之時，妥善處理了五千多在押囚犯，這讓張光輔顏面盡失。誰都知道，豫州牢獄人滿為患，被百姓稱為「囚城」，正是張光輔邀功請賞的「戰績」。狄仁傑看穿了這一點，因而採取「密奏」的方式瞞天過海，讓這些無辜的囚徒改死為流，張光輔稀裡糊塗地吃了啞巴虧，可詔令不可違，他除了氣得乾跺腳，別無他法。

狄仁傑與張光輔，一個主政地方，一個指揮駐軍，表面上看似井水不犯河水，但張光輔的駐軍整日胡作非為，兩人終究會爆發一場正面交鋒。

作為新任刺史，狄仁傑每天清晨都要面對一群伸冤告狀的百姓。狄仁傑剛一落座，狀子便如雪片般飛來。告狀的人來自四面八方，狀子的內容卻大同小異，絕大多數都是被駐軍士兵搜刮財物、肆意屈辱，稍有不從，便被扣上「逆黨」的罪名投入大獄。

士兵如此目無王法，而且人證物證俱在，可謂鐵證如山，可主政一方的狄仁傑卻無從受理。按照朝廷制度，駐軍士兵犯法，得由指揮官受理，地方官員無權管轄。

狄仁傑明白，要整飭軍紀，只有張光輔出面才行。儘管他對張光輔的為人頗為不屑，但為豫州百姓的生計，他還是決定走上一遭。

「狄公身負刺史之職，公務繁忙，今日怎有閒情，撥冗光臨寒舍？張某有失遠迎，萬望狄公莫要見怪。」張光輔見刺史狄仁傑親自前來探訪，難免有些意外。儘管對狄仁傑「私自」為囚徒說情的舉動耿耿於懷，張光輔表面上還是裝出一副其樂融融的姿態出來。

「張右丞客氣了，下官履新豫州多日，未能與張右丞一敘，失禮之至，望張右丞恕罪。」論官階，狄仁傑低人一等，禮數自然是少不了的。

張光輔見狄仁傑面色不佳，深知「來者不善」，剛一落座，便先發制人：「狄刺史今日前來，張某倒是想起一事。前日我差人到刺史府商洽糧草一事，不知可有結果？」

聽張光輔提起「糧草」，狄仁傑不禁眉頭一緊。自從他到任豫州，張光輔的人便三天兩頭到刺史府索要資費、糧草，令他不厭其煩。

狄仁傑心裡明白，一開始便糾纏於糧草，今天這趟就算白來了。於是，他端起茶杯，略品一口，隨即笑道：「明公莫怪，地方負責駐軍給養，此乃朝廷定制，豫州區區一府，豈敢違拗？只是下官下車伊始，諸事繁雜，且容下官幾日，明公不必擔憂。」

「有狄刺史這句話，張某自然沒有不放心的道理。」見狄仁傑如此懇切，張光輔也只好順水推舟。

「張右丞。」，狄仁傑話音一轉，正色道：「負擔駐軍給養，乃豫州官民分內之事，而駐軍維護一方百姓，也是理所應當。」

張光輔對狄仁傑的來意摸了個八九不離十，卻佯裝不解地問道：「狄刺史何出此言？」

「張右丞，狄某幸蒙天恩，主政豫州，以百姓福祉為己任。然駐軍剽掠難禁，百姓苦不堪言、上告無門，還望張右丞嚴加管束才是。」

「噢？」張光輔假裝露出一副驚詫的表情，「竟有這等事？本官一向治軍嚴明，豈容軍士知法犯法……」

不待張光輔說完，狄仁傑忙起身道：「明公深明大義，下官欽佩之至。」

張光輔擺了擺手，示意狄仁傑落座，繼續說道：「本官向來容不得作奸犯科之事，狄刺史可莫受那些刁民的蒙蔽啊！」

「張右丞，」狄仁傑見張光輔話音不對，又站將起來，「百姓若無冤屈，怎會糾纏於官府？軍士犯法是實，證據確鑿，何來『刁民』一說？」

「哈……哈……」張光輔大笑了兩聲，抬手勸慰道：「狄刺史莫要如此激動。豫州百姓謀逆在先，承蒙聖上法外開恩，赦免其罪，此乃昊天之德，他們還有什麼不知足的？」

「張右丞……」

「再說了，官軍效力於朝廷，為平息暴亂出生入死，縱有滋擾之事，也是人之常情，正所謂『瑕不掩瑜』，狄刺史奉旨主政豫州，可要顧全大局啊！」

「哼！真是豈有此理！」狄仁傑漲紅了臉，拂袖而去。

望著狄仁傑匆匆離去的背影，張光輔露出了一絲陰險的笑容。

狄仁傑回到刺史府，想起張光輔那張醜惡而猙獰的嘴臉，既心生厭惡，又怒火中燒，可他實在想不出什麼好辦法來對付此等奸佞小人。

冥思苦想之際，司馬來報，說張光輔的人又上門索取軍糧了。

「來得正好！」狄仁傑一拍案桌，喝道：「傳令至州衙及本州所屬各縣，凡無本刺史許可，一粒糧食、一錢銀子也不得擅自撥付，如有違拗，本刺史定不輕饒！」

「狄刺史，這……」司馬感到有些不妥。

「廢話少說，狄某自有安排。若有半點差池，本刺史拿你是問！」

狄仁傑的命令一傳下去，各級官員無不歡騰，誰願意出錢出糧養這群禍害？如今刺史有令，大家自然找到了「擋箭牌」。

不過，這道命令可苦了張光輔。和平時期，軍可一年無帥，卻不可一日缺糧。眼看駐軍的糧草消耗殆盡，張光輔坐不住了，只好親自往刺史府跑一趟，直接找狄仁傑要糧。

狄仁傑似乎不擅待客之道，見張光輔進來，既不安排看座，也不傳喚上茶，自顧自地翻看著案桌上堆積如山的狀子。

張光輔臉拉得老長，見狄仁傑竟如此怠慢，怒氣更甚，劈頭蓋臉地罵將起來：「狄懷英，你好大的膽子！本帥問你，駐軍糧草何日補給？今天不給個說法，別怪本帥無情！」

狄仁傑見張光輔如此蠻橫，索性置之不理，繼續翻看著百姓訴冤的狀子，只是翻頁的手勁略微重了一些，發出一陣陣刷刷的聲響。

「狄懷英！」張光輔見狄仁傑毫無反應，聲調又提了一級，「你區區刺史，膽敢藐視主帥，成何體統！」

「張右丞，張節度。」狄仁傑終於吭聲了，只是目光尚未離開訴狀，「下官有一事不明，想請教一二。」

張光輔怒氣未消，又不知狄仁傑葫蘆裡準備賣什麼藥，便硬硬地回了一句：「但說無妨。」

「明公身負文昌右丞之職，緣何來到豫州？」

「狄懷英，你這是什麼意思？」張光輔隱隱地感覺到狄仁傑有些「不懷好意」，「本官奉神皇、聖上之命，率軍戡亂而來！」

「何人為亂？」狄仁傑追問道。

「當然是李貞逆黨！」

「哼！」狄仁傑突然握緊拳頭，重重地捶在案桌上，只聽「　」的一聲，一隻茶碗被震落，碎裂一地。狄仁傑站起身來，走到張光輔跟前，一字一頓地回敬道：「張右丞，下官以為，昔日亂河南者，惟李貞一人而已。可事到如今，一個李貞伏法，千萬個李貞即將拔地而起！」

張光輔顯然被狄仁傑的陣勢嚇了一跳，不由得略退一步，草草應道：「何出此言？」

「明公身居高位，是真不明白，還是佯裝糊塗？你領兵三十萬，奉命戡亂。豫州百姓得知官軍到來，冒著生命危險出城相迎，可謂『簞食壺漿以迎王師』，對朝廷忠心可鑒！可你張光輔身為主帥，非但不體恤民情，反倒變本加厲，羅織罪名、陷害無辜在先，縱容軍士恣意妄為在後。無辜受戕者屍橫遍野，無端受辱者欲告無門。依你之見，非逼千萬個李貞造反而何？」

在狄仁傑「連珠炮」似的責問之下，張光輔一時啞口無言。狄仁傑依舊不肯甘休，索性從案桌上抱起一堆冤狀，扔到張光輔的面前，一字一頓地狠狠說道：「百姓之冤，恒河沙數，奸人之惡，罄竹難書。仁傑恨不得手握尚方斬馬之劍，加於明公之頸，仁傑縱死亦無憾，雖死如歸耳！」

「你……你……」張光輔一連後退了好幾步，重重地坐在椅子上，臉漲得通紅，卻一句話也說不出來。

狄仁傑見他如此狼狽，也感到多說無益，索性踱步而去，將張光輔一人晾在大堂上。

＊＊＊

挨了狄仁傑一頓痛斥之後不久，張光輔回京覆命，以戡亂之功，晉升為鳳閣侍郎、知政事。張光輔暗自欣喜之餘，當然沒有忘記參狄仁傑一本。

這日朝會，武則天將張光輔一個人留了下來，帶入偏殿。

「這本奏疏所言，屬實與否？」武則天落座，率先發問。

「稟神皇，微臣以人格擔保，句句是實。狄懷英身為刺史，竟然縱容逆黨、目無王法，還公然藐視上司、出言不遜，實在是膽大包天！」

「逆黨一事，狄懷英有密奏坦陳因由，本宮念及蒼生，網開一面，何有縱容之說？」武則天還是說了句公道話。

「神皇容稟，微臣所指並非五千囚徒一事，而是狄懷英到任之際，便縱容刁民誣告駐軍，擾亂治安。」

「哼！」武則天顯得有些動怒，「軍士不知保境安民，反倒滋擾百姓，何有誣告一說？」

張光輔不由得吃了一驚，不知是狄仁傑「先下手為強」，還是豫州密布著武則天的眼線，否則怎會如此明察秋毫？

見張光輔頓時失聲，武則天緩了緩語氣，繼續說道：「出言不遜，又從何說起？」

「神皇，微臣駐軍豫州之時，狄懷英遲遲不予撥付軍糧。微臣登門說理，卻遭其一通數落。狄懷英還妄言，要手持尚方斬馬劍，加之微臣之頸，實在是目無法紀、為所欲為！」張光輔終於找到一個訴苦的由頭，倒出一通苦水。

「哈哈哈哈！」武則天忍不住仰首大笑起來，「張愛卿，你可知這『尚方斬馬劍』是何典故？」

「這……」張光輔顯然有些措手不及，「微……微臣才疏學淺，望神皇恕罪。」

「漢成帝劉驁在位之時，丞相安昌侯張禹以帝師自居，大肆占地謀財，貪得無厭、奢靡無度。槐里令朱雲上書直諫，言『臣願賜尚方斬馬劍，斷佞臣張禹一人之頭，以厲其餘』。」

「神皇，微臣……」張光輔彷彿聽出了武則天話裡的火藥味，卻不知如何辯解。

「先帝在位時……」武則天絲毫不理會張光輔，繼續說道：「狄懷英先在大理寺供職，因權善才一案，與先帝面折廷爭，有必死之心，無讓步之理。先帝欣慰不已，贊其忠直剛烈，為他人所不及。後來，狄懷英遷任侍御史，懲貪除惡，王本立、韋弘機等人先後落馬。先帝數次說情未果，無奈之下，說他狄懷英是撿了權善才一案的便宜。你張光輔區區諸軍節度，狄懷英豈肯賣你的人情？」

「微臣知罪。」張光輔見武則天把話說到這個份上，只好自己認錯、爭取主動了。

「好自為之！」武則天擺了擺手，示意張光輔出去。

張光輔走後，武則天獨自在房中徘徊，舉棋不定。豫州軍、地兩方一度水火不容，其中的是非曲直，她已了然於心。可是，此時的武則天，還有一個難言之隱。

以她往常的性格，像張光輔這等貪贓枉法、禍害百姓的敗類，早該讓他接受應有的懲罰了。可今時不同往日，張光輔奉旨戡亂，回京覆命便身陷囹圄甚至人頭落地。知道的人會說，張光輔罪有應得，武則天不徇私情，但人為製造的輿論往往難以控制。

無論對於「擁武」派還是「反武」派而言，張光輔都是一種象徵、一面旗幟。

懲治張光輔，「擁武」者難免有「兔死狗烹」之感，政治立場雖然未必會搖擺，但熱情很可能大打折扣。

懲治張光輔，「反武」者反而能看到一線曙光，在「越王之亂」後基本上已經偃旗息鼓的「匡復廬陵」，或許將借勢而起、死灰復燃。

此時的武則天，距離君臨天下只有一步之遙，無論如何也不希望在這個千鈞一髮的時刻節外生枝。可是，張光輔、狄仁傑在豫州已經鬧得不可開交，各打五十大板，還是「和稀泥」，似乎都不是最佳的選擇。

經過漫長而細緻的思索，武則天終於下定了最後的決心：「為今之計，只有先委屈一下狄懷英了。」

「良宦難做，俗吏虧心。」這是狄仁傑後來在《宦經》裡寫的，他此時的心境，也正是如此。履新豫州，他本可以按部就班地奉旨監斬，對張光輔的胡作非為，也大可不必針鋒相對，睜隻眼閉隻眼也就過去了。可是，囚徒的哀怨、百姓的悲苦，讓狄仁傑毅然選擇了挺身而出。

他不是不知道，武則天生性多疑，對「謀逆」更是諱莫如深。他不是不知道，張光輔戡亂有功，儼然成了大紅人。張光輔此番回京覆命，只要略奏一本，狄仁傑輕則罷職免官，重則關入大牢。

狄仁傑自知多說無益，並沒有就此事向武則天作任何解釋。張光輔剛離開豫州，狄仁傑便暗中做好安排，隨時準備接受朝廷的處置。

十天過去了，沒有動靜。

二十天過去了，杳無音訊。

正當狄仁傑百思不得其解的時候，朝廷的詔令終於送到豫州了。

「豫州刺史狄懷英，不思皇恩浩蕩，不遵朝廷法度，藐視同僚，出言不遜，有失官儀，特貶為復州刺史。即日赴任，不得延誤。此詔。」

從傳令者手中接過詔令，狄仁傑突然感覺到渾身的輕鬆。他默默地凝望著洛陽的方向，久久佇立，內心無限的感懷，似乎參透了武則天的難言之隱、良苦用心。

狄仁傑收拾好行囊，奔赴近千裡外的復州，依舊主政一方，只是復州級別不比豫州，刺史之職乃從四品下。

張光輔被武則天敲打了一番，不敢再對遠在南方的狄仁傑妄加陷害，再說自己已是身居高位，當然怡然自得。可好景不長，不到一年時間，張光輔就被莫名其妙地捲入了一樁「謀逆」案。

這樁案子的源頭，是徐敬業的弟弟徐敬真。徐敬業暴亂失敗後，本人不知所蹤，他的弟弟徐敬真被官軍捕獲，流放繡州。

永昌元年，徐敬真從流放地僥倖逃脫，打算投奔北面的東突厥。他有兩位好友在洛陽做官，一個是洛州司馬弓嗣業，一個是洛陽縣令張嗣明。

徐敬真路過洛陽，得到弓嗣業、張嗣明的暗中相助，順利向北而去。剛走到定州，便被官軍抓了個正著，毫不猶豫地出賣了弓嗣業和張嗣明。

弓嗣業知道在劫難逃，索性畏罪自殺，張嗣明卻心存僥倖，想將功抵過，保全自己。為了加大保命的籌碼，張嗣明專挑重臣誣陷，身為宰相的張光輔自然也在其列。

張嗣明深諳告密的技巧，編得有鼻子有眼的，說張光輔當初奉旨到豫州戡亂，對圖讖、天文之類的東西特別用心，私下發表了不少言論，「陰懷兩端」。

張光輔就這樣被周興等人緝捕，渾身是嘴也說不出個所以然。武則天雖然未必相信張光輔心懷異志，但提起豫州，便聯想到這個人在豫州的所作所為，不禁雷霆震怒，表示概不輕饒。這年八月，張光輔與徐敬真、張嗣明等人被押上了斷頭台，家產一律沒收。

正所謂「公道自在人心」。同樣是蒙冤受屈，有的讓人內心沉痛，慨歎「天日昭昭」，有的卻讓人拍手稱快，相信「報應不爽」。

就在張光輔人頭落地之時，武則天又想起了在豫州蒙受不白之冤的狄仁傑。當然，要讓武則天自我否定，為狄仁傑「平反」，不太現實。不過，平級調動一下，讓他離自己近一點，還是可以的。恰逢洛州司馬弓嗣業畏罪自縊，武則天決定，讓狄仁傑來補上這個缺。

洛州司馬，一個從四品下的神都「上佐」，顯得無足輕重。正是在這樣一個無關痛癢的職位上，狄仁傑近距離地見證了一場亙古未有的驚天巨變——武周革命。

第二十三回　隨波逐流聯名請願　廢唐立周君臨天下

但凡改朝換代的「開國之君」，無一不是踩著鮮血登上皇位寶座的。身為大唐皇后、太后的武則天，想搖身一變成為開天闢地的女皇帝，自然也不例外。

可以說，武則天一步步走向權力巔峰，是一場血雨腥風的艱辛歷程，無數人的生命成為她的鋪路石。在她的腳下，有大唐的開國功臣長孫無忌、褚遂良，也有唐高宗李治的後宮佳麗王皇后、蕭淑妃，甚至還有武則天自己的子嗣如李弘、李賢。至於那些普通的官員、將士、百姓，更是宛如夜空中的群星，數不勝數。

經過漫長的輿論準備和恐怖的酷吏政治，特別是「越王之亂」後對李唐宗室的嚴加整肅，此時的朝野，再沒有什麼人有膽量、有能力公開站出來「擁李反武」了。

武則天開始向終點發起最後的衝刺，正所謂「一朝天子一朝臣」，這實則是一場席捲朝廷「中樞神經」的瘋狂浪潮。

在這場聲勢浩大的風暴之中，魏玄同、韋方質、蘇良嗣等重臣先後慘遭噩運。一時間，神都洛陽烏雲密布，身披著大唐官服的各級官員，面色凝重，顯得惶惶不可終日。

魏玄同時任地官尚書、檢校納言[1]、同平章事，是宰相班子成員之一。此人仕途坎坷，其傳奇色彩

1「檢校」有「代理」之意，「納言」即中書省侍中。

並不遜色於狄仁傑。魏玄同與魏徵出自同一家族，唐高宗時期進士及第，從長安縣令開始，屢遷至司列大夫[2]之職。

麟德初年，上官儀因力主「廢后」遭到武則天嫉恨，落了個家破人亡的悲慘下場。司列大夫魏玄同與上官儀素無瓜葛，不過是欣賞上官儀的文采，也被牽連進去，發配嶺南。十年之後，魏玄同在時任工部尚書劉審禮的鼎力舉薦下重返政壇，又歷任岐州刺史、吏部侍郎等職。後來，武則天頗為賞識魏玄同的才幹，擢升其為地官尚書、同平章事，演繹了一番「渡盡劫波『君臣』在，相逢一笑泯恩仇」的佳話。

不過，自從武則天大興告密之風，藉此發跡的酷吏周興便一直想找機會扳倒魏玄同。想當初，河陽縣令周興在長安眼巴巴地等著聖上委以重任，殊不知因軍糧翻覆，李治雷霆震怒，若不是魏玄同從中斡旋，恐怕周興早已人頭落地了。可是，周興以小人之心度君子之腹，認定是魏玄同從中作梗，這口怨氣一直深藏到現在。

眼看時機成熟，周興又向武則天告密，說魏玄同過去與裴炎私交甚篤，有「耐久朋」之謂。裴炎遭到整肅時，魏玄同自知無力回天，故而一言不發，僥倖躲過一劫。一心要「報仇雪恨」的周興借題發揮，捏造魏玄同曾與裴炎私下商議，認為「太后老矣，不如奉太子為耐久」。

武則天生性多疑，又值此關鍵時期，不容半點仁慈，遂將魏玄同賜死於家。御史房濟負責監刑，卻不忍心一位忠心耿耿的老臣死得不明不白，便暗中向魏玄同提議：「明公何不以告密為由，面見神皇自辯？或許還能有一線轉機。」

2 即吏部郎中。

魏玄同搖了搖頭，用眼神向房濟表示感激，接著長歎一聲道：「人殺鬼殺，皆是一死，老夫寧死不作告密之奸人！」

最終，魏玄同抱恨而逝，他所器重的一些朝廷官員，諸如夏官侍郎崔察等人，也無辜受到牽連，斬首、流放、貶謫者甚眾。

魏玄同之後，同樣官居宰相，並接替魏玄同擔任地官尚書之職的韋方質又成了酷吏們的目標。

韋方質出身宦門，他的祖父韋雲起是隋朝重臣，因「才兼文武」，深得隋煬帝楊廣的賞識。父親韋師實，官至華州刺史，封「扶陽郡公」。作為宦門之後，韋方質繼承了這份才幹，歷任官職頗多，特別是精通律法。

徐敬業叛亂平息後，武則天調集韋方質等人，本著「約法省刑」的原則，對唐朝開國以來的律令格式進行修改完善，並在垂拱元年頒布，史稱「垂拱格式」，包括《垂拱式》（二十卷）、《垂拱留司格》（六卷）和《垂拱新格》（兩卷）。此後，武則天又擢升韋方質為同鳳閣鸞台[3]平章事，並在魏玄同倒台後接任地官尚書。

韋方質的政治立場與狄仁傑類似，既不「擁李」，也不「反武」，但為人清高有餘，圓滑不足，對武承嗣等人「狗仗人勢」的嘴臉頗為不屑。武承嗣在武則天的親自關照下進入宰相班子，韋方質嘴上不說，心中卻十分不悅，索性稱病臥床，躲在家中賦閒，眼不見心不煩。

武承嗣不明就理，低聲下氣地登門探望，卻遭到韋方質的冷遇。下人好意提醒，韋方質卻怒道：「吉凶者，命也。老夫清白一世，豈能折節於權貴，苟且偷生？」

武承嗣向來頤指氣使，哪裡咽得下這口惡氣，遂聯合周興誣告韋方質「暗藏腹誹，意欲謀逆」。武

3 武則天改門下省為鸞台。

則天經不住武承嗣的遊說，將韋方質革職免官，流放儋州。武承嗣仍不甘休，又慫恿武則天於數月後下詔將韋方質處死。

魏玄同遭酷吏嫉恨而殞命，韋方質因開罪於武氏宗親而遭禍，時任文昌左丞、同鳳閣鸞台三品的蘇良嗣與酷吏、武氏宗親向來相安無事，卻依然難逃厄運，因為他得罪的是武則天的「面首」薛懷義。

蘇良嗣與韋方質一樣出身宦門，父親蘇世長是經歷北周、隋、唐的三朝重臣，貞觀年間赴任巴州刺史途中不幸溺水身亡。俗話說「父行子效」，蘇良嗣秉性忠直，出任周王府司馬時，便嚴加處置了一批為非作歹的奴僕，得到唐高宗李治的賞識。

在荊州長史任上，蘇良嗣又與奉旨採辦木材卻欺壓商販、中飽私囊的內侍發生了衝突。這些平日裡狗仗人勢的內侍，全部被蘇良嗣關入大牢。李治、武則天對蘇良嗣的敢作敢為讚譽有加，擢升其為雍州刺史。武則天「臨朝稱制」之後，並沒有忘記這個敢在太歲頭上動土的「循吏」，又擢升他為冬官尚書，後遷至文昌左丞、同鳳閣鸞台三品，成為宰相班子成員。

身居廟堂之高，蘇良嗣左右逢源，卻與薛懷義在武則天的眼皮子底下發生了一次嚴重衝突。

薛懷義本名馮小寶，是流落在洛陽街頭靠賣野藥為生的小商販。此人身材魁梧、肌肉結實，而且能說會道。一次偶然的機會，馮小寶被一名侍女相中，成了她的情人。

侍女時常趁主人不察，偷偷帶著馮小寶進府中幽會。天長日久，便被主人發現了，而這位侍女的主人，便是李淵之女——千金公主。

千金公主發現下人的姦情，不僅沒有加以懲治，反而對一表人才的馮小寶興趣濃厚。於是，馮小寶也算機緣巧合，又改換了「門庭」。

「越王之亂」後，李唐宗室慘遭屠戮。千金公主為保全性命，主動拜武則天為母，武則天改封她為延安大長公主，並賜武姓。

為了討「母親」的歡心，千金公主將馮小寶作為禮物送入宮中。武則天如獲至寶，並採納了千金公主的計策，令馮小寶剃度為僧，賜薛懷義之名，充入太平公主丈夫薛紹名下做「侄子」，時常出入禁中，深得武則天的寵倖。

從此以後，薛懷義享盡榮華富貴，卻終究難改地痞無賴的本性，恣意妄為。儘管在很多人看來，此人不過是沐猴而冠的小丑而已，但懾於武則天的淫威，諸如武承嗣、來俊臣等人都對薛懷義「敬而遠之」。

薛懷義愈發得意，出入朝堂時不僅目中無人，還公然從南門出入。朝廷官員都明白，南門是專門留給宰輔們出入的，薛懷義這是「僭越」之舉，可礙於武則天的情面，誰都不敢吭一聲。

他人尚可忍耐，偏偏蘇良嗣是個火爆脾氣，一心想殺殺這個無恥之徒的銳氣。

一日，薛懷義同往常一樣從南門走了進來。蘇良嗣向身邊的幾位同僚使了個眼色，只見幾位官員蜂擁而上，將薛懷義死死抱住，只露出一個禿頭出來。蘇良嗣扯起下擺，快步上前，高舉著右手，五指張開，只聽「啪……啪……啪……」的一陣脆響，薛懷義的禿頂上接連挨了好幾十巴掌，紅腫了一大片。

薛懷義還沒弄清楚狀況，就被打得眼冒金星，幾乎昏死過去，倒在地上喘著粗氣，一個字也說不出來。眾人還不解氣，又在蘇良嗣的率領之下，狠狠地拳打腳踢了一番，方才拍塵而去。

皇宮大院之內，竟發生如此荒唐的一幕，很快便成為街頭巷尾熱議的大新聞。當然，絕大多數人認為這是「大快人心」，連武承嗣、來俊臣、周興等人得知之後，都一連喊出好幾聲「痛快」！

薛懷義捂著禿頂面見武則天，稀裡嘩啦哭了一通，只差滾到地上撒潑犯渾了。武則天見他如此狼狽，實在是哭笑不得，先是好言勸慰一番，接著開解道：「北門也能入宮，非南門一條獨道。蘇愛卿為人剛直，見不得你。你何必自觸黴頭？」

薛懷義見武則天沒打算要把蘇良嗣怎麼著，只得唯唯諾諾地退出來。可受此奇恥大辱，豈能善罷甘休，薛懷義又找到了來俊臣。

來俊臣雖為酷吏，為武則天所器重，但對於「面首」薛懷義，唯恐避之而不及，不想跟他有什麼瓜葛，大家「井水不犯河水」。如今，薛懷義不請自來，來俊臣無處可躲，又不敢得罪薛懷義，只得應承下來，幫他構陷蘇良嗣，說他與韋方質「結黨營私、把持朝政」。

武則天接到奏疏，不禁大笑起來，質問來俊臣道：「此疏受何人之托？」

「微臣不敢。」來俊臣心存僥倖，還想抵賴。

「如果本宮沒有猜錯，必是受薛懷義所使吧？」

來俊臣嚇得額頭滲出滴滴冷汗，結結巴巴地應道：「天后明……明察秋毫，微……微臣罪該萬死。」

「哼！」武則天將奏疏扔到了地上，「一蘇一韋，向來政見不合，平日裡勢同水火，吵得不可開交。朝廷上下，誰人不知，誰人不曉？你說他們結黨營私，若非受人所托，何來此言？本宮很好糊弄是不是？」

「微……微臣該……該死。」來俊臣一時後悔不已，生怕因自己的漫不經心而引火焚身。

「此事不必再提，下去吧。」看來武則天是想大事化小、小事化無。

武則天誰也不想追究，而蘇良嗣得知自己遭到構陷，一時急火攻心、臥床不起，苦苦撐了數日，便撒手人寰了。

蘇良嗣自己「氣死」之後，並不解氣的薛懷義等人又盯上了他的兒子蘇踐言。這一次，在酷吏的「認真」構陷之下，武則天絲毫不顧及情面，將蘇踐言發配嶺南，並將蘇良嗣生前的榮譽、家產悉數剝奪。

緊接著，「北門學士」之一的范履冰[4]因反對武則天頻繁改元，受到嚴厲斥責。酷吏瞅準時機，構陷他圖謀不軌，結果范履冰被武則天下詔處死。

與范履冰伏誅幾乎同時，時任納言、同鳳閣鸞台三品的裴居道，尚書左丞張行廉，還有包括南安王李穎[5]在內的十二位李唐親王，甚至包括廢太子李賢的兩名子嗣，均被武則天以各種各樣的理由殘忍殺戮。

＊＊＊

在洛州司馬任上，狄仁傑感受著一場前所未有的血雨腥風。酷吏、武氏宗親、面首，紛紛粉墨登場，上演著一出天翻地覆的大戲。

數位重臣慘遭橫禍之後，薛懷義又別出心裁地召集一群僧侶，對《大方等大雲經》進行重新注疏。消息傳出之後，狄仁傑心中打了一個激靈：「《大方等大雲經》，這不是自己當年聽海濤法師誦念的經文嗎？」

狄仁傑依稀記得，當年鄭州郊外，他與一名法號「海濤」的高僧偶遇。那部《大方等大雲經》，便是海濤法師講給他聽過的。此經所載，乃極樂西天的「淨光天女」，聆聽了「同性燈佛」的《大般涅槃經》之後，以凡胎降世來到人間，成了國王，獲得「轉輪聖王」統領下四分之一的疆土，從此教化百姓弘揚佛法，廣做菩薩事業。「天女下凡，君臨天下，太后終究是盼望著這一日啊！」狄仁傑心中暗忖。

「冥冥之中，自有定數，天命不可違也。」這是海濤法師所言。狄仁傑當時並未領會，如今卻已心知肚明。

4 范履冰時任春官尚書、同鳳閣鸞台平章事，兼修國史。

5 李淵之孫，密王李元曉之子。

經過薛懷義等人的精心注解，武則天被視作「彌勒佛」凡胎轉世，儼然成了《大雲經》中「威伏天下」的女王。

《大雲經注疏》出爐之後，武則天大喜過望，親自下制[6]，頒布於天下。接著，又令洛陽、長安各置「大雲寺」一座，收藏《大雲經》，僧侶升高座開壇傳授，並隆重地褒獎了一批僧人。

薛懷義以注疏佛經，首開「勸進」先河，一些嗅覺靈敏、善於投機的官員緊隨其後，開始效仿起來。最先付諸行動的，是一個叫傅遊藝的落魄官員。

傅遊藝比狄仁傑年長一歲，剛過花甲之年，儘管在官場摸爬滾打了幾十年，但業績平庸，並沒有什麼起色，不過是浩瀚京官中的一粒黍米而已。

不過，現實的殘酷，未必能磨滅心中的夢想。傅遊藝不甘心自己的一生就此碌碌無為、渾渾噩噩地度過，他決心奮起一搏！

就在《大雲經》廣為傳誦之際，傅遊藝果斷上書，將此次「輿論風暴」引入了高潮。傅遊藝先是謊報「祥瑞」，並以此為契機，建議武則天廢唐稱帝，以應佛經預言，還自請賜為武姓。

「承嗣，此議可有可取之處？」武則天抑制不住內心的激動，趕緊召見武承嗣，讓他認真拜讀了傅遊藝的「高談闊論」。

「神皇君臨天下，實乃眾望所歸。」武承嗣察言觀色，又添了一把火。

「哼！」武則天突然拉下臉來，「一人之議，何來『眾望』之說？」

「侄兒以性命擔保，持傅遊藝之見者，舉目皆是。」

「舉目？」武則天顯得盛怒不已，「本宮何止舉目，幾乎是在伸頸翹首了！」

6 為避「武曌」之諱，武則天於載初元年改「詔」為「制」。

武則天一邊說，一邊搬弄起了手指頭：「朝野上下，不過是你武承嗣、武三思、薛懷義，還有這個傅遊藝，區區數人而已，五根手指頭都用不完！好個眾望所歸，呵！你也說得出口！」

「神皇不必擔憂。」武承嗣近前一步，佯裝神祕地出謀劃策道：「侄兒以為，傅遊藝若得重用，定不負神皇提攜再造之恩。」

「此人為官數十載，幾無建樹，何德何能，恐怕難堪重任。」武則天野心勃勃，但終究是個精明的政治家。

「依侄兒之見，今時不同往日，何來無用之人，只有不善用之主、不適用之機也。」

「承嗣，自打做上宰輔，見識越發深刻了啊！」武則天見武承嗣文縐縐地裝樣子，忍不住戲謔他幾句。

「侄兒豈敢，侄兒豈敢。」武承嗣諂笑著應承道。

「那依你之見，傅遊藝當授何職？」武則天思慮片刻，言歸正傳。

「以侄兒愚見，要用好傅遊藝這張嘴、這支筆，御史台當為不二之選。」

武則天點了點頭，說道：「正合本宮之意。」

做上了侍御史的傅遊藝，果然不負武則天的厚望，開始利用職務之便暗中串聯。九月初三日，傅遊藝一下子攛掇了九百多名京官聯名上疏，請求武則天廢唐立周，並賜皇帝李旦為武姓。

對於這次大規模的「請願」活動，武則天不置可否。傅遊藝心裡清楚，這把火還得繼續燒！

三天之後的九月初六日，傅遊藝向武則天交出了第二份答卷。這一次，傅遊藝號召了洛陽的社會各界，不僅有各級官員，還有一批僧侶、道士和普通百姓，共計一萬多人，齊聚皇宮門前，以「靜坐」的方式繼續「請願」，大有武則天不「就範」絕不「收兵」的架勢。

有些出乎大家的意料是，武則天依然無動於衷。武承嗣、傅遊藝不明就裡，又不便當面問詢，只得硬撐著把這場大戲繼續演下去。

幾乎所有人都稀裡糊塗、深陷迷茫的時候，唯獨有一個人卻心知肚明。誰呢？李旦！

如此聲勢浩大的「請願」活動，「廢唐立周」已是鐵板釘釘，作為現任名義上的唐朝皇帝，李旦是不是得出來說句話？李旦心裡明白，武則天遲遲不表態，等的就是他！

形勢所迫，身不由己的李旦不能不「識趣」。次日，李旦將一份「辭呈」遞到武則天的案前，以子嗣的名義，請求母親代己而立、廢唐改周！

李旦表態之後，朝野上下掀起了一場「聯名請願」的浪潮。

此時，在洛州司馬任上「樂得清閒」的狄仁傑，也接到了洛州刺史遞來的「聯名請願書」。

「牝雞司晨，惟家之索。」狄仁傑想起了祖父狄孝緒的諄諄教誨。「冥冥之中，自有定數，天命不可違也！」狄仁傑又想起了海濤法師的感慨之言。

事到如今，以一己之力，何以逆歷史潮流、螳臂當車？

平心而論，非武氏之才，何人能力挽狂瀾、治理天下？

狄仁傑猶豫再三，在同僚的催促之下，終於握緊毛筆，吃力地在上面留下了自己的名字。

不僅狄仁傑，絕大多數皇親、官員，共計五萬多人，都以各種方式加入到了這場「請願」運動中，甚至提前接到消息的四夷酋長也聞訊趕來，齊聚洛陽湊湊熱鬧。

載初元年九月九日，正是重陽佳節，武則天在「神都」洛陽正式舉行登基大典，廢唐立周，改元「天授」，並立李旦為皇嗣，史稱「武周革命」。

為了這一天，武則天熬到兩鬢斑白[7]。在很多人眼裡，這是一個野心勃勃、心狠手辣、不擇手段甚至荒淫無度的女人，當年駱賓王的《討武檄文》便很具有代表性。不過在狄仁傑看來，武則天君臨天

7 此時的武則天已六十七歲，是中國歷史上登基時年齡最大的皇帝。

下，既是天意，更是大勢所趨。更何況，無論武則天心裡如何不情願，但她始終不能與大唐澈底決裂。當今的天子，曾是大唐的皇后、太后。當今的皇嗣，也就是未來的天子，曾是大唐的皇帝。除了國號「象徵性地」動一動，官服顏色改一改，彷彿一切照舊。

武則天也許應該感激這些「瓜葛」，正是很多人在內心深處秉持「換湯不換藥」的態度，才減輕了她廢唐立周的阻力，成就了君臨天下的終極夢想。

＊＊＊

心甘情願也好，被逼無奈也罷，狄仁傑終究在那份「請願書」上鄭重地留下了自己的名字。廢唐立周，萬物惟新，而狄仁傑依然是區區洛州司馬。武則天似乎已經忘了這個人，直到登基次年發生的「王慶之事件」，才讓狄仁傑又有了出頭之日。

王慶之只是一個微不足道的小小京官，在神都洛陽這浩瀚的「宦海」裡，不過是一朵小小的浪花，可他還是憑藉自己的驚世之舉出名了。

武則天登基整整一年之後，王慶之在鳳閣舍人張嘉福的授意之下，向武則天上了一封「請願書」。王慶之在這封「請願書」中表示，既然如今已是武周天下，皇太子李旦也賜了武姓，但終究是前朝血脈，不合常理，應立武承嗣為皇太子！

武則天覺得王慶之所言不無道理，但為了穩妥起見，只是讓幾位宰輔商議之後再作定奪。當時在宰相班子供職的總共四個人：武承嗣[8]、岑長倩[9]、格輔元[10]和歐陽通[11]（代理）。

8 武承嗣時任文昌左相，封魏王。
9 岑長倩時任文昌右相、同鳳閣鸞台三品。
10 格輔元時任地官尚書、同平章事。
11 歐陽通時任司禮卿、兼判納言事。

武承嗣是「請願」的直接受益者，而且種種跡象表明，張嘉福是受武承嗣所使，找了一個微不足道的王慶之「請願」，從而投石問路的。如今聖上交宰輔們商議，武承嗣再怎麼無恥，也得顧及顏面和輿論，只好避嫌。

剩下的幾個人，意見高度一致，就倆字兒：「不宜！」

最先表態的是岑長倩，他果斷上疏，認為皇嗣李旦現居東宮，以社稷的長遠計，不宜興廢立之議。

「君子圖興，小人喜亂。忠臣為社稷勞苦，奸佞以私利誤國。故上書言廢立者，非奸佞小人而何？微臣以為，當對此等禍亂社稷者嚴加切責，以儆效尤，安天下之心。」岑長倩抑制不住內心的憤怒，在奏疏的末尾添了幾句「硬話」。

對於岑長倩的激烈反對，武則天先擱置了起來，轉而召見格輔元，聽聽他的想法。

「陛下，微臣以為，廢立之事萬萬使不得。」格輔元開宗明義，表明了自己的態度。

「大周江山，不當由武氏承繼大統？」武則天還是不甘心。

「皇嗣乃陛下所出，武姓乃陛下親賜，微臣實不知有何不當。」

面對格輔元的質問，武則天無言可對，發起了愣，格輔元意猶未盡，又添上一把火：「從古至今，斷無侄兒繼姑母之位一說！」

「好你個格輔元！」武則天臉漲的通紅，伸手往案桌上重重一拍，站起身來，厲聲呵斥道：「你是想說，從古至今，無女流之輩做天子一說吧？嗯？」

與格輔元的談話不歡而散之後，武則天殺心頓起。岑長倩被調離朝廷，率軍西征吐蕃，才走到半道上，就被武則天召回洛陽，直接投入大獄。

在武則天的暗中授意下，來俊臣開始大肆搜羅幾人「謀逆」的證據。他先是脅迫岑長倩的兒子岑靈原提供「假口供」，將歐陽通等數十人扯了進來。歐陽通受到酷吏的百般折磨，最終屈打成招。

這年十月，以岑長倩、格輔元、歐陽通三人為首的「逆黨」被武則天下令誅殺。

出了一口惡氣之後，武則天的心裡還是很清楚，「武周革命」之所以能夠水到渠成，很大程度上是因為皇嗣問題處理得當。在萬物惟新之際，即使岑長倩等人贊成王慶之的倡議，廢立之事也得從長計議。不過對於王慶之，武則天理應大張旗鼓地褒獎，否則會寒了「擁武」者的心。

一道奏疏端掉三重臣，王慶之迎來了人生的巔峰。

第一次召見王慶之，眼前這個平淡無奇的人，並沒有令人「眼前一亮」的氣度，武則天的心裡不禁涼了一小截。

「太子乃朕之子嗣，奈何廢之？」武則天直言不諱。

「稟聖上，《左傳》有言，『神不歆非類，民不祀非族』，而今誰有天下，竟以李氏為嗣？」王慶之依然是那套說辭。

「卿之忠心，朕已盡知。然廢立之議，事關重大，容朕深思。」武則天擺了擺手，示意王慶之退下。

「陛下，微臣冒死進諫，為大周江山計，當速作決斷為宜！」言畢，王慶之伏地叩首，聲淚俱下、如喪考妣。

見王慶之如此執著，武則天難免有些惻隱之心，從案桌上隨手取來一張印紙，遞給王慶之：「卿欲見朕，以此示衛士即可，退下吧。」

「微臣叩謝陛下隆恩。」王慶之抹了一把淚，雙手接過印紙，如奉神靈一般，捧著退出殿外。

從此以後，王慶之拿著雞毛當令箭，三天兩頭跑來覲見，所說的也不過是些廢立太子的陳詞濫調。武則天不勝其煩，但畢竟金口玉言、有約在先，只得心不在焉地應付著。

一日，朝會剛剛散場，王慶之又憑藉這張印紙闖入禁中。不巧的是，武則天正因國事憂煩，這個跳樑小丑的扭捏作態，終於讓武則天忍無可忍，當即命夏官侍郎李昭德將王慶之杖責一番，趕出宮去。

李昭德接到聖上口諭，心裡求之不得，揪住王慶之的後領，連拉帶拽地拖到光政門外。此時，參加完朝會的群臣正在三三兩兩地散去。

李昭德見勢，大喊一聲：「此賊欲廢我皇嗣，立武承嗣！」

群臣聽聞之後，瞬間聚攏過來，也顧不上什麼官儀，就像蘇良嗣當初狠揍薛懷義一樣，對著王慶之一頓拳打腳踢。

大家心中的怨氣終於有了發洩之地，一時間塵土飛揚，王慶之的哭喊、求饒聲淹沒在一片喊殺痛打聲中，局面一發而不可收拾。王慶之被揍得七竅流血、腦袋冒煙，趴在地上奄奄一息。李昭德還不解恨，想起武則天「杖責」的口諭尚未執行，趕緊叫來幾名衛士，手持杖棍，劈裡啪啦往王慶之的身上一陣招呼。王慶之哼了幾聲，氣息漸弱，很快就一命嗚呼了。

王慶之死於非命，李昭德折回禁中，向武則天作了詳細彙報。

「朕不過是命你杖責，何故妄作處置，鬧出人命？」武則天頗為驚詫，也有些動怒。

「微臣豈敢欺君，只是大臣們群情激奮，微臣實在控制不住局面，罪該萬死，請陛下發落。」

「何人參與毆打？」

「群臣恐皆有份，微臣一時難以辨明。」李昭德說的是實話。

「法不責眾，眾怒難犯。」武則天沉默不語，不斷地在心裡想著這八個字。

「陛下……」李昭德見武則天若有所思，正打算探探虛實，可剛蹦出兩個字，便被武則天的手勢打住了。

「算了，此事就不再深究了。」

武則天隨即將話題一轉，問道：「群起而攻之，實因王慶之倡議『廢立』而起。皇嗣之議，卿有何想法？」

「陛下明察，微臣不敢妄加議論。」想起岑長倩、格輔元、歐陽通三位重臣，李昭德心有餘悸。

「但說無妨，朕赦你無罪。」

李昭德鬆了一口氣，思忖片刻之後，神情肅穆地回稟道：「微臣愚見，天皇是陛下的夫君，皇嗣是陛下的親子。陛下君臨天下，理應傳於子孫，成萬代基業，豈有以侄為嗣的道理？自古以來，侄子繼承大統之後為姑母立廟祭祀，聞所未聞！微臣鬥膽妄言，如果將來傳位給魏王，陛下神位恐無廟可居。陛下尚無落魂之地，天皇在天之靈，又何以安身？」

李昭德字字鏗鏘，武則天不住地點頭，特別是說到將來恐怕難免「孤魂野鬼」的慘境，武則天不禁拍案而起，歎道：「卿所言極是，所言極是！王慶之誤國誤朕，罪有應得！今後誰人再議廢立之事，朕定不輕饒！」

經過李昭德的耐心勸諫，以及大臣們表現出來的人心向背，讓武則天頓時豁然開朗。雖說「廢立」一直停留在口頭上，未造成實質性的後果，但王慶之曾經引發的一場官場地震，讓武則天不得不考慮的一個更為現實的問題：朝廷的權力中樞已是空空如也，宰相班子急需補缺！

「國亂思良將，家貧思賢妻」，武則天終於想到了在豫州蒙受不白之冤、如今屈居洛州司馬之職的狄仁傑。

武則天一紙詔令，將官階僅從四品下的狄仁傑直接擢升為地官侍郎兼判尚書，並與鳳閣侍郎任知古、冬官侍郎裴行本一道，領「同平章事」之銜，進入了宰相班子。

際遇坎坷的狄仁傑，第一次走進了大周的權力中樞。

等待著他的，又會是怎樣的風起雲湧、驚心動魄呢？

第二十四回　履薄冰狄仁傑忌言　顯身價來俊臣構陷

深秋的洛陽，寒風瑟瑟，枯黃的樹葉落滿一地，被路上的行人踩得沙沙作響。清晨的一縷陽光，照入這座威嚴的都城，皇宮內侍們早就忙活開來，行色匆匆。

狄仁傑邁步跨入久違的皇宮，心中無限的感慨。層疊的殿堂，延綿的宮牆，靜靜地注視著周遭的一切。從豫州蒙冤算起，區區三載春秋，如白駒過隙，卻又物是人是國已非。

武則天，這位讓狄仁傑吃盡苦頭的女強人，依然風采依舊。在黃袍的映襯下，顯得更加威儀莊重，只是兩鬢的些許銀髮，向人們昭示著她已是年近古稀的老嫗。

「懷英，安好否？」武則天示意狄仁傑落座，關切地問道。

「承蒙陛下掛念，微臣感激不盡。」狄仁傑起身作答。

「懷英」，武則天站起身來，在屋內踱開步伐，「當年豫州一任，卿頗有政聲，卻遭遇貶謫之災。朕深知卿有冤屈，私底下埋怨過朕吧？」

「微臣豈敢！」狄仁傑說的是實話。

「朕偏聽誤信，為奸佞小人所迷惑，以致忠良無辜受責，是朕失察啊！」

狄仁傑並不清楚，為什麼復出之後的初次召見，武則天便冷不丁地主動提起這茬。但他很清楚，在生性多疑的武則天面前，多一句不如少一句，因此沉默不語。

見狄仁傑無言以對，武則天近前一步，問道：「莫非卿不想問問，當年是何人栽贓構陷？」

武則天的眼神咄咄逼人，狄仁傑倒有些手足無措起來。當初在豫州，跟他狄仁傑過不去的，除了張光輔還能有誰？武則天明知故問，到底是何用意？

思忖片刻之後，狄仁傑躬身答道：「陛下多慮了！微臣所受皇恩之浩瀚，雖萬死不得回報於一分。陛下以微臣為過，微臣當自請改之。陛下知微臣無過，則微臣幸甚，再無別念。栽贓構陷之人，惟賴陛下明察秋毫，微臣不願知其名。」

武則天顯然對狄仁傑的回答十分滿意，重重地點了點頭。

狄仁傑退下之後，武則天望著他的背影，獨自歎道：「朝中遍布狄懷英，何愁我大周不興！」

回到家中，狄仁傑獨自一人鑽進書房，苦思冥想了好一陣。玉兒見狄仁傑悶悶不樂，遂吩咐下人備了些飯菜，她親自端到書房裡來。

「老爺榮遷，當為幸事，緣何如此？」玉兒關切地問道。

狄仁傑抬頭見是玉兒，神色便和緩了許多。這些年來，玉兒跟著自己曆官各地，幾經沉浮，屢受奔波之苦，卻無半句怨言。每念及此，狄仁傑總是感覺自己虧欠玉兒甚多，故而一直對她以禮相待，從未有過爭執。

「老爺今日面聖，情勢如何？」玉兒見狄仁傑無言，又追問道。

「聖上問及豫州之事……」狄仁傑如實相告，剛開了頭，便被玉兒打斷了。

「怎麼？聖上還是對老爺當年做的事情耿耿於懷？」玉兒的心一下子提到了嗓子眼。

「不！不！不！」狄仁傑知道玉兒會錯了意，遂擺手道：「聖上說當年受奸佞迷惑，致我無辜受責。」

「是這樣啊。」玉兒大鬆一口氣，又問道：「既然聖上明察秋毫，還了老爺公道，老爺為何依然心事重重？」

「夫人有所不知。」狄仁傑回道：「聖上問我，想不想知道當年是何人栽贓構陷。」

「老爺怎麼說？」

「我說不知道，也不想知道。」

「啊？」玉兒顯得有些驚詫，「當年陷害老爺的，非張光輔莫屬，老爺為何……」

「夫人。」狄仁傑知道玉兒想說什麼，遂接過話頭道：「如此簡單明瞭，聖上豈會不察？可聖上明知故問，這是在試探我的深淺哪。」回家苦思了一陣，狄仁傑才逐漸回過味來。

「何出此言？」玉兒依然不甚了了。

「張光輔構陷我狄仁傑，這不假，可夫人不要忘了，採納追究與否，還得聖上發話啊！」

「老爺是說……」玉兒似有所悟。

「記恨張光輔，便是記恨聖上。懷記恨之心，又豈能忠於聖上？」狄仁傑一語道破天機。

「老爺，玉兒心裡一直有句話，不知當不當講。」玉兒欲言又止，神情顯得頗不自然。

「夫人今日這是怎麼了？」狄仁傑頗為詫異。

「姨媽從河陽移居洛陽，老爺可知曉？」玉兒彷彿又繞開了話題。

「我豈能不知？」狄仁傑更加莫名其妙，「前幾日不是還讓狄虎代我前去探望嗎？」

「是。」玉兒點頭道：「狄虎回來的時候，老爺到衙門裡去了，所以……」玉兒神情愈發不自然起來。

「到底怎麼了？」狄仁傑見玉兒如此，更加迫切地追問道。

「托狄虎送去的禮物，全被退了回來。怕老爺多想，是我讓狄虎瞞著的。」

「啊？這是為何？」狄仁傑頭一次聽說這件事。

「老爺，今日我也到姨媽家中去了，姨媽說……」玉兒實在說不下去，不由得流出淚來。

「姨媽說了什麼？」

「姨媽所言，也正是玉兒一直想問老爺的。」玉兒說了半天，終於又繞了回來。

「但問無妨。」

玉兒略頓了頓，終於鼓足勇氣問道：「老爺真的想為女天子效力不成？」

「這……」狄仁傑一時無言，他沒有想到，玉兒竟然會問出這樣的話來。

「老爺還是親自去探望探望姨媽吧。」玉兒輕歎一聲，退出房去。

狄仁傑聽了玉兒的話，頂著寒風，踏著厚厚的積雪，前去探望姨媽盧氏。剛走到門口，狄仁傑便迎面碰到了盧氏的兒子，也就是他的小表弟。只見他背負著弓箭，手裡拎著一隻野兔，急匆匆地跑了過來。看到表哥狄仁傑，他相當勉強地作了個揖，將狄仁傑晾在門外，自顧自地奔院中而去。

狄仁傑顯得有些尷尬，微笑著走到院中，進屋問候盧氏。盧氏不冷不熱，敷衍了事一般地嘮些家常話。

狄仁傑從玉兒口中得知姨媽的不滿，思忖片刻之後，主動提及自己願意為無所事事的表弟謀個一官半職。

聽得狄仁傑所言，盧氏突然站了起來，毫無商量餘地地回絕道：「我就這麼一個兒子，讓他跟你一樣，替女主子賣命？想都別想！」

沒有人知道，狄仁傑當時是以怎樣的心情走出姨媽家的大門。在這個異常寒冷的冬日，他不時地用手絹擦拭著額頭的汗珠。也許，當他做出那個艱難抉擇，寫下《討項檄文》的時候，就已經意料到了這樣的結局。

一路之上，狄仁傑默默無語。寒風凜冽，狄仁傑的心中卻沸騰起來：「聖人云，『知我者，其惟春秋乎；罪我者，其惟春秋乎』。仁傑豈是貪生怕死、賣主求榮之徒？海濤法師當年教導，讓我不忘本心，務以蒼生為念，仁傑何曾違拗過？」

「蒼天有眼，狄仁傑絕非負恩之人哪！」狄仁傑抬起頭，望著漫天的雪花，在心中吶喊。

＊＊＊

此時的狄仁傑，沒有更多的心思去考量自己的政治抉擇。武則天讓他主持地官工作，掌管朝廷的「錢袋子」，維繫社稷命脈，可謂重任在肩，不容絲毫懈怠。

狄仁傑雖是第一次進入朝廷的權力中樞，又處於萬物惟新的武周時代，但好在有著多年的官場經歷，又曾在度支郎中任上履職數年，也算是輕車熟路、遊刃有餘了。

美中不足的是，武則天為了過足「皇帝癮」，事無巨細，樁樁件件都要親力親為，這讓狄仁傑感到十分棘手。

一日，國子監的太學生王循之想請假回鄉，主薄[1]覺得這事兒自己沒權力批，於是遞送給司業[2]，司業也不敢批，便交給了國子祭酒[3]。結果，國子祭酒思來想去，還是不敢批，就這樣逐級上報給了武則天。武則天當廷批示「同意」，轉下去遵照執行。

面對如此平常的小事，狄仁傑果斷地站了出來，進諫道：「事分大小，人有貴賤。臣聞為君者，唯生殺之權不授於臣，其餘皆歸有司處置。學生求假，乃監丞、主薄之事，何須勞煩天子發敕？若普天之

1 國子監下屬官員。
2 國子監長官副職。
3 國子監長官。

下，凡事求赦，可有盡乎？」

武則天略思片刻，點頭贊道：「狄愛卿所言極是，各司其職的制度，今個兒就算立下了。」

或許是出於「新鮮感」，類似這樣君臣其樂融融的局面維持了很長一段時間。究其緣由，主要還是因為武則天比過去「開明」了許多，一樁「舉人妄言」的案子很能說明這一轉變。

武則天登基之後，為廣羅天下人才，向各地派遣「存撫使」[4]，重點考察基層官員，並大興舉薦。天授三年的新年之際，武則天親自召見了各地「存撫使」舉薦的人才，無論賢愚、真假，一律擢升試用，從鳳閣舍人、給事中到侍御史、員外郎，以至拾遺、校書郎，僅試用的官階高低有別，一時充斥中央各級衙門。

對於這種良莠不分的「試用」，當時流傳著一種說法，叫「補闕連車載，拾遺平鬥量，欋推侍御史，盌脫校書郎」，形容其氾濫之勢。有一位名叫沈全交的舉人，又別出心裁地添了兩句：「糊心存撫使，眯目聖神皇。」

沈全交將這種「試官」氾濫的現象，歸咎於存撫使甚至武則天本人的糊塗。御史紀先知得知後，以「誹謗朝政」之罪，將沈全交捕獲，並及時上奏武則天，請求當廷施以杖刑，再交付有司問罪。

「哈哈哈哈！」武則天聽了紀先知的彙報，忍不住大笑起來。「好個『糊心存撫使，眯目聖神皇』，若卿輩辨明賢愚，勿如此氾濫，何懼人言？依朕之意，沈全交所言是實，何罪之有？」

武則天對待「異見者」的開明，讓狄仁傑等朝臣感到耳目一新。更何況武則天登基之初，為籠絡人心，酷吏周興便遭到拋棄，被來俊臣以「請君入甕」之計玩掉了性命。社稷舊貌換新顏，形勢的確是一片大好。

4 即過去的巡察使。

不過，就在狄仁傑一門心思地為大周王朝起早貪黑、兢兢業業的時候，一場席捲整個權力中樞的風波，逐漸呼嘯而來。

引發這場颶風的，分別是御史中丞魏元忠和潞州刺史李嗣真。

魏元忠出身宦門，高宗時期在國子監做太學生。狄仁傑巡察岐州時，魏元忠曾就「府兵制」的弊端上疏李治，提出了許多中肯而高明的建議。儘管受現實情況所限，魏元忠的建議並未得到有效推行，但唐高宗李治記住了這個人，擢升其為秘書省正字，不久之後又升任監察御史。

徐敬業叛亂時，時任侍御史的魏元忠臨危受命，被武則天委任為平亂大軍的「監軍」，與主帥李孝逸密切配合，一舉蕩平叛軍。回京覆命時，以戰功擢升為洛陽令，成為「皇城根下父母官」。

當初徐敬真、張嗣明為求自保，憑空構陷諸多朝廷重臣，直接導致惡貫滿盈的張光輔成為冤死鬼，而魏元忠也在被誣陷之列。

武則天果斷地處置了張光輔，其實是另有隱情，而對於魏元忠，武則天有自己的想法。她怎麼也無法讓自己相信，堂堂的平亂監軍，會跟平亂的對象勾結在一起謀逆。既然是「監守自盜」，當初為何盡心配合李孝逸，將徐、駱逆黨一網打盡？

就在魏元忠被押赴刑場準備斬首之際，武則天終於下達敕令，要求刀下留人。魏元忠不僅撿回一條命，後來還遷任御史中丞。

俗話說「大難不死，必有後福」，可對於魏元忠而言，未必如此。在御史中丞任上，魏元忠遭遇了自己的「剋星」——郭霸。

郭霸是一個「實幹型」的官員，在官場摸爬滾打數十載，從區區縣丞一直奮鬥到了監察御史，成為魏元忠的下屬。就才幹而言，魏元忠挑不出郭霸有什麼大毛病，唯一感到極為不滿的，是郭霸阿諛成性，令人作嘔。

早在徐敬業起兵謀亂時，郭霸曾當著朝臣的面，咬牙切齒地向武則天表態：「臣願抽其筋、食其肉、飲其血、絕其髓。」正因為這句話，郭霸後來得了一個雅號——「四其御史」。

雖說被同僚戲謔，郭霸卻本性難改。一次，魏元忠臥病在床，請了幾天假。郭霸不僅登門探望，還拈起魏元忠的糞便津津有味地抿了幾口，如釋重負地笑道：「糞便微苦，當無大礙。」

魏元忠躺在榻上忍俊不禁，卻不便發笑，只好強撐著等郭霸告辭。此後，魏元忠逢人便將郭霸吃屎的「光輝事蹟」講述一番，四處宣揚。

拍馬屁拍中了馬蹄子，還被同僚洗涮得無地自容，郭霸哪裡忍得下這口氣，暗中找到來俊臣、侯思止等人商議，打算伺機報復。

「這個魏元忠，真真是活得不耐煩了！」郭霸狠狠說道。

「郭兄何出此言，是你熱臉貼了人家的冷屁股吧。」侯思止也聽說了「郭霸吃屎」的傳聞，自覺好笑，便戲謔了一番。

「侯思止，」郭霸突然黑下臉，指著侯思止的鼻子罵道：「你以為你算個什麼東西？當年走街串巷賣餅的窮漢，遭過多少人白眼？」

「喲！郭御史好記性！」侯思止毫不示弱，「郭御史比小的高貴，不也只是區區縣丞嗎？如今攀了高枝，倒好起莊子之道了。」

「什麼莊子之道？」來俊臣在一旁靜靜地聽著，只是最後一句不甚理解，便發問道。

「來中丞[5]容稟，」侯思止畢恭畢敬地答道：「下官前幾日聽同僚說，莊子有言，道在屎溺……」

「哈哈哈哈！」來俊臣聽聞，不禁大笑起來，「好你個侯思止，當初神皇見你告密有功，可大字不

5 來俊臣時任左肅政台中丞。

識一個，難堪御史之職，你說獬豸何嘗識字，卻能觸邪，聖上大悅，這才讓你做了朝散大夫、侍御史。如今在左台供職，整日跟著那些言官耳濡目染，倒成了學究了！」

「下官不敢在中丞面前逞能。」侯思止嬉笑著答道。

兩人你來我往，郭霸在一旁已氣得滿面通紅。想到自己有求於人，也只得忍氣吞聲，轉而向來俊臣說道：「中丞，魏元忠這是不把我等新臣放在眼裡啊！小的無端受辱事小，只怕……」

「只怕什麼？」來俊臣見郭霸欲言又止，遂追問道。

「恕下官直言，聖上讓中丞除掉周興，冷落之心畢現，只恐唇亡齒寒啊！」

「放肆！」來俊臣怒道：「周興奸佞之人，理當受誅，我豈能與此等無恥之徒相提並論？」

「下官知罪，」郭霸俯身回道：「只是自古有言，伴君如伴虎，下官也是為中丞擔憂啊！」

「郭兄此話倒不失道理，」侯思止聽言，想到自己的處境，也深有體會，遂將與郭霸剛才的不快拋之腦後，插話道：「大周新立，自打岑長倩、格輔元獲罪之後，聖上似乎變了許多，下官最近彈劾的奏疏，都被駁了回來。長此以往，咱們恐怕都得致仕還鄉了！」

「說得輕巧！」郭霸接過話頭，「憑心而論，咱們這些年替聖上賣命，得罪的人不在少數，若被聖上拋棄，豈能安生？」

「嗯！」聽郭霸一言，來俊臣深深地點了點頭。其實這些時日，來俊臣也在尋思著武則天的心理。他越來越明顯地感覺到，武則天如今君臨天下，真正名正言順地當家過日子了，酷吏似乎不再吃香，周興的死便是最好的明證。為了穩定人心，來俊臣這些惡貫滿盈的人，隨時都有可能被武則天拉出來平息眾怒。

「既然如此，咱們就整一樁大案！」來俊臣踱步片刻，抬手往桌上一拍，狠狠說道。

「中丞的意思是……」郭霸似乎沒聽明白。

「我且問你，當初徐嗣真等人告魏元忠有謀逆之嫌，聖上為何刀下留人，還委以重任？」來俊臣並沒有急著回答，而是反問郭霸道。

「這……」郭霸從未掂量過這件事，一時語塞。

「你也不動動腦子！」來俊臣罵道：「魏元忠乃平逆監軍，徐嗣真說他與逆黨串謀，聖上豈能輕信？魏元忠人頭落地事小，朝廷的顏面往哪兒擱？」

「可魏元忠依然是被押赴刑場了啊？」郭霸還是稀裡糊塗。

「那是聖上馭人之術，讓臣子懷敬畏之心，感昊天之德，誓死聽命！」來俊臣揭開了謎底。

「既然如此，這魏元忠難道就碰不得？」一旁的侯思止追問道。

「那倒未必！」來俊臣緩緩落座，呷了一口茶，神情自若。

「中丞定有妙計，下官唯中丞馬首是瞻！」郭霸腆著臉笑道。在他想來，誰肯出面替他出這口惡氣，誰就恍如他的再生父母了。

「哈哈！」來俊臣顯得十分得意，「說句大不敬的話，聖上多疑，方有我等報效朝廷之機。構陷魏元忠一人，何足掛齒？咱也學學徐嗣真，誰的官兒大，咱就咬誰！」

「此計甚妙！」侯思止不由得擊掌贊道。

「中丞確實棋高一著！」郭霸也緊隨其後，拍了拍馬屁，接著又裝作憂心忡忡地說道：「只是這些人位高權重，要羅織罪狀，恐怕甚為不易。」

「不易？」來俊臣顯得十分不屑，「我曾與萬國俊[6]編撰了一部《羅織經》，分閱人、事上、治下、控權、制敵、固榮、保身、察奸、謀劃、問罪、刑罰和瓜蔓十二卷。聖上御覽之後，盛讚『如此機

6 酷吏之一，時任左台監察御史，後查辦「流人案」，血洗三百餘流囚，遷任朝散大夫、左台侍御史。

心，朕未必過也』。周興不就是靠著這部《羅織經》扳倒的韋方質？只要熟讀此經，何人能逃過我等魔爪？」

「中丞威名，下官高山仰止，那咱們說幹就幹？」郭霸顯然已經急不可耐了。

「你慌什麼！」來俊臣數落道：「成大事者，豈能亂了章法？依我看，咱們得找幾個突破口。」

「中丞的意思是……」侯思止追問道。

「魏元忠算一個，還有那個又臭又硬的李嗣真，也得弄進去！」

「李嗣真？」郭霸有些驚訝，「他不是被打發到潞州做刺史去了嗎？」

「哼！」來俊臣提起這個人，便怒火中燒，「想當初他做御史中丞，隔山岔五地上奏聖上慎殺寬刑，說什麼『國之利器，輕以予人，恐為社稷之禍』，我的奏疏，他可是駁了不少啊！後來聖上也煩他了，才把他打發去了潞州。俗話說，交新朋不忘舊相識，咱們搭台唱大戲，豈能冷落了李刺史？」

「有理，有理！」郭霸、侯思止露出一臉的陰笑。

數日之後，來俊臣向武則天遞了一份密奏，說朝中重臣正在結黨營私、暗中串聯、密謀「復唐」，具體來說就是七個人：

同鳳閣鸞台平章事任知古；

同鳳閣鸞台平章事、地官侍郎兼判尚書事狄仁傑；

同鳳閣鸞台平章事、冬官侍郎裴行本；

司禮卿崔宣禮；

文昌左丞盧獻；

御史中丞魏元忠；

潞州刺史李嗣真。

武則天接到來俊臣的密奏，一時怒火中燒。她萬萬沒有想到，所謂大周「萬物惟新」，其實不過是表面上的一團和氣。這些拿著大周俸祿的重臣，竟然念念不忘李唐宗室。回想起王慶之因力主廢立太子，竟被群臣活活打死於禁宮，武則天氣得臉色通紅，將滿案桌的奏疏扔得遍地都是，咬牙切齒地喊道：「逆賊！逆賊！通通押入大牢，給朕細細審問！」

一石激起千層浪，剛剛得到重用的狄仁傑，與諸多同僚一道，鋃鐺入獄，成了任由酷吏擺佈的魚肉。

風雲突變，一場正與邪的較量，打開了序幕！

第二十五回 例竟門內險象環生 一波三折化險為夷

關押狄仁傑等人的，是一個叫「推事院」的地方，這是武則天應來俊臣等酷吏之請，專門設置的「詔獄」。「推事院」與「銅匭」一樣，是武則天時代「酷吏政治」的象徵。因它坐落於洛陽城西的「麗景門」內，而且凡是被抓進去的人，非死難出，被酷吏們稱之為「例竟門」，寓意「入此門者，例盡其命」。

如此陰森恐怖之地，狄仁傑等人的待遇可想而知。

作為一名年過花甲的官員，若非武則天惦念，擢升至朝廷任職，並進入「權力中樞」，狄仁傑恐怕已經可以「乞骸骨」，回老家養花逗鳥、兒孫繞膝，享盡天倫之樂了。結果呢，位極人臣之日，也正是天降橫禍之時，這冰火兩重天，足以令人哀莫大於心死。

狄仁傑倒不覺得有何悲傷之感，畢竟已經不是第一次「登高跌重」了。與文昌左丞盧獻關在一起，狄仁傑還頗有興致地跟他開起玩笑來。

「盧左丞，你這姓氏堪稱絕妙。」

「何出此言？」聽狄仁傑冷不丁冒出這麼一句，盧獻丈二摸不著頭腦。

「盧字配上一匹馬，可是一隻『驢』[1]？」言畢，狄仁傑哈哈大笑起來。

[1] 按繁體字寫法，「盧」字是「驢」字的右半邊。

「聽狄相一說，下官也覺得足下的姓氏有趣。從中劈開，乃成二犬。」盧獻毫不示弱地「回敬」道。

「盧左丞此言差矣，『狄』乃『犬』、『火』構成，何來二犬？」狄仁傑認真起來

「犬邊有火，那當是『烹狗』無疑了。」兩人心領神會，對笑起來，惹得獄卒一頓呵斥，方才作罷。

白天故作輕鬆，與同僚作趣，可這一夜竟是如此漫長。狄仁傑躺在草鋪上，輾轉反側，難以入眠。

雖說蒙冤並非首次，但身處「例竟門」還是頭一遭。

「例竟門、例竟門，照例盡命之門，我狄仁傑何以例外？」狄仁傑苦苦思索著，卻始終不得要領。

狄仁傑本打算據理力爭，抒發一番豪言壯語，將那些蠅營狗苟之徒痛批得體無完膚，就像當年在豫州痛罵張光輔一樣，彰顯一番「雖死如歸耳」的英雄氣概。可轉念一想，自己當年身為豫州刺史，為一方百姓謀福祉，據理力爭，實乃分內之事。如今背負欲加之罪，身陷囹圄，而「推事院」又豈是自證清白之地？在一個無法說理的地方講道理，最終的結果只能是自討苦吃，做無謂的犧牲。「為今之計，恐當以免受皮肉之苦為要，視情形再作區處。」狄仁傑不得不退而求其次。

可是，落在這群陰險毒辣的酷吏手裡，想不受皮肉之苦，談何容易？「鳳凰曬翅」、「驢駒拔橛」、「仙人獻果」、「玉女登梯」，這些充斥著酷吏「智慧」的酷刑，光聽名字就讓人不寒而慄，如何才能挺過這一關？

狄仁傑突然想到，不久前的一次朝會上，來俊臣曾上奏請旨，凡是主動招供者，一律免刑免死，武則天當廷下達敕令，准其所奏。

「何不利用這一政策，先保全自己？」狄仁傑暗中尋思著。

可是，自己招供什麼呢？若是昧著良心認罪，不但保不了自己，恐怕還要連累一同入獄的同僚。不招，必死無疑，只留下一個好名聲而已。招，從此苟且偷生，忍受他人的白眼與指責，為後世唾罵。與其如此，倒不如一死了之。這兩難境地，該如何破解？

天色漸白，苦苦思索了一夜的狄仁傑突然露出一絲笑意，閉上雙眼，靜靜地等待著黎明的到來。

次日一早，來俊臣開始提審狄仁傑。

「狄懷英，你也是老臣了，不會不知道『例竟門』的厲害，你可要仔細！」來俊臣先來了一個下馬威。

「來中丞想問什麼？」狄仁傑心平氣和地問道。

「呵！」來俊臣冷笑了一聲，「既然請你進了『推事院』，你覺得會問些什麼？」

「不就是謀反嗎？」狄仁傑昂首挺胸，毫無半點懼色，「大周革命，萬物維新。唐室舊臣，甘從誅戮。反是實！」

「好！好！好！」來俊臣並沒有細細品味狄仁傑所說的前十六個字，一聽見「反是實」三個字，便連呼了幾個「好」。狄仁傑如此爽快，完全出乎來俊臣的意料，他一邊叫好，一邊起身拍起手來。

「古人云，『識時務者為俊傑』，狄相果然名不虛傳吶！」來俊臣一面讓狄仁傑畫押，一面忍不住稱讚道。

「既然如此，老夫是否可以回牢房了？」狄仁傑絲毫不理睬來俊臣的「諂媚」。

「當然，當然，狄相這邊請。」來俊臣一副小人嘴臉，令人作嘔。

「狄某有罪之身，擔不起宰輔之謂，來中丞還是直呼其名，老夫倒是聽著順耳些。」狄仁傑一邊說，一邊自顧自地轉身離去。

一句模棱兩可的「供認」，總算躲過了一番皮肉之苦，狄仁傑大鬆一口氣。他一心想著，自己招供得如此爽快，酷吏們應該不會再在他身上浪費時間了。這樣一來，自己就可以集中精力，考慮下一步該如何走了。

出乎狄仁傑意料的是，他第二天又被提審了，主審官卻是「推事院」的判官王德壽。

「狄某已如實供認，你們還想怎麼樣？」狄仁傑不等王德壽開口，便主動質問起來。

「狄公莫惱」，王德壽的表情跟來俊臣一樣陰險，「下官久仰狄公英名，今日提審，不過是想替略表心意，幫助狄公戴罪立功。」

「狄公，咱明人不說暗話。既是謀逆，想必非足下一己之力吧？」

「狄某感激涕零」，狄仁傑不由得冷笑了一聲，「但不知何功之有？」

狄仁傑這才明白，王德壽來者不善，原來是想在自己身上擴大戰果，陷害更多的無辜官員。

「狄某謀逆在心，何有同謀一說？」狄仁傑不想讓王德壽得逞，也絕不可能為保全自己而陷害他人。

王德壽並不甘心，於是向狄仁傑暗示道：「據下官所知，狄公與夏官尚書楊執柔私交甚篤……」

「住口！」未待王德壽說完，狄仁傑突然拍案而起，怒吼道：「我狄仁傑清白一生，光明磊落。昨日所言，皆發自肺腑，想吾等唐室舊臣，受先帝洪恩，雖身死不得報之於萬一。當今大周之天下，聖上榮登大寶，萬物惟新，舊臣無以自處，雖受誅亦無無怨無悔，狄某更不會做那等卑鄙無恥之勾當。既然進了『例竟門』，狄某未曾想過活著出去。判官如此言，老夫只得死在你面前，以證清白，免受威逼之苦，行那等卑鄙之事！」

言畢，狄仁傑奮力撞向一旁的柱子。只聽「咚」的一聲巨響，房梁上的塵土被震落下來，直撲人眼。王德壽被這突如其來的一幕嚇得驚慌失措，塵土又迷了眼，待他反應過來，匆忙望去，狄仁傑已橫躺在地上不省人事，整個面部血肉模糊。

「來人……來人！涼水……涼水！」王德壽語無倫次地叫喊起來。

獄卒端著一碗涼水送進來，王德壽猛喝了一口，往狄仁傑的臉上噴去。狄仁傑漸漸甦醒過來，卻依然神情恍惚。迷離之間，狄仁傑隱隱望見王德壽倒吸一口涼氣，嘴裡咕嚕著些什麼，接著抬手往他身上指點了幾下，又交待獄卒幾句，隨即轉身拂袖而去。

獄卒扶起狄仁傑，將他送回牢房。待狄仁傑的神智稍微清醒一些，獄卒忍不住開口道：「狄公忠肝義膽，小的欽佩之至。今後若有用得著小人的，狄公儘管吩咐就是。」

「多謝了！多謝了！」狄仁傑氣息微弱，心中卻十分感動，這真是「公道自在人心」！

得知狄仁傑自殘求死，擔心「活證據」有所閃失的來俊臣將自作主張的王德壽臭罵了一通。自此以後，來俊臣等人集中精力對付另外的幾個人，漸漸地放鬆了對狄仁傑的「關照」。

狄仁傑終於有機會「自救」了，但現實的狀況依然困難重重。

＊＊＊

狄仁傑明白，要想活著出去，唯一的辦法就是直接找武則天伸冤。可是，自己身陷囹圄、難見天日，哪裡還有面聖的機會？

苦苦思索了數日，狄仁傑撫摸著自己身上的襖子，頓生一計。

趁獄卒來送飯之機，狄仁傑請這名小吏偷偷地為自己弄來筆墨，接著又撕下一塊被面，寫了一封訴狀，塞進自己的襖子裡。

接下來要做的，當然是想辦法將這件襖子送出去。獄卒表示願意幫忙，但狄仁傑於心不忍。他暗中弄來筆墨，已是冒了極大的風險，狄仁傑不想再牽連無辜。

「小的能為狄公辦一點力所能及之事，實是萬幸，萬死不辭。」見狄仁傑不肯託付於己，獄卒顯得有些著急，眼神卻異常地堅定。

「狄某乃欽定重犯，生死未卜。萬一被你的上司獲知，豈不是枉送你一條性命？」

「小的甘願赴湯蹈火，請狄公莫要猶豫。」獄卒一邊說，一邊伸手「搶」狄仁傑的襖子。

狄仁傑將獄卒擋住，耐心勸道：「義士置身死於度外，狄某感激不盡，但這絕非你我二人之禍，狄某豈能因個人安危，致義士家破人亡？」

「狄公……」

「不急，你只需把王德壽叫來，狄某自有辦法。」交談之際，狄仁傑已想出了萬全之策。

王德壽聽說狄仁傑找他，嚇得愣了半天，不知狄仁傑這次又玩什麼花樣。萬一再撞一次，橫屍獄中，自己還怎麼向來俊臣交代？

「莫非這老頑固開竅了？」王德壽轉念一想，實在不想放過任何可趁之機。於是，心懷忐忑的王德壽應邀而至，獄卒準備打開牢門，被小心翼翼的王德壽止住，只是隔著牢門問道：「狄公召喚下官，有何貴幹？」

「王判官何必如此驚慌？」狄仁傑看到王德壽的窘態，忍不住偷樂一番，接著說道：「狄某入獄有些時日了，如今春意漸濃、天氣轉暖，你瞧，我這身冬裝，恐是穿不住了。」一邊說，狄仁傑一邊扯起身上的襖子，抖了幾下。

見狄仁傑沒有自殘之意，王德壽鬆了一口氣，冷冰冰地問道：「那又如何？」

「勞煩王判官將老夫的襖子交給家人，拆去內裡的蠶絲，再送將進來。」

來俊臣曾交代過，要關照好這個「活證據」，等其他幾個嘴硬的屈打成招，一併上報。再說王德壽上次被狄仁傑嚇怕了，聽見狄仁傑的請求並不為過，自然沒有拒絕的道理。

襖子終於送到狄仁傑家中，夫人玉兒和次子狄光遠捧著這件襖子，百思不得其解。

「老爺向來為官清廉，但家裡幾件春夏的衣服還是有的，何故拆了又送去？」一旁的管家狄虎也不明就裡。

「是啊，父親這是何意？」狄光遠也想不明白。

「別管那麼多了，」還是玉兒一錘定音，「老爺如今身陷囹圄，囑託之事必有一番道理，快拆快拆。」

狄虎準備接過襖子拆線，狄光遠放心不下，自己動手拆了起來。隨著一縷縷蠶絲被抽出，一塊殘缺的被面露了出來。玉兒眼明手快，抓過來一瞧，頓時喜形於色，喊道：「光遠，快……快去找夏官楊尚書，請他代為奏報，就說有密情面聖。」

狄光遠見母親這副神情，暗忖父親似有救，遂接過被面，細細看了一遍，也樂了起來，回道：「孩兒這就去！」

在夏官尚書、同平章事楊執柔的協助下，狄光遠順利得到了武則天的召見，並將狄仁傑在被面上寫下的訴狀，交給了武則天。

狄光遠跪拜叩頭道：「微臣父親對大周忠心可鑒，此番入獄，實屬冤屈，望聖上明察！」

訴狀言辭懇切，令人唏噓，讓武則天想起很多有關狄仁傑的往事。如今，這位自己曾經倚重的大臣，稀裡糊塗成了階下囚，武則天的心裡，有著說不出來的酸楚。

「來人，傳來俊臣。」武則天沉吟半響之後，終於發話了。

來俊臣不知武則天因何事召喚，急匆匆趕入宮中，雖是初春時節，依然跑得大汗淋漓。

「來愛卿，任知古、狄懷英等數人謀逆一案，進展如何？」武則天當著狄光遠等人的面問道。

「啟稟聖上，案件正在審理之中，要犯大多已經招供畫押，日趨明朗，不日便可結案。」來俊臣回答得滴水不漏。

「是嗎？」武則天將狄仁傑的訴狀遞給來俊臣，厲聲呵斥道：「你看仔細，這上面說的是什麼？」

來俊臣從頭到尾通讀了一遍，狄仁傑不僅傾訴了自己的冤屈，還舉報「推事院」對魏元忠、盧獻等人施以酷刑，捏造罪證，欺君罔上。

「陛下，『推事院』對一干人犯皆寬厚以待，未曾用刑，人犯皆衣襟齊整、皮肉無傷，望聖上明察！」來俊臣還想抵賴。

「一個說有，一個說無，朕信誰為是？」武則天顯得有些為難。「這樣吧，通事舍人周綝代朕前往探察，如實上報，再作區處。」

武則天差遣的周綝，平日裡就是個畏首畏尾的主，在神都這個大染缸裡如履薄冰，任何人都不敢貿然得罪，小心謹慎地做著自己的舍人。他前些日子上了幾道奏疏，得到武則天的贊許，本是慶倖之事，哪裡想到武則天對他有了些印象，今兒個又碰到這樁難決之事，便無意識地想到了他。周綝心裡一百個不樂意，可聖命難違，也只好硬著頭皮走一遭。

來俊臣暗中作好安排，帶著周綝走入「例竟門」。周綝一路哆哆嗦嗦，進了「推事院」，更是嚇得腿腳不聽使喚。在來俊臣等人的「攙扶」下，才勉強到牢房裡逛了一圈。

「周舍人奉聖命查驗，可要看仔細，人犯衣冠可齊整？」來俊臣順手往左邊指了一指，只見幾身官袍整齊劃一地掛在牆上。

周綝的頭始終偏向另一邊，不敢真看一眼，嘴裡不斷嘟噥著：「齊整……齊整，下……下官要從速覆命，不……不敢久留。」

望著周綝遠去的背影，來俊臣露出一絲陰險的笑意。看來，這「例竟門」的威懾力，不是一般人所能承受的，借他周綝十個膽，恐怕也不敢與酷吏結怨！

為了萬無一失，來俊臣又命人趕做了一份「謝死表」，並偽造狄仁傑等人的簽名，上報給了武則天。

「狄懷英這個無恥之徒！既已謝死，何來申訴？」不出來俊臣所料，武則天在朝會上大發雷霆。

一陣死寂之後，階下突然有人站了出來，俯身冒出四個字：「聖上息怒！」

武則天抬眼一看，露出一副不出所料的表情。這種時候敢說話的人，除了狄仁傑，恐怕也只有這位麟台正字陳子昂了。

「陳愛卿有何話說？」

「微臣以為，任知古、狄仁傑、裴行本一案，萬萬不可草率行事。」陳子昂回稟道。

「鐵證如山，何來草率一說？」武則天怒氣未消。

「聖上容稟。以微臣愚見，陛下英明神武，順天應時，成不世之功，乃蒼生之幸。然執事者不察天心，重設嚴刑，致朝廷惶惶，驚恐不言，莫能自持。所謂鐵案者，窮其究竟，一人被訟，百人滿獄，恐百無一實。奸惡之黨為一己之私，置陛下於誅戮無度之地。天下喁喁，莫知寧所。伏望陛下念及蒼生，勿受奸黨蒙蔽，則天下幸甚。」

「微臣附議！望陛下三思！」夏官尚書楊執柔站了出來。

「微臣附議！」鳳閣舍人韋嗣立也站了出來。

「臣附議」、「臣附議」、「臣附議」……監察御史魏靖、給事中李嶠、大理寺少卿張德裕、侍御史劉憲等一大批官員也紛紛站了出來。

武則天一時有些手足無措，畢竟眾怒難犯，「霸王硬上弓」明顯不合適。

「眾愛卿，這是何意？莫非要逼朕放人不成？」武則天自然也不能過於示弱。

「陛下。」還是陳子昂最先說話，「恕微臣直言，『推事院』過去辦的案子，有多少能服眾？我大周初興，任知古、狄仁傑等人又是朝中重臣，當以有司複審為據。」

陳子昂不想把事情鬧得太僵，提出一個折中的辦法，武則天不好拒絕，便讓李嶠、張德裕、劉憲三人，分別代表鸞台、大理寺和御史台，對這樁案子進行三司複審。

危急的局勢，又出現了一線轉機。

李嶠、張德裕和劉憲組成的會審組，經過認真查訪和提審，很快便弄清了事情的真相。

任知古、狄仁傑、裴行本等七人所謂「謀逆」的罪行，完全是無中生有的栽贓誣陷。除了狄仁傑留下「唐室舊臣，甘從誅戮」這樣模棱兩可的「供認」，未遭到刑訊逼供以外，其他涉案人員皆慘遭酷刑，特別是魏元忠、盧獻二人，已是體無完膚、奄奄一息。

案情水落石出，但在如何上報的問題上，三人的意見發生了嚴重分歧，為此不知爭吵了多少次，卻始終不得要領。

眼看武則天規定的期限即將來臨，三人又聚攏在一起，討論結案報告該如何下筆。

「依張某之見，案情雖已查實，但仍有遺漏的可能，『推事院』的結論不能輕易推翻。」張德裕始終堅持這個「和稀泥」的觀點。

「張公，查訪案情的過程，你是最清楚的。該查實的都已經查實了，何來遺漏之說？」李嶠依然很激動。

「李公，此事可要從長計議。」張德裕欲言又止。

「張公有話不妨直說，何必遮遮掩掩。你怕來俊臣秋後算帳，我可不怕。劉御史，你呢？」李嶠又將目光投向一直沉默不語的劉憲。

「二位，聖上既託付於我等三人，當盡心盡力，不可懈怠。這案子……」劉憲不慌不忙地打起了官腔。

李嶠不待劉憲說完，一下就急眼了，站起來聲嘶力竭地喊道：「哎呀，劉御史。這都什麼時候了！你是不是也怕來俊臣之流以後找你的麻煩？」

劉憲不置可否，轉身端起茶碗，品味起來。

「二位同僚。」李嶠見此情形，憤慨不已，「恕下官無禮直言，你們為求自保，情有可原，下官不便勉強。這份報告，就交給下官辦理吧！無非是多一顆人頭落地，李某寧死，也不願被同僚戳脊樑骨，遺臭萬年！」

「李公何出此言」，張德裕見狀，只好站出來打個圓場，「張某當初能在朝堂上支持陳正字，自然也是有血性的，並無『明哲保身』之意。」

「既然如此，何故臨陣退縮，功虧一簣？」李嶠反問道。

沉默半響之後，張德裕拍了一下大腿，站起身來說道：「豁出去了！張某與明公共同草擬這份報告，將所見所聞如實奏報如何？」

「好！」李嶠鬆了一口氣，又轉向劉憲：「劉御史？」

「下官附議，萬死不辭！」劉憲也堅定了自己的態度。

「咱可就真豁出去了！」李嶠攤出右手，張德裕、劉憲會意，也將右手伸出來，壓在上面，三人的手緊緊地握在了一起。

「一派胡言！」接到李嶠等人遞上來的「調查報告」，武則天大為光火，當著群臣的面，直接將奏疏扔至階下。

「陛下。」，依然是陳子昂最先站出來說話，「李嶠、張德裕、劉憲三人奉旨重審諸大臣謀逆一案，皆據實上奏，望聖上明察。」

「伯玉。」，武則天接過話頭問道：「重審之事，愛卿可曾參與？」

「微臣雖未參與辦案，但……」陳子昂想解釋一下，卻被武則天生生打斷了。

「那就是了！」武則天冷笑了一聲，「來俊臣辦的案子，愛卿一概不認；翻『推事院』的案，愛卿搖旗吶喊。朕就不明白了，愛卿是未卜而先知，還是因人而廢言？」

「微臣……」陳子昂被搶白得夠嗆，一時不知如何作答。沉吟半響，方才回稟道：「微臣認理不認人。」

「啟稟陛下。」，武承嗣適時跳了出來，「微臣以為，李嶠等人素來對『推事院』頗有微詞，此番奉旨重審，實乃刻意隱瞞實情，為涉案欽犯洗脫罪行，有包庇縱容之嫌，當按同謀論處！」

「『推事院』乃聖上批准設立，來俊臣等人也是奉旨辦差。任知古等人謀逆一案，證據確鑿，無需再審。」武三思也跟著附和道。

在武承嗣、武三思的攪和下，朝堂的氣氛急轉直下。最終，李嶠、張德裕、劉憲三人慘遭貶謫。儘管武則天並未當廷下達核准任知古、狄仁傑等人「謀逆罪行」的旨意，但顯然已是箭在弦上，狄仁傑等人性命堪憂。

就在武則天即將下定最後決心的時候，一個令人瞠目的消息，改變了事態發展的既定方向。御史台奏報，有一個不足十歲的孩童，以「告變」為由，請求面聖。

如果是一個普通的孩童，御史台自然是不會搭理的，但這個孩子非同尋常，他此時的身分是司農寺的奴隸，這完全歸因於他的父親——不久前被處死的鸞台侍郎、同平章事樂思晦。

樂思晦的案子是來俊臣辦的，說是「謀逆」，其實眾臣心裡清楚，多半也是無中生有的栽贓陷害。接到御史台的報告之後，武則天來了興趣，破天荒地決定接見這個「罪臣」的子嗣。

「小兒見朕，可是為你父親之事？」面對一個懵懂的孩童，武則天的語氣溫和了許多。

「啟稟聖上。」樂思晦的兒子不慌不忙地回道：「父已死，家已破，無冤可訴。」

「那又是為何？」聽他說不是為父親的案子來的，武則天倒顯得有些意外。

「小兒僅有一惜之歎。」

「哦？你說說看，因何事而惜？」

「小兒惜陛下之善法，為來俊臣之流所弄，遂成奸人之權柄，汙陛下之聖名。」樂思晦的兒子言語鏗鏘，神情自若，似乎早已成竹在胸。

「區區孩童，未諳世事，何故妄言？」

「陛下若不信此言，小兒倒有一法可驗明，只恐陛下不准。」

「說來聽聽。」

「陛下但擇一素日信賴之朝臣，交與來俊臣拷問其謀逆之罪，小兒以性命擔保，必供認不諱也！」

聽這個小孩娓娓道來，武則天陷入了沉思，久久未發一言。「推事院」在朝野有「例竟門」的「美譽」，凡是進去的人，沒有一個不是招供之後伏誅的。個中緣由，連不足十歲的孩童都參透了，何以服眾？

「恕小兒直言，長此以往，滿朝文武，雖有可信之臣，必無可用之人。」言畢，樂思晦的兒子跪拜告辭。

這突如其來的一場對話，讓武則天頓時改變了主意。小兒尚處幼年，若不是背後有人暗中支持，何來這番言語？

「眾心不服，朕又何以服眾？」武則天暗自思忖著。她決定，任知古、狄仁傑等人的案子，由她親自審理，探明究竟。

其實，「推事院」的案子，沒一件是經得起推敲的，何須費力查實。任知古、狄仁傑等人所謂「謀逆」，純屬子虛烏有。

水落石出，真相大白，武則天親自召見了涉案的幾位大臣。

「卿等何故自承反狀？」武則天開門見山地質問道。

「臣等若不自承，恐早死於拷掠，此時已成枯骨矣！」提及在「推事院」的往事，狄仁傑依然歷歷在目、心有餘悸。

「何故又作『謝死表』？」武則天顯然對這件事始終耿耿於懷。

任知古、狄仁傑、魏元忠等人聽武則天如此說，紛紛你看看我、我看看你，搞得一頭霧水。

「陛下明察，臣等何曾做過『謝死表』？」魏元忠率先發問。

見眾人並非佯裝糊塗，武則天也覺得事出有因，命人取來「謝死表」，當面對證。

「陛下。」，七個人看完這份「謝死表」，紛紛跪倒在地，奏道：「臣等以身家性命擔保，絕無『謝死表』之事，此乃奸人偽造，望聖上明察！」

當事人矢口否認，隨後趕來「對質」的來俊臣又支支吾吾，說不出個所以然，武則天知道自己上當了。

「真是膽大妄為！」武則天對著來俊臣狠狠呵斥了一番，但並不打算追究他「欺君罔上」之罪。

次日，武則天下達詔令，認定任知古、狄仁傑等人雖無「謀逆」實據，然自承反狀，有欺君之嫌，貶謫以示懲戒。任知古貶為江夏令，狄仁傑貶為彭澤令，崔宣禮貶為夷陵令，魏元忠貶為涪陵令，盧獻貶為西鄉令，裴行本、李嗣真因涉及其他罪行，被處以流刑，發配嶺南。

詔令一下，武承嗣、來俊臣慌了神，屢次覲見，請武則天收回成命，務必將七人處死，武則天均未予理會。

來俊臣退而求其次，在朝會上再次提及此案，認為裴行本罪行最重，當處以極刑。

秋官侍郎徐有功當場給予駁斥，認為來俊臣是陷聖上於不信不義之地，來俊臣無言以對，方才作罷。

除了陷害忠良的奸佞以外，還有一個「小丑」的表現，為群臣所不齒。

這個人，便是崔宣禮的外甥、時任殿中侍御史的霍獻可。巧合的是，他跟狄仁傑有過一次「過節」。

狄仁傑豫州蒙冤，被貶為復州刺史。赴任途中經過汴州時，當地正爆發嚴重的疫情。看著百姓們苦苦煎熬，狄仁傑心如刀絞，打算停留數日，為百姓診療。

當時，霍獻可正是開封縣令。為了保全自己的官位，他刻意隱瞞了這場疫情。狄仁傑賴在汴州不走，著實嚇壞了霍獻可，這事兒要傳到朝廷，說他霍獻可隱瞞疫情，那可是要掉腦袋的。

因此，無論狄仁傑如何交涉，霍獻可就是不答應，硬是將狄仁傑連夜「禮送出境」。後來，霍獻可巴結上了武承嗣，一路平步青雲，擢升為侍御史。

此次崔宣禮被構陷，霍獻可先是擔心自己受到牽連，趕緊賄賂武承嗣和來俊臣，方才躲過一劫。不過，自己「安全」之後，霍獻可又動起了歪心思，他希望借舅舅崔宣禮的人頭，為自己的政治生涯「錦上添花」。

來俊臣、武承嗣等人的請求不了了之之後，霍獻可又冒將出來，認為對這些人的處罰過輕，特別點了崔宣禮和狄仁傑的名，甚至當著眾臣的面大放厥詞：「陛下不殺崔宣禮、狄懷英，臣請殞命於前。」言畢，霍獻可真就奔著一根柱子衝了過去，撞得血肉模糊。從此，霍獻可的額頭上留下了一道疤痕，而且逢人就展示一番。每次上朝或者面聖，霍獻可都要精心「裝扮」一番，有意裝作無意地暗示額頭之傷，向武則天表明自己忠心可鑒。

幸運的是，儘管跳樑小丑們不擇手段、醜態畢露，但對於已經做出的決定，武則天並無朝令夕改之意。

正如狄仁傑在獄中坦言：「大周革命，萬物惟新。」這世事變幻，總是令人目不暇接、難以預料。對於狄仁傑而言，第一次進入朝廷的「權力中樞」，恰如曇花一現，短短數月，便天降橫禍，被發配到了千里之外的彭澤。

此時的狄仁傑只有一個信念：官分貴賤，地有貧富，但只要意志堅定，無論官居何職、身處何地，必然能有一番作為！

第二十六回　令彭澤懷英施善政　續暴行酷吏殺流人

能活著從「例竟門」走出來，狄仁傑等人已經算是創造了歷史。至於沒有平反昭雪、官復原職，而是「死罪可免，活罪難逃」，一竿子擼到底，打發到窮鄉僻壤做「縣太爺」，狄仁傑的內心裡倒顯得平靜了許多。

山高皇帝遠，誰知道洛陽那個漩渦裡又會生出怎樣的風險？

一路風餐露宿，狄仁傑終於在長壽元年秋天抵達江州，準備向江州刺史敖如通報到之後，赴任彭澤縣令之職。

在古代官場中，縣令被戲謔為「七品芝麻官」，不過其重要性絕不可低估。司馬遷曾在《史記》中坦言：「縣集而郡，郡集而天下，郡縣治，天下無不治。」

對於朝廷而言，「普天之下，莫非王土」，而區區一縣，便是構成社稷的最基本單位。對於絕大多數普通百姓而言，縣令是他們這一生所能見到的最高級別的朝廷命官。一縣之令，是數萬乃至數十萬人眼中的朝廷與社稷，是百姓的天！

狄仁傑在宦海裡遨遊了幾十年，一直都是在州及州以上的衙門裡當差，從並州法曹到大理寺丞，從侍御史到巡察使，最後官居同平章事。縣令的重要性，狄仁傑當然清楚，可如今輪到自己親身體驗，他多少還是有些忐忑。

在江州刺史衙門，狄仁傑的上司對他這個「落難」的朝廷重臣，並無半點憐憫關照之意，而是一副公事公辦的口吻，向狄仁傑交待了一項前任縣令未及完成的重要使命。

「彭澤縣，此番赴任，客套的話本州就不多說了。到任之後，速將上年的稅賦如數收繳入州，不得延誤！」

「敖刺史，如今已是入秋時節，何故上年的稅賦仍未交結？」狄仁傑頗為詫異。

「這也正是本州疑惑之處，待狄縣令到任之後，給個明確的答覆。」敖如通一臉的不屑，起身送客。

狄仁傑在上司面前碰了一鼻子灰，來不及感慨人情冷暖、世態炎涼，只得快馬加鞭趕往彭澤。

一行人踏入彭澤的地界，一片荒涼、蕭索的景象映入眼簾。三兩成群的百姓拖著飢餓的身軀，艱難地乞討前行。遠處有一些人影，或是躬身在地裡刨挖零星的野菜，或是伸手採摘逐漸枯黃的樹葉。還有的，眼看野菜挖無可挖、樹葉採無可採，只得摳下樹皮，將衣服上的口袋塞得有棱有角。

剛走進縣衙，狄仁傑便被撲騰起來的灰塵迷住了眼。定眼一瞧，十幾個人正忙活著拇飭屋子，給新來的縣太爺打掃出一塊乾淨的地方，便於辦公。

「大家先別把手中的活計放下，狄某借問幾句。」狄仁傑把眾人招呼到了院子裡，聚在一起。

「堂堂縣衙，何故如此破敗不堪？」狄仁傑本想問一路所見，碰到如此詫異的情形，忍不住先問眼前。

「明府有所不知。」，先站出來的是縣丞，「前任縣令因收繳賦稅不力，今年尚未開春就被免了官。州衙門隔三岔五差人前來催促，小的們走村串戶，收繳糧食，無暇在此辦公，所以……小的們估摸著明府還要過幾日方才到任，沒有想到明府如此神速，有失遠迎，望明府恕罪。」

「罷了罷了！」，狄仁傑擺了擺手，「縣衙以後慢慢拇飭，本官正有一事不明，討教諸位。本官自江州一路行來，見彭澤縣境土地荒蕪，百姓四處乞食，這又是為何？」

「稟明府。」，主管稅賦的主薄向前一步回道：「小的不敢隱瞞，彭澤自今年開春算起，已有兩季滴雨未下，水稻種不下去，自然盼不到收成。」

「明府。」協助主薄分管戶籍的小吏也站了出來，「彭澤治下有數萬百姓，經此一災，算上餓死的、逃荒的，減戶一半以上，不少村子都出現了『絕戶』，今年的稅賦尚且難以交結，更何況去年的欠帳。」

「等等。」狄仁傑發現有些不對勁：「既然旱情只發生在今年，為何去年仍有欠帳？」

「明府有所不知」，縣丞回道：「彭澤向來地瘠民貧，比不上中原那般富庶。此處雖毗鄰大江，然以山地居多，每戶耕地不足十畝，人均則不足兩畝。」

「人均兩畝，換作中原，吃穿倒是不成問題。」狄仁傑曾做過度支郎中，又做過幾個月的地官侍郎，農業生產的情況，他還是清楚一些的。

「可在咱們彭澤就不一樣了，」縣丞繼續說道：「山地產糧不抵平原，人均三畝方能勉強維持生活。即便是風調雨順的豐收之年，繳納了賦稅，口糧也只能維持半年的生計。」

「既然年年如此，彭澤百姓又何以為繼？」狄仁傑追問道。

「按往年慣例，彭澤皆是留足百姓口糧之後上繳。江州下轄各縣，收成有好有賴，互相勻一勻，倒也差不離。哪怕稍有虧空，來年再補就是。」

「今年為何不行此法？」

「今年江州普遍受災，各縣完成自己的任務都困難，更別說施以援手了。舊賬未了，又添新賬，彭澤便落入這般境地。」

「既有災情，為何不向朝廷請求賑災？」狄仁傑愈發不解。

「這……」縣丞欲言又止，索性退了半步，默不作聲。

狄仁傑不便追問，抬抬手示意眾人散去。

在彭澤的第一個夜晚，狄仁傑毫無半點困倦之意。

窗櫺已經朽壞，一陣秋風襲來，案桌上油燈的火苗，被吹得飄忽不定，狄仁傑不時還得用手擋上一擋。

一更時刻，狄仁傑依然默坐在案桌前沉思，似乎想寫什麼東西，卻遲遲未能下筆。

正在此時，有人輕輕叩響房門，只聽「嘎吱」一聲，有一人未待狄仁傑回答，便已推門進來。狄仁傑起身一瞧，正是白天才見過面的縣丞。

簡單問候一番之後，縣丞作揖道：「狄公，白天小的唯恐人多嘴雜，不便答話，還望大人恕罪。」

「既是一衙同僚，又何必拘禮。」狄仁傑示意縣丞落座，隨即說道：「如今夜深人靜，此處不過你我，但說無妨。」

「狄公容稟，賑災之事，各縣早在四五月間已報到州裡，可小半年過去了，杳無音訊。」

「這又是為何？」

「刺史衙門的事，小的不敢妄加推斷，只是小的有位族兄在刺史衙門供職。前幾日派到彭澤催繳賦稅，私下跟小的說，敖刺史新年之際才向朝廷報了祥瑞，緊接著請求賑災，不太合適，所以壓了下來。」

「什麼祥瑞？」

「據說潯陽縣有一塊『神木』，紋理依稀組成幾個字，渾如天成，好像是『神皇』、『豐年』什麼的，小的也未聽真。敖刺史報到朝廷，說江州來年必是五穀豐登，聖上還下詔褒獎呢！」

「祥瑞是假、邀功是真。區區朽木，禍及蒼生。實在是莫名其妙、可惡至極！」狄仁傑忍不住往案桌上拍了一下，憤然說道。

縣丞站在一旁，不知如何答話，狄仁傑卻端坐案前，提筆蘸墨。

「狄公這是……」縣丞不無關切地問道。

「本官奉旨為政一方，豈能欺君？狄某這就寫封奏疏，直送朝廷。」

「狄公萬萬不可。」，縣丞慌忙上前一步，做出攔阻的手勢，勸道：「小的久仰狄公英名，百姓無不稱讚有加，只是……這……」

見縣丞吞吞吐吐，狄仁傑只得將筆擱下，回道：「不必顧慮，但說無妨。」

「恕小的無禮」，縣丞深深作了個揖，「狄公身為宰輔，卻橫遭誣枉，貶至這等僻壞之地。說句得罪您的話，這實乃我彭澤百姓之福。然狄公舊罪在身，此番如實奏報，得罪了刺史不說，萬一聖上不察實情，怪罪下來，狄公恐怕吉凶難料。」

聽得此言，狄仁傑站了起來，走到破敗的窗櫺前，望著漆黑的窗外，若有所思，半響方才歎道：「仁傑何德何能，受如此讚譽，不過憑心而為罷了。既是憑心，那這一縣百姓，與一人榮辱，孰重孰輕、孰大孰小？」

「狄公……」縣丞不禁有些嗚咽。

「不必多言，狄某主意已定，這就動筆上奏，請求朝廷撥糧賑災！」

按常理，地官一旦接到地方送來的報告災情的奏疏，根據災情大小，或者直接賑濟，或者請示宰輔後撥付，一般不需要直呈武則天。

這還是多虧狄仁傑，當初太學生王循之告假，國子監的官員不敢擅自核准，只得遞送給武則天處理。狄仁傑一番進諫，武則天方才將這些雞毛蒜皮的事情授權給各級衙門處理。

不過，這封奏疏非同小可。倒不是災情有多嚴重，江州再怎麼慘，放在全國來看，畢竟只是一隅之地。對於這種情況，地官完全可以自行決斷，最多到宰輔那裡備個案而已。

可是，寫這封奏疏的人實在太敏感，一來是地官的前任長官，二來是貶謫地方的罪臣，於情於理，地官都不敢擅作主張，只得原封不動地呈送給武則天。

武則天雖然處置了狄仁傑，但對他的人品還是充分信任的。江州稅賦遲遲不上交，武則天早有不祥的預感。如今接到狄仁傑的報告，恰恰證實了她的疑慮。

武則天當即下旨，免除江州賦稅，責成州縣各級衙門開倉放糧、賑濟災民，若仍有虧空，由地官從周邊的州縣調撥。

聖旨一下，江州百姓無不歡欣雀躍。只有江州刺史的臉紅一陣白一陣，顫抖著接過聖旨，尷尬萬分。

＊＊＊

解決了百姓的生計問題，狄仁傑大鬆一口氣。

四處逃荒的百姓紛紛回到彭澤，縣衙也漸漸熱鬧起來，從清晨的第一縷陽光，一直到夕陽西下、夜幕降臨，遞狀子的人絡繹不絕。這其中，除了個別民間爭端以外，大部分都圍繞著一個主題——伸冤。

其實剛到彭澤上任，狄仁傑就發現這裡的牢獄存在著嚴重的問題。區區一個小縣，在押囚犯竟然有三百多人，比州獄的規模還大。由於空間有限，監獄裡人滿為患、臭氣薰天，簡直就是人間地獄。眼前這一幕，讓狄仁傑不禁聯想起初入大理寺的那番景象。囚犯「濟濟一堂」，喊冤聲此起彼伏，要說沒有一樁冤假錯案，恐怕誰也不會相信，至少狄仁傑是不會相信的。

在賑濟的事告一段落之後，狄仁傑開始對在押的三百多名囚犯逐一審理。

經過細緻的查證和耐心的訊問，囚犯涉案的具體情況已基本查清。三百多人中，極少數證據確鑿、量刑適當，大部分則是量刑過重、超期關押，特別是等著秋後問斬的，占了很大的比重。另外還有一部分純屬子虛烏有，甚至因未能按期繳納賦稅而被官府關押的。

對這三類人，狄仁傑採取了有所區別的處理方式。量刑適當的繼續關押，量刑過重的經請示州衙門，重新判決，該放的放，不該死的不死。最後一類，全部無罪釋放。

短短一個月，彭澤監獄差不多「人去樓空」，只有七八十人繼續關押於此。百姓無不歡呼雀躍，飄落於異鄉的人也紛紛返回故土，開荒引水，為來年播種做準備。

臨近新春，狄仁傑召集縣丞、主薄，提出了一個驚人的想法：將在押囚犯「假釋」回鄉團圓，年後再讓他們自己回監獄報到。

「明府，這……」縣丞、主薄驚詫得說不出話來。

「二位覺得有何不妥？」

「明府，佳節團聚，情有可原，然皆是囚徒，豈能自歸？」主薄一個勁地搖頭。

「彭澤牢獄已清，無一冤訴，雖不敢謂之至公，然亦是盡義也。自古官有信，則民自信，有何不能？」狄仁傑顯得成竹在胸。

「此事非同小可，狄公可要三思啊！」縣丞、主薄依然放心不下。

「不必多言，狄某自有擔當。」狄仁傑當即拍了板。

彭澤百姓的這個新年，可謂戶戶歡聲，家家笑語，唯獨縣丞、主薄二人忐忑不安。萬一囚徒未能按期歸監，狄縣令難辭其咎，他們二人恐怕也得遭殃。

上元燈節過後的第一天清晨，縣丞、主薄早早來到牢房，只見數十名囚犯已等候在此。縣丞、主薄說不出是驚詫還是感動，幾乎要流出兩行熱淚來。

經過獄吏現場點卯，除了兩人以外，其餘囚犯悉數到齊。縣丞驚出一身冷汗，慌忙跑回縣衙，向狄仁傑彙報情況，並準備發出海捕文書，緝拿延遲未歸的兩名囚徒。

「不急！」狄仁傑阻攔道：「依狄某之見，二人遲誤，必有緣由，但等兩日不妨。」

果然，次日一早，其中一名囚犯匆匆趕來。原來，他家住江北，正準備如期渡江時，突遇大風，耽擱了一晚。

又過一天，最後一名囚徒滿臉悲傷地趕來，生生跪在狄仁傑的面前，痛哭道：「小人乃家中獨子，因母親前日病故，料理後事，未能如期自歸，甘願受大人責罰。」狄仁傑起身將他扶起，令主薄帶回牢獄，並未追究。

這些自歸的囚徒，每人都自發地懷揣一抔土，堆積在監獄旁。後來家屬探望，也效此法，久而久之便形成了一座小山丘。彭澤百姓感念狄仁傑的恩德，將其命名為「縱囚墩」，一直流傳到今天。

再後來，狄仁傑離任彭澤，當地百姓又在「縱囚墩」上建了一座「狄公祠」，世代祭祀，香火不絕。

晚唐懿宗時期，文學家皮日休遊歷江左，途經彭澤，在狄公祠前撰文感慨道：

> 嗚呼！天后革大命，垂二十年，天下晏如，不讓貞觀之世，是遵何道哉？非以敬任公乎？不然者，來俊臣之酷不能誣，諸武之猜不能害，房齡之諫不能逆。
>
> ……
>
> 惟唐中否，帝室如毀。天后持權，式人端委。書誡牝雞，易稱羸豕。大樹得蘄，崇台欲墜。便藩諸武，作我蜴虺。泉深兮東宮已矣，□北極綰我神璽。媧皇肇命，呂君函紀。周德方木，秦運為水。杜□與化宮闕致治。天將啟唐，載誕忠良。□為道如勃木強，乃寫大辯，對彼明揚。一言苟悖，視死如鄉。少海既闊，少陽既光。五公始昌，共交玉堂。……
>
> 狄仁傑當之無愧！

狄仁傑在彭澤縣令的任上兢兢業業，不敢有半絲懈怠，也深得百姓的衷心感念，一轉眼便是四載春秋。

這些日子裡，狄仁傑身處「江湖之遠」，殊不知千里之外的朝廷正發生著激烈的較量。先是性格火爆的李昭德對武則天無端貶謫狄仁傑等人不滿，卻又無力回天，轉而祕密進諫武則天，認為武承嗣威權過重、恐生不測。

武則天對此頗不以為然，認為武承嗣乃武氏族人，忠心可鑒，委以腹心，理所應當。李昭德卻套用了一句《孟子》裡的話，反問武則天：「陛下以為，侄與姑之親，與子與父之親，孰親？」

「不若子與父。」武則天心領神會，也跟著套用了一句回答。

「既是子與父，何故自古以來，子篡弒父者，不絕於史？父子尚如此，況姑侄乎？」李昭德順利地將武則天引入早已設好的圈套，瞬間發力。

武則天陷入了沉思。

「陛下。」，李昭德趁熱打鐵，「武承嗣乃聖上之侄，享魏王之封，握宰輔之權，豈是位極人臣，直與君主相媲美也。微臣冒死進諫，非為私怨，乃憂陛下不得久安天位也，望聖上明斷！」

「愛卿之言甚忠，朕心甚慰。」看來，李昭德的話，又說到武則天心坎裡去了。

不久之後，武則天下旨，擢升武承嗣為特進[1]、納言，武攸寧轉任冬官尚書，實際上剝奪了兩人的宰輔之權。

武承嗣、武攸寧得知是李昭德背後搞鬼，氣得吹鬍子瞪眼，也在武則天面前大肆詆毀李昭德。不過，武則天始終不為所動。一來二去的，武則天嫌武承嗣、武攸寧實在太鬧騰，索性甩了一句硬話：

1 相當於朝廷首席官員，但屬虛銜。

「朕自打任用昭德，無一日不安寢。昭德替朕分憂，爾等無需多言！」

武承嗣、武攸寧吃了一個啞巴虧，李昭德愈發鬥志昂揚。

沒過幾日，有人向武則天獻了一份「祥瑞」，李昭德也被召去見見世面。放眼一瞧，無非是一塊花白的石頭，上面有一些紅色的紋理。

眾人大為不解，這算哪門子的「祥瑞」？獻者顯然早有準備，奏報導：「此乃赤心之石！」

武則天尚未表態，李昭德便從人群中鑽出來，呵斥了一句：「屁話！惟此石赤心，莫非天下之石皆是反賊不成？」

眾人一聽，不禁哈哈大笑起來。武則天瞪了李昭德一眼，拂袖而去。

這事兒剛過去沒幾天，一個叫胡慶的襄州人，抱著一隻烏龜面見武則天。不用問，他也是來獻「祥瑞」的。

胡慶當著武則天和眾臣的面，將烏龜翻了過來，只見烏龜的腹部，赫然寫著「天子萬萬年」五個紅色的大字。

李昭德見狀，自己樂了起來。

「李愛卿何故發笑？」武則天似乎看出了端倪。

「陛下莫急，待微臣查驗一二便知。」李昭德命內侍取來小刀，在烏龜的腹部剮蹭幾下，紅色的字體便應刀而落，原來是用塗料寫上去的。

「陛下，此人欺君罔上，當交付有司問罪。」李昭德擺出一副「得理不饒人」的架勢。

「罷了，罷了，祥瑞雖不實，其用心卻不惡，李愛卿何必求全責備。」武則天此時表現得很大度。

儘管作假的事不了了之，但兩次獻瑞都被李昭德當場揭穿，很大程度上使這種政治投機的把戲驟然間收斂了許多。

＊＊＊

接下來，武則天又在李昭德的循循勸誘下，開始有限地「改革」酷吏政治。

現如今，大周一片欣欣向榮，武則天的地位空前鞏固，酷吏政治存在的土壤，自然而然有所鬆動。

在這樣的背景之下，加之國事繁瑣，武則天對延綿日久的告密，開始有些顯得疲於應付。為了讓自己有更多的精力治理社稷，武則天將處理告密的重任，委託給了監察御史嚴善思。

嚴善思是個厚道人，更是個不畏權貴的人。自從主理告密事務，冤假錯案頓時少了許多。上任一月，嚴善思便在武則天的支持下，為八百多人平了反，這裡面既有各級官員，也有無辜受到牽連的百姓。

面對聖上的態度逆轉，群臣自然是欣喜若狂。右補闕朱敬則、侍御史周矩等官員紛紛上疏，鞭撻酷吏的種種惡行。

朱敬則以秦朝酷相李斯與漢高祖劉邦進行比較，認為秦朝推行酷法，以致土崩瓦解，漢朝施行仁政，延綿上百年。

「伏願覽秦、漢之得失，考時事之合宜，審糟粕之可遺，覺蘧廬之須毀，去萋菲之牙角，頓奸險之鋒芒，窒羅織之源，掃朋黨之跡，使天下蒼生坦然大悅，豈不樂哉！」朱敬則如是上奏。

周矩也在奏疏中說，酷吏用刑的手段令人髮指，捏造的冤案多如牛毛，希望武則天汲取秦朝覆滅的歷史教訓，緩刑用仁。

對於眾臣的諍言，武則天一反常態，欣然接受，既褒獎了上奏的官員，也推行了建議的諸多措施。

一時之間，官員大鬆一口氣，百姓似乎看到了清明的曙光，只有酷吏們整日萎靡不振、怨聲載道。

「來中丞，再這麼下去，咱們非但沒有立足之地，恐怕還得死無葬身之地啊！」百無聊賴的侯思止、王弘義等人，不斷在來俊臣面前發些牢騷。

「在下恨不得將嚴善思碎屍萬段！」萬國俊咬牙切齒地說道。

來俊臣看了看萬國俊，不禁眼前一亮，往他的肩膀上拍道：「萬兄，撰『經』千日，用『經』一時啊！」

來俊臣這麼一說，萬國俊大有醍醐灌頂、茅塞頓開之感：「對啊！此時不用《羅織經》，更待何時？」

栽贓陷害一個人，對於來俊臣、萬國俊之流而言，簡直易如反掌。「欲加之罪，何患無辭」，在他們那裡有著最「完美」的詮釋。

此時的武則天，並沒有打算與「酷吏政治」徹底決裂。因此，在幾名酷吏的構陷之下，嚴善思慘遭流放。不過，武則天深知嚴善思是冤枉的，待風平浪靜之後，又將其召回洛陽，安排了一個渾儀監丞的閒職。

扳倒嚴善思之後，酷吏開始瘋狂反撲。長壽元年九月，同平章事李游道、王璿、袁智弘、崔神基、李元素，春官侍郎孔思元，益州長史任令輝等一大批官員，遭酷吏王弘義的構陷，被流放嶺南。

朝野上下，剛剛有所鬆動的政治氣候，再次緊張起來。

王弘義辦了一樁「大案」，萬國俊當然也沒閒著。可朝廷裡數得上號的，差不多都被弄下去了，現在想撈「大魚」，顯然不太容易。

正在萬國俊無所適從的時候，武則天接到一條模棱兩可的「線報」，說嶺南那些被流放的人，最近似乎有些異常動向，甚至還有傳言說，「代武者劉」，此「劉」非「劉」，而當是「流」也。

這還了得！為了查明真偽，武則天決定把這件事交給萬國俊去辦。

萬國俊接到旨意，樂得一宿沒合眼，連夜收拾行裝，快馬加鞭趕往廣州。

廣州地處南國，且已是初春時節，卻異常地寒冷。街頭巷尾的百姓紛紛傳言，今年天氣如此反常，怕是有災禍發生。

嶺南道的經略使，還有廣州、端州等嶺南五州的刺史，率一干人等，焦急地等候在北城門外，一陣大風吹得眾人鬍鬚凌亂，身後的旗幟也呼呼作響。

大約過去一個時辰，遠處一行人騎著快馬，絕塵飛奔而來，官道上的百姓避之不及，慌亂中跌倒無數。

經略使等人見狀，趕緊整理官袍，快步迎了上去。

「下官不知萬御史[2]如此神速，有失遠迎，望大人海涵。」嶺南經略使的品級在萬國俊之上，卻惹不起這個「名震朝野」的「欽差」，顯得畢恭畢敬。

「閒言少敘。」萬國俊顯得迫不及待，「本官奉聖上旨意，查察流人一案，時限緊迫，斷不可延誤。」

「下官前日已接到公文，自當竭力協助，萬御史有何要求，只管吩咐下官便是。」

「好！限三日之內，將嶺南五州的流人悉數押送至廣州。」萬國俊一副雷厲風行的作態。

「萬御史。」，經略使顯得頗為為難，「廣州自然不成問題，可另外四州，路途遠近不一，三日恐怕……」

「聖命豈可違？誤了時限，你交代還是我交代？」萬國俊盛世凌人，毫無商量餘地。

「下官盡力而為，盡力而為。」經略使吃了萬國俊一個「下馬威」，額頭上不禁冒出一層冷汗。

三日之後，嶺南各州能按期趕到的流人，皆被押送至廣州，共計三百多人。

2 萬國俊時任司刑評事、攝左台監察御史。

抬眼望去，這些曾經的官員及其家屬，如今是衣衫襤褸、灰頭土臉，令人無限唏噓，感慨造物弄人、倏忽如隔世。

「啊……哼……」萬國俊扯了扯嗓子，趾高氣昂地開始訓話：「聖上心憂社稷，慈愛蒼生，方有爾等罪臣賊子苟活之日。爾等不思皇恩浩蕩，反倒心懷異志，實乃蛇蠍本性，可惡至極！本官奉旨查察嶺南，命爾等自盡，姑且留個全屍！」

萬國俊話音未落，嶺南經略使以及各州刺史驚詫不已，又不便多問，只得暗中相互遞送眼色。跪在下面聽宣的流人更是群情激奮，喊冤聲此起彼伏。

萬國俊見狀，下令將流人徑直趕至河岸，悉數斬首。剎那間，空氣中彌漫著濃厚的血腥味，河水也被染成赤紅。經略使等人不敢上前阻攔，緊閉著雙眼，不忍直視這殘忍的一幕。

三百多具殘缺不全的屍體，被萬國俊下令拋入河中，順流飄向大海……

「萬御史，這是……」經略使忍不住發問道。

「本官奉密旨行事，與爾等無干！」萬國俊冷冰冰地甩了一句話，轉身離去。

其實，萬國俊心裡很清楚，所謂「密旨」，純屬子虛烏有。一下子殺了這麼多的流人，他得向武則天有所交代。當然，早在前往廣州的路上，萬國俊已算計好了一切。

「微臣奉旨查察嶺南，未曾懈怠。經微臣實地驗視查訪，流人謀反證據確鑿。因路途遙遠，恐夜長夢多，微臣未及奏報，即刻將逆賊就地正法。依微臣愚見，嶺南尚且如此，諸道流人恐皆有銜怨不臣之心，望聖上早下決斷，以絕後患。」

萬國俊連夜將這封顛倒黑白的奏疏，八百里加急送往洛陽。

武則天對萬國俊的說辭深信不疑，擢升其為朝散大夫，代侍御史之職，並迅速派出劉光業、王德壽等人分別前往六道，追查流人謀逆一案。

劉光業、王德壽等人見萬國俊提著三百多顆人頭升了官，唯恐自己落後，也在各自巡察的地區大開殺戒。王德壽殺了五百人，劉光業殺了七百多，其他各道也有上百人無辜送命。一些流人數量不足的地區，積年的雜犯也被拉進來湊數，一時間人心惶惶，恍如人間地獄。

酷吏的胡作非為，引起了正直官員的強烈不滿。為了打擊酷吏的囂張氣焰，陳子昂等大臣不斷上疏進諫，但武則天主意已定，效果並不明顯。

終於，在流人案發生後不久，李昭德總算抓到了一個倒楣蛋——侯思止。侯思止被揪住的把柄，其實算不上什麼事，無非是在家裡私藏了幾匹絲綢而已。不過，武則天剛剛下旨，禁止民間藏匿絲綢，侯思止心存僥倖，沒有交公，一下就被「火眼睛睛」的李昭德逮個正著。

李昭德將侯思止告到武則天的面前，武則天旨意剛下，豈能網開一面？只得依律辦理、以儆效尤。隨即，侯思止被杖殺於朝堂之上。

這個曾經以賣餅為生、靠告密發跡的街頭小販，以大快人心的方式，結束了自己罪惡的一生。

可是，區區一個侯思止，豈可與數千流人的生命相提並論！

侯思止在眾目睽睽之下被活活打死，並未平息群臣心中的怒火。次年九月，深感「眾怒難犯」的武則天以貪汙的罪名，將王弘義流放瓊州，來俊臣也受到牽連，貶為同州參軍。

淪落為「流人」的王弘義心有不甘，矯詔將自己召回，結果半道上與奉旨巡察嶺南的侍御史胡元禮撞個正著。

「你既然說聖上有旨，召你回京，聖旨現在何處？」胡元禮問道。

「下官奉的是密旨，不可示也。」王弘義還想蒙混過關。

「一派胡言！本官奉旨巡察嶺南，即使有密旨，自當由本官宣達。你區區一個流犯，哪有什麼密旨？」胡元禮揭穿了王弘義的謊言。

「胡御史貴人多忘事，你我可是同袍之誼啊！」

「哈哈哈哈！」胡元禮不由得大笑起來。「足下任侍御史時，胡某乃區區洛陽尉。胡某如今身為侍御史，足下已成流徒也，何來同袍之論？廢話少說！來人，拖出去斬了！」

這個憑藉告密發跡的街頭無賴，終於人頭落地。

第二十七回　宮闈驚魂李旦涉險　契丹南犯懷英定邊

武則天逐漸透露出拋棄「酷吏政治」的苗頭，來俊臣、萬國俊等人深感憂慮、坐立不安，於是製造了一樁駭人聽聞的「流人案」。正在此時，身處深宮之中的皇嗣李旦，也經歷著一場驚心動魄的生死劫難。

先是做皇嗣，接著登基成了皇帝，一夜之間又被「打回原形」，李旦的日子不可謂不艱難。「武周革命」後，李旦被賜「武」姓，可在所有人的心目中，他依然是大唐的血脈。

生在風雲變幻、禍福難料的時代，生性怯弱的李旦步步小心、時時留意，從不敢輕越雷池一步，但未必能夠獨善其身。

將李旦牽涉進紛繁複雜的權鬥之中的，是一個名叫韋團兒的婢女。

韋團兒本是武則天身邊的戶婢，在宮裡負責女工製作，因生性靈巧，深得武則天的寵信，這在身分低賤的「戶婢」階層是不多見的。

武則天的青睞，讓心氣高傲的韋團兒更加忘乎所以。在韋團兒看來，皇帝武則天畢竟是女兒之身，抱緊她的大腿，充其量也不過是主子信賴的奴婢而已。想要榮華富貴、延綿悠長，恐怕得另闢蹊徑。

皇嗣李旦，便是韋團兒實現「鹹魚翻身」的「蹊徑」。

可是，任憑韋團兒如何眉來眼去、暗中挑逗，李旦始終無動於衷。韋團兒百思不得其解，雖說自己比不上浣紗的西施，可在這深宮之中，也算是風流靈巧、木秀於林，莫非李旦是坐懷不亂的柳下惠？

其實，李旦並非不近女色，而是擔心引火焚身。既然惹不起母親身邊的紅人，只得「敬鬼神而遠之」，對韋團兒不理不睬，甚至有意規避。久而久之，韋團兒懷恨在心，打算「敲山震虎」。

一日，韋團兒趁武則天心情不錯，貼身低語試探道：「陛下，奴婢聽說一事，不知當講不當講。」

「團兒今天這是怎麼了？有什麼事兒就說，別吞吞吐吐的。」武則天笑道。

「陛下，此事牽涉東宮，奴婢若說出來，恐有不便之處。奴婢若是不說，又負了陛下的厚愛。」韋團兒依然賣著關子。

「噢？東宮？」武則天的興趣一下就被提了起來，「你快說！」

「是。」韋團兒在心裡暗笑了一聲，接著說道：「奴婢聽說，東宮的劉娘娘、竇娘娘近日有『厭勝』之舉。」

「厭勝？」武則天驟然提高了警惕，「你聽誰說的？」

「東宮的戶婢與奴婢一起做女工時閒聊，無意中透露的。」韋團兒裝出一副戰戰兢兢的樣子回答。

「厭勝！厭勝！」武則天在院裡踱開步，自言自語了好一陣。「厭勝」這個字眼，她再熟悉不過了。想當初，為了整倒王皇后，她構陷王皇后的母親柳氏暗中行「厭勝」之術。後來，武則天為擴大自己的權勢，倚重一個叫郭行真的道士，也玩起了「厭勝」的把戲，險些被上官儀「以其人之道還治其人之身」。若不是武則天耳目密布，提前採取措施，恐怕早已身首異處。

「哈哈！」武則天突然大笑了幾聲，跟在後面的韋團兒被嚇得一陣激靈。「真是我的好兒媳啊！」武則天冷不丁地蹦出一句「讚譽」之辭。韋團兒心裡明白，自己大功告成，劉氏、竇氏已經朝不保夕。

數日之後，太子妃劉氏、德妃竇氏入嘉豫殿朝見武則天，卻再也沒能回到東宮。活是活不了了，埋在哪裡也無人知曉。

兩位妃子不知所蹤，李旦惶恐不安，卻不敢露出半點聲色。在武則天的面前，李旦就像什麼事兒也沒有發生過一樣，神態自若，內心卻不停地激蕩。

武則天見李旦氣色如常，不由得大鬆一口氣。她最擔心的，莫過於李旦與劉氏、竇氏合謀「厭勝」，如今看來，李旦恐怕沒這個膽子。

韋團兒初戰告捷，又繼續向李旦暗送秋波。可是，自己的妃子莫名其妙地人間蒸發，李旦哪還有膽量和心思跟韋團兒眉來眼去？

這哪兒是桃花運？簡直就是桃花劫！

＊＊＊

李旦對自己冷若冰霜，讓韋團兒深受刺激。出於報復，韋團兒又在武則天的面前，旁敲側擊、含沙射影地詆毀李旦。

不過，韋團兒這一次，明顯打錯了算盤。

武則天未必相信劉氏、竇氏真的在搞什麼「厭勝」，但趁此機會震懾一下李旦，讓他老老實實的做皇嗣，不要萌生什麼非分之想，未為不可。可要讓武則天輕信捕風捉影的傳言，不顧及政局穩定，貿然對大周朝的皇嗣下手，韋團兒未免過於天真了一點。

終於，武則天不勝其煩，將韋團兒召來，劈頭蓋臉一陣訊問：「團兒，你三番五次向朕舉報東宮，到底是何居心？」

韋團兒聽武則天語氣逼人，嚇得腿一軟，跪倒在地，哭道：「奴婢只是如實稟告，豈有私心，望陛下明察。」

「你說皇嗣圖謀不軌，有何切實證據？」

「奴婢深居宮中，不過道聽塗說，哪裡有資格搜集什麼證據。」韋團兒依然心存僥倖。

「好個道聽塗說！你給朕擺一擺，哪條道上聽到的？何人在說？」武則天突然聲色俱厲起來。

「陛下，奴婢……」韋團兒被問得啞口無言。

「哼！」武則天冷笑了一聲，「既是道聽塗說，自當是一傳十，十傳百，宮闈不過咫尺之地，朕豈能不知？偏偏從頭到尾，就你一人在朕的面前嘀咕，這是怎麼回事？」

「奴……奴婢……」韋團兒頓時癱軟在地，哪還有氣力面對威嚴的武則天。

「身為戶婢，不思皇恩，一味鑽營，極盡挑撥之能事，終究是個禍害！來人，拖出去，斬了。」武則天手一揮，兩名內侍將癱軟如泥的韋團兒架了出去。

韋團兒聽到武則天的訓斥，早已昏厥過去，曾經的婀娜可人，瞬間血染宮牆。

在東宮裡寢食難安的李旦，得知韋團兒得罪身死，不由得大鬆了一口氣，暗自在心裡禱告起兩位妃子來。

經歷這場驚魂，李旦心潮澎湃，表面上卻依然不動聲色，所發生的這一切，彷彿都與自己無關。李旦覺得，隨著韋團兒身首異處，事情應該能夠就此了結。可事與願違，橫生枝節的事情總是在不經意間出現。

先是德妃竇氏的父親竇孝諶受到了牽連，這事兒倒不是韋團兒的傑作，而是那個時代的縮影。

自從武則天大興告密以來，奴撲通過告主發跡，已成為常態。德妃無辜受戕後，竇孝諶的一名家奴打起了主子的主意。竇孝諶是堂堂的潤州刺史，奴僕居家侍奉，難以從這位官老爺身上尋找突破口，便在竇孝諶的夫人、德妃的母親龐氏身上想辦法。

為了讓龐氏落入圈套，這奴僕可謂煞費苦心，隔三岔五地在家中搞些妖異。龐氏惶恐不安，奴僕主動為主子分憂，認為有必要在夜晚設壇禱告。龐氏一個婦道人家，哪裡想得到這裡面的陰謀，奴僕的建議似乎也合乎常理，便真的設壇拜祭起來。

沒過多久，一封告密信就被送入京城，說德妃的母親龐氏大搞「厭勝」之術，武則天旋即交給監察御史薛季昶處置。

這薛季昶可絕非善類，德妃剛因「厭勝」不知所蹤，如今德妃的母親由被舉報，仍然是因「厭勝」而起，遂誣奏「母女同謀，依法當斬」。

武則天對薛季昶的處置十分滿意，擢升其為給事中，並下旨將龐氏斬首示眾。龐氏的兒子竇希瑊為搭救母親，找到了以忠直著稱的侍御史徐有功申冤。徐有功知道這又是一樁冤案，遂奮筆上書，認為龐氏之罪子虛烏有。

徐有功為了龐氏的安危冒死進諫，薛季昶也沒閒著，又誣告徐有功結黨營私、袒護惡逆。御史台理不清這筆糊塗賬，索性看武則天的臉色行事，給徐有功判了一個死刑。

得知判決，徐有功神態自若，歎道：「生死者，人之常情，何懼之有！」在大牢裡，徐有功該吃就吃，該喝就喝，該睡就睡，鼾聲如雷。

徐有功的反常行為，引起了武則天的注意，她決定見一見這個「視死如歸」的徐有功。

「徐愛卿，你斷獄甚多，失出[1]可不少啊！」武則天顯然是先給徐有功一個「下馬威」，暗示他曾為龐氏說情。

「陛下，微臣以為，失出乃人臣之小過，好生才是聖人之大德。」徐有功借力打力。

聽了徐有功的話，武則天默然良久。是啊，她一面自詡為彌勒佛轉世，一面卻殺人如麻，哪有什麼「好生之德」？

1「失出」指罪罰不當。

「徐愛卿，你這張利嘴啊！」武則天不由得笑了起來。

最終，龐氏得以免死，與三個兒子一起流放嶺南，竇孝諶貶為羅州司馬，而秉公進諫的徐有功也被除名，流放蠻荒。

徐有功去職兩個月之後，武則天又一次將「好生之德」拋之腦後，下令將兩名官員腰斬於市。這兩個「倒楣蛋」，既不是因為失職，更不是獲罪於告密，不過是跑到東宮跟皇嗣李旦扯了兩個時辰的白話而已。

看望皇嗣也成了死罪，一時在京城引起軒然大波，誰也不敢再冒這個天下之大不韙了。於是，一些善於鑽營的人看準武則天的心思，密告李旦「暗中生怨、潛有異謀」。這些誣告甚合武則天的心意，遂交給最為信賴的來俊臣處置。

皇嗣李旦這個招牌太大，來俊臣並不敢貿然行事，而是先拘捕李旦身邊的人，搞「剝春筍」、「剪裙邊」戰術。

在「推事院」種類繁多、令人毛骨悚然的酷刑面前，這些人被迫屈服，乖乖地按照來俊臣的授意「招供」。一份李旦「謀逆」的罪狀，就這樣輕而易舉地炮製了出來。

來俊臣高效覆命，武則天卻不置可否。從內心而言，武則天不是不想把李旦頭上這頂「皇嗣」的帽子拿掉，但她不得不顧及在朝野的政治影響，因為這關係到社稷安危。說得更直白一點，如果大臣尚對李唐有一絲眷念，群起而攻之，或是表面擁護、私下抵制，對於武則天這個最高統治者而言，確實是一個嚴重的威脅。再者，李旦下來了，換誰上去？皇嗣的位置一直空著，必然引起諸多人的明爭暗鬥，稍有不慎，又是一場血雨腥風。

或許，借此進一步敲打李旦，讓他時時如履薄冰、不敢有覬覦之心，才是最好的選擇。當然，以此投石問路，對群臣做一番「火力偵察」，也未為不可。

不出武則天所料，生性怯弱的李旦依然是小心翼翼，一副任人宰割的模樣。群臣這裡卻炸開了鍋，既有竊竊私語的，也不乏犯顏直諫的。

最「過火」的莫過於一個叫安金藏的人。論出身，他本是安國胡人，隨父親安菩歸附大唐。論級別，他不過是太常寺的一名樂工，經常在武則天、李旦身邊搞一些歌舞曲藝節目，連官員都算不上。但論膽略，他卻震驚朝野。

安金藏得知李旦可能獲罪，便在一次宴會上，指著鼻子痛斥來俊臣為人不義、為臣不忠，又當眾大呼道：「聖上既不信金藏之言，在下願剖己心，以明皇嗣不反。」言畢，安金藏舉起早已準備好的一把尖刀，對著自己的腹部劃拉下去，一時間五臟俱出、腸流一地。

武則天被這一幕深深地震驚了，她想過群臣會據理力爭，卻沒有想到會出現這樣的局面。孟子云：「民為重，社稷次之，君為輕。」一個最高統治者的「敬畏之心」，正是所謂的人心向背。

武則天當即下旨，將安金藏抬入宮中，由太醫將其傷口縫合醫治。待安金藏甦醒後，武則天親自前去探望，長歎道：「朕有子卻不能自明，竟致你於如此地步！」

安金藏腹部這道深深的傷疤，終於換來了皇嗣李旦轉危為安、化險為夷。

***

武則天君臨天下，說不清有多少人在這前後血濺七尺。經過數年的苦心經營，這位亙古未有的女天子，總算是在這把龍椅上坐穩當了。

內政盡在掌控之中，北面的契丹卻開始蠢蠢欲動。

契丹作為一個民族出現，可以追溯到南北朝的北魏時期，一般認為是從鮮卑分化出來的。唐朝初年，契丹從鬆散的部落演變為八大部落組成的聯盟，在漠北扎根。貞觀年間，契丹首領更迭，從臣服於漠北的東突厥，轉而投入大唐的懷抱，成為中原朝廷治下的「羈縻州」。

後來，契丹與大唐的關係幾經反復。至武則天執政時期，契丹感到生存空間遭到嚴重打壓，反心頓起。

萬歲通天元年，營州一帶發生嚴重的饑荒，營州都督趙文翽不僅不向朝廷請旨賑災，反而變本加厲地徵收賦稅，搞得契丹百姓妻離子散、家破人亡。

當年五月，松漠都督李盡忠與自己的妻兄、城州刺史孫萬榮合謀，率契丹部落反叛，並斬殺趙文翽。隨後，契丹騎兵不斷南犯，甚至一度打出「還我廬陵王」的旗號，四處襲擾、蠱惑人心，發展至數萬之眾。

三個月之後，契丹軍與奉命北上平叛的大周軍隊在平州境內的硤石谷遭遇。

為了剿滅契丹，武則天調撥了二十八名將領北上，梁王武三思則統領後軍，在營州西面的渝關駐紮，靜觀其變。

狹路相逢勇者勝，李盡忠無路可退，擺出了一套迷魂陣，成功利用俘虜向大周軍傳遞了「契丹彈盡糧絕、不堪一擊」的假情報。

大周軍眾將聽聞，一時爭功心切，數萬軍隊毫無章法地撲向硤石谷，毫無疑問地成為「甕中之鼈」。

前軍進入峽谷遭到伏擊，喊殺聲震天動地，後軍不明就裡，便停下腳步觀望。李盡忠的計畫眼看就要落空，士兵卻送來了繳獲的官印。李盡忠喜出望外，命人偽造了一份牒令，蓋上官印，說前軍大獲全勝，令後軍速速跟進，又威逼被俘的前軍將領落款，派人喬裝送往峽谷之外。

後軍將領不知是計，果然爭先恐後地衝入峽谷，結果重蹈覆轍，慘遭敗績。

「無能之輩，罪不容誅！」武則天接到前線傳來的塘報，頓時雷霆震怒。

冷靜片刻之後，武則天向階下的群臣發問：「李盡滅、孫萬斬[2]藐視天威，非霹靂手段無以征服，朕打算發布詔令，招募天下囚犯、家奴充軍，北上進剿，眾愛卿認為如何？」

「微臣以為，此議實有不妥。」

武則天定睛一看，站出來的說話不是別人，正是「刺硬話多」的麟台正字陳子昂。

「陛下。」陳子昂繼續說道：「囚犯雖是亡命之徒，但近年來大周懷柔寬刑，各地牢獄空空如也，一時恐難聚集足夠的人數。至於家奴，生性怯懦，且皆無行伍經歷，人數再多，不過徒增傷亡。」

「依陳愛卿之見，為今之計，又該如何？」武則天沉思片刻，陳子昂所言不無道理，遂問道。

「微臣以為，我大周浩浩湯湯，人才濟濟，天下之士，萬分未用其一，契丹蚍蜉之徒，逞一時之能，必然無以持久。我天朝剿、禦結合，堅壁清野，不出一年，契丹妄徒必然難以為繼，何足掛齒！」

武則天最終採納了陳子昂的建議。一方面組建新的官軍北上進剿，由建安王武攸宜統領，陳子昂為參謀。另一方面，責令河北各州縣組建「武騎團兵」，結合百姓的力量，防止契丹南下襲擾。

契丹這邊，「硤石谷之戰」大獲全勝，讓李盡忠、孫萬榮鬥志昂揚，稍作休整之後，決定南下平州，擴大戰果。

契丹軍南下，與武攸宜、陳子昂率領的官軍不期而遇。結果，契丹軍難以突破官軍的防線，損失慘重，而另一撥前去偷襲檀州的部隊也未能得手。

眼看戰勢陷入僵局，李盡忠決定撤退，率殘部躲進大山。不久之後，李盡忠身染重病死去，孫萬榮繼續帶著這支殘兵敗將負隅頑抗。

雙方在邊境僵持，東突厥的默啜則趁火打劫，順勢向大周提出了「和親」之議。作為交換，默啜承

2 李盡忠、孫萬榮叛亂後，武則天改其名為李盡滅、孫萬斬。

諾率部襲擾孫萬榮殘部後方。

武則天心裡明白，默啜這是看契丹已成強弩之末，趕緊鑽出來霸佔一點地盤、撿些便宜而已。不過事已至此，武則天不便拒絕他的好意，只得順水推舟，冊封其為「遷善可汗」。至於和親以及今後地盤如何瓜分，大家心領神會：再議！

默啜並未食言，果然向契丹的老巢松漠發起偷襲，將李盡忠、孫萬榮的妻妾擄掠而去。東突厥這麼一攪和，徹底打亂了孫萬榮的防禦部署。孫萬榮眼看老巢不保，遂率殘部南下，一舉攻克冀州，擒殺刺史陸寶積，屠殺了數千百姓。緊接著，孫萬榮又折返北上瀛州，四處劫掠。河北各州縣再次陷入惶恐之中，北部邊境烽煙四起。就在此時，距離戰場數百里之外的魏州出事兒了。

原來，孫萬榮襲擾冀州得手後，武則天責令河北各地務必嚴加防範。魏州刺史獨孤思莊嚇破了膽，遂將十里八鄉的百姓悉數驅趕入城，發放兵器，日夜安排值守。

剛開始，百姓倒還盡職盡責，可十幾天過去了，一個契丹兵的影子都沒見著。這也難怪，魏州離冀州三百多里，中間還隔著一個貝州，貝州都沒啥動靜，魏州何必自亂陣腳瞎折騰？

百姓得回去幹農活，獨孤思莊卻沒有絲毫「放鬆警惕」的意思。更嚴重的是，數萬百姓聚集在城內，官倉裡的糧食撐不了幾天，社會治安也存在嚴重隱患，魏州已是不打自亂，恐生不測。

武則天接到報告，將獨孤思莊就地免職。在考慮魏州刺史新的人選時，武則天想到了在彭澤做了好幾年縣令的狄仁傑。

「狄懷英識得大體，又有力挽狂瀾之勇，此人赴魏州履新，態勢必然為之一新。」武則天一錘定音。

在彭澤縣令任上蟄伏了四年之久的狄仁傑，終於回到朝廷的視野之中，而魏州的狀況，也考驗著狄仁傑的智慧。

＊＊＊

狄仁傑馬不停蹄趕往魏州，只見此時的魏州城一片混亂。各大城門禁閉，城內的百姓怨聲載道，三三兩兩圍坐在一起扯閒篇，不時有一些人在城門口與護衛爭執，吵嚷著出城回家。

狄仁傑未待入衙，便向前來迎接的魏州官員詢問道：「百姓為何被困在城內？」

「稟刺史。」長史站出來答道：「奉前任刺史之命，魏州附近的村民均應召入城，防範契丹南竄。」

「胡鬧！」對於魏州的情況，狄仁傑雖早有耳聞，但親眼見到如此荒謬的一幕，心中難免怒氣橫生。「契丹小賊，何足懼哉？如此草木皆兵，真是可笑至極！」

「狄公。」魏州的司馬也站了出來，「刺史之命，卑職等實難違拗，故聯名上奏，言明魏州狀況，正待朝廷處分。」

「獨孤思莊膽怯如此，龍顏大怒，故下詔除名。魏州情勢如此，爾等尚不知如何處分？」狄仁傑對魏州官員的「無所作為」感到十分費解。

「狄公容稟。」，司馬繼續說道：「朝廷既然委派了新刺史，不日到任，卑職等豈敢自作主張。」

狄仁傑知道他說的也是實情，遂不再追問，直接發令道：「傳本刺史之命，立即打開城門，凡是徵召入城之百姓，悉數放歸鄉裡，各安其業。」

「慢著！」傳令之人剛走出兩步，又被狄仁傑叫了回來。

「告訴百姓，我大周巍巍天朝，契丹逆賊不足掛齒，如有南下襲擾之敵，官軍自能應付，無需煩勞百姓。」狄仁傑言語鏗鏘，似乎志在必得。

走進衙門，狄仁傑將負責防務的官員留下，面授機宜：「從今日起，駐軍各司其職，務以訓練為要，但要外鬆內緊，不可憑空製造緊張氣氛。」

短短數日，魏州的面貌煥然一新。商鋪重新營業，街道上人潮湧動、熙熙攘攘，不久前「黑雲壓城」的態勢已不見蹤影，彷彿一切都沒有發生過。

接到狄仁傑從魏州發來的報告，武則天懸著的心總算落下去了一半。剩下的一半，則是物色一名合適的將領，將苟延殘喘的孫萬榮徹底剿滅。

國難思良將，武則天想到了一代悍將王孝傑。

王孝傑從吐蕃回國後，武則天不咎既往，認定他「非池中之物」，必有一番作為。王孝傑果然不負武則天的厚望，於長壽元年率大軍西征，一舉收復了安西四鎮，安西都護府在時隔二十多年後得以遷回龜茲，王孝傑則遷任左衛大將軍。不久之後，王孝傑又掛甲出征，在青海湖附近一舉擊潰吐蕃大軍，威震西域，被擢升為同鳳閣鸞台三品、夏官尚書。

在契丹叛亂之前，默啜治下的東突厥也向武周發難，王孝傑臨危受命，武力逼迫默啜請和。接著，王孝傑與時任秋官侍郎的婁師德再度西征，在素羅汗山遭到吐蕃伏擊，損失慘重，被盛怒之下的武則天削職為民。

為了這致命的一擊，武則天力排眾議，起用了王孝傑。出征之前，武則天特意召見了他。

「聖人云，知恥近乎勇。孝傑，朕在神都等你的捷報！」武則天勉勵道。

「陛下隆恩，卑職定然不辱使命，萬死不辭！」王孝傑目光深邃，心中無限的感懷。

「孫萬斬這個逆賊，曾囂張一時，如今已成強弩之末。此番出征，你有何破敵良策？」武則天問道。

「啟稟陛下，卑職上承天恩，下撫百姓，只需揮師直進，便可摧枯拉朽，凱旋指日可待！」王孝傑躊躇滿志，盼望著這一仗能一雪前恥。

萬歲通天二年三月，王孝傑、蘇宏暉[3]率十七萬大軍北上，進逼孫萬榮殘部活動的平州。

王孝傑立功心切，親自率精銳作為前鋒，一路披荊斬棘，將蘇宏暉的中軍遠遠甩到了後面。

孫萬榮能在兩面夾擊的情況下堅持下來，當然也不是吃素的。眼見官軍來勢洶洶，孫萬榮率部且戰且退，充分利用丘陵的地形優勢，節節阻擊，最終將王孝傑的前鋒部隊進入峽谷。

當王孝傑發現有些不對勁的時候，已經來不及了。剛剛還潰不成軍的契丹部隊，突然從峽谷兩側的山崗上衝殺下來。官軍人數雖眾，卻難以展開，成了對方的活靶子。

王孝傑一面組織抵抗，一面派人衝出包圍圈，向蘇宏暉和駐守漁陽的武攸宜求援。蘇巨集暉接到前軍的消息，不但沒有火速增援，反而調轉方向迅速撤退。這樣一來，王孝傑率領的前鋒就成了孤軍，被契丹軍打得七葷八素。一片混亂之中，王孝傑失足落下懸崖，戰死沙場。

武攸宜跟蘇宏暉一樣，就當啥事兒都沒有發生一般。孫萬榮趁勝襲擾幽州，如入無人之境。短短幾天時間，北部邊防重鎮幽州警報頻傳，死難者不計其數。

前方戰事不容樂觀，武則天又調武懿宗[4]北上增援。結果，武懿宗剛走到趙州，聽說契丹騎兵已經南下，不日將抵達冀州，趕緊向南撤退至相州，等於撤離北方戰場。武懿宗不僅拔腿開溜，還一路丟棄許多輜重，契丹軍騎兵在趙州劫掠一番之後，揚長而去。

王孝傑「出師未捷身先死」，最終還是東突厥的默啜利用孫萬榮後方空虛，擊中了契丹的命脈。

與此同時，長期受契丹壓迫的奚族人倒戈，與東突厥、大周軍聯手圍剿苟延殘喘的孫萬榮。最終，孫萬榮被家奴斬殺於潞水一帶，其殘部與奚族部落均歸附於默啜。

河北的硝煙漸漸散去，將魏州搞得有聲有色的狄仁傑再次臨危受命，出任河北安撫使，與婁師德、

3 時任左羽林將軍

4 武則天內侄，父親武元忠，祖父是武士彠之兄武士逸。

武懿宗一起撫慰河朔百姓。不久，狄仁傑又升任幽州都督，重新構建北部防禦體系，安撫百姓、恢復生產。

狄仁傑離開魏州時，當地百姓簇擁在道路兩旁，俯身跪地、以淚相送。後來，魏州百姓又自發籌款，在城南為狄仁傑修建了一座生祠。

神功元年十月，在鳳閣侍郎、同平章事婁師德的一再舉薦下，武則天將狄仁傑擢升為鸞台侍郎、同平章事，並賜其紫袍，上面繡有「敷政術，守清勤，升顯位，勵相臣」十二個金字，以示恩寵。

時隔六年再度入相，狄仁傑又一次迎來了宦途的巔峰！

第五篇　底定乾坤

第二十八回 懷陰謀武氏圖廢立 行大義酷吏說二張

狄仁傑再次成為宰輔，政治環境明顯寬鬆了許多，最明顯的改變，是酷吏這股龐大而邪惡的勢力，隨著來俊臣的身首異處而走向末路。

來俊臣獲罪，完全歸咎於自己的喪心病狂。據說，來俊臣在家中擺了一排石頭，上面刻著官員的名姓。心血來潮之時，來俊臣便扔石子去打，打中了誰的石頭，接下來就構陷誰。

如此陰險的手段，後來被一個叫衛遂忠的人透露了出來。衛遂忠原本與來俊臣交情甚篤，但出身卑微。來俊臣發跡之後，雖然表面上與衛遂忠臭味相投，骨子裡卻瞧不上他。一次酒宴，來俊臣酒後的一番戲言，將衛遂忠弄了個大紅臉。衛遂忠藉著酒勁與來俊臣爭執起來，結果挨了一頓痛打。

酒醒之後，衛遂忠心有餘悸，擔心來俊臣伺機報復，聯想到以往自己受到的屈辱，索性一不做二不休，找到了武承嗣。衛遂忠告訴武承嗣，來俊臣昨晚上打中了刻著武承嗣名字的石頭！

武承嗣向來對酷吏既倚重又忌憚，眼看大禍臨頭，一時慌亂起來。衛遂忠見武承嗣不知所措，既感到失望，又不想就此功虧一簣，於是又煞有介事地說，連同武承嗣被砸中的，還有一干人等，比如太平公主。

來俊臣顯然是犯了眾怒，太平公主、武承嗣聯手彈劾，武則天只得將他緝捕入獄。就在狄仁傑入相前幾個月，武則天終於下定決心，頒布了《暴來俊臣罪狀制》，將來俊臣斬首示眾。當時，神都洛陽一度萬人空巷，十里八鄉的百姓都趕到了行刑現場。來俊臣人頭落地之後，百姓如潮水般湧上前來，「抉眼剝面，披腹出心，騰蹋成泥」。

唯一有些遺憾的是，與來俊臣一同被斬首的，還有遭其陷害而被處死的李昭德。

不過，「酷吏政治」的終結，並未讓狄仁傑等一批老臣輕鬆多少。隨著武則天地位的日漸鞏固，武氏宗親對皇嗣的覬覦，一時甚囂塵上。這其中，武承嗣、武三思表現得最為踴躍，不斷在武則天的面前軟硬兼施，意欲行廢立之事，幻想著武則天百年之後，自己得以黃袍加身、君臨天下。

武承嗣、武三思的心思，武則天心知肚明。其實在武則天的心裡，一直對此事頗為糾結。廢唐立周之際，武則天為了避免樹敵過多、徒增阻礙，依然立李旦為大周的皇嗣，只是賜了一個「武」姓而已。或許，這只是權宜之計，塵埃落地之時，似乎一切都應該重新審視。

「武氏之國，豈容大唐血脈承續？」武承嗣、武三思的這番話，始終讓武則天難以釋懷。

但是，廢立之事，牽一髮而動全身，日漸衰老的武則天不希望在自己的有生之年，再興起一場血雨腥風，她打算聽一聽狄仁傑的意見。

一次朝會過後，武則天單獨留下狄仁傑，準備與這位飽經風霜的老臣推心置腹一番。

「廢立之議，國老以為如何？」在狄仁傑的面前，武則天毫無掩飾的必要，索性單刀直入。

「陛下想聽真話？」狄仁傑反問了一句。

「國老何出此言？」武則天顯得有些不高興，「朕在位這些年，雖不及太宗皇帝虛懷若谷、勇於納諫，至少也算是從善如流吧？」

「恕微臣魯莽，」狄仁傑奏道：「陛下想聽真話，微臣定當知而不言。廢立雖是社稷大事，亦是陛下家事，微臣雖身居宰輔，然不可妄加評斷。微臣如今六十有八，不敢妄稱通古博今，也略通些經史。縱觀古今，微臣未聞侄為天子，而奉姑母於宗廟也。」

狄仁傑一番話，讓武則天頓時想起了李昭德。當年，王慶之在武承嗣、張嘉福的慫恿和授意之下，提出「廢立」之議。格輔元、岑長倩、歐陽通因此獲罪，李昭德依然知難而進，以「侄子繼位無立姑母廟之理」的一番說辭，讓武則天打消了這個念頭。

時隔數年，狄仁傑的理由如出一轍，讓武則天心裡五味雜陳。

思忖片刻之後，武則天冷笑道：「國老剛才也說了，這是朕之家事，既然如此，國老就不必過問了。」

「陛下！」狄仁傑提高聲調，跪拜道：「微臣以為，王者，四海為家。四海之內，孰非臣妾？天下之事，亦是陛下之家事。陛下之家事，亦是天下之事。君為元首，臣為股肱，義同一體。微臣不才，受聖上隆恩，忝居相位，豈有不過問之理？」

「狄懷英，你可不要太放肆了！」武則天動怒道。

「君問計於臣，臣自當知無不言，豈敢有犯上之心。」狄仁傑當仁不讓。

「呵！」武則天倒吸一口氣，冷笑道：「如此說來，朕要是怪罪於你，朕倒成了昏君了！」

「微臣不敢！」狄仁傑自知已達到了勸諫的目的，遂不再言語。

很明顯，狄仁傑的態度，代表著很大一部分官員的立場，這讓武則天陷入了兩難境地，只好將「廢立」之事擱置了起來。

由於武承嗣、武三思不斷上疏提議「廢立」，狄仁傑等人又一直持反對意見，這讓一心想在武氏與李氏之間尋求平衡的武則天不勝其煩。

過了幾日，武則天又將狄仁傑召入宮中。狄仁傑叩拜之後，見武則天神情衰頹，老態畢現，遂關切道：「陛下身負社稷，日理萬機，可要保重龍體啊！」

這些日子裡，武則天難得聽狄仁傑說句暖心的話，倒有些感動起來，笑道：「國老有此言，朕心甚慰。」

武則天示意狄仁傑落座，方才緩緩說道：「朕今日召見國老，只因昨夜一夢，攪得朕心神不寧。國老見多識廣，替朕解解如何？」

「微臣不才，願洗耳恭聽，替聖上分憂。」

「夢也不複雜，朕就是夢見一隻大鸚鵡，兩翼皆折，在眼前撲騰。朕半夜驚醒，難以入眠。」

狄仁傑暗自尋思著，略頓了頓，起身奏道：「微臣不敢妄言。」

「國老有話，不妨直言。」武則天似乎看出了狄仁傑的疑慮。

「依微臣之見，鸚鵡者，暗指聖上之姓氏，兩翼者，子嗣也。兩翼皆折，寓意二子不興。微臣以為，起二子，則兩翼振也。」

狄仁傑的意思，武則天心知肚明，卻佯裝糊塗，繼續說道：「朕前日還夢見與人鬥雙陸[1]，頻不見勝，卻是為何？」

「雙陸不勝，蓋因宮中無子。此乃天意示陛下，不可久虛儲位。」狄仁傑答道。

「國老此言差矣，」武則天笑道：「太子非皇儲而何？」

「微臣鬥膽進言，立嫡立長乃自古之理，如今廬陵王尚在，廢長立幼終非長久之計。」狄仁傑總算將內心真實的想法和盤托出。

「皇嗣事關社稷，不可草率，此事不必再提。」顯然，武則天不想說這個話題。

＊＊＊

[1] 雙陸是古代的一種棋盤遊戲，棋子移動由骰子點數決定，先將所有棋子移入「宮」中者為勝利，類似於現代的飛行棋。

狄仁傑明白，武則天一直對廬陵王李顯不置可否，依然想是在武氏、李氏之間尋找平衡點。可是，武則天漸漸老去，狄仁傑也在漸漸老去，大事不定，則前景堪憂。為了讓武則天儘早下定「匡復廬陵」的決心，狄仁傑在屢次進諫無果而終之後，決定另闢蹊徑。思前想後，狄仁傑找到了有「酷吏」名聲的吉頊。

吉頊身材魁梧、儀錶堂堂，被人戲稱為「望柳駱駝」，卻是個見風使舵之徒。他早年進士科及第入仕，累遷至明堂縣尉。神功元年，吉頊向來俊臣告密，說箕州刺史劉思禮有謀逆之心。來俊臣當時的日子十分難過，便想將這份功勞據為己有，轉而構陷吉頊。吉頊得到武則天的召見，方才倖免於難。隨後，來俊臣被緝捕入獄，銜恨於心的吉頊也加入了「倒來」的隊伍，直言進諫武則天，認為來俊臣「誣陷忠良，罪惡如山，有國賊之謂，死不足惜」。武則天殺了來俊臣之後，又擢升吉頊為右肅政台中丞。

狄仁傑選中吉頊，看中的是他的「酷吏」身分，加之吉頊對來俊臣，既切齒痛恨，又有些「唇亡齒寒」的意味。

吉頊平日裡並不受狄仁傑這些老臣待見，得知狄仁傑主動召喚，一時受寵若驚。

「國老召喚下官，有何吩咐？」吉頊喜形於色，露出一副巴結的神情。

「吉中丞，老夫雖與你和而不同，倒有些心裡話不吐不快。」狄仁傑不想繞什麼彎子。

「承蒙國老關照，下官洗耳恭聽。」

「老夫近日重溫《左傳》，其中有云，『皮之不存，毛將安附』，不知吉中丞有何感悟？」

吉頊畢竟是進士及第，與那等潑皮無賴出身的酷吏不可同日而語。狄仁傑引用一句典故，撥動了吉頊心中最敏感的神經。不過，吉頊畢竟久經官場，城府頗深，並未露出半點驚詫之色，而是笑著回道：

「下官也曾讀過此文，但才疏學淺，不知國老所指。」

「哈哈！」狄仁傑突然笑道：「吉中丞不必謙虛。左台中丞罪不容誅、身首異處，恐怕右台中丞也得三思吧？」

吉頊明白，狄仁傑口中的「左台中丞」，指的必然是來俊臣。儘管吉頊在「倒來」中踹上了一腳，但在群臣眼中，吉頊依然背負著「酷吏」的烙印。如今，酷吏日暮途窮，吉頊是該考慮考慮後路了。

「國老！」吉頊跪拜道：「下官對聖上忠心耿耿，與來俊臣之流誓不兩立！」

「吉中丞不必行此大禮，起來說話。」狄仁傑示意吉頊起身落座，緩緩說道：「吉中丞對聖上、對社稷的忠心，老夫並無質疑，只是滿朝文武人多口雜，難保……」

「國老！」吉頊略帶哭腔地打斷狄仁傑的話，再次跪拜喊道：「國老看在下官無甚劣跡的份上，指條明路吧！」

「快起快起，」狄仁傑知道事情已成了八九分，心中暗喜，笑道：「吉中丞言重了。俗話說的好，解鈴還需繫鈴人。吉中丞想除去『惡吏』之名，無非是順著群臣之意，做點力所能及之事。」

「請國老直言，下官萬死不辭！」

「吉中丞可曾聽說，契丹的孫萬斬，公然打出『還我廬陵』的旗號，妖言惑眾？」狄仁傑似乎在轉移話題。

「下官有所耳聞，這……」吉頊有些糊塗。

「群臣對此議論紛紛……」

未待狄仁傑說完，吉頊恍然大悟，起身奏道：「國老容稟，下官心繫唐室，絕非一朝一夕，匡復廬陵王乃民心所向，下官定當犯顏直諫！」

言畢，吉頊正要告辭，卻被狄仁傑攔了下來。

「吉中丞果然是性情中人，」狄仁傑笑道：「只怕你冒然進諫，會適得其反啊。」

「國老的意思是？」

「聖上未必聽得進你我大臣之言，不妨另闢蹊徑。」狄仁傑故作神祕。

吉頊不知狄仁傑的葫蘆裡賣的什麼藥，只好傻愣著等狄仁傑往下說。

「老夫聽說，吉中丞與張易之、張昌宗兄弟在控鶴監任職？」狄仁傑明知故問道。

「蒙聖上隆恩……」吉頊隨聲應承著，突然靈光一閃，抬首問道：「國老的意思是，讓下官通過張易之、張昌宗兄弟勸說聖上？」

狄仁傑點了點頭，笑道：「聖上寵倖二張，非昔日薛懷義可比，二張進言，恐有奇效。」

「可……」吉頊依然心存疑慮。

「吉中丞有何顧慮？」狄仁傑追問道。

「不瞞國老，下官雖與二張交好，然廢立大事，二張未必肯出手相助。」

「哈哈！」狄仁傑不禁笑了起來，「你覺得老夫請你來，是讓你幫老夫的忙嗎？」

「下官不敢，這是下官應盡之責。」

「這就對了！你吉中丞盡己之責，二張也當盡己之責。」

「下官還是不明白。」

「『皮之不存，毛將安附』，老夫剛說的話，吉中丞忘了？」

「下官不敢忘。」吉頊一邊說，一邊思忖著，頓感醍醐灌頂，笑道：「國老是想讓下官勸說二張及早謀後路？」

「說句大不敬的話，聖上年歲漸長，終有駕鶴之日。二張正處英年，今日貴寵，非因寸功德業而取之，天下側目切齒者甚眾，將來何以自全？」

「下官明白了！」

得到狄仁傑面授機宜，吉頊找到張易之、張昌宗兄弟，將狄仁傑的這番話照本宣科地講了一番。兄弟二人得太平公主引薦而頗受恩寵，何曾慮及將來之事。吉頊一言，令二人不寒而慄、手足無措。

「為今之計，吉中丞有何高見？」面容清秀的張易之慌忙問道。

「這……」吉頊故意賣著關子。

「吉中丞，」張昌宗也發話了，「我兄弟二人與你交情甚篤，吉中丞可不能見死不救啊！」

張昌宗一邊說，一邊拉著張易之給吉頊跪拜起來。

「二位快快請起，」吉頊俯身將張昌宗、張易之扶起，笑道：「吉某豈能袖手旁觀？不瞞二位，為今之計，得順應時勢，方可長保富貴。」

「吉中丞的意思是……」

「進諫聖上，召還廬陵王，登太子之位。」吉頊正色道。

張昌宗、張易之慮及將來的處境，果然聽了吉頊的話，在武則天面前說起召還廬陵王之事。

武則天何等聰明，知道此事絕非張昌宗、張易之兄弟之本意，但依然不動聲色，而是在次日召見了吉頊。

「吉愛卿，你膽子不小啊！」武則天先給他來了個下馬威。

「微臣不知聖上怪罪何事。」吉頊的心裡不由得打起鼓來。

「怎麼，做了不敢承認？」

「微臣豈敢，望聖上明示。」吉頊猜出是為二張進諫之事，但武則天不說，他也不敢提及。

「張昌宗、張易之昨夜讓朕召還廬陵王，可是受你所使？」武則天不想跟吉頊再繞彎子了。

吉頊聽言，知道事有洩露，暗自恨二張辦事不力、口風不嚴，竟把自己也拖了進去。

武則天見吉頊無言以對，似乎看懂了他的心思，繼續說道：「二張雖未透露幕後主使，但朕知道，你跟他們同在控鶴監任職，關係不錯，除了你還能有誰？」

「微臣鬥膽進言，召還廬陵王，實乃民心所向！」吉頊自知躲不過，索性豁了出去。

「噢？」武則天很少看到吉頊如此直爽，顯得有些好奇，「吉愛卿說說看，怎麼個民心所向？」

「微臣聽聞，梁王武三思募兵北伐契丹，一月不滿千人。孫萬斬打出『還我廬陵』的旗號，竟有數萬歸附。」

武則天也知道此事，頓時無言以對，只是長歎一聲，示意吉頊退下。

***

天意，民心，讓武則天不得不認真考慮「召還廬陵」的提議。更可況，要想化解武氏與李氏的恩恩怨怨，讓兩氏宗親在自己歸天之後和睦相處，廬陵王李顯始終是一道邁不開的門檻。

經過一番痛苦的權衡，武則天做出了最終的決定，以治病為由，下令將廬陵王李顯及其家眷祕密接回洛陽。

一日，武則天將狄仁傑召入宮中。談了近日來的一些政務之後，武則天關切地問道：「國老子嗣可曾安好？」

狄仁傑如實奏道：「長子光嗣，自幼好學，為人忠直，如今做了司府寺[2]丞，倒也恪盡職守。次子光遠，學業不及長兄，諸事循規蹈矩。」

「狄光遠？」武則天打斷他問道：「昔日國老受來俊臣構陷而蒙冤，正是這個兒子入得宮中，遞交的訴狀吧？」

2 即原太府寺，掌管皇室的財稅庫藏。

「正是。」狄仁傑答道。「還有三子景暉，不善學業，為人倜儻輕浮，令老夫頗為憂煩。[3]」

「水至清則無魚，國老愛子心切，但也不要求全責備啊。」

「聖上教訓得是，微臣謹記。」

「哎。」武則天不再說話，而是長歎了一聲。

狄仁傑對武則天一反常態地跟自己拉家常，已是莫名其妙了好一陣，見武則天無言而歎，遂主動問道：「陛下有何難決之事？」

「國老在朝，豈有難決之事。朕只是說起國老的子嗣，慮及己身而已。」

「陛下……」狄仁傑瞟了一眼武則天，明白容顏漸老的背後，是心中無盡的苦悶。狄仁傑一時熱淚盈眶，竟不知如何接話。

「朕深居宮中，食得人間煙火，卻難享天倫之樂。」武則天哀歎道：「倒不如做一名村婦，粗茶淡飯，相夫教子，也不失樂趣。」

「陛下有此歎息，令微臣汗顏。」狄仁傑嗚咽著回道。

「自古有『家天下』之言，在朕看來，所謂『家即天下，天下即家』，其實當是『有了天下便無家』。歷代君王自稱『寡人』，倒是有些道理。」武則天苦笑道。

「陛下還有太子侍奉，不必如此悲傷。」狄仁傑勸慰道。

「廬陵王也是朕的子嗣啊……」武則天昂首長歎，忍著不讓自己眼中的淚水流下。

「陛下！」狄仁傑聽言，忍不住熱淚如注，俯身跪拜道：「廬陵王遠在要荒，不得與聖上母子相見，微臣每念及此，甚是悲戚。春秋鄭莊公尚有掘地見母之舉，暢言『大隧之中，其樂也融融』。陛下

3 後來，狄景暉擔任魏州司功參軍，貪暴不法、禍害百姓，當地民眾憤恨至極，又遷怒於其父，將狄仁傑的生祠和碑石全部搗毀。

何不效仿古人，再成就一番母子其樂融融的佳話？」

「國老快快請起，每見國老拜，朕亦身痛。」武則天示意狄仁傑落座，「當年駱賓王傳檄天下，說朕『殺姊屠兄，弒君鴆母』。國老，朕在普天下人的眼裡，真就如此狠毒？」

「此乃逆黨之言，實不足恤，」狄仁傑回道：「陛下攝政以來，國泰民安，百姓無不歡躍，只是……」

「只是什麼？」武則天不由得身子前傾，追問道。

「盧陵王無端遭廢，實在是寒了士子和百姓的心哪！」狄仁傑說到動情處，兩行老淚又滴落下來。

「國老，這算是你對朕說的心裡話嗎？」

「微臣為聖上計，為社稷計，為蒼生計，當知無不言。盧陵王尚在，而廢長立幼，終非長久之策。微臣冒死進言，將來聖上若是駕鶴西去，則社稷不寧、蒼生受禍啊陛下！」

「說來說去，你狄國老還是想讓朕冊封盧陵王為皇嗣？」

「只有如此，方能造福於蒼生。」

「盧陵王早有復唐之心，豈不是大周區區一朝而已？」

「陛下也曾是大唐天后，盧陵王亦是陛下血脈，大唐大周，原係一體。」

聽完狄仁傑的話，武則天沉默了，久久不發一言，只是呆滯地望著這座偏殿裡掛著的匾額，那正是唐高宗李治的遺墨。

狄仁傑見武則天半晌無言，遂起身拜道：「微臣言辭不遜，罪該萬死！」

武則天回過神來，抬了抬手，示意宮女掀開身後的簾子，笑道：「朕明白了，國老非朕之臣，乃社稷之臣也。既然狄國老如此決絕，朕如今就還你儲君！」

言畢，只見廬陵王李顯從簾子裡走出，俯身將狄仁傑扶起。狄仁傑被這突如其來的一幕驚呆了，他萬萬沒有想到，李顯竟然已經回到了洛陽，站到了自己的身邊。

向李顯噓寒問暖了幾句之後，狄仁傑又俯身奏道：「聖人云，『名不正則言不順，言不順則大事不成』。廬陵王居房州，天下所共知，如今悄然還宮，於禮不合，何以明示天下？」

「狄國老此言在理，是朕思慮不周。」武則天點頭道：「不過，廬陵王既已還宮，豈有回房州再返之理？這樣吧，廬陵王即刻回石像驛安置，朕下詔百官郊迎如何？」

「陛下聖明！吾皇萬歲萬歲萬萬歲！」狄仁傑又行大禮，帶著哭腔喊道。

數月之後，陰謀篡皇嗣之位的武承嗣在絕望中死去。太子李旦固請讓位於兄長李顯，武則天下詔允之，立李顯為皇嗣。

為了安撫武氏宗親，武則天擢升武三思為檢校內史，以此平衡李氏、武氏的勢力。狄仁傑老成持重，武則天視其為「鎮國之寶」，又兼了納言之職。

昔日的廬陵王復太子之位，普天之下，莫不歡騰。可就在此時，北邊的東突厥又開始蠢蠢欲動了。

第二十九回　北伐突厥保境安民　進諫造佛面折廷爭

東突厥自從頡利可汗兵敗被俘，便土崩瓦解，李世民在其故地設置了若干都督府。由於突厥人能征善戰，常被朝廷徵來調去，逐漸滋生不滿，終於在調露元年反叛復國，此時的「東突厥」也被稱為「後突厥」。

此後，東突厥在可汗骨咄祿的率領之下，頻繁襲擾大唐的北部邊境，一度甚囂塵上，武則天怒稱其為「不卒祿」。此人野心勃勃、英勇善戰，不僅南侵大唐，還率鐵騎橫掃漠北，將鐵勒、韃靼、契丹、奚等部落打了個遍，奠定了東突厥的基業。

長壽二年，骨咄祿病卒，但兒子尚處幼年，他的弟弟默啜自立為可汗。為了鞏固篡奪而來的汗位，默啜最初主動向中原示好，雙方平靜了很長一段時間，而大周給予的物資援助，也讓東突厥國力大增。

契丹李盡忠、孫萬榮反叛時，默啜先是隔岸觀火，眼看時機成熟，便火中取栗，賺得盆滿缽滿，讓武則天吃了一個啞巴虧。

聖曆元年，默啜向武則天提出，為自己的女兒求親。

異族以女子和親，未必是空前，但也是不合常情之請。武則天拿捏不定，遂在朝會上與群臣商議。

大部分臣屬認為，能與默啜和親，延續兩方的和平，自然是求之不得的好事。畢竟大周剛與契丹叛軍兵戎相見，河朔一帶需要休養生息，經不起再次戰亂。

武則天思來想去，最後決定讓自己的內侄孫武延秀[1]前往東突厥，以成和親之事。

「微臣以為不妥！」有人聽說讓武延秀去和親，便站出來反對。武則天定睛一看，說話的是監察御史張柬之。

「張愛卿有何異議？」如今的武則天，相比於以前，似乎更能從善如流了。

「微臣以為，自古無天子求娶夷狄女以配中國王者，默啜狼子野心，不可不防。」張柬之從容地說道。

「依張愛卿之言，是想再逼出一個孫萬斬？」武則天厲聲問道：「若河朔再起戰事，王孝傑不能復生，莫非讓張御史披甲出征不成？」

張柬之被武則天硬生生嗆了回去，便不再說話，武延秀奉旨北上東突厥。

其實，張柬之的擔憂並非沒有道理。默啜借契丹反叛大周之機漁翁得利，如今羽翼漸豐，野心急劇膨脹。如今為女兒求親，不過是尋個挑事兒的由頭，與中原分庭抗禮。

武延秀抵達東突厥後，默啜對其冷漠至極，接連數日未曾召見。武延秀人生地不熟，也不敢造次，等到默啜想起這茬的時候，卻當著武延秀的面瘋狂叫囂道：「我欲以女嫁李氏王，豈能以武氏兒代之？」

旋即，默啜將武延秀羈押，進而打出「助李復唐」的旗號，與武則天撕破了臉皮。東突厥出兵南下，襲擾河北道、河東道、關內道邊境，河朔戰火頻傳。

武則天或許悔於不聽張柬之的直言，可事已至此，只得倉促應戰。經契丹反叛後，河朔幾無可用之兵，而調遣各地兵馬太耗費時日。萬不得已之下，武則天命武懿宗北上募兵抗敵。

1 武承嗣之子。

可是，武懿宗與原先武三思募兵討伐契丹一樣，應召者寥寥。武則天坐不住了，趕緊將狄仁傑找來商議對策。

「默啜不思皇恩，竟敢與天庭作對，不知國老有何良策？」武則天問道。

「兵來將擋，水來土掩，自古如此，河內王不是已經出兵北上了嗎？」狄仁傑知道武懿宗在河北道募兵甚寡，故意問道。

「武懿宗？成事不足，敗事有餘！」武則天顯得十分惱火。

「陛下以為，何人能擔此重任？」狄仁傑想先探一探武則天的口風。

「王孝傑兵敗身死，朕痛失一股肱，正所謂良將難求啊！」武則天想起王孝傑的死，不禁慨歎起來。

「與王孝傑一道出征的，還有蘇宏暉……」狄仁傑「提醒」道。

「哼！」武則天打斷了狄仁傑的話，「當初若不是他臨陣脫逃、見死不救，王孝傑豈能殞命沙場？此人斷不可用！」

「微臣愚鈍，」狄仁傑欠身道：「微臣只是想到陛下赦免蘇宏暉，恐有起用之意。」

原來，王孝傑兵敗後，武則天雷霆震怒，派使者前往陣前斬殺蘇宏暉。可使者未到，武則天的赦令已先期抵達。對於此事，武則天一直閃爍其詞，只說蘇宏暉立了戰功，卻語焉不詳，狄仁傑心中不無疑惑，遂借此機會一探究竟。

「蘇宏暉之事，朕自有決斷，國老不必再提，當務之急是物色掛帥禦敵的合適人選。」

武則天似乎覺察到了什麼，便將狄仁傑堵了回去。關於武則天為何突然赦免蘇宏暉，便成了一個難解之謎。

狄仁傑知道武則天不願意說蘇宏暉的事，轉而進言道：「微臣以為，禦敵之首務，乃招募兵丁，而河內王無功而返，恐是百姓疲於戰火。既然如此，微臣鬥膽建言，不如請太子掛帥，以顯朝廷天威，百姓斷無拒絕之理。」

「太子掛帥？」武則天顯得有些驚詫，「既是皇嗣，豈能致於險境，再說他也沒打過仗啊！」

「陛下容稟，」狄仁傑笑道：「微臣也是通過契丹妖言惑眾想到的。當初李盡滅、孫萬斬之徒打著『還我廬陵』的旗號，依附者甚眾，足見民心之所向也。微臣以為，太子掛帥，只是明示於百姓，未必真的讓太子親征。」

「嗯！」武則天點了點頭，「國老此言有理。」

「陛下，微臣此議，也為的是……」狄仁傑想補充些什麼，卻欲言又止。

「國老不必說了，朕心如明鏡。」武則天知道，狄仁傑舉薦太子掛帥，也是為太子樹威之舉。

「國老以社稷為念，朕心甚慰。」武則天接著說道：「太子掛帥，虛名而已，出征之事，還得有勞國老費心。」

「微臣未經行伍，恐難堪其任。」狄仁傑見武則天有意讓自己領軍，遂推辭道。

「國老不必謙虛，」武則天笑道：「縣令、參軍、刺史、御史、郎中，還有巡撫使、巡察使，國老都曾經歷過，何獨出征不可？國老既然是社稷之臣，還是莫要推辭。」

見武則天執意如此，狄仁傑只好叩拜道：「承蒙聖上信賴，微臣肝腦塗地，萬死不辭。」

隨後，武則天任命皇嗣李顯為行軍元帥，實際上並未出征，狄仁傑為行軍副元帥，文昌右丞宋元爽、右台中丞崔獻、左台中丞吉頊分任長史、司馬和監軍，率十萬大軍北上。出征之日，武則天親自到安喜門為狄仁傑送行，以示恩典。

默啜聽說武則天派兵來剿，為避其鋒芒，便在趙州附近大肆剽掠一番之後揚長而去。狄仁傑所率大軍以步兵為主，南犯的東突厥卻是輕裝騎兵，而且聞訊後先行撤離，故而狄仁傑追之不及，雙方最終未能遭遇。

默啜返回漠北，擁兵四十萬，據地數千里，西北諸夷皆附，遂有輕中國之心。一直到唐玄宗時期，東突厥才在大唐和回紇的夾擊之下覆滅，並被回紇蠶食。

此番河朔的警報解除，狄仁傑被武則天就地任命為河北道安撫大使。在此期間，狄仁傑屢次上疏，請求朝廷採取寬仁姿態，散糧運以賑貧乏，修郵驛以濟旅師，對於被脅迫而與夷狄合作的百姓，一律既往不咎，武則天均下旨准之，河朔逐漸安定下來。

＊＊＊

狄仁傑從河朔返回洛陽沒多久，便遇到了一樁棘手的事情，武則天準備在洛水之濱，造一尊大佛像。

佛教至東漢年間傳入中原之後，歷經興廢。南北朝時期，北魏的太武帝拓跋燾、北周武帝宇文邕兩番大範圍地毀佛，以致佛教衰頹。大唐草創之時，李氏皇室以「李耳後人」自居，將道教推向神壇，雖未明令禁佛，但佛教的地位無疑不及道教，已是不爭的事實。

至武則天執政，情況便發生了變化。武則天信佛，為天下所共知，而其癡迷程度，雖不敢說是絕後，至少也是空前了。

武則天篤信佛法，與家庭環境不無關係，她的母親柳氏便是一個虔誠的佛教徒。再者，武則天似乎也是一個頗有「佛緣」之人。唐太宗李世民駕崩時，武則天作為宮人，被打發到感業寺出家為尼，若不是與李治不期而遇，恐怕從此只得陪伴著青燈古佛，孤獨終老。

後來，武則天大權在握，急需君臨天下的輿論根源。在宣導「男尊女卑」的儒家文化中，武則天是沒有任何機會的，因此她召集一批文人，組成所謂的「北門學士」，對儒家經典進行有目的的注疏，刻意淡化「男尊女卑」的傳統思維。

對於道教，武則天更不會存有半點期盼之情，因為要想篡唐自立，非顛覆道教的統治地位不可。

武則天「踏破鐵鞋無覓處」，卻因為一個不經意的安排，讓她喜出望外。

當初，千金公主為討武則天的歡心，將善弄風月的馮小寶獻了出來，這讓武則天喜不自勝，賜其名為薛懷義。為了使薛懷義方便地出入禁宮，武則天安排他削髮為僧，到洛陽郊外的白馬寺掛單。薛懷義雖出身貧賤，但善於揣摩上意，居然從浩瀚的佛家典籍中找到了一部《大方等大雲經》。

從此之後，武則天更是與佛教融為一體，自視為「彌勒轉世」。垂拱三年，武則天下令拆毀乾元殿，並在原址興建「明堂」，由薛懷義負責督造。

一年之後，氣勢恢宏的明堂落成。這座高二百九十四尺、方圓三百尺的宏偉建築，共分三層。底層為方形，寓意春、夏、秋、冬四時；中間為十二邊形，寓意一日的十二辰；上層為圓蓋，龍鳳盤繞其上，金碧輝煌。在大堂的中央，還有十根巨木，上下通貫，號稱「萬象神宮」。

明堂完工之後，薛懷義又打算在其北面造一尊巨大的佛像。按最初的設想，佛像上下五級，攀到第三級時，便可俯視明堂，而且佛像的一根小指頭，便可容納數十人，足見其巨。

可是，由於工藝條件所限，在建的佛像屢遭大風摧毀，數年間耗費以萬億計，卻始終不見完工之日。

天冊萬歲元年，武則天又寵倖御醫沈南璆，令薛懷義醋意橫生。盛怒之下，薛懷義一把火焚毀了建造之中的佛像，大火借風起勢，毗鄰的明堂也被燒成一堆灰燼。武則天龍顏震怒，卻羞於啟齒，只說是一場意外。

薛懷義見武則天不罪於己，反而命他重建明堂、佛像，愈加驕橫起來。武則天怒不可遏，暗中安排武攸寧將薛懷義毆殺。

薛懷義死於非命，但武則天對佛像的熱情依然不減，又琢磨著造一尊大佛了。

當時，群臣早就對武則天崇信佛法頗有微詞，這也是歷史文化使然。很多人認為，佛教起源於天竺，非中土所固有，在應有盡有的中原大肆傳播，情何以堪？再者，佛教的眼裡只有佛，打著「超脫凡塵」的幌子，不拜君親、不忠不孝，於理不合。

對於這些反對的理由，狄仁傑並無異議，但他還有更深層次的考慮。當年巡察江南，淫祠之害，他是親眼目睹了的。如今佛教本就興盛，作為一國之君的武則天再大造佛像，則「上有所好，下必趨之」，各地不知又要生出多少寺廟來。

在狄仁傑的眼中，寺廟未必如佛教所宣揚的「淨土」，而是一個個吸銀子的漩渦。寺廟佔有田地、人口，每年有相當可觀的香火錢和供奉進賬，卻不繳納一丁點賦稅，還會大量地消耗銅用作法器，這不是吸銀子是什麼？

無論如何，狄仁傑都要阻止武則天造佛的動議。

不過，若是說佛教非中土固有，或是指責其不拜君親、不忠不孝，武則天必然會如芒在背，結果可能適得其反。狄仁傑認為，唯一可行的辦法，是從賦稅入手，就事論事，讓武則天收回成命。

主意已定，狄仁傑便在朝會上力主停建，接著又向武則天上了一封奏疏，其中言道：

> 臣聞為政之本，必先人事。陛下矜群生迷謬，溺喪無歸，欲令像教兼行，睹相生善。非為塔廟必欲崇奢，豈令僧尼皆須檀施？得栰尚舍，而況其餘。今之伽藍，制過宮闕，窮奢極壯，畫繢盡工，寶珠殫於綴飾，環材竭於輪奐。工不使鬼，止在役人，物不天來，終須地出，不損百姓，將何以求？生之有時，用之無度，編戶所奉，常若不充，痛切肌膚，不辭箠楚。遊僧一說，矯陳禍福，翦髮解衣，仍慚其少。亦有離間骨肉，事均路人，身自納妻，謂無彼我。皆托佛法，詿誤生人。裡陌動有經坊，闤闠亦立精舍。化誘倍急，切於官征；法事所須，嚴於制敕。膏腴美業，倍取其多；水碾莊園，數亦非少。逃丁避罪，並集法門，無名之僧，凡有幾萬，都下檢括，已得

數千。且一夫不耕，猶受其弊，浮食者眾，又劫人財。臣每思惟，實所悲痛。

往在江表，像法盛興，梁武、簡文，舍施無限。及其三淮沸浪，五嶺騰煙。列剎盈衢，無救危亡之禍；緇衣蔽路，豈有勤王之師！比年已來，風塵屢擾，水旱不節，徵役稍繁。家業先空，瘡痍未複，此時興役，力所未堪，伏惟聖朝，功德無量，何必要營大像，而以勞費為名。雖斂僧錢，百未支一。尊容既廣，不可露居，覆以百層，尚憂未遍，自餘廊廡，不得全無。又云不損國財，不傷百姓，以此事主，可謂盡忠？臣今思惟，兼採眾議，咸以為如來設教，以慈悲為主，下濟群品，應是本心，豈欲勞人，以存虛飾？當今有事，邊境未寧，宜寬徵鎮之徭，省不急之費。設令雇作，皆以利趨，既失田時，自然棄本。今不樹稼，來歲必饑，役在其中，難以取給。況無官助，義無得成，若費官財，又盡人力，一隅有難，將何救之？

狄仁傑認為，如今的佛寺，已是耗費鉅資，「寶珠殫於綴飾，環材竭於輪奐」，連皇宮都自愧不如。如此精美絕倫，無疑是銀子堆出來的，可「物不天來，終須地出，不損百姓，將何以求」，最後都得攤到老百姓的身上，這難道是佛法「普度眾生」的初衷嗎？

江南淫祠之禍，狄仁傑是經歷過的，也是武則天當年讓他去處置的。這些遍布天下的佛寺，無不傾注著百姓的血汗。用度無算，空耗資財，則一旦社稷有難，何以救之？

武則天在朝會上被搶白一番，本就不快，看了狄仁傑的這份奏疏，更是心懷怨恨。可是，狄仁傑所言皆繫社稷安危，身為天子，武則天無可辯駁，不得不放棄了建造佛像甚至重建明堂的想法。

「國老，你執意阻撓，就不怕佛主降罪？」武則天當著群臣之面笑問狄仁傑，也算是給自己一個台階下。

「陛下，微臣世受皇恩，當以社稷蒼生為念。佛祖那裡，自有公斷。」狄仁傑回道。

「嗯！」武則天點頭贊許道：「地藏王菩薩有言，『眾生度盡，方證菩提，地獄未空，誓不成佛』。此等大無畏之氣概，國老有之！」

第三十回　慧眼識人終就大業　匡復廬陵聲名永存

儘管偶有爭執，比如造佛還有定邊之策[1]，但總的來說，狄仁傑再度入相這些年，君臣相處得還算融洽。

隨著地位的日漸鞏固，武則天更加倚重像狄仁傑這樣的重臣，尊稱他為「國老」，多次讚譽其為「鎮國之寶」，還破例免其「宿直」[2]，並交待臣屬，「非大事者，勿煩擾狄公」。

君臣能夠其樂融融，很大程度上是因為在皇嗣的問題上取得了一致。武則天審時度勢，恢復了廬陵王李顯的太子之位，實際上就是默認大周一朝而終，將來必將「復唐」。這種大政治家的氣概，讓狄仁傑這些老臣感念不已，故而更加忠心耿耿。

可是，武則天也好，狄仁傑也罷，都已是遲遲暮年。有朝一日，武則天一旦駕崩，太子能否順利繼承大統，可能還是一個未知數，因為還有龐大的武氏宗親從中作梗。

晚年的武則天，一直想在李氏、武氏之間尋求妥協與平衡，她哪裡知道，這兩派宗親早已水火難容。儘管在武則天的眼皮子底下，大家心知肚明，做足了表面文章，但除了武則天，誰也不會天真地認為，將來一派掌權，另一派能甘作臣屬。

1 此間，狄仁傑曾多次提出裁撤安西、安東都護府，扶持親中原勢力，以降低朝廷軍費開支的動議，均遭武則天否決。

2 「宿直」指閣臣夜間值班制度。

武則天不想節外生枝，狄仁傑卻不得不考慮「接班人」的問題。畢竟匡復廬陵的事業，並不會因為李顯成為皇嗣而大功告成，還得後繼有人才行。

身為宰輔的這些年，狄仁傑舉薦了不少人，以致當時流傳著一種說法，叫「天下桃李，悉在公門」。

狄仁傑舉薦官員，始終堅持兩條原則，首先是才幹，只要滿足這一條，則無所謂親疏。

一次，武則天命幾位宰輔各舉薦一名尚書郎，狄仁傑舉薦了自己的兒子、時任司府丞的狄光嗣。後來，狄光嗣不辱使命，政績頗著，武則天欣慰不已，稱讚狄仁傑有祁奚[3]之謂。

狄仁傑選人用人的第二條原則，則是一條「不足為外人道也」的「潛規則」，那就是必須有復唐之心。後來發起「神龍政變」的「五王」[4]，便是狄仁傑按照這樣的原則，在自己的有生之年裡遴選出來的。

「五王」之中，張柬之無疑是核心人物。此人比狄仁傑還要年長五歲，雖是「大器晚成」，年輕時便涉獵甚廣、學業精深，補缺為太學生，頗得國子監祭酒令狐德棻的賞識。

貞觀時期，張柬之以進士及第，出任青城縣丞。永昌元年，七十五歲的張柬之在賢良方正科[5]中力壓群芳、博得頭籌，出任監察御史一職。

不過，張柬之的仕途並不順暢，很快便下放地方，輾轉合州、蜀州、荊州等地，一直不見起色。

此番際遇的個中原由，說來話長。

3 祁奚，字黃羊，春秋時期晉國人，曾先後舉薦仇敵解狐和自己的兒子祁午，其「外舉不避仇，內舉不避親」之舉，為後世所稱頌。

4 「五王」指張柬之、敬暉、桓彥范、袁恕己、崔玄暐五人。李顯復位後，分別冊封五人為漢陽王、平陽郡王、扶陽郡王、南陽郡王、博陵郡王。

5 「制舉」的一種。

唐高宗當政時期，張東之曾在許王李素節府上出任參軍一職。由於李素節是蕭淑妃之子，武則天頗為忌憚，遂多年不許其返京。李素節飽含思親之情，寫了一篇《忠孝論》排解心中的苦悶。張東之讀過之後讚不絕口，建議他祕密呈送給唐高宗李治。結果，這封《忠孝論》卻落入武則天的手中。武則天認為李素節終究是個隱患，遂降其為郡王，貶至要荒，後來被武承嗣構陷殺害。

有此過節，武則天一直都對張東之不冷不熱。後來張東之以賢良方正科頭名出任監察御史，因反對派遣淮陽王武延秀北上突厥和親，又遭武則天的冷眼，從此輾轉各地，遠離洛陽。

張東之得以進入權力中樞，得益於狄仁傑的舉薦。

聖歷年間，武則天似乎預感到遲遲暮年的狄仁傑行將就木，遂讓其舉薦新的接替者。狄仁傑的心中其實早有人選，但為了摸準武則天的心思，便進一步求證道：「陛下若是求文章資歷，如今宰臣中李嶠[6]、蘇味道[7]可當其任。微臣鬥膽揣測，陛下可是覺得文士不堪其用，故而思大才者，以成天下之務？」

武則天點頭道：「國老深知朕心，確實如此。」

「既是如此，微臣倒是有一個合適人選。」

「誰？」

「張東之。」

「張東之？」武則天在記憶中搜尋著這個人，「先前反對淮陽王北上的那個監察御史？」

「正是。」

「貌似不妥。」武則天否決道。

6 李嶠，字巨山，擅長五言詩，與杜審言、崔融、蘇味道並稱「文章四友」，為時人所景仰。

7 蘇味道以文才出名，與李嶠並稱「蘇李」，是宋代文豪「三蘇」的先祖。

「陛下容稟，張柬之當初持有異議，如今看來倒不失明智。」狄仁傑替他辯解道。

「國老的意思是朕昏庸了？」

「微臣不敢，正所謂『智者千慮，必有一失。愚者千慮，必有一得』。」

「國老知其一不知其二。」

「聖上的意思是……」

「張柬之年輕之時，在許王府上任職，曾慫恿許王向高宗皇帝密呈什麼《忠孝論》。」武則天想起這茬，依然耿耿於懷。

「陳年舊事，聖上何必記掛於心，」狄仁傑勸道：「再說張柬之當時是許王屬官，不過盡臣之忠，並無半點非分之想。」

「話雖如此說，」武則天無以駁斥，只好讓了一步，轉而說道：「張柬之比國老還要年長，恐難作長久之計。」

「陛下，」狄仁傑提高了聲調，「張柬之年老是實，但此人有宰相之才，微臣也未必能及也。若陛下能知而用之，此人必能盡忠於國家。良臣難求，陛下不必計較時日長短。」

「好了，朕自有區處。」

儘管狄仁傑竭力舉薦，武則天還是覺得張柬之年紀太大，過去又發生過一些不快之事，便只將他調任至洛州司馬。

過了一段時間，武則天又讓狄仁傑舉薦擔任宰相的合適人選，狄仁傑回道：「微臣已舉薦了張柬之。」

「國老這是怎麼了？朕不是將他擢升了嗎？」

「微臣舉薦張柬之，乃宰相之位也。區區洛州司馬，非當其用。」

武則天違拗不過，又不肯「就範」，遂擢升其為秋官侍郎。直到狄仁傑去世之後，在時任宰相姚崇[8]的竭力舉薦之下，武則天才下定決心，拜張柬之為宰相。當時，張柬之已經八十歲高齡了。

張柬之的名聲，狄仁傑早有耳聞，故而不棄其年老，竭力舉薦。狄仁傑率軍北禦突厥時，還發現了一個人才，此人便是明經出身的敬暉。

默啜南侵時，敬暉出任貝州刺史。此時的貝州，與當年契丹南犯時的魏州如出一轍，前任刺史將十裡八鄉的百姓趕入城中，習武修城，搞得怨聲載道。敬暉到任之後，與當年的狄仁傑一樣，認為「無糧，則城堅人眾亦不可守」，遂果斷將百姓放回鄉里，平息了民怨。狄仁傑如獲至寶，舉薦敬暉到洛陽任職，後遷任夏官侍郎、秦州刺史、洛州刺史、中台右丞[9]等職。

除了張柬之、敬暉，還有宦門出身的桓彥範。此人曾蔭補右翊衛，後任司衛寺主薄。狄仁傑慧眼獨具，認定桓彥範才識頗著，必能自致遠大，遂舉薦其為監察御史。另外，袁恕己、崔玄暐也因忠直、清廉而得到狄仁傑的賞識，分別擢升為司刑少卿、天官侍郎。

久視元年，已經是七十高齡的狄仁傑漸漸感覺到來日無多，而匡復廬陵的事業尚未底定，只得鄭重地託付給張柬之等五人。

狄仁傑滿懷期盼又不無遺憾地囑咐張柬之等人道：「所恨狄某衰老，恐怕不日將身先朝露，不得見五公之盛事，望諸位務盡本心。狄某泉下有知，定然欣慰不已。」

「國老！」張柬之等見狄仁傑說得悲愴，不由得落下淚來。

臨終之際，五人再次前往狄府探望，狄仁傑默默無語，兩行熱淚順著臉上的皺紋滑到枕頭上，濕了一大片。從清早到傍晚，狄仁傑不發一言，就這樣與他們對視著。

8 姚崇，原名姚元崇，年輕時得到狄仁傑的舉薦，深得武則天的賞識。

9 即文昌右丞，長安三年改之。

天色漸晚，張柬之等人只得起身告退。走到院中，袁恕己滿心疑惑地說道：「國老此狀，似有言耳，莫非自知氣力不濟，須問家事？」

張柬之聽言，側身否定道：「國老乃社稷之臣、人賢之人也，豈會廢國謀家？」

幾個人你言我語地緩步而行，剛走到門口，便被狄仁傑的管家叫住了。張柬之見狀，迫不及待地問道：「國老是不是對我等有何話說？」

「老爺交待，請張侍郎、袁少卿、桓御史進屋一敘。」

張柬之、袁恕己、桓彥範聽言，慌忙回到狄仁傑的榻前，氣若遊絲的狄仁傑方才開口道：「方才無言，皆因敬、崔二公之故。二人忠而能斷，惟不能密，若先與議之，事必外泄。此事非同小可，一旦洩露，則國異而家亡也。」

「敬、崔二人正在門外等候，國老有什麼話，但說無妨。」張柬之熱淚盈眶地說道。

「狄某重病在身，想是命不久矣，匡復廬陵，全仰仗諸位了！」狄仁傑感慨道：「然茲事體大，萬萬不可草率魯莽，狄某有三事相托，還望諸公切記。」

「國老請說，吾等肝腦塗地，定不負國老之托。」袁恕己帶著哭腔道。

「柬之，諸公，」狄仁傑強撐著起來，靠在枕邊說道：「二張恃寵而驕，狄某每想勸諫，然念及聖上已至暮年，對二人依賴有加，冒然犯上，恐適得其反，故而一直不言。如今要成大事，需先將二張收而治之。」

「下官謹記。」張柬之點頭道。

「再者，聖上乃大唐天后，又是當今天子，為人雖有失於狠毒，然欲創自古以來之先河，亦是不得已而為之。狄某本人亦受酷吏之禍，但萬萬不可意氣用事。自先帝疾甚，聖上始攝政，先帝駕鶴，又臨朝稱制，終於榮登大寶。屈指算來，至今已有數十載，可謂力挽狂瀾、治國有方，天下承平，不讓貞觀，官民有目共睹。匡復廬陵之時，務必善待之，讓聖上得以頤養天年。」

「國老放心，再怎麼說，聖上也是太子的親母，臣等豈能陷太子於不孝之地？」張柬之回道。

「爾等心懷社稷，明辨是非，以上兩樁事，狄某倒不擔心，唯獨還有一樁，狄某始終放心不下。縱觀如今的朝廷，太子繼承大統，已是大勢所趨，然梁王武三思大權在握，將來恐生禍端，務必收之而後行，否則必有遺患。」

「國老之言，吾等銘記，定不負國老之囑託！」三人齊聲嗚咽道。

久視元年九月，狄仁傑在洛陽府邸永遠地閉上了雙眼，與世長辭。

噩耗傳入宮中，七十七歲的武則天雙眼緊閉、神情恍惚，一句話也沒有說。沉吟半響之後，兩行熱淚從武則天的眼瞼之間掙脫出來，劃過布滿皺紋的臉頰，滴落在皇袍之上。

武則天強撐著病體，在侍臣的攙扶下，顫顫巍巍地挪步前往大殿。曾經嬌美的身軀，如今已似垂楊敗柳，那縷縷銀絲，還有蹣跚的背影，令人不忍直視。

她艱難地挪動著沉重的雙腿，腦袋不聽使喚地搖晃著，皇冠上的垂簾嘩嘩作響，乾裂的嘴唇輕微地蠕動著。垂簾的響聲並不大，侍臣還能依稀聽見，武則天反復念叨的是四個字：「朝堂空矣！」

望著階下肅穆而立的群臣，武則天悲由心生，仰天歎道：「天奪朕之國老，何太早焉！」

武則天下旨，輟朝三日，以示哀悼，追贈狄仁傑為文昌右相，諡「文惠」。

＊＊＊

五年之後的神龍元年初，病重的武則天深居於洛陽迎仙宮，日常政務皆由張昌宗、張易之二人執掌，已搞得朝野怨聲載道，張柬之等人開始祕密謀劃發動政變。

為了掌握羽林軍，張柬之早先已安排楊元琰出任右羽林將軍。楊元琰是張柬之的故交，曾接替張柬之出任荊州長史，二人當年在荊州乘舟泛江，言及武周革命，噓唏不已，早已抱定復唐之志。除了楊元琰以外，李多祚、李湛、薛思行等深懷匡復之志的人也在羽林軍中任職，隨時可以聽候張柬之的號令，調兵發動政變。

正月二十二日，張柬之、崔玄暐、桓彥范與左威衛將軍薛思行率五百餘名羽林軍士兵，以張昌宗、張易之意圖謀反為由，前往洛陽皇宮北面的玄武門，並派右羽林衛大將軍李多祚、右散騎侍郎李湛[10]、王同皎[11]前往東宮，迎接太子李顯。

由於事發突然，即便是自己的女婿親自迎接，李顯也不敢貿然行事。王同皎見狀，憤然奏道：「先帝以神器付於殿下，然殿下橫遭幽廢，人神同憤，屈指算來，二十三年矣！如今奸逆欲行不軌，眾臣議而殺之，復李唐社稷，望殿下即刻動身，前往玄武門，以慰眾心。」

李顯腿腳不聽使喚地哆嗦著，冷靜思考片刻之後，方才回道：「奸逆當除，然聖上龍體欠安，恐有驚擾，諸公當從長計議。」

「殿下。」李湛上前一步跪拜道：「吾等不顧家室妻小，捨身匡輔社稷。殿下不行，豈非致將士於謀逆受死之境地？殿下若要大傢伙散去，還是親自前去解釋吧！」

李顯聞言，覺得有些道理，準備出去告知大家不要衝動。剛走出門，只聽王同皎喊了一聲「殿下恕罪」，旋即將李顯抱起來，跨馬揚鞭，奔向玄武門。

眾將士在張柬之等人的號令之下，斬關而入，在走廊裡將聞亂而來的張昌宗、張易之二人誅殺，提著兩顆人頭，衝向武則天居住的長生殿。

10 李義府之子。

11 時任東宮內直郎、駙馬都尉，是李顯三女定安公主的駙馬。

武則天躺在榻上，只聽見外面吵嚷不堪，不知是何因由，剛起身準備察看，只見張柬之等人提著二張的首級闖了進來，寢宮四周已布滿羽林軍的士兵。

「何人作亂？」武則天驚慌失措地喊道。

「啟稟陛下。」張柬之跪拜道：「張昌宗、張易之意欲謀反，臣等奉太子之命，將其誅殺。因事發突然，恐有洩露，未能事前請旨。如今在禁宮興兵除逆，驚擾聖駕，實乃不得已之舉。臣等萬死，望陛下恕罪。」

武則天看到李顯低著頭，站在張柬之的後面，遂冷冷地對他說道：「是你下的令？既然二人業已受誅，你可以回東宮去了。」

李顯正不知如何作答，桓彥范上前一步道：「太子既出，斷無再返之理。昔日天皇以愛子託付於陛下，如今殿下年齒已長，又久居東宮。天下臣民，心思李氏亦久矣。臣等不忘太宗、天皇之聖德，故奉太子之命誅殺逆賊，惟望陛下傳位於太子，以順天下臣民之心！」

武則天澈底明白了這些人在禁宮大功干戈的目的，卻依舊泰然自若，沒有半絲慌亂。她用渾濁的雙眼掃視著眼前的這一干人等，不住地點著頭，不知是贊許還是失望。

半晌過後，武則天的目光停在了李湛的身上，冷笑道：「李湛，朕對你父子二人不薄，想不到你今天也跟著湊起了熱鬧。」

李湛聞言，不知如何作答，埋著頭不敢望武則天一眼。

武則天並不理會，又將目光轉向崔玄暐，痛心疾首地斥責道：「他人皆是因人舉薦而致高位，唯獨崔愛卿乃朕親擢，竟然也在此！」

武則天此言不差，崔玄暐因狄仁傑的舉薦擢升天官侍郎之後，因性情忠直，遭到諸多權貴和下屬官員的忌恨。當他調任文昌左丞時，天官的上下官員無不歡騰，慶倖走了一個「瘟神」，結果為武則天所察，讓崔玄暐繼續出任天官侍郎。這些年，彈劾崔玄暐的奏章不計其數，若不是武則天護著，崔玄暐恐怕早就凶多吉少了。

面對武則天的質疑和斥責，崔玄暐慨然道：「陛下昔日擢臣護臣，乃慮及社稷。微臣今日所為，正是報陛下之大德也！」

武則天再無話可說，默默地接受了這個既成事實，宣布傳位於太子李顯。

神龍元年十一月，幽居於上陽宮的武則天黯然離世。臨終之前，她向兒子李顯提了兩個請求。一是廢其帝號，恢復大唐皇后的身分，與唐高宗李治合葬於乾陵；二是在墓前立一座無字之碑，千秋功罪，自有後人評說。

復唐之業終於大功告成，武三思卻依然大權在握。

對此，袁恕己等人曾提醒張柬之：「國老曾有遺言，若要成事，必先收武三思，吾等豈能不遵國老之言？」

張柬之卻回答說：「大事已定，梁王武三思不過如機上之物，無處可逃也！」

其實，張柬之沒有忘記狄仁傑的臨終告誡，但他有自己的想法。李顯復位，總得做一些「破舊立新」的事，否則何以立威以服天下？

張柬之原本想著，李顯登基之後，由新的天子下旨抓捕武三思，以彰顯天威。可是，李顯生性懦弱，對此事一直瞻前顧後，又於心不忍，錯過了誅殺武三思的最佳時機。

事情果然如狄仁傑所預料，留下武三思無異於養虎為患。沒過多久，武三思便與韋皇后私通，「武氏」與「外戚」兩大勢力互相勾結，把持朝政，並構陷罪名將「五王」及其他復唐功臣誅殺殆盡，甚至皇帝李顯本人據說也是遭到毒害而身亡[12]。

12 李顯死於景雲元年，一說是遭韋皇后和安樂公主毒害，一說死於突發疾病。

李顯死後，幼子李重茂繼位，朝政繼續由韋氏、武三思等人把持。數月之後，李旦的第三子臨淄王李隆基在太平公主的支持下，率羽林軍發動兵變，誅殺韋皇后、安樂公主、上官婉兒等人，擁立唐睿宗李旦復位。

唐睿宗李旦復位之後，下詔為遭到武三思陷害的「五王」澈底平反昭雪，並追封狄仁傑為「梁國公」，以彰顯其復唐之首功！

景雲三年，懦弱的李旦不忍直視李隆基與太平公主之間無休止的爭端，遂禪位於太子李隆基。李隆基在迅速除掉太平公主及其黨羽之後，任用姚崇、宋璟、張九齡等賢相，繼承並發展了武則天在位時的執政思路，勵精圖治，開創了繼「貞觀盛世」之後的「開元盛世」。

開國百年的大唐，終於迎來了新的春天。

（全書完）

Do人物63　PC0597

鎮國之寶：狄仁傑

作　　者／洪　兵
責任編輯／杜國維
圖文排版／周政緯
封面設計／王嵩賀

出版策劃／獨立作家
發 行 人／宋政坤
法律顧問／毛國樑　律師
製作發行／秀威資訊科技股份有限公司
地址：114 台北市內湖區瑞光路76巷65號1樓
電話：+886-2-2796-3638　傳真：+886-2-2796-1377
服務信箱：service@showwe.com.tw
展售門市／國家書店【松江門市】
地址：104 台北市中山區松江路209號1樓
電話：+886-2-2518-0207　傳真：+886-2-2518-0778
網路訂購／秀威網路書店：https://store.showwe.tw
國家網路書店：https://www.govbooks.com.tw

出版日期／2016年7月　BOD一版　**定價**／530元

|獨立|作家|
Independent Author

寫自己的故事，唱自己的歌

鎮國之寶：狄仁傑 / 洪兵著. -- 一版. -- 臺北
市：獨立作家, 2016.07
面；　公分. -- (Do人物 ; 63)
BOD版
ISBN 978-986-93153-9-5(平裝)

857.7　　　　　　　　　105009930

國家圖書館出版品預行編目

讀者回函卡

感謝您購買本書，為提升服務品質，請填妥以下資料，將讀者回函卡直接寄回或傳真本公司，收到您的寶貴意見後，我們會收藏記錄及檢討，謝謝！
如您需要了解本公司最新出版書目、購書優惠或企劃活動，歡迎您上網查詢或下載相關資料：http:// www.showwe.com.tw

您購買的書名：＿＿＿＿＿＿＿＿＿＿＿＿＿＿＿＿＿＿＿＿＿＿

出生日期：＿＿＿＿＿年＿＿＿＿＿月＿＿＿＿＿日

學歷：□高中（含）以下　□大專　□研究所（含）以上

職業：□製造業　□金融業　□資訊業　□軍警　□傳播業　□自由業
□服務業　□公務員　□教職　□學生　□家管　□其它＿＿＿

購書地點：□網路書店　□實體書店　□書展　□郵購　□贈閱　□其他

您從何得知本書的消息？

□網路書店　□實體書店　□網路搜尋　□電子報　□書訊　□雜誌
□傳播媒體　□親友推薦　□網站推薦　□部落格　□其他＿＿＿＿＿

您對本書的評價：（請填代號　1.非常滿意　2.滿意　3.尚可　4.再改進）

封面設計＿＿　版面編排＿＿　內容＿＿　文／譯筆＿＿　價格＿＿

讀完書後您覺得：

□很有收穫　□有收穫　□收穫不多　□沒收穫

對我們的建議：＿＿＿＿＿＿＿＿＿＿＿＿＿＿＿＿＿＿＿＿＿＿

＿＿＿＿＿＿＿＿＿＿＿＿＿＿＿＿＿＿＿＿＿＿＿＿＿＿＿＿＿＿

＿＿＿＿＿＿＿＿＿＿＿＿＿＿＿＿＿＿＿＿＿＿＿＿＿＿＿＿＿＿

＿＿＿＿＿＿＿＿＿＿＿＿＿＿＿＿＿＿＿＿＿＿＿＿＿＿＿＿＿＿

請貼
郵票

11466
台北市內湖區瑞光路 76 巷 65 號 1 樓
獨立作家讀者服務部　　收

（請沿線對折寄回，謝謝！）

姓　　名：＿＿＿＿＿＿＿＿　年齡：＿＿＿＿　性別：□女　□男

郵遞區號：□□□□□

地　　址：＿＿＿＿＿＿＿＿＿＿＿＿＿＿＿＿＿＿＿＿

聯絡電話：（日）＿＿＿＿＿＿＿＿＿＿（夜）＿＿＿＿＿＿＿＿＿＿

E-mail：＿＿＿＿＿＿＿＿＿＿＿＿＿＿＿＿＿＿＿＿